D1501245

Sabbat Samba

Hervé Jubert

Sabbat Samba

wiz
Albin Michel

Pour Amélie

H. J.

I

La pleine lune donnait aux tours et aux pinacles du Liedenbourg l'apparence de grandes orgues pétrifiées par le temps.
Hydravions Pélican, corvettes et yachts de luxe convergeaient
des quatre coins de la lagune. Cette nuit était celle choisie
par Carmilla Banshee pour son grand raout annuel en sorcellerie. Et ce soir plus que tout autre, elle avait de bonnes raisons de s'estimer satisfaite.

Les derniers arrivants s'amarraient à l'embarcadère. La salle
de bal grouillait de monde. Tous les amis de la magie noire
avaient répondu à son appel. Surtout, les quatre gardiens des
principaux sanctuaires étaient là. Et dans quelques minutes
à peine, Banshee leur présenterait l'enfant.

Elle était sur le point de quitter son poste en haut de l'escalier monumental lorsqu'un couple, en bas des marches, retint
son attention. L'homme portait une jaquette vert bouteille à
boutons d'ivoire, des collants bleus et des socques de cuir
jaune. Sa cavalière était en robe de bal. Leurs visages ne
disaient rien à Banshee. Pourtant, elle était sûre de les avoir
déjà vus quelque part.

– Bienvenue au palais du Liedenbourg, lança-t-elle, piquée
par la curiosité, lorsqu'ils arrivèrent à son niveau.

– Carmilla ! s'exclama l'homme avec une voix rocailleuse. (Il prit la sorcière par les épaules et l'embrassa sur les deux joues.) Comme vous avez grandi ! Il n'y a pas si longtemps, vous n'étiez pas plus grande que cela.

Avec ses mains, il montrait une perche de trois livres environ.

– Enfin, Gregor ! s'exclama sa compagne. Carmilla ne peut se souvenir de vous. Elle n'était qu'un bébé ! (Elle fit mine d'embrasser la sorcière, mais leurs joues se frôlèrent à peine.) Anastasia et Gregor Bathóry. De Brasóv.

– Vous avez fait le voyage depuis les Carpates ? comprit Banshee. C'est un honneur pour le Liedenbourg de recevoir les immortels voïvodes.

Les descendants des vampires avaient toujours boudé ses raouts. Décidément, le sabbat de cette année serait à marquer d'une pierre blanche.

– Vous êtes ici chez vous, leur assura-t-elle en les précédant dans le palais. J'ai quelques affaires à régler, mais nous nous verrons tout à l'heure.

Les Bathóry traversèrent le vestibule bras dessus bras dessous et s'arrêtèrent sur le seuil de la grande salle de bal pour apprécier en connaisseurs le brouhaha mondain qui y régnait.

– Je ne sais pas pour vous, Anastasia, mais ce voyage m'a donné une soif de Tartare, dit l'homme en contemplant la foule.

– Je dirais même plus, Gregor, une faim de loup.

– Oui, ma Morganette, ça vient. Papa Fould cherche le joli pyjama avec les citrouilles. Où est-il ? Ne me dis pas qu'il est au sale ? Ah non, le voilà !

Le bébé suçait ses orteils avec application. Fould retira les pieds de la bouche de Morgane et batailla ferme pour lui enfiler son pyjama taille six-neuf mois. Cette petite fille était douée d'une force peu commune. Finalement elle se laissa faire en redevenant toute molle. Banshee fit irruption dans la chambre alors que Fould fermait le dernier bouton-pression. Elle attrapa l'enfant.

– Elle est prête pour le grand examen ?

– Je viens de la changer. Mais elle n'a pas fait sa sieste de fin d'après-midi. Je préférerais qu'on ne la fatigue pas trop. Sinon elle va nous refaire une otite.

– Si je vous écoutais, ce n'est pas en couveuse que vous la mettriez, Archie, mais au couvent ! Les gardiens des quatre sanctuaires les plus puissants sont venus exprès pour la voir. Ils nous attendent sur le belvédère. Vous préférez qu'on laisse tomber ? Archinounet a raison, ma diablotine d'amour. Tu as une mine de papier mâché. Elle a eu son fer ? aboya-t-elle tout à coup.

– Oui, oui. Bien sûr...

– Alors, aucune raison de les faire patienter plus longtemps.

Banshee sortit précipitamment de la chambre avec l'enfant. Fould jeta un regard perdu autour de lui. Le lit à barreaux, le youpala, le coffre à jouets et la commode peinte avaient toutes les peines à égayer la pièce froide et grise dans laquelle Morgane avait été installée. « Pas étonnant qu'elle soit grognonne », se dit-il en attrapant un petit manteau rouge accroché à une patère. Il grimpa les marches de l'escalier quatre à quatre. Plus haut, Morgane pleurait.

Le nounours oublié sur la table à langer remua une oreille,

puis un bras et se dressa sur ses pattes. Il regarda autour de lui. Constatant que la voie était libre, il sauta du meuble et trottina jusqu'à la porte laissée entrouverte par Fould. Il écouta. Pas un bruit. Il prit son élan et fut d'un bond sur la rampe de l'escalier à vis. Là, il se mit à plat ventre et scruta le vide avec ses yeux de plastique noir.

Les armures sentinelles veillaient sur l'escalier toutes les dix marches. Une grande plante verte en pot s'épanouissait à la naissance de la vis, trente mètres plus bas. Il ne pourrait descendre sans se faire repérer... Il entendit l'appel, à nouveau. On le réclamait dans la salle de bal. Il n'y avait pas à tortiller. Il fallait qu'il y aille. Le nounours se mit debout sur la rampe, visa approximativement la plante verte et se jeta dans le vide, toutes pattes écartées.

Les flammes des torches plantées autour du belvédère jetaient sur les gardiens des éclats sauvages et colorés. Le plus élancé, un homme grand et fin en queue-de-pie, la taille ceinte d'un corset de soie rouge, discutait avec un autre vêtu de morceaux de cuir lacés. Une petite bonne femme en robe de veuve et à la face voilée suivait leur conversation en hochant régulièrement la tête. Enfin, un Pygmée, un simple pagne pour vêtement, un sac de peau jeté sur son dos, sautait à cloche-pied sur la margelle du belvédère.

– Vous allez finir par vous faire mal, lui prédit l'homme en queue-de-pie.

Le Pygmée fit des moulinets avec les bras et partit en arrière. La veuve poussa un cri aigu. L'homme aux morceaux de cuir ricana. Finalement le Pygmée sauta de la margelle, les rejoignit et prit la coupe de champagne qu'on lui tendait.

– Un jour, la mort vous rattrapera ! promit la veuve.

– La mort ? (Le Pygmée fit un clin d'œil.) La mort pas courir aussi vite que Tahuku, sauteur de montagnes, dompteur de vent.

Pour appuyer ces dires, il courut autour des trois personnages en répandant son champagne un peu partout.

– La Bernhardt n'a pas pu venir ? s'enquit l'homme vêtu de cuir.

Il voulait parler de la gardienne du sanctuaire de Delphes qui, à cause de ses expressions mélodramatiques et de son état extatique quasi permanent, avait hérité de ce sobriquet.

– Elle serait en cure de désintoxication. Sa dernière prédiction publique l'a laissée sur les rotules, l'informa l'homme en queue-de-pie.

– Les Carnutes auraient pu faire le déplacement, râla la veuve en soulevant légèrement sa voilette pour siroter un peu de champagne. Avec le gardien du Jantar Mantar, nous aurions été au complet.

– Presque au complet, rectifia l'homme en queue-de-pie.

Ils se turent en voyant Banshee pousser la porte d'accès au belvédère et marcher jusqu'à eux. Morgane était blottie dans ses bras.

– Wallace, fit-elle en s'inclinant devant l'homme en queue-de-pie.

Le gardien du sanctuaire de la prestidigitation ne rendit pas son salut à la sorcière. Elle se tourna vers le gardien vêtu de morceaux de cuir.

– Messire Garnier. J'ai tellement entendu parler de vous...

Les yeux de l'homme loup prirent, l'espace d'un instant, l'aspect de disques argentés avant de redevenir humains.

13

– Lady Winchester, continua Banshee.

La gardienne des fantômes releva sa voilette, découvrant des yeux précis comme des punaises.

– Tahuku.

Le Pygmée, gardien des fétiches, exécuta une sorte de danse de Saint-Guy pour saluer l'appel de son nom.

– Je vous remercie d'avoir bien voulu répondre à mon invitation. Le voyage n'a pas été trop fatigant, j'espère ?

– Passons les platitudes d'usage, répondit Wallace. Nous ne sommes pas venus ici parce que vous nous avez invités mais pour vous réclamer des comptes, Carmilla Banshee. Le sanctuaire de la Petite Prague a été détruit alors que vous en aviez la charge.

– L'équilibre est rompu, appuya Winchester.

– Nous ne sommes plus huit mais sept, continua Garnier qui jeta sa flûte par-dessus la margelle.

Tahuku, assis en tailleur au bord du vide, contempla la chute du corps avec un air ravi. Morgane, qui commençait à trouver le temps long, s'agita dans les bras de la sorcière qui avait pâli.

– C'est un raz-de-marée qui a détruit la Petite Prague, se défendit-elle. Et Hector Barnabite en était le gardien. Pas moi.

– Son corps a-t-il été retrouvé ? s'intéressa la gardienne des fantômes.

– Pas que je sache, rétorqua Banshee qui s'efforçait de cacher son impatience.

Fould venait de la rejoindre. Il aurait bien mis son manteau à Morgane. Mais il n'osait s'approcher de trop près de cette réunion au sommet. La sorcellerie n'était pas son fort.

– Je déplore la disparition de la Petite Prague, reprit Banshee. Nous avons perdu un sanctuaire. Mais nous avons gagné un enfant. Une petite personne que j'avais hâte de vous présenter.

– Ainsi, voilà la bestiole, marmonna Wallace. Qu'a-t-elle donc de spécial ? Votre message n'était guère explicite à son sujet.

Le bébé, sentant les regards converger vers lui, fixa les gardiens l'un après l'autre.

– Ce qu'elle a de spécial ? (Banshee prit une inspiration profonde.) Morgane, je te présente les gardiens des quatre sanctuaires de la magie principale. Gardiens, je vous présente Morgane, la fille du Diable.

Une foule dense et bigarrée voguait d'un buffet à l'autre. Six cent soixante-six bougies illuminaient la salle de bal. L'orchestre enchaînait de vieux standards. Les vouvoiements étaient de rigueur, les couverts en argent, les serveurs en livrée... Cette ambiance extrêmement policée était bien loin de ce qu'Anastasia Bathóry imaginait en matière de sauterie organisée par l'incendiaire Carmilla Banshee.

– Ces petits fours noirs, glissa-t-elle à l'oreille de son compagnon, ce sont bien des hosties sabbatiques ?

– De simples truffes, très chère, l'éclaira-t-il. De premier ordre.

– Et le gros type, là-bas ? Ce n'est pas du sang qu'il est en train de boire ?

– Je pencherais plutôt pour un bloody mary.

– On se croirait à une soirée de l'ambassadeur ! Tous ces gens ! Qui sont-ils ? D'où viennent-ils ? Pas une tête ne m'est connue.

15

– La sorcellerie ne se limite pas à Bâle. Et Banshee a eu la gentillesse de mettre les Pélican à la disposition de ses convives. Ce raout n'est peut-être pas satanique, comme vous dites. Mais il est de dimension planétaire.

– En tout cas, ces masques sont formidables. (Elle se frotta les joues pour les faire rougir.) Elle n'y a vu que du feu.

Pendant quelques heures encore, Roberta Morgenstern porterait le visage charmant d'une gitane de vingt ans. De quoi passer minuit et voir poindre l'aube. Elle fit rouler ses hanches et se colla contre son cavalier dans un élan sauvage et passionné.

– Dites-moi que vous m'aimez, ordonna-t-elle avec son accent des Balkans.

– N'oubliez pas qu'un franciscain de Vallombreuse m'a prêté son visage. Ces lèvres ont émis des vœux.

– Tant que le reste vous appartient ! rappela l'impétueuse.

– Sortons, proposa tout à coup Grégoire Rosemonde.

Ils sortirent sur la terrasse. Là, le prétendu voïvode examina sa compagne d'un œil critique.

– Quoi ? aboya-t-elle pour mettre un terme à cette inspection.

– Vous ne pouviez pas trouver une tenue moins encombrante ? Une fois que vous l'aurez trouvée, il ne faudra pas traîner.

Roberta avait opté pour une robe de satin mauve couverte de guipure. Deux poignées d'ivoire étaient cousues sur ses flancs. La sorcière s'assura que personne ne les observait, saisit les poignées et tira dessus. Sa robe se souleva comme une cloche amovible, révéla ses jambes potelées, retomba lorsque les poignées retrouvèrent leur position.

– Ouvert, fermé, ouvert, fermé, fit-elle en recommençant

sa démonstration. On appelle ça des tirettes parisiennes. Elles trouveront leur utilité, croyez-moi.

– Si vous le dites.

Une flûte de champagne jetée depuis les hauteurs du palais explosa sur le pavement à quelques pas. Roberta leva le nez vers le belvédère dont on ne voyait que les flammes des torches.

– Les pirates font surface dans un quart d'heure, rappela Grégoire en consultant sa montre. Récapitulons. Vous suivez votre guide. Vous enlevez le bébé. Vous me rejoignez dans la salle de bal. Pendant ce temps, je me charge de la diversion. (Il eut tout à coup l'air d'hésiter.) Je n'aurais jamais dû vous emmener dans une aventure pareille.

– Alors vous n'auriez pas dû repasser par Vallombreuse, ni me faire part de vos projets. En tout cas, il était hors de question que je vous laisse aller à ce bal non accompagné. Il y en a plus d'une, ici, qui pourrait s'enticher d'un vampire de votre trempe. Au fait, votre diversion, en quoi consistera-t-elle ?

– À attiser le feu sous le chaudron de Banshee.

– Sérieux ? Alors je vous conseille de commencer par changer l'ambiance sonore.

Elle chuchota quelque chose à l'oreille de Grégoire.

– Vous n'y pensez pas ! s'exclama-t-il.

– Croyez-moi. Les pays du Nord nous ont apporté plein de bonnes choses dont la gaine BodyPerfect (elle se donna une claque vigoureuse sur le ventre) et ABBA. Si avec *Gimmie ! Gimmie ! Gimmie !* la température ne se met pas subitement à monter, je ne m'appelle plus Roberta Morgenstern.

Ils s'approchèrent d'une table chargée de petits fours. Une patte en peluche brune sortit de dessous la nappe et tira les collants de Grégoire. Il s'accroupit. Roberta l'imita.

– Qu'il est mignon ! s'exclama la sorcière en découvrant le nounours.

La peluche se gratta l'oreille, peut-être pour la remercier du compliment.

– Et il est vivant ?

– Votre guide, présenta Grégoire. (Le nounours sauta dans les bras de la sorcière et se colla contre elle.) Je vous préviens, il est très câlin.

Roberta se redressa, un peu gênée d'exhiber un doudou à son âge. Des invités lui jetèrent des regards moqueurs.

– Bon. Hum. On va où ?

La patte du nounours se tendit vers l'intérieur du palais. Roberta, docile, suivit la direction indiquée.

– Alors, comme ça, vous avez cloné le Diable.

– Nous avons mis au monde la fille qu'il a toujours rêvé d'avoir, préféra Banshee.

– À partir d'un brin génétique récupéré lors de sa dernière apparition, continua Fould qui en profita pour s'approcher et enfiler son manteau au bébé.

– La gestation s'est déroulée dans les règles, reprit Banshee. Et l'enfant a accompli son premier prodige en poussant son cri primal, comme vous avez dû l'apprendre.

Wallace fit signe qu'on lui confie le bébé. Banshee s'exécuta de mauvaise grâce. Le magicien sonda la profondeur de ces yeux noirs qui le fixaient sans ciller. Leur couleur lui rappela celle des grandes fosses des mers australes.

– Fille du Diable... Comment pouvons-nous être sûrs que ta mère adoptive ne nous raconte pas de bobards ?

– Mettez-la à l'épreuve, proposa la sorcière.

– La mettre à l'épreuve... J'y compte bien. Lady Winchester, vous voulez commencer ?

La veuve attrapa l'enfant avec rudesse et la tint à distance, comme quelque chose de nauséabond.

– Un bébé, cracha-t-elle, furieuse. Me faire faire tout ce chemin pour un bébé !

Son voile se souleva et révéla le visage connu en son temps pour ressembler à celui de la reine Victoria. La face de Sarah Winchester, patronne des fantômes, elle-même morte depuis des siècles, se lézarda, se mit à grouiller de vers et tomba subitement en poussière. Le bébé commenta la vision de cauchemar par un « Ga ! » et ce fut tout.

– Autant essayer d'effrayer un serpent à sonnette, râla la veuve en faisant retomber sa voilette.

Elle passa le colis à Tahuku. Mais le Pygmée le jeta presque dans les bras de Wallace en disant :

– *Tapu* ! Enfant *tapu* !

– Protégé ? traduisit Wallace. Essayons autre chose.

Il posa le bébé à ses pieds et son chapeau haut de forme à côté. L'enfant attrapa le haut-de-forme, l'explora et en ressortit avant de continuer son enquête dans une nouvelle direction. Un lapin bondit du chapeau. Puis un autre. Puis encore un autre.

– Cette petite fille ferait une excellente assistante, reconnut Wallace en récupérant son haut-de-forme. (Il le tapota pour en faire tomber une grappe de lapinots ahuris.) Lady Winchester ne l'effraie pas et notre ami Tahuku la craint. Soit. Cela en fait-il la fille du Diable pour autant ?

– Garnier nous permettrait de trancher cette question délicate, avança la sorcière.

Wallace hocha la tête, contempla le bébé assis au milieu

d'une dizaine de lapins blancs. Garnier, en retrait, le souffle court, observait le rôti humain avec avidité.

– Qu'est-ce que vous faites ? s'inquiéta Fould en voyant Winchester, Tahuku et Wallace prendre leurs distances pour laisser le belvédère au bébé et à l'homme sauvage.

– Bougez la moitié d'un orteil et vous lui servirez de plat de résistance, glissa Banshee à Fould.

Garnier tournait autour du bébé. Les lacets de son habit se défirent. Les morceaux de cuir tombèrent à ses pieds. Son nez se transforma en museau. Ses oreilles se dressèrent, ses canines s'effilèrent. Le grand loup gris se mit à quatre pattes, hurla à la lune et s'approcha de la petite chose appétissante qui, pour le coup, cessa de gazouiller.

Ils avaient laissé la fête derrière eux. Le nounours se fit poser par terre et courut jusqu'au pied de l'escalier. Roberta le rejoignit sous le fouillis de plantes vertes. Il creusa dans le pot et en exhuma un objet plat et long. Une arbalète, reconnut la sorcière. Un rouleau de corde et un carreau avaient été cachés avec l'arme.

Le nounours noua la corde au carreau, glissa le carreau dans l'arbalète, la tendit et la dirigea vers le haut de la vis. Le trait partit en sifflant et se ficha dans une poutre cinquante mètres plus haut. Il enroula la corde autour de la taille de Roberta et serra. Puis il entreprit l'ascension sans crier gare. La sorcière le vit disparaître dans les hauteurs à une vitesse vertigineuse, les jambes en équerre, façon athlète de haut niveau.

– Eh ben, il a de l'énergie à revendre, supernounours, grommela-t-elle. Mais s'il compte sur moi pour grimper à la corde, il se fout la patte dans l'o...

20

La corde autour de sa taille se raidit et coupa court à son monologue. Roberta se retrouva hissée dans l'escalier à coups de tractions puissantes sous l'œil des armures sentinelles qui ne bronchèrent pas. Carmilla Banshee leur avait ordonné de surveiller les marches. Pas ce qu'il y avait autour ni au milieu.

Garnier n'avait pas pu. Il aurait pourtant suffi d'un seul coup de gueule, mais il n'avait pas pu. C'était la première fois que ça lui arrivait. Il relaçait ses morceaux de cuir, la mine défaite. Banshee avait récupéré le bébé sous les yeux furibonds d'Archibald Fould. Wallace, Winchester et Tahuku réfléchissaient, immobiles dans la lueur des torches.

– Garnier a pu apprécier la puissance de Morgane à sa juste valeur, commenta Banshee. Elle est bien plus que la fille du Diable. Elle est la possibilité de donner corps à nos rêves, de rappeler à l'ordre celui qui nous a abandonnés.

Comme pour illustrer son propos, Banshee s'approcha de la balustrade en tenant fermement le bébé contre elle. Les yeux mi-clos, elle pompa l'énergie de la fillette et fit s'abattre d'un geste impérial une chape de froid polaire sur la lagune. Une croûte de glace se formait à la surface de l'eau en suivant les mouvements de sa main. Les bruits de craquement étaient irréels. Sur la terrasse, en contrebas, les convives couraient à l'intérieur du palais pour se mettre à l'abri de ce froid aussi brusque qu'inexplicable.

– Que voulez-vous ? demanda Wallace au terme de cette démonstration de puissance.

– Je veux votre engagement total et définitif. Je veux restaurer la magie noire dans son antique splendeur.

La veuve, intéressée, s'approcha.

– Dans quel but ? insista Wallace le magicien.

– J'invoquerai le père de cet enfant pour la prochaine nuit de Walpurgis. Plus nous serons forts, plus il nous respectera.

– Et si nous ne vous suivions pas ?

Banshee sourit. Elle savait que le magicien serait le plus dur à convaincre. Le bébé se mit alors à pleurer et à se trémousser. Fould lui renifla l'arrière-train.

– La petite a fait caca, Archie ? Allez donc la changer en vitesse pendant que nous discutons entre grandes personnes

Le municipe quitta le belvédère avec le bébé en essayant de calmer ses pleurs. Les gardiens conservaient le silence. À l'écart, Garnier trompait sa frustration en boulottant le dernier lapin sorti du chapeau haut de forme. Il ne le rassasia pas plus que les précédents.

– Lilith ! s'exclama Tahuku, faisant sursauter tout le monde.

– Quoi ? fit Banshee.

– Bébé dire : mon nom être Lilith, pas Morgane.

La fête était devenue démente. Le groupe nordique conseillé par Roberta avait eu l'effet escompté. Ça, plus le coup de blizzard inexplicable ayant fait refermer portes et fenêtres, la salle de bal s'était vite transformée en autocuiseur. Les serveurs s'étaient retranchés près des issues de secours, à l'abri du pandémonium. Mais Grégoire Rosemonde avait déjà pris soin d'apposer de minuscules sceaux de Salomon sur toutes les sorties, sauf une. Ce soir, seuls les initiés parviendraient à s'enfuir.

Il se tenait près d'une grande fenêtre. Au bout d'une enfilade de portes ouvertes, il pouvait voir la plante verte au pied de l'escalier à vis. Minuit moins cinq à sa montre. Les pirates allaient bientôt entrer en scène.

– Que fait-elle ? s'inquiéta-t-il tout haut.

On ne risquait pas de l'entendre : sur scène, le groupe se lançait dans un *Waterloo* déchaîné.

Archibald Fould s'était retourné de nombreuses fois dans l'escalier avec la désagréable impression d'être observé. Il parvint dans la salle d'eau de la chambre d'enfant et s'y enferma. Il lança le chauffage d'appoint et attendit que la petite pièce gagne quelques degrés. Puis il déboutonna le body de Lilith et ouvrit sa couche.

– Oh là là, se lamenta-t-il.

Il fit couler de l'eau chaude dans la vasque, mouilla l'éponge et nettoya les fesses de la petite fille.

– Et hop ! Un gros cacafouilla en moins ! fit-il en jetant la bombe dans le vide-ordures.

Il remit une couche propre à Lilith et la rhabilla.

– Faites ci, faites ça, mon petit Archie, mima-t-il en reboutonnant les boutons-pressions. Banshee qui est si intelligente, elle ne s'y colle pas vraiment, hein ? Qu'est-ce que tu regardes comme ça ?

Le bébé avait les yeux braqués sur un point au-dessus de l'épaule gauche de Fould. Elle avait l'air complètement fasciné.

– Un copain du plafond ? Un nouvel ami de la huitième dimension ? Il est où le méchant nextraterrestre ?

Fould suivit son regard. En premier lieu il vit le nounours, assis sur le bord de la baignoire, qui lui faisait coucou. Puis la copine, et non le copain, à qui Lilith tendait ses petits bras potelés en gazouillant.

Elle avait retiré son masque de gitane. Elle était tapie dans un coin du plafond, telle une chauve-souris, la tête en bas. Roberta se laissa retomber sur ses pieds pour saluer avec déférence Archibald Fould qui ne pipait mot.

– Votre grandioseté municipale, fit-elle.

« Il en met un temps pour la changer », s'impatienta Banshee.

Les gardiens des sanctuaires discutaient à vive voix de l'autre côté du belvédère. Apparemment, ils étaient en désaccord. Carmilla s'éloigna pour voir ce que Fould fabriquait. Elle trouva la porte de la chambre ouverte. Des gémissements provenaient de la salle d'eau. Elle s'y rendit en rouspétant. La pièce était vide.

– Ici, Carmilla, l'appela une voix misérable.

Archibald, collé au plafond, se contorsionnait pour essayer d'atteindre le lavabo. Lilith n'était pas là.

– Où est-elle ? demanda la reine de pique à son valet inversé.

– Mor... Morgenstern, lâcha Fould.

– Roberta ? Roberta a pris notre bébé ?

Banshee sortit de la salle d'eau comme une trombe. Une armure sentinelle gisait en morceaux sur les marches, deux tours de vis plus bas. Comment Morgenstern avait-elle réussi à entrer dans son palais ? Banshee avait accueilli ses invités en personne...

– Ses yeux, se souvint-elle en repensant à Anastasia Bathóry. Et l'autre, c'était... Nom d'une patte de bouc !

24

Elle composa le numéro du Central sentinelles sur son téléphone portable. On décrocha.

– Arrêtez les Bathóry de Brasóv, l'homme et la femme ! ordonna-t-elle. Ils ne doivent pas quitter le palais !

Elle referma son téléphone et dévala les marches.

– Carmilla ! entendit-elle plaintivement dans son dos.

La sorcière fulminante claqua des doigts sans ralentir l'allure. Un étage plus haut, il y eut le bruit d'un corps et d'un lavabo faisant douloureusement connaissance.

– Enfin vous voilà, soupira Rosemonde. Mais... (il pâlit) Lilith n'est pas avec vous ?

Roberta avait les joues rouges comme des pommes reinettes. Elle tira sur les poignées d'ivoire et ses tirettes parisiennes découvrirent Lilith installée dans une sorte de nacelle, sur son giron. Elle dormait, son nounours serré ferme contre elle.

– Elle dort, s'émerveilla Rosemonde.

– À cette heure, tous les enfants dorment, rappela Roberta en rabattant les pans de sa robe.

Dans la salle de bal, les valses avaient pris le relais du groupe nordique. Une centaine de couples chauffés à blanc allaient et venaient. Les serveurs, sur les côtés, cherchaient quelqu'un dans les soieries tourbillonnantes. L'un d'eux montra les Bathóry du doigt.

– L'ambiance est infernale, félicita Roberta en sortant un éventail et en l'agitant avec fureur. Mais d'où vient cette brume qui cache le plafond ?

– Des corps. Les femmes ne vont pas tarder à s'évanouir. Il est temps de plier bagage.

Il prit la sorcière par la taille. Elle lui offrit sa main. Ils traversèrent la salle en suivant une trajectoire en tire-bouchon tandis que les serveurs tentaient de les intercepter. Mais ils étaient rejetés par les couples qui valsaient. Grégoire et Roberta atteignirent la scène et se glissèrent à l'extérieur par l'entrée des artistes. Lorsque les serveurs voulurent les imiter, la porte resta obstinément fermée et les autres pareillement. Le palais était condamné.

Carmilla Banshee fit son apparition alors que la valse s'achevait. Un seul coup d'œil lui suffit pour comprendre que la sorcellerie adverse avait saboté son sabbat annuel.

– Quelle chaleur ! se plaignit Fould qui se tenait la hanche. Vous avez poussé les radiateurs à fond ou quoi ?

Les femmes tombaient comme des pétales de fleurs fanées. Les hommes titubaient. C'était une bérézina. Un serveur vint informer la sorcière que les portes ne s'ouvraient plus. Les fuyards avaient pourtant réussi à sortir... Banshee souleva le serveur du sol à distance. Ce dernier n'eut guère le temps d'exprimer son étonnement ou son indignation. Il traversa, dans un grand fracas, la plus proche fenêtre. Le souffle d'air glacé qui s'engouffra en sifflant dans le palais figea la brume de condensation sous le plafond. De délicats flocons de neige se matérialisèrent et tombèrent sur la foule médusée.

– Ça alors, s'exclama Fould. Il neige dans votre salle de bal Banshee ?

Elle était déjà dehors, marchant d'un pas d'airain vers les embarcadères, faisant sauter au fur et à mesure les sceaux de Salomon apposés sur les portes. Plus loin, un groupe de sentinelles se battait contre les fuyards. Un soldat se porta à sa rencontre, le visage griffé et le cheveu hirsute.

– Nous en avons attrapé un ! Un vrai démon. Il a envoyé quinze des nôtres au tapis.

Banshee jeta un regard dédaigneux sur le tas humain vociférant.

– Où sont les autres ? demanda-t-elle.

– Enfuis, avoua l'homme. Un sous-marin a brisé la glace, au bout de l'embarcadère. Ils ont sauté dedans. Il a plongé aussitôt. On n'a rien pu faire.

Fould les rejoignit, grelottant.

– Quoi ? Un sou-sou-sous-marin ? Les pi-pi-pi-rates sont dans le cou-coup ?

Banshee avança sur l'embarcadère, contempla l'ovale d'eau noire laissé par le château du submersible dans la glace, revint à pas lents vers les sentinelles. Quatre hommes maîtrisaient le petit être qui leur avait donné tant de fil à retordre. Il avait perdu quelques poignées de poils dans la bataille. Son œil gauche pendait. Archibald Fould partit d'un grand éclat de rire en le reconnaissant.

– Le nounours ! Vous avez attrapé le nounours !

Banshee attrapa le municipe par la gorge.

– Pour les gardiens des sanctuaires, Lilith n'a pas été enlevée, lui dit-elle. Notre plan ne change pas.

Elle lâcha Fould, récupéra la peluche qui redevint sans vie entre ses griffes et la colla contre son sein en lui susurrant avec un sourire lugubre :

– Tu as bien fait de rester, mon mignon. Nous allons nous amuser tous les deux. Oh oui. Nous allons bien nous amuser.

2

Les trois cloches apparurent dans le ciel de Rome à l'heure dite. Elles venaient du nord et volaient à basse altitude en formation serrée. Elles rasèrent les arbres de la Villa Borghèse et se laissèrent glisser sur les pentes de l'Esquilin, vers la plaine du Forum noyée sous les eaux. La plus légère eut la fantaisie de faire un tour de Colisée dont les hauts gradins émergeaient de la lagune avant de rejoindre ses deux sœurs qui sonnaient, impatientes, au-dessus du palais des Conservateurs.

Les trois bourdons survolèrent les coupoles du Gesù, de Saint-Ignace et les toits des plus hauts palais romains avant d'aborder la large langue d'eau grise qui les séparait du Janicule. La phase délicate commençait maintenant. Les enfants de la ville aux sept collines attendaient les messagers du printemps de pied ferme. Et le spectacle devrait être à la mesure de leur attente.

Les cloches descendirent au ras de l'eau, causant une belle frayeur à un gitan qui pêchait tranquillement depuis sa barque. Puis elles se propulsèrent vers le ciel et survolèrent les enfants en sonnant à toute volée. Des pluies d'œufs rouges se mirent à pleuvoir des ventres de bronze. Il en tomba jusqu'aux contreforts du Vatican, à près d'un kilomètre. Le bombardement achevé, les cloches se séparèrent et réintégrèrent leurs clochers respectifs tels des oiseaux revenant aux nids après une longue migration.

Sur le Janicule, une dizaine de petits équipages tirés par des poneys galopaient déjà vers les zones où les œufs étaient tombés. Lilith sanglée sur le siège du cocher à sa droite, Roberta menait la troupe avec force claquements de langue. Elle découvrit les premiers œufs accrochés par grappes aux arbres. Plus loin, ils se mêlaient aux pétales de fleurs de cerisiers qui recouvraient l'herbe d'un tapis blanc. La chasse aux trésors pouvait commencer.

Les enfants savaient ce qu'ils avaient à faire : en ramasser le plus possible, les mettre dans des paniers puis rentrer vite au Vieux Paris pour déguster leurs trouvailles. Roberta les laissa s'éparpiller sur la presqu'île du Janicule. Une fois au calme, elle sauta sur l'herbe avec Lilith, la planta sur ses deux jambes, s'éloigna et lui tendit les bras.

– Viens, ma Lilith. N'aie pas peur.

La petite fille avait fait ses premiers pas quelques jours plus tôt dans les ruines du Palatin. Elle apprécia la distance qui la séparait de Roberta et se lança vers elle. Elle chaloupa avec bravoure sur trois mètres qui en valaient bien mille et tomba sur les fesses à mi-chemin.

Un garçon – on aurait dit un faune dans cet environnement enchanteur – lui passa sous le nez les bras chargés d'œufs de Pâques rouges décorés de guirlandes dorées. L'un d'eux roula entre les jambes de Lilith. Elle le prit, le secoua, le renifla, mordit dans la coquille en chocolat. Une fillette approcha et la regarda faire.

– Vous avez dit qu'on n'avait pas le droit de les manger avant le Vieux Paris ! lança-t-elle à Roberta.

– Lilith goûte les œufs pour voir s'ils ne sont pas empoisonnés, inventa la sorcière.

– Empoisonnés ? fit la gamine de cinq ans en écarquillant les yeux.

Elle choisit un œuf dans son panier déjà bien rempli et le confia à Lilith qui le prit dans sa petite main potelée.

– Tu me le goûteras. Si tu meurs, je n'en mangerai pas.

Lilith, royale, hocha la tête, et mit l'œuf de côté en attendant les présents qui ne manqueraient sûrement pas de suivre.

Amatas Lusitanus n'était pas peu fier. Certes, ses cloches volantes revenaient à Rome au lieu d'en partir. Mais au vu des cris qui provenaient du Janicule, le sorcier ès sciences de l'air considérait sa mission, une première de sa part, comme réussie.

Et il y aurait assez d'œufs pour tous les enfants. Les cloches avaient été chargées aux limites de leurs possibilités. Heureusement, car, au départ, il y en avait quatre. Un des bourdons, le plus gros, celui de Saint-François, manquait encore à l'appel. Amatas, les yeux rivés vers le nord en partie bouché par la colline de l'Observatoire, désespérait de le voir revenir. Il tendit l'oreille. Pas le moindre tocsin, pas le plus léger bruit de fonte fendant l'air ne lui parvint.

« Une cloche de trois tonnes, ça ne s'envole tout de même pas comme une pièce de cinq sous ! » se dit le sorcier. Son sort de Bernoulli ne la maintiendrait pas éternellement en l'air.

Avait-il, par inadvertance, appliqué sa magie à un bourdon fugueur ?

Il se tenait sur le toit des Chartreux, le plus haut du quartier médiéval amarré entre les bras de Saint-Pierre. Il pouvait commencer par exposer son problème aux pirates. Le sous-marin de Louis Renard possédait un radar qui lui permettrait peut-être de repérer la cloche. Les pirates avaient élu domicile dans le château Saint-Ange. En utilisant le *passetto* – l'ancien chemin couvert qui permettait aux papes de se mettre à l'abri lors des invasions barbares – il arriverait en quelques minutes dans la forteresse.

Les représentants de la confrérie pirate aimaient vivre à grand vent ou dormir dans des hamacs à la belle étoile lorsque le temps le permettait. Avec le retour des beaux jours, ils s'étaient installés sur le toit du vieil édifice circulaire. Il n'y avait aucune porte à franchir pour les atteindre. C'est donc sans s'annoncer que Lusitanus pénétra dans leur retraite, franchissant de symboliques barrières de tissus tendus.

Il s'immobilisa avant de passer la dernière. Louis et Claude Renard discutaient avec Ernest Pichenette, le journaliste qui les avait suivis de Bâle. Il n'était pas question de les interrompre. En même temps, Lusitanus ne pouvait qu'entendre leur conversation.

– Cette chose, dit Pichenette, est un défi à l'entendement. J'aimerais bien savoir comment elle fonctionne.

Il y eut un silence puis la voix de Louis Renard :

– Vous n'arriverez à rien en le secouant dans tous les sens. Donnez-le-moi et regardez.

Amatas considéra que l'ordre s'appliquait aussi à sa personne. Il écarta légèrement la tenture pour voir Pichenette donner une sorte de caillou translucide gros comme une noix de coco à Louis Renard.

– Vous serez bien obligé de me faire confiance si je joue le rôle de coursier, argumenta le journaliste, un peu vexé par l'attitude du pirate. De plus, ce quartz doit être parfaitement indestructible.

– Il ne s'agit pas d'un quartz mais d'un feldspath orthose transparent. Et vous ne serez pas le seul à l'emmener aux Tonga.

« Les pirates vont aux Tonga ? » nota Amatas, de plus en plus intrigué par la scène. Louis jeta à son frère un regard rusé et ouvrit le caillou d'un savant mouvement du poignet. Deux coques lui restèrent dans les mains, dévoilant une bille de nacre d'une blancheur parfaite qui roulait librement dans sa cavité. Il rassembla les deux parties et rendit le quartz à Pichenette. L'ex-écrivain essaya de l'ouvrir avec moult mimiques, sans résultat.

– Ceux qui ont conçu cet objet connaissaient l'histoire des trois frères que les chemins séparent. (Louis récupéra le caillou, l'ouvrit à nouveau, confia une demi-coque à Pichenette.) Vous prendrez un morceau. Claude aura l'autre. Je me chargerai du cœur. (Il fourra la bille dans une poche de son habit.) Nous reconstituerons le quartz aux Tonga. Nous verrons alors si la vallée aux Trésors existe bel et bien ou si elle n'est qu'un formidable songe.

Vallée aux Trésors, ces mots tournaient dans l'esprit du sorcier lorsque Claude remarqua sa présence. Dans un geste instinctif, Louis mit la main à sa rapière. Chacun empocha vivement son morceau de caillou. Lusitanus, confus, bégaya des propos qui parurent aux pirates, dans un premier temps, incohérents.

– Vous avez perdu une cloche ? comprit enfin Claude.

– Oui, et, euh, hum, je me demandais si votre radar pouvait...

– Nous sommes en train de l'étalonner, répondit brusquement Louis Renard qui n'avait pas apprécié cette intrusion. Il ne sera pas utilisable avant demain.

– Et demain, nous serons partis, lâcha Pichenette avec étourderie.

– Bon, alors merci. Veuillez m'excuser.

Amatas recula vivement et descendit jusqu'au ponton, au pied du château Saint-Ange. Qu'allaient donc penser les Frères de la lagune ? Espionner était indigne d'un sorcier de son âge. Il se morigéna jusqu'à ce que le coche d'eau le mène à la colonne Trajane en haut de laquelle Plenck se tenait à l'écoute de l'Éther.

Lusitanus gravit l'escalier en spirale niché dans le fût de bronze et trouva Plenck à son poste, le visage soucieux. Il ne pouvait pas l'aider à localiser sa cloche. L'Éther était en pleine ébullition, passant alternativement du chaud au froid, comme brouillé par un gigantesque orage magnétique. De plus, le contact était rompu avec Bâle. Cette confusion annonçait quelque chose de grave.

– Eh bien, je vais demander ses lumières à Grégoire, fit Amatas, les épaules basses. Peut-être saura-t-il où ma cloche a pu se perdre.

Des passerelles lui permirent d'atteindre le Panthéon à pied. Seule la moitié supérieure du temple romain sortait de l'eau. Il monta sur la coupole, se pencha sur l'oculus, scruta le vide humide de l'intérieur et appela :

– Grégoire ? Ouhouh !

Le professeur d'histoire avait replanté les arbres en sorcellerie sur un jardin flottant à l'intérieur du monument. Les racines plongeaient directement dans l'eau. Des bourgeons étaient déjà apparus sur les arbres renaissants.

– Je suis là.

Amatas se redressa d'un bond. Grégoire Rosemonde se tenait debout derrière lui. Il fumait une cigarette en contemplant le ciel.

– Le temps change, constata-t-il.

– Oui. D'après Plenck, l'Éther est instable.

– Votre show aérien était une vraie réussite, le félicita Rosemonde qui y avait assisté depuis le Panthéon.

– J'aurais dû avoir quatre cloches. Une manque à l'appel.

Le spécialiste du bizarre appliqué à l'histoire haussa un sourcil.

– Sous quel vocable a-t-elle été baptisée ?

– Saint-François.

– D'Assise, je suppose ? continua Rosemonde avec un mince sourire.

Amatas se frappa le front.

– J'ai appliqué un sort de Bernoulli...

– À l'incarnation métallique de celui qui parlait avec les petits oiseaux. Elle doit être loin, à l'heure qu'il est.

– Ne risque-t-elle pas de blesser quelqu'un ?

– Elle ne s'attaquera qu'au Mal. C'est une cloche sacrée, ne l'oubliez pas. Ne vous en faites pas. Nous avons un sujet autrement plus important à régler. Je vous raccompagne au

Vieux Paris. Il faut que nous parlions, vous, Strüddle, Otto et moi. Nous passerons prendre Plenck au passage.

Tous les œufs ou presque furent rapportés dans le quartier des sorciers et déposés devant Otto Vandenberghe qui leur appliqua à chacun un *satisfecit*. Propres à combler chaque vœu, ils furent distribués aux enfants qui découvrirent les surprises que recelaient les coquilles de chocolat. Ils y trouvèrent des bâtons à souhaits, des boules de neige, des ballons de pluie, de minuscules miroirs magiques. Les veilleuses anti-cauchemars et les tapettes à fantômes eurent un certain succès.

Elzéar Strüddle avait transformé son auberge des Deux Salamandres en palais de la Pâtisserie. Les mille-feuilles, les crèmes caramel, les bonshommes en pâte d'amande et les énormes brioches sucrées furent engloutis en moins de temps qu'il ne faut pour le dire. La cour principale du Vieux Paris devint ensuite un gigantesque terrain de jeu jusqu'à la nuit tombée.

Roberta ne quitta pas Lilith d'une semelle et l'empêcha de goûter à tous les œufs que les enfants venaient lui présenter. La reine des gitans lui tint compagnie. Elles papotèrent gaines, poisons, masculinité. Une fois la fête finie et Lilith couchée, Roberta resta au calme dans son grenier des Poètes. Cette journée magnifique l'avait tout simplement épuisée.

Elle n'avait fait que croiser Grégoire pour le voir disparaître en compagnie d'Otto, de Plenck et d'Amatas, vers le collège de Cluny. Elzéar aussi était de la partie, se souvint-elle. Étrange. On aurait dit des conspirateurs. Elle pensa redescendre pour interroger son ami aubergiste. Hans-Friedrich surveillait Lilith. Il l'alerterait si l'enfant se réveillait... Elle se leva pesamment, fixa la porte d'entrée, celle de sa chambre...

– Tu ne vas tout de même pas te coucher avant dix heures, Roberta Morgenstern ? gémit-elle en faisant un effort immense pour garder les yeux ouverts.

Ses dernières réserves lui permirent d'atteindre son lit, de se déshabiller et de s'engouffrer sous la couette. Elle tenta de lire quelques pages du roman de samouraïs qui l'accompagnait depuis un mois. Les caractères virevoltaient devant ses yeux tels des corbeaux sur un ciel de neige. Au bout d'un paragraphe, elle laissa tout tomber, éteignit et se rabattit la couette jusqu'aux oreilles. Elle sombra dans le grand puits d'ombre sans s'inquiéter de ce qu'elle allait y trouver.

3

Du temple de la Magna Mater il ne restait rien, sinon des fûts brisés et la statue d'une femme sans tête. Les bras en avant, le menton levé vers le ciel, hilare, Lilith marchait avec vaillance dans ce qui avait été une nef. Des brebis hachaient l'herbe entre les ruines. Roberta la suivait pas à pas, veillant au grain.

Lilith tomba sur l'arrière-train et mesura la distance qui la séparait de Cybèle. Roberta s'assit à côté d'elle sur un débris de chapiteau et lui tendit une main. Lilith s'en saisit pour se remettre aussitôt sur ses pattes.

– Alors, ma puce, tu n'es pas fatiguée ?

Des cernes étaient apparus sous les yeux de l'enfant. Son front avait pris une teinte ivoire. Roberta fouilla dans sa trousse à médecine. La petite manquait-elle de magnésium ? À moins que ce ne fût de fer, encore et toujours. Ils avaient pourtant doublé la dose prescrite par Plenck pour la semaine... Lilith lâcha la main de Roberta qui voulait la retenir et s'élança sur le tapis d'herbe rase.

La sorcière essaya de se lever – Lilith s'était déjà éloignée de plusieurs mètres – mais elle n'y parvint pas. Quelque chose lui interdisait de bouger. Un vent glacé fit détaler les brebis.

Le soleil se voila. Lilith s'arrêta et se retourna pour fixer Roberta.

« Reviens ! » voulut hurler la sorcière.

Ses lèvres comme ses muscles refusèrent de lui obéir.

Le vent gonfla et tourbillonna autour de l'enfant. Ses contours s'effilochaient. Ses extrémités s'effritaient. Le vent rognait Lilith. Il la grattait, l'emportait, particule par particule, comme une sculpture de sable. Bras et jambes n'étaient plus que moignons. Tête, épaules, torse disparurent peu à peu. Les éléments se rassemblaient en une masse informe à l'aplomb de Cybèle.

Le sort qui paralysait Roberta fut levé d'un coup. Elle se précipita sur le dernier noyau de poussières qui s'éparpilla entre ses doigts. Une haine féroce grandit dans les entrailles de la sorcière. Une personne, une seule, avait pu commettre cette infamie.

– Banshee ! appela-t-elle.

– Plaît-il ? répondit l'intéressée.

La tête monstrueuse, composée des restes de Lilith, était plantée sur la statue de Cybèle. La Magna Mater souriait au vermisseau humain. Elle se leva et marcha sur Roberta en faisant trembler le Palatin. La sorcière rapetissait au fur et à mesure que Cybèle grandissait. La statue leva le pied. Le pilon titanesque allait retomber et l'écraser contre le sol...

– Non ! hurla Roberta en se réveillant.

Elle était dans son lit. Elle écouta le chant des oiseaux, vit la lueur qui se glissait sous les persiennes... Le jour se levait sur le grenier des Poètes. Roberta attrapa la bouteille d'eau sur sa table de nuit et but à grands traits. « Tout va bien, se rassura-t-elle. Nous nous cachons à Rome depuis deux mois.

Banshee ne nous a pas trouvés. Lilith n'est pas vaillante, mais elle tient le coup. Tout va bien. »

Pourtant, secrètement, au fond de son cœur, une petite voix lui chuchotait que tout n'allait pas si bien, que le calme de ces quelques semaines allait toucher à sa fin.

Roberta se leva, enfila sa robe de chambre et gagna le salon où elle eut la surprise de trouver Plenck et Rosemonde autour de la table. Les deux hommes interrompirent leur discussion en la voyant. Ses cheveux roux lui faisaient une couronne ardente. Ses yeux exorbités étaient encore imprégnés du cauchemar récent. La sorcière avait un air parfaitement dément.

– Ne le prenez pas mal, très chère, lança Grégoire. Mais on dirait que vous revenez du sabbat.

Roberta ouvrit la fenêtre côté place. En bas, un vendeur de quatre saisons en habit tabac d'Espagne marchait vers le pilori des halles en poussant une charrette à bras. Elle jeta un coup d'œil dans la chambre de Lilith. Là non plus, rien à signaler. La petite fille dormait. Hans-Friedrich, à côté du berceau, la veillait. Roberta retourna dans le salon et se servit une tasse de café noir d'une main lasse. Elle s'assit.

– Que se passe-t-il ? demanda-t-elle aux deux hommes.

Vu leurs regards sombres, les nouvelles n'étaient pas très bonnes. Plenck, en contact quotidien avec la résistance bâloise, répondit :

– Il se trame quelque chose. Quelque chose lié à Banshee. Elle a gagné en puissance. Elle aspire les forces des ténèbres à elle, tel un gigantesque vortex.

Roberta réprima un bâillement.

– Rien de plus précis ?

– Non. Sinon que les sanctuaires sont impliqués.

Des pigeons roucoulaient sur le balcon. Le chat Belzébuth ouvrit un œil somnolent en les entendant, puis se rendormit.

– Les sanctuaires ? (Roberta repensa à la tête horrible juchée sur le corps de Cybèle.) Carmilla aurait décidé de faire son pèlerinage ? Pour ça, il faudrait qu'elle quitte Bâle.

– Elle l'a quitté. En hydravion. Hier. Et elle a emporté son carré.

Banshee déplaçait ses plantes en sorcellerie ? Effectivement, il se tramait quelque chose de pas catholique.

– Vous pensez qu'elle en a après Lilith ? Jusqu'à présent, elle ne nous a pas inquiétés.

– Elle ne nous a pas vraiment cherchés, intervint Grégoire. Mais qu'elle en ait après nous ou non, nous ne pouvons prendre le risque de nous faire surprendre.

– Nous allons devoir partir, comprit Roberta.

On frappa doucement à la porte. Plenck alla ouvrir. Otto Vandenberghe et Amatas Lusitanus entrèrent. De grandes capes de pèlerins étaient jetées sur leurs épaules. Chacun était équipé d'un sac à dos et d'un bâton de marche. Ils s'en débarrassèrent pour s'installer à la table.

– Bien le bonjour ! lança Vandenberghe en humant l'odeur de café. Ah, merci, Grégoire. Nous allons en avoir besoin. Elzéar n'est pas encore arrivé ?

– Il fait sans doute ses adieux à Leila, supposa Plenck.

« Elzéar fait ses adieux à Leila ? » releva Roberta pas très bien réveillée. Vandenberghe sortait le livre de Nicolas Flamel de son sac.

– Vous permettez que je le mette dans votre Frigidaire ? Ça le refroidira avant de prendre la route.

– Faites, je vous en prie.

Otto alla mettre le livre au frais, puis ils trinquèrent au café noir.

— À ce jour qui restera dans les annales de la Sorcellerie, déclara sentencieusement le recteur.

— À ce jour, firent ses amis.

Roberta, les fesses serrées sur son bout de chaise, allait se permettre de poser une question lorsque des pas lourds résonnèrent dans l'escalier du grenier des Poètes.

— J'entends les viennoiseries qui montent, chuchota Lusitanus en se frottant les mains.

Elzéar apparut avec un plein sac de brioches et de croissants chauds.

— Salut la compagnie ! hurla-t-il.

— Lilith dort, siffla Roberta, regrettant de ne pouvoir clouer le bec de l'aubergiste à distance.

Elzéar rougit de confusion et s'assit avec chapeau, cape, sac et bâton, tout doucement, sans faire craquer sa chaise. Ce qui représentait une sorte d'exploit. Vandenberghe avait déroulé une carte de la terre ferme sur la table. Un itinéraire y était dessiné en pointillés. Rosemonde se leva pour l'étudier, une cigarette éteinte au bord des lèvres.

— Vous allez prendre la route de l'Ouest.

— Commencer par Guëll est le plus sûr, confirma Vandenberghe. Nous verrons Garnier en premier. Puis nous franchirons l'Atlantique pour nous arrêter à Delphes. Nous remonterons ensuite vers le nord, jusqu'à la vallée de Santa Clara. Une fois que nous aurons vu la veuve Winchester, nous prendrons la direction du Cachemire puis du Jantar Mantar. Ainsi, nous aurons visité cinq sanctuaires sur les sept. Avec un peu de chance, nous croiserons Wallace et Tahuku sur la route.

– Vous allez faire le tour des sanctuaires ? demanda Roberta en se frottant les paupières.

– Nous allons faire de la diplomatie. Convaincre les gardiens de ne pas adhérer à la folie de Banshee quelle qu'elle soit. Nous ne pouvons laisser Carmilla jouer les convolvulus dans notre pays de Sorcellerie.

– Mais quand... quand avez-vous décidé de partir ?

– Cette nuit, répondit simplement Vandenberghe.

– Pourquoi cette nuit ?

– Le livre m'a réveillé. Il s'est mis à chauffer terriblement. Des maléfices sont en cours. Quelque part, un grand brasier a été allumé. (Il abandonna son ton grandiloquent pour interroger Rosemonde.) Et vous, quand levez-vous l'ancre ?

– Avant midi.

– Avant midi ? hoqueta Roberta.

– Tout est prévu. Leila s'occupera de Belzébuth et du mainate pendant votre absence, lui confia Strüddle. Elle passera prendre tes instructions dans une heure.

– Dans une heure ?

– Dans deux, nous serons déjà sur la route, lui révéla Rosemonde. Enfin, sous l'eau plus tôt.

– Comment ça, sous l'eau ?

Des bruits leur parvinrent depuis la cour en contrebas. Les vendeurs sur tréteaux du marché s'installaient pour une journée qui, à leurs yeux, serait parfaitement normale. On frappa à nouveau. Claude Renard apparut, portant couvre-chef à plumets, gilet de cuir noir et chausses bariolées. Deux pistolets à crosse de nacre étaient glissés à sa ceinture. Il se décoiffa pour saluer l'assistance.

– Café ? proposa le professeur d'histoire.

– Pas le temps. Nous appareillerons comme prévu, à onze heures. Sans faute. Pour la suite, je vous accompagnerai. Louis nous escortera.

– Parfait, répondit Rosemonde.

– À tout à l'heure, au château Saint-Ange.

Renard prit congé aussi subitement qu'il s'était présenté. Lusitanus et Strüddle finissaient leur petit déjeuner. Vandenberghe ajustait déjà les bretelles de son sac sur ses épaules. Le précieux livre avait été récupéré et rangé, emmailloté dans une sorte de glacière souple, par ses soins. Strüddle emplit ses poches de brioches. Des poignées de main chaleureuses furent échangées. Roberta embrassa ses amis comme une somnambule. Elle entendit leurs pas décroître dans l'escalier. Elzéar la salua d'en bas avant de passer sous la porte du Louvre.

– Ils sont partis, murmura-t-elle.

– Tout s'est décidé très vite, s'excusa Rosemonde.

Roberta se rassit et se servit une seconde tasse de café.

– Et les pirates vont nous accompagner ? Mais pourquoi seraient-ils concernés par Banshee ?

– Oh, ils ne le sont pas. Eux aussi sont sur le départ pour des raisons qui leur sont propres. Il se trouve que nous suivrons *grosso modo* la même route. Nous avons donc décidé de rester plus ou moins ensemble sur une partie du trajet.

– Comment ça : plus ou moins ? On est ensemble ou on n'est pas ensemble.

Rosemonde n'ajouta rien à cette remarque pertinente. Il se leva et alluma sa cigarette à la fenêtre.

– Et quelle route allons-nous suivre ? J'aimerais tout de même que l'on me tienne un peu au courant dans cette maison !

Plenck, qui était resté discret, s'éclaircit la gorge avant de glisser :

– Concernant Lilith, je vous ai préparé un nécessaire fondamental qui lui permettra de tenir deux mois, si son état reste stationnaire. Il faudra agir au cas par cas, évidemment. Mais je crains qu'après le fer et le magnésium il ne faille ajouter le calcium, le potassium, peut-être le charbon...

Roberta ouvrit le petit coffret apporté par le légiste et joua du bout des doigts avec les fioles remplies de liquides colorés qu'il contenait.

– Moi aussi je vais partir, continua Plenck. J'ai eu une idée pour aider Lilith. Il se peut que je me trompe, mais on ne sait jamais.

– Quoi ! À quoi as-tu pensé ? s'exclama Roberta.

– Je ne veux pas te faire des promesses que je ne tiendrai peut-être pas, lâcha le sorcier. Alors motus et bouche cousue. Nous resterons toujours en contact *via* l'Éther. Je vous donnerai de mes nouvelles en temps utile.

Il se leva. Roberta ne le laissa pas partir avant de l'avoir serré fort contre elle. Une fois la porte refermée, elle contempla son salon qui lui parut bien vide. Elle pensait déjà au départ, à ses valises, aux mille et une choses essentielles qu'il conviendrait d'emporter... Elle se rendit sur le balcon où Grégoire finissait sa cigarette.

– Ô sphinx fait homme, vous qui connaissez notre mystérieuse destination, dois-je prendre mes moufles ou mon bikini ?

– Votre bikini, conseilla Rosemonde. Il va faire chaud là où nous nous rendons.

La sorcière soupira.

– Où que vous soyez, le feu de l'amour m'embrase. N'importe comment, il fait une chaleur de four dans ces sous-marins pirates.

Rosemonde écrasa son mégot et l'émietta aux vents de Rome, comme il en avait l'habitude.

– Nous ne voyagerons en submersible que sur une première et très courte portion de notre voyage, révéla-t-il. Ensuite, le mode de transport sera beaucoup plus luxueux.

– Attention, Grégoire, prévint-elle, l'index dressé. Vous savez que je mets la barre très haut question luxe.

– Je nous vois déjà buvant des daïquiris coco punch au bord de la piscine, lâcha-t-il, rêveur.

Roberta se creusa la cervelle pour essayer de trouver ce que Rosemonde avait mijoté. Un gazouillement joyeux leur parvint depuis la chambre d'enfant. Lilith devait être debout dans son lit à barreaux, le secouant avec fougue.

– Ma valise est déjà prête. Je vais m'occuper d'elle.

– Et votre valise est déjà prête... murmura Roberta en se grattant le crâne.

Elle jeta un coup d'œil navré à Belzébuth et à son mainate. L'oiseau cataleptique dormait profondément sur sa perche. Le chat se répandait sur le divan comme un paquet de cire chaude.

– Désolée, mes chéris, mais maman va partir et elle ne sait

ni où elle va ni comment, encore moins quand elle revient. L'aventure, quoi.

Elle pensa tout à coup aux Gustavson. Elle ne pouvait demander à Leila de les garder. Qu'allaient-ils devenir ? Ils adoraient Lilith.

– J'ai oublié de vous dire, annonça Rosemonde depuis la chambre. Les hérissons viennent avec nous. Hans-Friedrich, sa compagne et leurs deux enfants. Ils formeront une garde rapprochée idéale pour Lilith, n'est-ce pas ? Elle est où ma petite marcheuse qui va faire le tour de la Te-Terre ?

Lilith se fichait de faire le tour du monde. Elle voulait son biberon et elle le fit bruyamment savoir.

– Donc, notre moyen de locomotion sera luxueux et acceptera les hérissons télépathes, nota Roberta.

Ce qui ne l'avançait guère. Elle haussa les épaules, se gratta à nouveau le crâne... Une exaltation soudaine l'envahit, l'euphorie du départ.

– Je vous suivrai jusqu'au bout du monde ! cria-t-elle en direction de la chambre d'où provenaient des rires d'enfant.

– Vous faites bien, car c'est notre destination, fut la réponse peu rassurante qu'elle obtint.

« Qui dit bout du monde dit poncho, BodyPerfect, ocarina... » commença d'énumérer Roberta. Elle courut dans sa chambre préparer ses affaires.

4

Le patron du bureau des Affaires criminelles sortait de sa maison située dans la zone très chic des Hauts de Fortuny. Il s'engouffra dans la berline aux vitres teintées qui l'attendait, moteur au ralenti. Le chauffeur referma la portière et s'assit devant son volant, attendant les ordres. À l'arrière, Clément Martineau, les yeux fermés, réfléchissait.

La nausée... Depuis des mois, il était au bord de la nausée. Frôler ces Bâlois qui avaient mis Archibald Fould au pouvoir lui donnait envie de vomir. À moins que ce ne soit le sentiment d'avoir participé au triomphe.

De l'autre côté de la rue, derrière une vitre au rez-de-chaussée d'une maison cossue, Clément surprit le visage fantomatique d'un vieillard qui scrutait la rue par le biais d'un système de miroirs. Le voyeurisme, la délation, la peur ambiante avaient transformé Bâle en un enfer clos que le jeune homme ne pensait plus qu'à fuir. Des spectres. Ils n'étaient plus que spectres tenaillés par l'angoisse.

– Au Recensement, en passant par la corniche.

– Bien, monsieur.

L'automobile entama sa descente vers la lagune. Miliciens et chenillards maintenaient la ville en état de siège. Les gitans et les pirates ainsi que les tenants d'une certaine sorcellerie avaient pourtant quitté Bâle depuis presque un an. Mais Fould était obsédé par les poches de résistance qui pouvaient encore s'y nicher. Sa dernière note incitait le bureau des Affaires criminelles à passer outre les procédures d'enquête courantes et à pratiquer l'« arrestation préventive ». Une liste était jointe à la note, donnant les noms de ceux qui contestaient le pouvoir.

Jusqu'à présent, le jeune homme avait réussi à temporiser. Le départ précipité du municipe, la veille au soir, sans destination officielle, lui offrait une occasion inespérée. S'il voulait agir, c'était maintenant ou jamais.

La berline s'engagea sur la corniche. La lagune léchait les falaises en contrebas. La fuite du quartier gitan et le raz-de-marée qui avait englouti la Petite Prague avaient laissé une plaie béante. Au large, les travaux allaient bon train. Les grues gigantesques travaillant à la reconstruction de la digue ressemblaient, vues d'ici, à un alignement de potences.

Le doute s'était insinué dans l'esprit de Martineau peu après le dénouement de l'affaire du Baron des brumes. Et puis, le municipe avait changé lui aussi. Il partait pour de longs séjours au Liedenbourg. Banshee ne le lâchait pas. Un jour, au pied du Recensement, Clément l'avait surpris avec un bébé dans les bras. Banshee, toujours là, avait sèchement renvoyé le jeune homme. S'agissait-il du nouveau-né mis au monde par la sorcière ? En tout cas, il n'avait pas vu l'enfant depuis des mois. Et au Recensement, personne n'en avait entendu parler.

Et il y avait ces mesures municipales qui ne se justifiaient guère. Comme l'instauration d'un corps de dragons, miliciens spadassins équipés de lance-flammes qui, par leur seule présence dans les rues, faisaient régner la terreur. La tyrannie était en place, le bagne plein à craquer. Le municipe et sa complice projetaient-ils de le vider en rallumant les bûchers des anciens temps ?

La berline doubla un convoi de trois chenillards. Des dragons paradaient sur les plateaux des véhicules blindés, des flammèches se tordant à l'extrémité de leurs armes. Quelques piétons les acclamèrent. Mais la plupart évitaient de les regarder. Les Bâlois étaient devenus des poupées de chiffon abandonnées à deux incendiaires ivres de pouvoir et guidés par la folie, Archibald Fould et Carmilla Banshee pour vous servir.

Martineau pensa à ses parents. Ils devaient déjà être partis en croisière à destination de la ville Verne. Loin de Bâle pour au moins un mois. Appartenir au Club Fortuny offrait quelques avantages car la ville était bouclée. Il fallait une autorisation officielle pour en sortir, autorisation que même le patron du bureau des Affaires criminelles n'était pas sûr de pouvoir obtenir.

Fuir vers l'Éther aurait été une solution élégante. Mais les deux temples dédiés à Bacchus − du moins, leurs ruines − étaient inutilisables. Celui de la Petite Prague avait été ravagé par le raz-de-marée. Quant à celui pris dans les fondations du Collège des sorcières... Martineau n'osait plus se rendre au Collège. L'endroit était un véritable laboratoire de la magie noire depuis le départ d'Otto Vandenberghe et des autres.

Il joua avec la bague léguée par sa mère, la faisant tourner autour de son doigt. À défaut de rejoindre l'Éther, il pouvait au moins contacter un de ses représentants.

– Arrêtez-vous, ordonna-t-il en reconnaissant la façade qu'ils venaient de longer.

Clément sauta hors de la berline, remonta le col de son manteau et courut jusqu'à une porte recouverte de plusieurs épaisseurs d'avis municipaux. Il saisit la poignée en forme de tête de bouc avec une légère appréhension, craignant qu'elle ne le morde. Mais la porte s'ouvrit en grinçant et laissa Martineau pénétrer dans l'ancienne auberge des Deux Salamandres.

L'endroit était tel que dans son souvenir, protégé par la magie. Tables et chaises attendaient sorcières et sorciers, le comptoir la bedaine d'Elzéar. L'arrière-salle n'avait pas changé non plus, à part les emplacements vides des cadres contenant autrefois les photos de magiciens, la pièce minuscule était telle que Martineau l'avait connue aux grandes heures de son association avec Roberta Morgenstern. Il crut surprendre le bruit de deux chopines s'entrechoquant, le bruissement d'une conversation...

Il passa derrière le comptoir, fouilla dessous, trouva un téléphone et le décrocha instinctivement. Il entendit une tonalité. Il prit une profonde inspiration et composa le numéro qu'il se répétait parfois durant des heures. Il ne l'avait pas appelée depuis des lustres. Ça sonnait. On décrocha.

– Boewens, répondit la juriste d'une voix fatiguée. (Le jeune homme était encore en train de chercher ses mots que Suzy s'exclama :) Martineau ? (Elle eut un ricanement grinçant.) Monsieur le directeur des Affaires criminelles... C'est bien, vous vous souvenez que l'appareil judiciaire existe encore.

Les tripes de Clément dansaient la carmagnole. Il parvint à murmurer :

– Écoutez-moi.

Il colla le récepteur contre son oreille, laissant le champ libre à Suzy Boewens pour explorer ses pensées. La sorcière liée à l'Éther sentit son abandon. C'était trop tentant ! Elle plongea dans l'esprit du haut fonctionnaire et y lut des incertitudes, des peurs, des regrets, un furieux désir de revenir en arrière. Toutefois, elle resta méfiante. Il pouvait s'agir d'une manipulation.

– D'où appelez-vous ?

– Des Deux Salamandres.

– Rendez-vous au Central téléphonique. Dans dix minutes. Cabine 22. Je vous appellerai.

Suzy raccrocha. Martineau sortit de l'auberge et donna la destination au chauffeur en lui ordonnant de faire vite. Il se sentait un peu ivre. Cette sensation de flotter, il ne l'avait pas ressentie depuis longtemps.

La course fut rapide et la berline s'arrêta bien avant les dix minutes imparties devant le bâtiment du Central téléphonique. Martineau se présenta à l'opératrice en chef et demanda la cabine 22. Derrière la femme, un bataillon d'ouvrières manipulait des jacks dans un bourdonnement incessant. L'opératrice lui indiqua la cabine qui était libre. Il venait à peine de s'y enfermer que le téléphone sonna. Il décrocha.

– Allô ? Suzy, vous êtes là ? Suzy ?

La jeune fille répondit, d'une voix moins froide qu'auparavant. Il crut même y déceler une pointe d'amusement.

– Alors, que vouliez-vous me dire ?

51

– Je... Je pensais... (Martineau déglutit avec difficulté.) Avez-vous eu vent de... Enfin.

– Je vois. Nous nous passerons des mots. Ne bougez plus.

Il obéit. Un vrombissement magnétique, une coque de bruits touffus le coupa de la réalité. Les lignes de force se plièrent. Suzy se tenait là, avec lui, dans cette cabine exiguë. Du moins son esprit. Et elle l'interrogea. Il avait conscience de questions posées et de réponses données malgré lui. Mais cela se réalisait sans contrainte. Il aimait Suzy Boewens. Il l'aimait d'un amour pur et parfait...

– La cantine du Recensement est mauvaise à ce point ? demanda Boewens, rompant le contact.

Il remit ses idées en place.

– Je me suis fourvoyé.

– Un peu tard pour s'en rendre compte.

– Non ! Il n'est jamais trop tard ! s'enflamma-t-il.

– D'accord, d'accord, on se calme. Et votre projet consiste en quoi ? Organiser une sorte de... Résistance ?

Il expliqua avec précipitation. N'avait-elle pas lu tout cela en lui ?

– Je suis dans la place, à l'un des plus hauts niveaux. En tant que sorcière liée à l'Éther, vous pourriez organiser un centre d'écoutes. Nous reprendrions contact avec Morgenstern et les autres. Et je ne suis pas seul à penser la même chose, j'en suis certain. Une armée sommeille dans Bâle. Il suffirait de la réveiller.

« Jeune homme arrogant, vous n'avez pas changé » se dit la jeune femme depuis son bureau. Cette pensée fit naître une chaleur étrange dans le creux de son ventre. Les sentiments découverts chez Martineau y étaient sûrement pour quelque chose.

— Clément, j'ai une bonne et une mauvaise nouvelle à vous annoncer. Je commence par laquelle ?

— La mauvaise ?

— Si vous optez pour cette voie, vous ne serez pas ministre de la Sécurité. Enfin, pas dans un futur proche, en tout cas. Et vous allez vous attirer de graves ennuis. Croyez-en mon expérience de juriste.

— Je m'en doutais, grinça-t-il. Quelle est la bonne nouvelle ?

— La Résistance existe déjà. Elle est bien organisée et vous admet dans ses rangs.

— Quoi ? La Résistance existe ?

Suzy craignit un bref instant de s'être trompée. L'homme de la Sécurité était-il de retour ? Il était trop tard pour reculer.

— Vous êtes bien assis ?

Clément était bien assis, ce qu'il fit savoir.

— Raccrochez et restez immobile. Je vous amène dans l'entremurs.

— Dans l'entrequoi ?

Suzy avait raccroché. Martineau l'imita. Il entendit une série de cliquetis. Ses cheveux se dressèrent sur sa tête lorsque la cabine tourna sur elle-même comme une porte à tambour. Un nouveau téléphone et un siège vide les remplacèrent. L'escamotage n'avait pas duré plus de trois secondes. Personne, dans le Central, ne le remarqua. À part l'opératrice en chef qui retira elle-même le jack numéro 22 du tableau et le rangea sagement à sa place.

Bien plus tard, presque à la fermeture du Central, un chauffeur penaud se présenta à l'accueil pour s'enquérir de

M. le directeur du bureau des Affaires criminelles entré là quelques heures plus tôt.

– Il est reparti depuis longtemps. À pied, lui confia l'opératrice en chef. Il avait sans doute besoin de prendre l'air. À moins que ce ne soit l'Éther.

5

Le *Tusitala* était sorti des chantiers maritimes de Brecknock, hauts des pays de Galles, quelque vingt ans plus tôt. Imaginez un radeau ovale de cent mètres de long. Encastrée dans ce radeau, une coque avec carène, beaupré, bastingage, tout ce qui constitue un navire dans l'acception classique du terme. Sur le pont, un palais de bois avec ailes, coursives, grands escaliers et espaces de réception. Au centre de l'édifice, trois immenses cheminées disposées de front.

Malgré cette ligne pour le moins étrange, le *Tusitala* était cité dans les bureaux d'ingénierie maritime comme l'un des plus beaux exemples de l'union du luxe et de la puissance. Ses moteurs pouvaient déployer plus de dix mille chevaux d'énergie. Sa vitesse de croisière avoisinait les vingt-cinq nœuds, quel que soit le temps. En effet, sa forme si particulière lui offrait un équilibre remarquable. Les coupes de champagne renversées à bord ne l'avaient jamais été que volontairement ou par inadvertance.

Le capitaine Thomas Van der Dekken commandait le navire. Ce Hollandais régnait sur une fratrie de Chinois aux mines patibulaires. Il avait la réputation d'avoir bravé toutes les tempêtes sur toutes les mers du globe. Avec lui, le *Tusitala* était entre de bonnes mains.

Les derniers passagers embarquaient au Pirée : un couple avec enfant, accompagnés d'un Frère de la lagune. Le *Tusitala* lèverait l'ancre dans une demi-heure. Le couple fut guidé jusqu'à la suite Amphitrite, spacieuse comme un petit appartement et bénéficiant d'une terrasse. L'homme attrapa le *Vademecum du passager de 1re classe* et le consulta pendant que la femme changeait bébé en sifflotant un air de *Carmen*.

Piscine, bar, pigeon d'argile, jeux de ponts, lut-il. Le *Tusitala* offrait une grande variété d'activités, en marche comme à l'arrêt (et si le temps le permettait, prévenait le vade-mecum). Deux navettes rapides (modèles Cigar Excelsior) offriraient aux audacieux un florilège de sensations fortes (ski nautique, parachute ascensionnel, courses de vitesse). Les curieux pourraient prendre place à bord du *Neptune*, capsule d'exploration des fonds marins, et découvrir les merveilles du monde océanique.

Le *Tusitala* possédait une bibliothèque-fumoir, une salle de spectacle, deux de gymnastique, une salle à manger décorée par le plus grand fresquiste du moment, un spa... Bref, tout ce qu'on pouvait attendre d'un navire de cette classe. Grégoire referma le vade-mecum, soupira d'aise et lança à Roberta qui jouait à cache-cache avec Lilith dans un des recoins de la suite :

– Que diriez-vous d'aller boire une piña colada au bord de la piscine ? Pour ma part, j'ai le gosier en feu.

Van der Dekken traversait la salle des machines en compagnie de Claude Renard. Les moteurs étaient prêts à condenser, les pistons à chauffer, les arbres de bronze manganèse à tourner, les hélices à brasser l'eau. Le navire frémissait d'impatience. Il n'attendait qu'un ordre de son maître pour se lancer à l'assaut de la lagune.

Les enfants Gustavson exploraient le *Tusitala*, « histoire de s'assurer que le Baron des brumes ne s'y cache pas », avait prétexté Ringo, plus intrépide que sa sœur. Aucun Baron des brumes ne fut déniché mais ils trouvèrent un plein tonneau d'eau-de-vie dans la cambuse. Les hérissons télépathes en ressortirent un peu plus tard. Le *Tusitala* avait déjà levé l'ancre ? Et par gros temps en plus ? Le pont dansait sous leurs pattes une véritable gigue. Ringo roula sous un coffre à gilets de sauvetage où il s'endormit instantanément. Michèle l'imita au beau milieu du pont.

Le chien du capitaine, un grand danois au poil vif-argent, bouclait son traditionnel tour d'inspection lorsqu'il tomba sur la petite boule d'épines. Il avait déjà vu de ces bestioles lors d'une précédente escale. Que faisait celle-ci à bord de son navire ? Il la renifla, s'aplatit, regarda sous le coffre. Une autre pelote ronflait là-dessous. D'un coup de truffe, le danois envoya le premier échidné à côté du second. Puis il trottina jusqu'à la timonerie que Van der Dekken venait de rejoindre en compagnie de son ami pirate.

– C'est ce bon gros Socrate ? fit Claude Renard en étrillant le bestiau. Comment il va le Cracate à son pépère ?

Le danois reconnut le pirate, se jeta sur lui et le lécha abondamment.

– Socrate ! Au rapport ! intervint Van der Dekken.

Le chien s'assit devant le capitaine.

– Rien à signaler ? Pas de passagers clandestins ? (Le danois émit une série de wouf rauques.) Deux hérissons, dis-tu ? (Claude Renard, qui s'essuyait un visage brillant de bave, chuchota quelques mots à l'oreille du Hollandais.) Ah, ce sont nos protégés ! reprit-il en direction du danois. Interdit de les jeter par-dessus bord. Compris ?

Socrate hocha la tête. Van der Dekken jeta un coup d'œil à la terre qu'une fois de plus il n'avait pu fouler. Le baromètre était sur beau fixe. Les ancres avaient été remontées. Il s'adressa au Chinois qui tenait la barre.

– Monsieur Ying, la haute mer nous appelle. Cinq degrés avant toutes.

Le timonier répercuta l'ordre aux machines. Un bouillonnement naquit à la poupe. La corne de brume meugla trois fois. Les passagers massés sur le pont supérieur jetèrent des serpentins vers le quai. Les chaînes de papier se tendirent, se déchirèrent et se laissèrent emporter par le vent alors que le *Tusitala* prenait de la vitesse. Les mouettes du Pirée escortèrent le navire en criaillant jusqu'aux balises flottantes qui annonçaient le grand large.

Loin, très loin de cette agitation, les parents Gustavson dormaient blottis l'un contre l'autre dans un placard de la suite Amphitrite. Télépathie oblige, ils partageaient un rêve commun. Il y était question d'une chasse sur le Janicule, de hannetons juteux et de vers croustillants.

Roberta avait fait un tour rapide du *Tusitala* au bras de Grégoire, ponctuant sa visite d'exclamations telles que « C'est beau ! », « Le teck, c'est d'un chic ! », « Cette mouette ne serait-elle pas en train de nous suivre ? ». Maintenant, elle barbotait avec Lilith dans la baignoire géante qui avait peut-être donné son nom à la suite. Elle s'était fait un masque. Les bras étendus sur les rebords de la vasque babylonienne, elle flottait dans l'eau chaude, laissant la boue accomplir son œuvre régénératrice. Entre ses pieds, Lilith essayait d'ouvrir une fiole d'huiles essentielles. Elle y parvint au terme de laborieux efforts et la versa dans l'eau du bain avec un sourire ravi.

– Miel, cumin, glycérine, acide stéarique, identifia la sorcière. Parfait contre les pattes-d'oie.

Roberta attrapa le vade-mecum et contempla les photos avant de lire le descriptif de leur périple. La croisière durerait plus ou moins trente jours, selon les courants.

– Antioche sera notre première halte, dit-elle à l'enfant. (Lilith jouait avec un petit bateau en plastique qu'elle s'obstinait à vouloir couler mais qui remontait toujours à la surface.) « Porte de l'Orient, verrou du canal des deux mers. Gnagnagna. Un guide certifié vous fera découvrir les merveilles de la citadelle, de la place du Commerce, et du palais des janissaires. Antioche sera le théâtre des troisièmes pyrotechnies de la Niña, véritable féerie de feu et de lumière. » Tu entends, ma chérie ? Nous allons avoir droit à un feu d'artifice ! *Caliente, caliente !*

Roberta agita son arrière-train tout en rondeurs et générosité. Ce qui eut pour effet de créer un microtsunami dans la baignoire. Le bateau de Lilith sombra. Pour de bon cette fois.

– Après Antioche, Jaisalmer. « La ville des maharadjahs émergera de la lagune à l'occasion du grand reflux. Le *Tusitala* s'approchera au plus près du phénomène pour vous en faire admirer la surprenante beauté. » Une ville qui sort de l'eau ! Tu te rends compte ?

Lilith s'en rendait compte. Mais elle avait une délicate opération de renflouement en cours. La mousse qui lui montait jusqu'aux épaules ne lui facilitait guère la tâche.

– Ensuite on redescend vers Ceylan. Ah... L'océan Indien, les plages tropicales, la cabane de Cipango... Grégoire voudra-t-il s'essayer au surf? (Roberta fronça les sourcils.) Tiens, le Mondorama de Wallace sera là-bas. Wallace, Wallace... rumina-t-elle. (Elle ne savait trop si le fait de croiser la route du sanctuaire flottant était une bonne ou une mauvaise nouvelle.) Espérons qu'il n'a pas rejoint le camp de Carmilla ou nous serons dans de beaux draps.

Grégoire n'avait effectivement pas cru bon de leur faire adopter une nouvelle identité avant d'embarquer à bord. D'après lui, le *Tusitala* serait le dernier endroit où Banshee penserait à venir les chercher.

– Enfin, nous verrons bien, jugea-t-elle finalement. Car, après le Mondorama, nous atteindrons l'océan des Merveilles. Et là, on passera aux choses sérieuses.

Lilith éternua, faisant s'envoler un nuage de bulles irisées. Un mince filet de sang coulait de sa narine gauche. Roberta reposa précipitamment le vade-mecum, tira la petite fille à elle et l'essuya avec un coin de serviette. L'épanchement s'était arrêté de lui-même.

– Fausse alerte, soupira la sorcière.

Lilith gesticulait pour retourner dans sa partie de la vasque. Roberta la laissa faire, le moral au plus bas.

Le temps leur était compté. Ni la pharmacopée de Plenck ni les crèmes antirides ne sauveraient Lilith contre le mal qui la rongeait. Mais Grégoire avait son idée sur la question. Cette croisière d'un mois faisait partie d'un plan, lui avait-il dit. Il avait tout prévu. Roberta expira bruyamment pour chasser ses sombres pressentiments, redressa le dos, gonfla la poitrine.

60

– Je positive, essaya-t-elle. Tout va bien. Nous contrôlons la situation.

– Token ! fit Lilith, comme pour la soutenir.

C'était la première fois que Roberta l'entendait émettre autre chose que des râles ou des borborygmes de petite bête sauvage.

– Tu parles ?

– Token Kagoun ! confirma Lilith en montrant les mains, doigts écartés.

– Kagoun Daboun ? répéta Roberta. (Lilith ferma le bec et fronça les sourcils.) Si tu parlais vraiment, nous pourrions avoir des conversations intéressantes toutes les deux, tu sais ? Maaammaannn. Maaaa...

Un mouvement creusa la mousse à la surface du bain. La délicate odeur qui flotta jusqu'aux narines de Roberta ne lui laissa aucun doute quant à sa non moins délicate provenance.

– Frais, ça. Très frais. (Lilith recommença, une nuance de défi dans les yeux.) Tu le prends sur ce ton ?

Roberta renvoya à Lilith le même regard intimidant. Une bulle énorme chassa la mousse entre les jambes de la sorcière. Lilith afficha une mine dégoûtée lorsque le nuage toxique l'atteignit. Un triomphe. Une reddition. Une déculottée exemplaire.

– Alors cocotte, on fait moins la fière, hein ?

Lilith ne bougeait pas. Et son immobilité, en soi, aurait dû inquiéter la sorcière. Il y eut un chapelet de bulles ridicules eu égard à celle qui venait de remporter le concours. Mais suivit un objet flottant long et noir. La sorcière le regarda dériver vers elle sans trop y croire. Lilith affichait un air pas très éloigné de la béatitude.

– Là, je crois que tu as gagné.

Grégoire frappa alors à la porte de la salle de bains.

– Nous sommes entre filles ! clama Roberta qui se demandait quel sort utiliser pour transformer l'horreur en douceur.

– On se presse, ordonna-t-il d'un ton rogue de l'autre côté de la cloison. Vous êtes là-dedans depuis des heures. J'aimerais me baquer aussi avant le dîner si ça ne vous dérange pas trop.

– Voilà, voilà !

Deux minutes plus tard, Roberta ouvrait la porte, Lilith dans les bras, en peignoir rose comme il se doit. Avec son masque bleu, ses yeux verts et ses cheveux rouges, la sorcière tenait du délire multicolore. Grégoire jeta un coup d'œil dans la salle de bains. Il vit un gros nénuphar en fleur flotter sur l'eau du bain.

– Vous avez fait de la magie ? crut-il comprendre. C'est ma Lilith qui a fait ce joli nénuphar ?

– Token, répondit-elle.

– Je pense que ça veut dire oui, traduisit Roberta.

– Je récupère le bain. Avec le nénuphar.

Grégoire s'enferma avant que Roberta ait le temps de le prévenir de ce qui l'attendait. Cet homme était absolument délicieux et formidable, se dit-elle. Ils étaient faits l'un pour l'autre et elle ne pourrait jamais plus concevoir la vie sans lui. Mais il avait tout de même ses petites manies qui horripilaient la sorcière. Par exemple ce côté un peu directif. On fait ci, on fait ça. Il se prenait pour le maître du monde ou quoi ?

Roberta se rendit sur la terrasse. La mer Égée était cobalt, la seule île visible au loin irréelle. La sorcière aurait pu rester là, éternellement, à admirer ce paysage conçu pour les poètes.

Mais le nénuphar ne pouvait demeurer nénuphar jusqu'à la nuit des temps. Elle entendit Grégoire hurler des imprécations interdites aux oreilles des petites filles.

– Mais où va-t-il chercher tout ça ? demanda-t-elle à l'immensité liquide.

Ce prince charmant se transformait parfois en véritable homme des bois. Ce qui, d'ailleurs, ne présentait pas que des désavantages.

– Et c'est moi qui l'ai eu, soupira la sorcière.

– Kagoun Daboun, appuya Lilith qui, sur ce point, ne pouvait contredire sa mère adoptive préférée.

Roberta sirotait un daïquiri coco punch, à moitié immergée dans le spa, profitant de la fonction Remous d'Islande. Grégoire, affalé sur un coussin flottant, se laissait dériver en contemplant la nuit étoilée. Roberta posa son verre, quitta le bord, nagea jusqu'au coussin, s'y accrocha et exigea avec des yeux de biche :

– Promettez que vous m'aimerez jusqu'à la fin des temps.

– Le ciel est d'une clarté stupéfiante. Je suis sûr qu'avec une longue-vue, on pourrait compter les anneaux de Saturne.

– Promettez que vous n'en aimerez jamais une autre.

Le coussin flottant pivota. Lorsque Roberta le contourna, Rosemonde avait disparu.

– Grégoire ?

Des éclats de voix provenaient du pont supérieur où un sushi bar tournait à plein régime. Mais ici, elle était seule. Elle frissonna en sentant un gros animal glisser entre ses jambes. Le temps qu'elle plonge, il s'était caché dans un coin sans lumière. S'il voulait lui faire peur, c'était réussi. Elle nagea vers le bord et attrapait l'échelle lorsque Grégoire jaillit du spa, la ceintura et lui fit lâcher prise.

— Espèce de grand fou !

Elle se débattit mollement tandis qu'il l'emportait au centre de son domaine aquatique. Là, résignée, elle s'allongea pour faire la planche. En effet, le ciel étoilé était de toute beauté. Saturne, bien visible, se promenait quelque part entre le fil de la Vierge et le dard du Scorpion.

— Vous saviez que les grains de beauté sur votre cuisse droite reproduisaient le dessin de la Grande Ourse ? lâcha le professeur d'histoire. Je ne l'avais jamais remarqué auparavant.

— Laissez mon haut de deux-pièces tranquille.

— Il faut que je vérifie si le Dragon ne se love pas entre vos omoplates...

À dire vrai, elle se serait bien livrée au Casanova avec la nuit pour seul témoin. Mais son souci du moment l'empêchait de se détendre complètement.

— C'est Lilith qui vous turlupine ? (Roberta hocha la tête.) Papa et maman Gustavson sont sous son lit. Michèle et Ringo nous préviendront s'il y a le moindre problème.

Les enfants hérissons cuvaient leur eau-de-vie, vautrés sur des transats près du spa. Même si elle était vaseuse, la connexion mentale avec leurs parents fonctionnait à merveille. La famille Gustavson constituait une paire d'écoute-bébés d'une grande autonomie et d'une portée appréciable.

— Elle dort comme un petit cœur, insista Grégoire. L'iode a eu le dernier mot.

— Elle a saigné du nez tout à l'heure. Ce n'est pas bon signe.

Grégoire resta coi. Effectivement, ce n'était pas bon signe.

– Les Fondatrices vont s'occuper de Lilith, laissa-t-il tomber. Elle commencera par voir Frédégonde. Vous la rencontrerez demain, à Antioche.

Roberta se remit à la verticale. C'était donc ça, le plan ?

– Vous auriez pu me le dire plus tôt !

Savoir par quel biais Rosemonde avait réussi à contacter l'esprit du Feu et comment il avait pu fixer un tel rendez-vous n'était pas la première des questions que Roberta se poserait à son sujet.

– Nous verrons aussi les autres ?

– *A priori*, oui.

– Encore faut-il qu'elles soient bénéfiques.

– Ou qu'elles puissent simplement faire quelque chose. Leurs pouvoirs ne sont pas illimités.

– Je sais, je sais.

Elle se blottit contre son homme et ferma les yeux. Il en profita pour lui retirer son soutien-gorge sans qu'elle élève aucune protestation. Roberta lui demanda simplement :

– Ceux qui font la nouba un étage plus haut ne risquent-ils pas de piquer une tête dans le spa ?

– Vous avez raison. Les nantis sont les princes des idées saugrenues.

La musique du sushi bar avait monté d'un cran. À moins que ce ne fût le sang battant aux oreilles de la sorcière. Une chose était sûre : le bas de son maillot de bain avait rejoint le haut au fond de la piscine.

– À part Renard, nous ne connaissons personne sur ce rafiot, rappela Grégoire. Nous sommes ici incognito. Ce qui nous laisse une certaine liberté.

Le caleçon de bain de Grégoire rejoignit les deux pièces en un lent mouvement de feuille morte.

– Si Claude Renard nous surprenait... la situation n'en serait pas moins gênante, argumenta Roberta.

– Je suis sûr qu'il ne nous en tiendrait pas rigueur.

Une voix aiguë descendue des hauteurs leur fit tout à coup dresser la tête.

– Roberta ! Roberta Morgenstern ? C'est bien vous ?

Un petit bout de femme visiblement pompette était perché sur le garde-fou du pont supérieur. Elle vacillait d'avant en arrière, un verre à la main.

– Vous la connaissez ? s'enquit Grégoire.

– La mère de Clément Martineau, gémit Roberta en se cachant derrière lui. Qu'est-ce qu'elle peut bien faire ici ?

– Pour une surprise ! Attendez-moi. J'arrive !

Clémentine Martineau était femme de parole. Elle enjamba le garde-fou et se laissa tomber telle une pierre droit sur eux. Grégoire tendit les bras et... arrêta Clémentine dans une posture idiote mais le verre miraculeusement droit, à un mètre de la piscine. Pourtant, le *Tusitala* continuait à avancer, lui.

– Qu'est-ce que... Quoi ? Enfin ! souffla Roberta.

– *Immobilis in mobile.* Un sort pétrifiant concocté par un peintre sorcier pour apprendre la patience aux modèles récalcitrants.

– Et vous faites ça d'une main ? Oh, vous m'apprendrez ?

– Oui, oui. Mais d'abord, vérifions que Martineau mère ne représente pas un quelconque danger.

– Vous comptez vérifier quoi, Grégoire ? Le contenu de ses poches ?

– De ses pensées, ma chérie.

Rosemonde projeta son esprit vers un des Gustavson vautré dans les chaises longues et l'utilisa comme relais vers celui de Clémentine Martineau. Il y découvrit un écheveau confus, joyeux et bruyant d'images et émotions diverses qu'il mit quelques secondes à démêler. Roberta, qui utilisait le second Gustavson, voulut lui prêter main forte. Mais Grégoire avait déjà trouvé ce qu'il voulait savoir.

– Elle ignore tout de notre fuite, dit-il. Vous lui avez même manqué. Elle vous aime bien.

Cette grande nouvelle ne fit ni chaud ni froid à la sorcière. Elle avait conservé un mauvais souvenir de leur dernière rencontre, lors de ce *happening* où Clémentine avait eu des réflexions xénophobes au sujet des gitans.

– Que faisons-nous ?

– Avançons à visage découvert mais ne laissons rien percer de nos plans les plus secrets. Mettons que nous sommes en voyage de noces...

– Et Lilith ?

– Nous avons fauté avant le mariage.

– Je ne suis pas un peu vieille pour avoir un enfant ?

– D'accord, soyons francs : vous êtes un peu tapée, mais nous ne vous en tiendrons pas rigueur.

– Goujat !

Elle voulut l'asperger mais il glissait dans l'eau autour de la sorcière. Il revenait à la charge, le bougre.

– N'y pensez même pas, prévint-elle d'une voix qui se voulait autoritaire.

– Oh que si. Je ne pense qu'à ça. Ce serait dommage de ne pas profiter de ce répit que le temps nous accorde.

La lutte fut brève et délicieuse. Quelques indéfinissables

instants plus tard, Grégoire leva son sort. Clémentine Martineau plongea dans la piscine dans un plouf retentissant, faisant sursauter les Gustavson sur leurs transats. Roberta et Grégoire avaient remis leurs maillots de bain et s'étaient écartés juste ce qu'il fallait. Clémentine remonta à la surface en ayant l'air de découvrir le spa dans lequel elle avait délibérément plongé. Le verre n'avait pas quitté sa main droite.

– Roberta. (Elle clapota jusqu'à la sorcière et l'embrassa en lui effleurant les joues, façon Club Fortuny.) C'est totalement extravagant de vous rencontrer ici. Et en charmante compagnie, qui plus est. Monsieur que je n'ai pas l'heur de connaître...

– Rosemonde. Grégoire Rosemonde, répondit l'intéressé d'une voix suave.

Il poussa le vice jusqu'à lui faire un baisemain sous le regard furibond de la sorcière. Clémentine gloussa, but un peu de son verre et recracha l'eau de la piscine en pestant :

– Pouah ! Ce champagne est infect !

Elle sortit du spa, jeta son verre dans la lagune et essora sa robe avec une belle énergie. Rosemonde et Morgenstern la suivirent. Il lui appliqua le vieux sort du séchage instantané.

– Merci, fit-elle en observant ce Rosemonde avant de reporter son attention sur Roberta. Vous avez une mine splendide. Quel hâle !

– Comment va Clément ? demanda subitement Roberta. Toujours directeur du bureau des Affaires criminelles ?

– Il n'y a pas fonctionnaire plus zélé au Recensement. À part le municipe, évidemment. (Elle leva les yeux au ciel.) Nous lui avons proposé, son père et moi, de nous accompagner dans cette croisière. Clément avait une affaire sur le feu, quelque chose dont il n'a rien voulu me dire. Et vous ! Cela fait des mois que nous ne nous sommes vues. L'hiver fut d'un fade sans votre compagnie !

– Ma caille d'amour ! appela-t-on depuis le pont supérieur.

Robert Martineau était perché sur le garde-fou, un verre à la main lui aussi.

– Robert, vous êtes devenu fou ? Vous allez tomber !

M. Martineau était aussi gris que sa femme et tout aussi obstiné. Mais il fut beaucoup moins gracieux.

– *Immobilis in mobile ?* demanda Roberta avant que Robert Martineau n'atteigne la surface de l'eau.

– Trop lourd, fut la réponse de Grégoire.

6

L'homme marchait courbé contre le vent, les mains dans les poches de son manteau au col relevé. Le froid sibérien avait vidé les rues de Bâle. Il ne croisa personne jusqu'au barrage où son identité lui fut demandée. Les miliciens se mirent au garde-à-vous en découvrant sa carte du ministère et le regardèrent continuer sa route, discutant entre eux à voix basse.

La nuit avait été marquée par des actes de vandalisme contre les portraits en pied, à cheval ou en buste dressés à la gloire d'Archibald Fould. Chaque tête de bronze s'était vue ornée d'un bonnet d'âne de la même matière et parfaitement soudée au crâne du municipe. Ce poisson d'avril n'était pas du goût des autorités. On déboulonnait déjà la statuaire pour la fondre et lui rendre sa dignité d'origine. Le patron des Affaires criminelles était-il descendu dans la rue pour traquer les malfaiteurs en personne ?

Martineau traversait le quartier ouvrier. Au bout d'une allée menant à des ateliers, il aperçut des dragons qui arrosaient un bâtiment de longs jets de flammes liquides. Les pompiers surveillaient l'opération, en retrait, pour éviter que l'incendie ne se propage. On entendait les craquements et les explosions de verre provenant de l'intérieur. La plaque du locataire disait : « Émile Planchard, sculpteur de la Municipalité ».

Il passa son chemin et s'arrêta un peu plus loin, au 14 de la rue des Roses. Il sonna. La porte s'ouvrit.

– Suzy ? appela-t-il en avançant dans la pénombre.

Le salon était vide. La maison baignait dans un cocon crépusculaire. En attendant que la maîtresse des lieux se présente, l'homme étudia la bibliothèque où le droit côtoyait la sorcellerie.

– Vous êtes là ! s'exclama Suzy en surgissant dans la pièce. (Martineau rougit comme un jouvenceau.) Le Comité nous attend dans la chambre noire. Suivez-moi. Nous ne serons pas trop de deux pour les convaincre.

La chambre, coupée du reste du monde, était à l'étage. Une fois la porte franchie, on pénétrait dans un vase clos de ténèbres, de vide, d'espace sans fin. Sans haut ni bas, ni droite ni gauche. On ne s'y tenait pas debout. On n'y flottait pas plus. On s'y trouvait comme un peu de matière perdue dans l'immensité des entremondes. Cinq personnes, Martineau et Boewens non compris, étaient présentes. Du moins, les images des corps stellaires les représentant. Car, dans cette poche d'Éther, aucun n'était vraiment là au sens le plus strict du terme.

– Je vous présente Clément Martineau, notre nouvelle recrue, fit Suzy en posant une main métaphorique sur l'épaule de son protégé. (Ce qui eut pour effet de le faire frissonner, tout désincarné qu'il fût.) Il a passé les tests de sincérité avec succès. Je réponds de lui comme de moi-même.

– Nous n'en doutons pas, chère Suzy, fit une petite étoile

71

qui clignotait dans l'espace profond. Vous êtes la plus perspi-
cace d'entre nous. Bienvenue dans la Résistance, monsieur
Martineau.

– Bienvenue, répétèrent les quatre autres présences, allumant et éteignant ici et là planètes annulaires, constellation
et naine jaune.

– Comme vous le savez sans doute, Clément Martineau
dirige le bureau des Affaires criminelles. Il est donc l'un des
rares Bâlois à pouvoir nous faire atteindre le dernier étage de
la tour du Recensement.

– L'antre secret d'Archibald Fould, intervint un membre du
Comité. Vous avez décidé de nous faire passer à la vitesse
supérieure, Suzy ?

Le ton laissait percer une certaine ironie. La jeune femme
ne se départit pas de son calme pour répondre :

– Ce n'est pas en plantant des bonnets d'âne sur les figures
du tyran que nous le ferons tomber de son socle. Fould et
Banshee ont quitté la ville pour une destination inconnue.
Vous avez entendu, comme moi, ces rumeurs concernant la
course aux sanctuaires. Ce sont plutôt eux qui ont décidé de
passer à la vitesse supérieure.

– Bien sûr, l'un et l'autre s'ennuient dans les limites de
Bâle. Il leur faut quelque chose de plus vaste. Le monde, par
exemple.

– Et en quoi fracturer le bureau du municipe changera-t-il
quoi que ce soit au plan qu'ils ont fomenté ? demanda une
planète en qui Martineau crut reconnaître Mars la rouge.

– Vous le savez, Archibald Fould a fondé son pouvoir sur
une petite fille créée de toutes pièces grâce à la science alchimique d'Hector Barnabite et de Carmilla Banshee.

72

– Faire cesser le déluge a donné à sa campagne une certaine ampleur, il faut bien le dire, commenta l'étoile lointaine.

– Pauvre enfant, ajouta la naine jaune. Heureusement que Morgenstern et Rosemonde l'ont arrachée aux griffes de cette odieuse mégère.

Le cœur de Martineau fit un bond. C'était la première fois, depuis son entrée dans la Résistance, qu'il entendait parler de son ancienne équipière.

– L'enfant est à l'abri, reprit Suzy. Nous pensions que Banshee, séparée d'elle, se retrouverait privée de ses pouvoirs. Il n'en fut rien comme nous l'avons constaté. Quoi qu'il en soit, Carmilla a encore la possibilité de créer un nouvel enfant, semblable au premier et tout aussi dangereux pour nous.

Clément savait seulement que Suzy voulait pénétrer dans la tour du Recensement. De Lilith, il ignorait tout, comme des manigances de Fould et de Banshee. L'auditoire était dans le même cas. Il ne fut donc pas le moins attentif lorsque Suzy raconta :

– Il y a quatre ans, le comte Palladio, l'inventeur des Villes historiques, invoqua le Diable, qui se présenta. Le regretté major Gruber assistait à cette invocation. Fould l'avait chargé de récupérer la signature génétique du Cornu. Ce que le major fit en revenant à Bâle avec un mégot de cigarette négligemment abandonné par le Diable avant de disparaître. Le mégot fut confié à Banshee. Elle en tira les séquences génétiques qui lui permirent de mettre l'enfant au monde. Rien ne l'empêche de renouveler l'expérience.

– Elle aurait besoin de Barnabite pour cela, affirma un

amas globulaire, silencieux jusqu'alors. Et il a disparu avec son sanctuaire.

– Le départ de Banshee signifie peut-être qu'elle est partie à la recherche de ce savoir. L'un ou l'autre des gardiens pourrait l'aider dans cette tâche, échafauda Suzy. Mais si nous parvenons à pénétrer dans le bureau d'Archibald Fould, si nous parvenons à mettre la main sur le mégot du diable...

– Il est dans le Recensement ? s'exclama la naine jaune.

– Il est alors de notre devoir de nous en emparer et de le détruire !

Une constellation brillante apparut, montrant un archer chevauchant une chimère.

– Nous ne saurions cautionner une opération suicidaire, affirma l'archer en pointant son arc sur Clément. Dites-nous, monsieur le directeur, quel est votre plan pour atteindre le bureau de votre cher municipe ?

Martineau ignora le ton sarcastique et répondit d'une voix ferme :

– Le plan le plus simple du monde. Ce soir, je me présenterai à la porte du Recensement en compagnie de Suzy... Enfin, de Miss Boewens. Le concierge nous ouvrira et nous laissera monter au soixante-neuvième étage de la tour.

– Siège du bureau des Affaires criminelles. Comment ferez-vous pour emprunter l'ascenseur ministériel ? Les personnes autorisées à l'appeler du soixante-neuvième étage se comptent sur les doigts de la main. Et vous n'en faites pas partie, à notre connaissance.

– Quelqu'un, dans la place, se chargera de nous l'envoyer.

Martineau, sûr de son coup, avait décidé de garder la surprise pour étonner Suzy. L'archer faisait la moue.

– Que de mystères... Et un intervenant de plus, ça ne me plaît pas. Il y a trop de zones d'ombre dans cette histoire.

– Nous serons seuls, plaida Suzy.

– Elle a raison, estima la naine jaune. Et si l'occasion ne se représentait pas ?

– Et si nous vous perdions ? renchérit l'archer, inquiet.

– Vous me remplacerez. Maintenant, procédons au vote. Le Comité valide-t-il l'opération ?

Le vote eut lieu. Martineau ne s'y intéressa pas vraiment. Il venait de constater que Suzy et lui avaient, inconsciemment ou non, adopté la forme de deux pulsars qui tous deux, pulsaient à l'unisson.

7

Le concierge de la tour du Recensement, un certain Isidore qui ne semblait pas porter le directeur du bureau des Affaires criminelles dans son cœur, leur ouvrit avec des courbettes exagérées. Suzy aurait dû prendre le temps de sonder son esprit. Mais Martineau, sûr de lui, l'attendait dans l'ascenseur, un doigt déjà posé sur le bouton du soixante-neuvième étage. Elle le rejoignit. Les portes de l'ascenseur se fermèrent. Ils grimpèrent dans les hauteurs de la tour.

À dix heures passées, les locaux des Affaires criminelles étaient vides. Avec le concierge, ils devaient être les seules personnes présentes dans le Recensement. Martineau invita Suzy dans son bureau. Il jeta son manteau sur le dossier de son fauteuil et contempla la vue que la baie vitrée leur offrait de Bâle. Une fête battait son plein autour du palais municipal.

– Il y a un an jour pour jour qu'Archibald Fould a commandé aux éléments, rappela Suzy. (Elle s'approcha d'un squelette de démonstration dressé sur une tringle dans un coin du bureau.) Nous ne sommes pas seuls, finalement ?

Martineau attendait, les mains dans le dos, qu'elle le cuisine. À feu doux de préférence.

– Qui est cette mystérieuse personne censée nous envoyer

l'ascenseur ministériel ? demanda-t-elle en caressant les côtes du squelette. Je sais que nous avons toute la nuit devant nous. Mais je souhaiterais agir vite si possible. Cet endroit me file la chair de poule.

– Victor, je te présente Suzy. Suzy, Victor.

La jeune femme avait les yeux fixés sur les mâchoires du squelette lorsque celles-ci se refermèrent. Elle bondit en arrière. Victor se décrochait de sa tringle avec des gestes de marionnette. Il prit son crâne à deux mains, lui fit faire trois tours autour de sa colonne vertébrale et le réenclencha avant de claquer à nouveau des mâchoires.

– Bon... jour... Victor.

Clément posa une main affectueuse sur la clavicule du squelette.

– Vous aurez du mal à le sonder. Sa boîte crânienne est vide. Mais je peux vous assurer de sa totale coopération.

– Où l'avez-vous trouvé ?

– Ici. Il agrémentait la salle de réunion du BAC d'une petite touche macabre jusqu'à ce qu'il prenne vie. Ne me demandez pas comment c'est arrivé. Tout ce que je sais c'est qu'il entretient un climat de terreur joyeuse à l'étage et qu'il constitue une arme redoutable lors d'un interrogatoire. Vous pouvez me croire.

– Vous essayez de me faire peur mais vous n'y arriverez pas, prévint Suzy.

– Vous avez raison. Je ne l'utilise pas pour les interrogatoires. Mais je le soupçonne d'avoir été joueur de belote professionnel dans une vie antérieure. Il a toujours des mains gagnantes. À se demander s'il ne triche pas. Bon, on y va ?

Ils sortirent du bureau, Martineau devant, Victor derrière,

Suzy entre les deux se retournant fréquemment pour surveiller le squelette, pas très rassurée. Ils parcoururent un dédale de couloirs au linoléum uniformément gris jusqu'à la salle des pneumatiques. Un jeu de tuyères sortait des murs, du plancher, du plafond de la petite pièce jusqu'à un appareillage constitué de leviers, de roues et d'habitacles. Clément en ouvrit un. Une navette se trouvait à l'intérieur.

– Victor ?

Le squelette savait ce qu'il avait à faire. Il s'arracha la main droite et la posa par terre. Suzy la vit galoper comme une araignée mécanique sous l'éclairage blafard, grimper sur le pneumatique et se glisser à l'intérieur de la navette. Martineau referma l'habitacle. Il tourna un levier d'un quart de tour. La navette fut aspirée vers le plafond avec un sifflement. Ils sortirent de la salle des pneumatiques, Suzy ne pipant mot, Victor se grattant le moignon.

L'ascenseur ministériel se trouvait presque en face et ils n'eurent pas à l'attendre très longtemps. La flèche lumineuse s'alluma, indiquant qu'il descendait vers eux. Quand les portes s'ouvrirent, elles dévoilèrent la main de Victor accrochée au panneau de commandes, un métatarse verni enfoncé sur l'étage des Affaires criminelles. Elle se laissa tomber sur le lino après avoir enclenché le Stop et trottina vers Victor qui récupéra son bien avec un claquement de mâchoires satisfait.

– Vous venez ? fit Martineau.

Suzy sauta dans l'ascenseur ministériel. Ils montèrent. La cabine grimpait vite et créait une impression étrange dans le creux de ses reins. À moins que ce ne soit le fait de se retrouver avec Clément dans cet espace confiné, en route pour les étoiles... Les portes s'ouvrirent sur un corridor luxueux, l'antichambre, qu'ils traversèrent. Le bureau d'Archibald Fould n'était pas fermé à clé.

– Attendez, chuchota Suzy.

Elle se plaqua contre la porte capitonnée et sonda l'espace de l'autre côté. Ne décelant aucune présence, elle pénétra dans le bureau. La lune à moitié pleine jetait un halo cendré sur la pièce immense. Un meuble Art déco, deux fauteuils clubs, des rayonnages vides, et c'était tout.

– Je n'ai aucune idée de l'endroit où a été rangé ce satané mégot, fit Martineau, un peu impressionné, malgré lui, de se tenir ainsi dans le bureau de l'homme le plus puissant de Bâle.

– Ne vous en faites pas pour ça.

Suzy se dirigea vers le meuble et enclencha les trois boutons de l'interphone en même temps. Le repose-mains s'escamota tandis que sortait de la cache un cube de métal froid, le coffre du municipe.

– Celui qui a bricolé notre cabine téléphonique a aussi conçu la cachette de M. Fould, confia-t-elle au jeune homme qui venait de la regarder faire, les yeux écarquillés.

– Je vois. Il vous a donné la combinaison ?

– Ce serait trop facile. Écartez-vous.

Clément fit quelques pas en arrière, laissant Suzy effectuer des gestes compliqués au-dessus du meuble. Il vit l'air se modifier autour du coffre, une sphère translucide apparaître. Elle sortit une tablette de matière molle de sa poche et la colla sur la porte du coffre-fort, y planta un détonateur et rejoignit Martineau, de l'autre côté du bureau.

– C'est un explosif, non ? Vous n'avez pas quelque chose de moins bruyant ?

79

– On joue sur du velours. Admirez la manœuvre.

Suzy commanda le détonateur à distance. La charge explosa sans un bruit. La déflagration se rétracta subitement sur elle-même, la fumée restant emprisonnée dans la sphère sans texture. Le coffre gisait, éventré, sur le bureau désormais orné d'une crevasse noire.

– Bulle d'Éther, expliqua Suzy. Discrétion assurée.

Elle fouilla le contenu du coffre, écarta des dossiers, s'empara d'une éprouvette métallique de la taille d'un étui à cigare. Elle l'ouvrit et en sortit un mégot frappé d'un visage ricanant. Elle le glissa dans sa poche de veste avec un sourire triomphant.

– On l'a !

– Super ! s'exclama Martineau.

La porte du bureau s'ouvrit alors à toute volée sur deux miliciens aux armes activées. Réagissant sur-le-champ, Suzy tendit les bras et jeta la sphère de vide sur les deux hommes. Les soldats furent projetés dans l'antichambre avant que les portes ne se referment. Des bruits sourds retentirent de l'autre côté, des détonations.

– Le concierge, comprit Suzy, un goût de fiel dans la bouche. Il vous surveillait.

– Isidore ?

La porte résonnait comme un gong. Elle ne tiendrait pas éternellement.

Martineau prit Suzy par la main et la mena vers une issue discrète qui conduisait au téléphérique ministériel. La cabine était à quai. Ils grimpèrent dedans et enclenchèrent le mécanisme. Le téléphérique s'ébranla en ronronnant, glissa contre le quai, jaillit de la tour. Bâle apparut, trois cents mètres plus

bas. Ils s'éloignaient de la tour du Recensement et se diri-
geaient vers celle du ministère de la Guerre.

La cabine s'arrêta brutalement. Les miliciens avaient pris
position sur le quai. Certains, un genou au sol, tiraient à bout
portant. Les vitres du téléphérique volèrent en éclats. Clément et Suzy se jetèrent à plat ventre sous une pluie de verre
brisé alors que la cabine se hérissait d'étincelles et d'échardes
de métal.

– Vous pourriez peut-être leur montrer votre carte ? proposa Suzy par-dessus le vacarme.

Clément se redressa, attrapa l'échelle qui permettait d'atteindre le toit de la cabine, y grimpa et disparut par l'écoutille. Suzy s'était blottie dans un coin lorsqu'il se laissa
retomber vers elle. Il rapportait une sorte de sac à dos qu'il
sangla autour de ses épaules. La cabine tanguait et grinçait.
La porte, fauchée par une salve, sauta de ses gonds et disparut
dans le vide.

– Vous avez déjà sauté en parachute ? lui demanda le jeune
homme avec enthousiasme.

– N... Non.

La cabine tomba vers l'avant, les jetant l'un contre l'autre.
Ils roulèrent enlacés jusqu'à la porte béante.

– Ayez confiance en moi.

Suzy s'agrippa aux épaules de Clément qui donna un coup
de reins. L'air les happa. Ils tombèrent. Le parachute du système de secours du téléphérique s'ouvrit et freina brusquement leur chute. Suzy, surprise, lâcha Martineau. Mais il la
tenait fermement serrée contre lui, par la taille. Elle osa alors
ouvrir les yeux.

Un paysage fantastique, tressé d'ombre et de lumière,

81

glissait sous leurs pieds. La tour du Recensement était déjà loin. Le vent les poussait vers le palais de justice. Clément, aux anges, souriait.

– Je vise votre jardin. Mais je ne vous promets rien.

Suzy ne fit aucun commentaire. Elle se contenta de poser doucement sa tête contre la poitrine de l'homme oiseau. Elle put ainsi se rendre compte que le cœur de Clément battait vite. Mais pas aussi vite que le sien.

8

C'était le cœur de la nuit, le moment où, sur terre comme sur mer, le commun des mortels sonde le pays des rêves. Roberta était sortie prendre l'air avec Lilith. La petite fille avait souffert d'une de ses pires crises une demi-heure plus tôt. La sorcière en tremblait encore.

Lilith s'était réveillée en hurlant, le corps recouvert d'une matière épaisse et gluante, sorte de gélatine pelliculaire composée de ses éléments constituants. Roberta avait passé la petite fille sous la douche alors que Rosemonde préparait sa médication. Combien de grammes de magnésium, de fer ou de charbon avaient été avalés par la bonde sous cette forme ectoplasmique ? Roberta préférait ne pas le savoir. Maintenant elle poussait Lilith dans son landau sur un pont-promenade désert. Celle-ci, plus fluette que jamais, fixait sa protectrice avec de grands yeux épuisés.

– Cesse de lutter, lui conseilla la sorcière. Dors.

Lilith tendit les bras en pleurnichant. Roberta avisa un transat, prit le bébé dans ses bras et s'y allongea pour la calmer. Lilith se lova contre elle en tétant son pouce. Roberta la berçait en chantant doucement :

– *Duerme, duerme, negrito. Trabajando duramente. Trabanjando o-o.*

– Je ne vous dérange pas ?

Claude Renard était sorti de la nuit sans un bruit. Il avait remisé ses armes et enfilé un costume de coton passe-partout. Mais sa poitrine était toujours serrée dans un gilet brodé. Un après-midi sur la lagune lui avait donné des couleurs. Il s'accroupit pour admirer le bébé, apparemment vaincu par la fatigue.

– Elle dort ? chuchota Roberta qui avait senti la petite fille s'alourdir.

Renard hocha la tête.

– Vous permettez ?

Il prit Lilith dans ses bras et la reposa dans le landau sans la réveiller. Roberta le regarda faire avec reconnaissance. Le pirate fit ensuite naviguer le landau d'avant en arrière suivant un rythme doux et vieux comme le bercement de la mer. Lilith était allongée sur le dos, un poing levé dans quelque geste de contestation figé et vengeur. Le pirate mit le frein au landau et s'assit dans le transat à côté de la sorcière.

– Votre frère nous escorte toujours ?

Louis Renard suivrait la même route que le *Tusitala* sur la plus grande partie de leur voyage dont les pirates avaient gardé la destination secrète. Claude était monté à bord au Pirée en qualité d'invité du capitaine. Louis était resté aux commandes de son sous-marin. Savoir les frères avec eux était un gage de sécurité pour la sorcière.

– Il nous escorte toujours.

– Le capitaine est au courant, je suppose ? s'enquit Roberta que le démon de la curiosité titillait sans relâche.

– Que Louis surveille les fonds marins n'est pas pour

déplaire à Van der Dekken. Les abysses sont peu sûrs, ces derniers temps.

– Des abysses peu sûrs, dites-vous ? Je n'en crois pas mes oreilles... Il vous arrive d'avoir peur ?

– Comme tout... le monde, répondit Renard en hésitant. De plus, nous naviguons vers l'océan des Merveilles. Et je n'ai jamais été très rassuré à son approche. (Il préféra changer de sujet.) Comment va-t-elle ? fit-il en regardant le landau.

– Fort bien. L'air marin est épatant pour notre petit bout de chou.

Claude Renard avait eu le temps, à Rome, de se rendre compte que quelque chose clochait au sujet de l'enfant. Il formula sa question autrement :

– Qu'a-t-elle vraiment ? Que lui arrive-t-il ?

Roberta sentit un poids retomber sur ses épaules. Elle se leva pour essayer de le chasser. Elle desserra le frein et marcha lentement sur le pont, poussant le landau devant elle. Le pirate s'était levé pour l'accompagner. Quel risque y avait-il à ce que Renard soit au courant ? C'était un ami, oui ou non ?

– Elle meurt, répondit Roberta dans un souffle, sentant les larmes monter à ses yeux. (Mais elle parvint à les contenir.) Plus précisément, elle disparaît.

Claude Renard, la tête basse, garda le silence.

– Vous savez comment elle a été conçue ?

– Grégoire m'en a parlé.

– Il vous a dit qu'il lui manquait un élément ? Non ? Nous ignorons ce qui s'est passé à la fin de sa conception. Banshee, Barnabite et Fould ont dû être pris de court. Lilith n'a pas eu son fer. C'est Plenck qui a découvert la vérité.

– Vos pouvoirs ne peuvent y remédier ?

85

– Ah, vivre dans un monde simple... Non, nos pouvoirs n'y peuvent rien. Cette carence est un accroc dans sa structure la plus intime. Lilith se défait, petit à petit, parfois violemment. Comme cette nuit. Plenck m'a confié une belle petite boîte à pilules pour compenser ses pertes... (Roberta noua ses cheveux en un chignon rudimentaire.) Nous la perdons, continuellement, et le processus s'accélère.

Ils s'accoudèrent au bastingage. L'écume créée par le *Tusitala* jetait des éclats phosphorescents sur la coque du navire.

– Quels sont les symptômes ?

– Otites. Grosses fatigues. Énervements. Une sueur épaisse, comme de la cire fondue, que son corps exsude. Le pire est à venir.

– C'est-à-dire ?

– L'évanescence, la transparence puis l'oubli. (Roberta repensa à son rêve du temple de la Magna Mater.) La disparition pure et simple.

La sorcière, qui s'était peu à peu affaissée, se redressa.

– Mais il faut que je vous rassure. (Elle se frotta malicieusement le bout du nez.) Il demeure un espoir. Sinon, je ne serais pas restée à danser jusqu'au milieu de la nuit.

La soirée au sushi bar avait été joyeuse et tardive. Grégoire et Roberta s'étaient même fendus d'une démonstration de flamenco, Clémentine Martineau utilisant deux coquilles Saint-Jacques pour les accompagner aux castagnettes.

– Cette croisière va nous permettre de rencontrer les Fondatrices. Enfin, c'est Grégoire qui le dit.

– Les Fondatrices ?

– Les cinq entités primordiales, patronnes des cinq éléments de base. Frédégonde pour le Feu, Chlodoswinde pour l'Eau,

Ermentrude pour l'Éther, Ragnétrude pour la Terre, Vultro-gothe pour l'Air.

– Ce sont leurs... vrais noms ?

– Elles ont été baptisées sous les Carolingiens, ou les Méro-vingiens, quelque part par là. Bref, chaque sorcière et sorcier a sa patronne élémentaire. Pour moi, c'est Frédégonde.

– Le Feu, murmura Renard.

– Vous aussi, vous avez une bonne fée. L'une d'elles s'est penchée sur votre berceau et vous suivra jusqu'à votre mort.

– C'est prodigieusement intéressant, se moqua gentiment le pirate qui avait toujours été sceptique vis-à-vis des entités réputées protectrices et surtout invisibles. Elles savent me dire l'avenir ? Elles sont plutôt marc de café ou boule de cristal ? Elles brodent des abécédaires ?

– Je ne plaisante pas. Elles existent. J'en ai rencontré une. Et elles sont douées d'un pouvoir immense. Je verrai Frédé-gonde à Antioche et je lui présenterai Lilith. Il s'agit d'un problème élémentaire, essaya de se convaincre la sorcière. Ce serait bien le diable si elle ne parvenait pas à faire quelque chose !

– Vous n'êtes pas du genre à lâcher prise, hein ?

Roberta bâilla à s'en décrocher les mâchoires. Elle remit le frein au landau, se laissa tomber dans le premier transat, fit encore un brin de conversation à Renard et s'endormit sans s'en rendre compte. Le pirate déposa une couverture sur la sorcière et resta pour contempler le spectacle de l'aube. Le ciel pâlissait déjà en direction d'Antioche.

– Un bébé, soupira Claude Renard en contemplant Lilith, toujours endormie.

Son esprit était tiraillé entre deux envies parfaitement

contradictoires. Fonder une famille et courir la lagune n'étaient pas plus compatibles qu'une poitrine féminine et un gilet trop serré.

« Au diable les Frères de la lagune », pensa-t-elle.

La femme pirate déboutonna son gilet, put enfin respirer normalement et se demanda quelle tactique d'abordage cette petite femme rousse à la respiration profonde avait pu appliquer pour mettre le grappin sur un homme comme Grégoire Rosemonde.

9

Lorsque Suzy et Clément atterrirent en douceur dans un terrain vague derrière le palais de justice, ils savaient déjà qu'ils quitteraient Bâle dans la nuit. Une embarcation clandestine leur ferait passer la digue. Une fois en haute mer, ils fixeraient leur destination. Clément voulait faire un saut chez lui, en espérant que les dragons n'y étaient pas déjà. Suzy habitait juste de l'autre côté du palais. Ils convinrent de se rejoindre rue des Roses puis de lever l'ancre au plus vite.

Elle courait en réfléchissant à cent à l'heure. Que ne pouvait-elle à aucun prix laisser derrière elle ? La chambre noire... il fallait la détruire. L'effet de souffle détruirait aussi sa maison, ses livres, ses souvenirs... Au moins, aucune information ne tomberait entre les mains de Fould. Rien de plus facile que de contacter la Résistance une fois hors d'atteinte. L'Éther était partout. Mais elle se faisait du souci pour son père. Le juge Boewens était déjà dans le collimateur du municipe.

Elle ouvrit sa porte d'un tour de clé, pénétra dans sa petite maison sombre et silencieuse, monta directement à l'étage. Dans sa chambre, elle attrapa un sac dans une armoire et y jeta le peu d'argent liquide qu'elle possédait, une photographie de ses parents, des affaires de rechange. Elle s'arrêta en entendant un bruit au rez-de-chaussée. Si c'était Clément, il avait fait drôlement vite.

Les tempes de Suzy bourdonnaient. Elle s'enferma dans la salle de bains. Le miroir lui montra une véritable souillon. Elle se déshabilla en deux temps trois mouvements. Quelqu'un montait dans l'escalier. Et elle était nue. La partie friponne de son anatomie lui chuchotait des idées à la fois douces et dangereuses.

— Ce n'est vraiment pas le moment, lui dit son image alors qu'elle se faisait une toilette de chat. Tu dois fuir avant toute chose.

Elle ouvrit la porte de la salle de bains et à distance entre-bâilla légèrement celle de sa chambre. Son cœur formait comme une pulsation sourde dans le creux de l'Éther. Les intervalles étaient de plus en plus courts.

« En plus, il est beaucoup plus jeune que toi » fut sa dernière pensée raisonnable.

La porte de la chambre fut poussée. Suzy, en tenue d'Ève, sortit de la salle de bains pour accueillir son invité.

Clément avait enfilé sa combinaison de cuir brun et rempli un petit sac à dos avant de retourner chez Suzy. Les chenillards sillonnaient les rues, sirènes hurlantes. Chaque fois, il était obligé de se cacher derrière un kiosque ou dans l'ombre d'une porte cochère. Son optimisme s'effilocha quand il se rapprocha de la rue des Roses. Un chenillard était garé à l'autre bout. Des miliciens étaient attroupés à deux pas du numéro 14.

« Elle a réussi à s'enfuir », espéra-t-il, la peur au ventre.

Il voulait s'en assurer avant de prendre le large. Il gagna le côté pair de la rue, sauta par-dessus une palissade, traversa un jardinet et utilisa un lierre grimpant pour atteindre le toit de la maison endormie. De son perchoir, le sorcier lié à l'Air apprécia la distance à couvrir. Les maisons d'ouvriers étaient collées les unes aux autres. En remontant simplement la rue par les toits, il y arriverait sans peine.

Deux minutes plus tard, il était tapi au-dessus du balcon donnant sur la chambre de Suzy. Par la porte-fenêtre, ouverte, il perçut une voix masculine, l'éclat d'une flamme... Clément glissa jusqu'au bord du balcon et se tint d'une main à la rambarde de fer forgé. Il sortit son six coups de son sac. Il n'avait aucun plan, aucune idée des forces en présence. Il n'était sûr que d'une chose : si Suzy était là, il ne l'abandonnerait pas à la Milice. Il se pencha pour regarder dans la chambre. Ce qu'il vit le pétrifia d'horreur.

Suzy était nue. Un milicien gisait à ses pieds dans une mare de sang. Elle lui avait pris son arme et tenait en joue trois miliciens disposés à différents endroits de la pièce. Deux d'entre eux étaient des dragons. Des mèches dorées tremblotaient au bout de leurs lance-flammes. Le troisième parlementait en avançant très lentement :

– Vous n'avez aucune chance. Votre maison est cernée. Posez cette arme. Vous voyez bien qu'il n'y a pas d'issue.

– N'avancez plus ! ordonna Suzy.

L'homme obtempéra. Martineau, le front en feu, arma son six coups. Les combinaisons des miliciens les protégeraient contre les balles. Et il avait toujours été un piètre tireur. De plus, que pouvait-il contre les dragons ? Elle doit se rendre, se disait-il en contemplant le profil de Suzy Boewens, sauvage et hautaine. Il ne l'avait jamais vue aussi belle qu'en cet instant terrible.

« Pose cette arme », implora-t-il.

Suzy l'entendit et regarda le jeune homme. L'expression de son visage changea. Elle ne pouvait pas se rendre car ces hommes parviendraient à la faire parler. Elle était dépositaire de trop de secrets. La Résistance ne s'en relèverait jamais. Et le mégot était dans la poche de sa veste, sur le lit. Elle s'excusa en pensée. Mais elle n'avait pas d'autre choix. Martineau comprit ce qu'elle comptait faire et passa immédiatement à l'action.

Il sauta sur le balcon et tira sur le premier dragon. La balle s'enfonça dans la carapace de l'homme qui, instinctivement, enclencha son lance-flammes. Un jet de feu lécha le plancher de la chambre et tournoya autour des jambes de Suzy. Le second dragon, suivant l'exemple du premier, arrosa la jeune femme alors que le milicien plongeait sur le côté. Les flammes frappèrent Suzy qui recula jusqu'à la salle de bains. Les dragons l'y suivirent.

Elle avait pu dresser une barrière entre son corps et la douleur. Ce qui lui permit encore de penser et de se dire que ce nigaud de Martineau ferait sans doute ce geste stupide : se précipiter dans la fournaise pour essayer de la sauver. Tandis que le feu la dévorait, elle se concentra sur son sort ultime.

Clément fit effectivement irruption dans la pièce, les bras protégeant son visage. Mais il se sentit happé par le dos et emporté au-dessus du jardin. Ivre de rage, il vida son chargeur sur les tueurs dans la chambre alors qu'un élastique invisible le jetait par-dessus les toits. La scène flamboyante s'éloignait déjà, rapetissait dans son champ de vision. Les forces de l'Éther le mettaient à l'abri, il resterait en vie.

Il survola les quartiers nord de Bâle et finit sa course sur une corniche de la montagne Noire. En bas, dans le quartier ouvrier, la maison de Suzy brûlait. Une explosion la souffla dont l'écho se répercuta contre la montagne comme un lointain roulement de tonnerre. Des sirènes de pompiers retentirent. Des lumières s'allumèrent aux fenêtres. Clément, à genoux, contemplait la scène, hagard.

– C'est moi qui l'ai tuée, gémit-il.

Le vent porta sa plainte vers les étoiles qui brillaient par milliers dans le ciel d'une pureté sans pareille.

10

– L'auberge des Chasseurs était plus pratique d'accès, bougonna Strüddle le nez dans son indicateur des *Haltes gastronomiques de la terre ferme.* Il y avait un menu du patron avec vin à volonté. (Il s'arrêta pour reprendre son souffle.) Et ce sentier nous en veut. Il n'arrête pas de monter.

– Ce qui monte redescend, philosopha Lusitanus.

– N'empêche, j'ai l'impression qu'on monte plus qu'on ne redescend depuis le déjeuner.

– Si vous n'aviez pas engouffré trois pieds de porc braisés et un baron de bière rousse, votre ventre vous paraîtrait peut-être moins lourd à transporter, grinça Vandenberghe.

– En effet, convint Strüddle. Mais c'était la spécialité du chef. Et j'ai pris des notes. Il faut que je renouvelle ma carte, moi aussi, si je ne veux pas lasser ma clientèle.

Otto sortit la carte des causses. Il avait sous-estimé le côté labyrinthique du chaos de Montpellier-le-Vieux. Cela faisait plus de deux heures qu'ils parcouraient la cité dolomitique, rebroussant chemin devant des précipices, longeant des falaises abruptes, empruntant des sentiers de chèvres sauvages. Les colonnes de granit sculptées par l'érosion en forme d'animaux étranges ne lui avaient pas été d'une grande aide. Le vieux mage avait du mal à s'y retrouver dans cet enchevêtrement de voûtes, de couloirs et de corniches en saillie.

– Sommes-nous perdus ? s'informa innocemment Amatas en bourrant sa pipe d'herbe à oiseaux.

– La taverne des Arcanes se trouve sûrement à un jet de pierre, grogna Otto. Mais avec la nuit tombante, ce plan ne m'est plus d'aucune utilité.

Ils avaient mis près de trois jours pour parcourir la moitié de la distance séparant Rome de Guëll, en coche d'eau, en diligence et à dos de mulet. Un des lieux de rencontre de la Sorcellerie était planté dans cette ville du Diable, au cœur des causses de France. Otto avait insisté pour qu'ils s'y arrêtent. D'après lui, ils ne trouveraient pas meilleur endroit sur leur route pour se faire une idée de la situation. Dans les tavernes des Arcanes disséminées à travers le monde se troquaient sorts et potins. Ils en apprendraient plus sur Banshee ici qu'ailleurs. Encore fallait-il l'atteindre, cet ici.

Amatas s'assit sur une dalle en forme d'autel pour fumer sa pipe à son aise. Grâce à ses sorts de légèreté, les sacs étaient aussi légers que des plumes. Et les bâtons de sept lieues taillés par Otto dans des branches de vieux frênes s'étaient révélés des auxiliaires infaillibles contre les traîtrises du chemin. Ce qui n'empêchait pas Elzéar d'en avoir plein les bottes. Il s'assit en râlant à côté d'Amatas alors qu'Otto frappait le sol avec le bout de son bâton suivant un rythme précis.

Le ciel était noir comme une gueule d'enfer. Les étoiles, une fois de plus, ne leur serviraient pas de guides. L'une d'elles, pourtant, apparut. Elle descendit du ciel en tournoyant et, au terme d'une vrille vertigineuse, se posa sur le pommeau du bâton de Vandenberghe. Amatas se leva et s'en approcha pour la contempler.

– Un fulgore porte-lanterne ! s'extasia-t-il en reconnaissant l'insecte lumineux.

La bestiole accrochée à la canne du recteur émettait un vrombissement furieux. Avec sa tête d'ornithorynque, ses ailes de papillon et son corps de cigale, elle ressemblait à un collage extravagant. Le fulgore émettait une lumière puissante, équivalente à celle d'une lampe-tempête, une lumière qui ondulait selon la vitesse de battement de ses ailes.

– Un seul de ces insectes vous permet de lire une gazette hollandaise écrite en tout petits caractères, continua Amatas. Ils ne vivent normalement qu'au Surinam. Si Plenck voyait ça...

Un gargouillement venant de derrière lui fit faire volte-face.

– Pardon, s'excusa l'aubergiste en se tenant le ventre.

– Allez ! (Otto souleva son bâton pour rendre sa liberté au fulgore.) Guide-nous jusqu'au dîner dont notre aubergiste se languit.

Le fulgore leur fit emprunter un chemin escarpé qui s'enfonçait dans une combe toute proche. Cinq minutes plus tard, ils s'arrêtaient devant une maisonnette noyée jusqu'au toit dans les cyprès, les saules et les arbousiers. Ses volets étaient clos.

– Holà ! De la taverne ! appela Otto en donnant des coups de bâton sur la porte. Des voyageurs affamés réclament l'hospitalité !

– Affamés et assoiffés ! précisa Elzéar.

Une voix aigrelette leur parvint de l'étage.

– Qu'ils entrent ! Nous saurons les rassasier.

Ils obéirent à l'invite et découvrirent une salle basse de plafond meublée de quelques tables et de chaises rustiques. De quoi accueillir vingt voyageurs, pas plus. Ce soir, il n'y en avait aucun. Une petite vieille apparut dans une encoignure, une lanterne de papier à la main. Elle avança courbée vers eux, tout en grognements.

– Nous voudrions une chambre pour la nuit, bonne femme, annonça Otto.

Il était deux fois plus grand qu'elle et la petite vieille fut obligée de brandir sa lanterne bien haut pour l'étudier à son aise. Elle fit pareil avec ses compagnons avant de répondre :

– Vous êtes loin des sentiers battus, voyageurs.

– Nous les avons quittés pour goûter votre cuisine, la flatta Vandenberghe. Les petits plats de l'Arcane de la ville du Diable ont fait le tour du pays de Sorcellerie.

Elzéar n'avait jamais entendu parler de cette adresse. Mais n'importe quel bon dîner l'aurait réconcilié avec son ventre. Les joues de la vieille rosirent sous le compliment.

– Vous n'êtes pas des voyageurs, mais des connaisseurs. (Elle se dirigea vers un escalier en leur faisant signe de la suivre.) J'ai une chambre qui fera l'affaire. Malheureusement, vous vous présentez en temps de disette. Mes petits plats seront, je le crains, frugaux. (Strüddle poussa un soupir résigné.) Toutefois, nous tenterons de réaliser des miracles avec le peu qui nous reste.

La chambre se trouvait sous les combles. Il s'agissait d'un dortoir. Des paillasses mitées étaient disposées ici et là. Le vent hululait entre les tuiles disjointes. Le plancher était recouvert d'une fine couche de poussière. La vieille les laissa s'installer.

– Eh bien, nous allons connaître une nuit pour le moins spartiate ! lança Amatas avec une joie forcée.

Ils déposèrent leurs bardas. Otto se débarbouilla le visage dans une bassine de fer-blanc remplie d'eau de pluie.

– Elle nous a promis un miracle pour le dîner, rappela Elzéar en se frottant les mains. Ces demeures se révèlent parfois pleines de surprises. C'est dans une baraque comme celle-là que j'ai mangé la meilleure choucroute de mon existence. Un repas gargantuesque.

Un quart d'heure plus tard, les trois amis étaient réunis dans la salle d'auberge, devant des bols de bois et des verres ébréchés, attendant qu'on les serve. La vieille apparut, une soupière fumante dans les mains. Elle remplit les bols d'un liquide verdâtre, déposa une carafe d'eau au centre de la table, puis s'installa au bout pour rouler une cigarette avec ce qui ressemblait à du foin.

– De la soupe aux orties ! reconnut Otto. Ma grand-mère m'en préparait avant mon entrée en sorcellerie. (Il prit son bol et but le breuvage brûlant à petits traits.) Délicieux. Une vraie merveille.

Ce faisant, dessous la table, il donnait des coups de pied dans les tibias de ses compagnons qui étudiaient, dubitatifs, la mixture peu ragoûtante.

– Divin, essaya Amatas en y goûtant.

– C'est chaud, jugea Elzéar en grimaçant.

La vieille les observait en fumant sa cibiche qui répandait une odeur infecte autour de la table. Elle garda le silence

98

pendant qu'Otto sauçait le fond de son bol avec un morceau de pain dur comme de la brique.

– Votre taverne est bien calme, fit-il, une fois qu'il eut terminé.

– L'époque n'est pas propice aux déplacements, répondit la vieille, lugubre.

– Vraiment ?

– Deux semaines sans voir personne, râla-t-elle. Je vais bientôt être obligée de mettre la clé sous la porte.

« Ce ne sera pas une mauvaise nouvelle », pensa Elzéar qui essayait de finir son bol, avec difficulté, pour la première fois de son existence.

– Où sont les marchands, les colporteurs, les trafiquants ? s'enquit Otto. On m'a toujours dit que les meilleures affaires se réglaient dans votre taverne.

– Avant, oui ! (La vieille cracha sur le sol de l'auberge.) Mais la peur ronge les âmes. Tout ce qui s'est vendu ou troqué ici depuis six mois l'a été par cette satanée peur.

Sentiment qu'apparemment la relique humaine méprisait.

– La peur ? releva Amatas en bourrant une pipe pour chasser le goût d'ortie de sa bouche.

– Le dernier colporteur à avoir poussé ma porte était vendeur d'agates.

– Des pierres parfaites pour éloigner les dangers, nota Vandenberghe.

– Il a tout vendu. Et j'ai vu des gens avec des queues de loup dans leurs poches. D'autres capables de débourser une fortune pour un diamant de mauvaise qualité.

– Quelle idée ! s'exclama Elzéar.

– Les diamants protègent des ennemis quels qu'ils soient. Enfin, dans l'absolu, lui apprit le recteur.

– *Mane, thecel, pharès* ! s'exclama subitement la vieille avec des yeux de braise en faisant tournoyer un doigt osseux en direction du plafond.

Elle attrapa la soupière et disparut en cuisine.

– Elle est agitée du bocal, non ? demanda Elzéar qui en profita pour vider son reste de soupe dans le puisard, près de la porte d'entrée.

Vandenberghe traduisit approximativement la formule prophétique prononcée par la vieille :

– Compté, pesé, divisé.

– Et ça signifie quoi ?

– Vos jours sont comptés.

– Ce que la main de feu avait promis au dernier roi de Babylone, ajouta Amatas.

– Lors de sa dernière orgie pour laquelle il avait utilisé les vases sacrés de Nabuchodonosor, continua le recteur.

– Par pitié, ne me parlez pas d'orgie, gémit Elzéar.

La vieille revenait avec trois tranches d'un cake brun qui dégageait une odeur douceâtre. Elzéar renifla la chose de loin avec suspicion. Otto prit sa part et en croqua un fragment avec courage.

– Oh, fit-il en tapant des mains. Une croustade à la gentiane. Je trouvais ça un peu amer quand j'étais petit. Mais celle-là m'a l'air... (Il réprima un spasme de nausée.) Particulièrement réussie.

Amatas et Elzéar l'imitèrent de mauvais cœur. La vieille, plus soupçonneuse que jamais, ne les quittant pas des yeux, se redressa d'un coup.

– Vous n'avez pas mal aux testicules ? demanda-t-elle à Elzéar qui faillit s'étouffer avec sa part de cake. Ou des ulcères pourris ? J'ai une poignée d'euphorbe qui fera votre bonheur.

– Tout... Tout va bien, bégaya le malheureux.

– Pas d'écorchures dans le fondement ? siffla-t-elle en direction de Lusitanus. Une tasse de verveine vous ferait du bien ? (Elle se tourna aussi sec vers Vandenberghe et lui proposa avec un sourire pervers.) J'ai une herbe à cochons idéale pour les problèmes de... Vous savez quoi ?

Elle partit dans un éclat de rire hystérique. Le recteur n'avait pas la bouche pleine. Sinon, il aurait tout craché de stupéfaction.

– Pourquoi les gens reviennent-ils aux talismans, aux amulettes et à la pierre ? continua-t-il après avoir jeté un regard navré à ses compagnons.

La vieille essuyait des larmes de joie au coin de ses yeux.

– À cause du grand affrontement qui se prépare, répondit-elle sur le ton de l'évidence.

– Quel grand affrontement ?

Dehors, le vent se leva et souffla dans les ravins de la ville du Diable l'ouverture d'une marche funèbre. Otto se pencha par-dessus la table.

– Parlez-nous du grand affrontement, ordonna-t-il. Qui va le provoquer ?

– Carmilla Banshee de Bâle, répondit la sorcière d'une voix creuse.

– Où est-elle en ce moment ?

– On ne sait pas.

– Que fait-elle ?

– Le tour des sanctuaires.

– Pourquoi ?

– Les rallier à sa cause. Elle prépare son sabbat.

Elzéar interrogea du regard Amatas qui lui fit signe de se taire. Otto avait réussi à subjuguer leur hôtesse, par surprise. Et maintenant il lui tirait les vers du nez. L'interrogatoire continua.

– Combien de gardiens de sanctuaire a-t-elle convaincu ?

– Deux, fut la réponse. Un troisième va bientôt les rejoindre.

– Quels sont-ils ?

– Je ne sais pas.

– S'agit-il des sanctuaires principaux ?

– Je ne sais pas.

Otto se frotta l'arête du nez. Il se trouvait dans une impasse. Il se dépêcha de changer de sujet tant que le charme agissait.

– Le nom de Lilith vous dit-il quelque chose ?

– Première femme d'Adam. Bannie du Jardin originel. Notre mère à toutes.

– Pas cette Lilith-là. Je vous parle de la fille du Diable.

– Je...

Les lèvres de la vieille se scellèrent.

– En avez-vous entendu parler ? insista Vandenberghe.

– Oui.

– Que savez-vous à son sujet ?

– Née à Bâle. Fille de Banshee. Enlevée lors du dernier sabbat du Liedenbourg. Où est-elle ? Que fait-elle ? Prime pour la retrouver. Les chasseurs ont échoué.

– Des chasseurs ? Quels chasseurs ?

– Entités des deux sanctuaires à la solde de Banshee.

102

– Banshee est-elle à ses trousses ? continua Otto, se forçant à ne pas marquer de pause.

– Oui et non.

– Comment ça, oui et non ? s'emporta-t-il.

– Elle cherche et elle ne cherche pas. Elle a plusieurs chats à fouetter.

Un formidable coup de tonnerre ébranla la taverne. La vieille poussa un cri aigu en bondissant sur sa chaise. La pluie se mit à tomber dru et crépita furieusement contre les volets.

– Votre cake est une merveille, la félicita Otto.

Les assiettes étaient vides, Elzéar ayant profité de l'égarement de la sorcière pour les vider dans le puisard. La vieille les dévisagea avec ses yeux de chouette et prit congé en marmonnant un vague « Bonne nuit ».

– Deux sanctuaires seraient tombés, chuchota Amatas une fois qu'ils furent seuls.

– Et nous ne savons pas lesquels, ajouta Elzéar.

– Et Banshee fait passer les sanctuaires avant Lilith. Ça laisse un sursis à Grégoire et à Roberta.

Ils considérèrent qu'ils n'avaient rien de mieux à faire qu'aller se coucher. Dans le dortoir, Elzéar tomba sur sa paillasse et se tourna en tous sens sans parvenir à s'endormir. Otto avait sorti le livre de Nicolas Flamel de sa couverture isolante. La couverture de cuivre dorée était tiède. Les signes gravés à sa surface brillaient étrangement. La pluie qui passait au travers du toit gouttait dans la bassine avec une régularité de clepsydre.

– N'y a-t-il pas quelque danger à se rendre à Guëll ? demanda Lusitanus. Imaginez que Garnier soit l'un des deux premiers gardiens ayant décidé de suivre Banshee...

– Il peut aussi être le troisième, ajouta Vandenberghe. L'hésitant. Dans ce cas, il faut nous hâter de lui parler. (Il haussa les épaules.) Dans le cas contraire, nous aviserons.

– En tout cas, nos inquiétudes étaient fondées. (Amatas alluma sa pipe et projeta des volutes en forme de points d'interrogation vers le toit.) Et cette étape nous aura au moins appris quelque chose d'essentiel.

– Quoi donc ?

– Que nous pouvons survivre au cake à la gentiane de la taverne des Arcanes.

Elzéar avait cessé son remue-ménage. Maintenant il grattait le plancher du bout de l'ongle. Il se leva et inspecta une poutre, puis une autre. Un peu de foin, dans un coin, attira son attention.

– Si vous cherchez un lutin des greniers pour qu'il vous raconte une histoire, lança Otto, vous n'en trouverez pas ici. La maison est par trop inhospitalière.

L'aubergiste cessa son exploration et les regarda d'un air penaud.

– Je me disais qu'une sorcière pareille était de celles qui peuplent les contes de fées, vous savez ? Avec des enfants imprudents qui s'éloignent du chemin, que l'on enferme et engraisse pour les faire rôtir.

– Et alors ? fit Amatas. Vous espériez combler votre appétit avec un farci d'Hansel et Gretel ?

– Non. Mais cette maison pourrait au moins être en pain d'épice ! explosa Elzéar en se recouchant. Ç'aurait été la moindre des choses !

Il souffla, soupira, chercha une position confortable... Heureusement, le vieil adage se rappela vite à lui : qui dort dîne.

Elzéar suivit le conseil et se livra au marchand de sable. Ce dernier, bonne poire, l'emmena au château du roi Moutarde pour lui présenter la princesse Andouillette et les Pom-Poms frites, ses riantes dames de compagnie.

11

– Je vous fais la lecture ?

– Faites, mon ami, faites.

Grégoire commença :

– « Antioche fut bâtie l'an 300 avant J.-C. par Séleucus Nicator, qui en fit le siège de son empire de Syrie, et à laquelle il donna le nom de son père. Elle se composait de quatre villes fortifiées réunies dans une même enceinte. Antioche était égale en importance à Alexandrie d'Égypte qui ne le cédait qu'à Rome, la première ville du monde. »

– On en vient, rappela Roberta, un peu snob.

– « Antioche entendit les premières prédications de l'Évangile. Les Arabes la prirent au VIIe siècle et l'environnèrent de magnifiques ouvrages de défense qui existent encore en partie. Le jeudi 3 juin 1098, les croisés s'en emparèrent après un siège des plus mémorables par l'adresse et la ruse de Bohémond, l'Ulysse chrétien. »

Grégoire referma son *Vade-mecum du passager*, un doigt en guise de marque-page et contempla la foule qui entourait la calèche à pompons et grelots où ils avaient pris place. Roberta, assise à ses côtés, protégeait Lilith sous son ombrelle. Claude Renard fumait un cigare avec un air de parfaite volupté.

– Antioche a profité de la Grande Crue pour supplanter Suez l'engloutie et s'approprier le rôle de verrou entre l'Orient et l'Occident, expliqua le pirate. Ils ont mis dix ans à creuser leur canal mais ils y sont arrivés.

Canal que le *Tusitala* emprunterait le lendemain matin en direction de l'Inde. En attendant, ils avaient l'après-midi libre pour visiter la perle de l'Orient. Renard, qui la connaissait bien, s'était offert comme guide. Roberta et Grégoire avaient sauté sur l'occasion.

– Votre frère aurait pu nous accompagner ? suggéra la sorcière.

– Le franchissement du canal est plus délicat pour un submersible. Il a pris de l'avance pour naviguer en toute tranquillité.

– Le capitaine Van der Dekken alors ? insista-t-elle.

– Il ne descend jamais de son navire. Ah, nous y sommes !

La calèche déboucha sur une place noire de monde et s'y fraya un chemin tant bien que mal. Claude Renard les avait prévenus, il ne les emmènerait ni au palais des janissaires ni dans aucun des innombrables lieux de culte de toutes confessions qui rendaient cette ville la plus œcuménique du monde, mais dans un endroit où peu de touristes osaient se risquer.

– Les bouges ? avait demandé Roberta, tout émoustillée.

– Le bazar, lui avait répondu le pirate.

Ils y étaient. Grégoire régla la course. Ils sautèrent de la calèche. Renard attrapa Lilith pour l'installer dans une nacelle accrochée aux épaules de son père adoptif. Roberta étudiait l'arche rudimentaire ornée de motifs de stuc qui s'ouvrait dans le mur devant eux. Au-delà commençait un monde de clairs-obscurs, de palabres et de senteurs épicées.

– Entrez, les incita Renard en leur faisant franchir l'arche. Entrez dans la caverne des mille et une nuits.

Le bazar d'Antioche baignait dans une lueur de sous-bois. Le jour tombait des coupoles ajourées qui surplombaient les carrefours de cette ville dans la ville. Le bazar possédait ses rues, ses places, ses fontaines et ses coupe-gorge, certifia Renard sur le ton de la confidence. Le néophyte avait de grandes chances de s'y perdre. Mais les corps de métiers qui l'avaient découpé en quartiers permettaient de s'y retrouver avec un minimum de pratique. La main de Roberta n'en agrippa pas moins, dans un premier temps, celle de Grégoire.

Tous les types humains étaient ici représentés. Teints pâles des steppes, peaux d'ébène de la haute Nubie, morgue des marins grecs et ottomans, femmes voilées et dévoilées, lascives et intouchables, vieillards jouant sur des échiquiers des parties vieilles de mille ans. Des enfants se poursuivaient en bandes. Des hirondelles nichaient sous les coupoles ou virevoltaient entre les rais de lumière comme entre les mailles d'un filet. Sons, lumières, couleurs... Renard ne leur avait pas menti. Passé le premier étourdissement, venait l'émerveillement. Chaque boutique, du bijoutier au vendeur d'armes, du facteur de pipes au tanneur de fourrures, constituait en soi un trésor.

– Baba ! Baba ! répétait Lilith sur le dos de Grégoire.

Elle avait raison. Ils étaient bien dans la caverne d'Ali Baba, le fameux voleur de grand chemin, une caverne où la plus exigeante des acheteuses aurait trouvé son bonheur, au terme d'un marchandage en règle, évidemment. Roberta, du temps de Bâle, courait les bonnes affaires lors des braderies de printemps ou d'hiver, tel un prédateur sans pitié obligé de chasser la solde soldée pour survivre. Ici, elle se sentait parfaitement dans son élément et les sens plus aiguisés que jamais.

– Madame ! Madame ! Beaux produits pour vous ! Bons prix ! la héla un vendeur de tapis.

Roberta caressa les tapis dont elle ne saurait que faire et passa son chemin, son ombrelle fermée dans une main. Le vendeur n'insista pas. Plus loin, des articles de dinanderie l'attirèrent. Elle demanda un prix au vendeur borgne, n'obtint que la moitié de ce qu'elle voulait. Grégoire souriait en l'observant. Elle était faite pour cette sorte de grand magasin comme les pantoufles de vair aux pieds de Cendrillon. Claude Renard aussi avait l'air de s'y plaire. Les Frères de la lagune étaient donc d'adeptes fervents du *shopping* ? Pour sa part, s'imbiber de l'ambiance de ce monde clos suffisait à Rosemonde.

Ils traversèrent le quartier des fabricants de pipes et firent une halte dans une échoppe de cafetier. Renard les mena ensuite dans le coin des étoffes. Un marchand sortit le grand jeu pour Roberta qui se laissa faire, ravie. Il jeta sur ses épaules des châles de Madras et des férédjé couleur jacinthe tandis qu'un apprenti déroulait à ses pieds de somptueux tapis de Caramanie. Elle craqua pour une écharpe de gaze à raies d'incarnat et d'azur. Grégoire, grand seigneur, la lui offrit.

Ce fut au tour du professeur de trouver son bonheur dans une pelleterie qui ne payait pas de mine. Une dépouille d'ours blanc, pattes écartées et gueule rongée par les mites, tenait lieu d'enseigne. À l'intérieur, un Caucasien régnait sur d'immenses armoires où ses fourrures étaient rangées à plat comme des prises de guerre. Hermines, zibelines, martres et castors, dont un blanc, très rare, furent sortis de leurs tiroirs.

Mais Grégoire cherchait autre chose, il ne savait quoi. Le marchand lui montra alors des peaux de lièvre, de chat, de renard.

– Heureusement que les Gustavson sont restés sur le *Tusitala*, lâcha Roberta, le cœur un peu retourné. Ils auraient eu du mal à s'en remettre.

– Gustavson ? Hérissons ? releva le Caucasien qui s'empressa d'ouvrir le tiroir des échidnés.

Il suffit d'un regard à Roberta pour le lui faire refermer. Grégoire porta son choix sur une pelisse de renard noir qui venait, d'après le vendeur, tout droit du Kazakhstan. Roberta n'avait jamais vu le professeur d'histoire faire ainsi sa coquette.

– Pour une affaire c'est une affaire. Et le mois d'avril est idéal pour le renard, se moqua-t-elle une fois hors de la pelleterie.

– Elle est superbe, non ? rétorqua Grégoire, fier de sa trouvaille. Elle me donne une classe d'enfer !

Claude Renard fit l'acquisition d'une veste grecque à la coupe plus féminine que masculine. Mais Roberta était blasée désormais. Grégoire, avec sa pelisse, avait gagné le concours du déguisement le plus loufoque de l'année. La course se poursuivit dans le quartier des parfums. Le simple fait de marcher dans ses allées enivrait. La sorcière acquit pour trois onces de pastilles du sérail qui embaument les baisers. Grégoire lui offrit un étui de velours brodé d'or empli de perles d'ambre gris.

– Vous êtes fou ? demanda-t-elle, sincèrement inquiète.

– Amoureux, plutôt, répondit son amant métamorphosé.

Les joailliers s'étaient judicieusement installés juste après les marchands de parfums. Ils tombèrent sur le petit groupe comme des hyènes sur un voyageur égaré, l'un vantant ses diamants de Golconde, l'autre roulant des saphirs d'Ormuz dans ses paumes burinées. Le plus audacieux assura à Roberta qu'il avait taillé ses rubis de Dgiamschid après l'avoir rêvée. Voyant Rosemonde approcher, il proposa une aigue-marine arrachée à l'océan des Merveilles pour une somme dérisoire.

Ils parvinrent à s'extraire du piège *in extremis* pour retomber dans un autre : le quartier des libraires qui arracha au professeur d'histoire un stoïque :

– Oh, oh.

Roberta récupéra la nacelle et Lilith. Grégoire se mit à farfouiller dans les caisses remplies d'ouvrages gris de poussière disséminés un peu partout. Plus loin, sur une petite place, un homme en tenue de mage s'adressait à une assemblée mêlée d'enfants et d'adultes fascinés par son discours, dans une langue dont Roberta ignorait tout, jusqu'aux intonations.

– Un nécromant, lui expliqua Renard. Un conteur d'histoires.

Rosemonde avait disparu, avalé par une librairie. Claude et Roberta s'installèrent à la terrasse d'un café et commandèrent deux sirops d'anis et un jus de raisin pour Lilith. La sorcière imaginait le professeur à quatre pattes dans un réduit infâme, en train de farfouiller dans des vieux papiers, discutant quelque point obscur avec un érudit.

– Paaapa ? fit la petite fille en regardant autour d'elle, les sourcils froncés.

– Elle a bien dit papa ? interrogea Renard.

– Il semblerait, fit Roberta, sirotant sa boisson rafraîchissante.

111

– On dit papa à un an ?

– Quand on est en avance, oui.

– Et vous la disiez affaiblie ? (Il fit tinter son verre contre le biberon de Lilith.) Tchin petit prodige.

– Paaapa ? répéta Lilith.

Roberta força Lilith à la regarder droit dans les yeux et lui annonça durement :

– Il nous a quittés pour une autre dimension. Mais tu peux être sûre qu'il en reviendra les bras chargés de livres puants, aux pages manquantes, mais absolument nécessaires à sa bibliothèque.

Il était presque six heures. Le bazar fermerait bientôt ses portes. Et cette enfant devait avoir son bain avant de rencontrer la première des Fondatrices. « Dans la soirée », avait dit Grégoire, ne précisant ni où ni quand. Renard et Roberta déambulèrent dans le quartier en attendant que Grégoire réapparaisse. Le pirate s'arrêta devant une boutique dont il connaissait le patron. L'échoppe de l'homme, minuscule, était pleine à craquer d'un assortiment d'objets dignes d'un cabinet de curiosités.

– C'est ici que j'ai fait ma plus belle trouvaille, confia-t-il, avec mystère.

Le vendeur lui sortit une cassette remplie d'objets hétéroclites. Cuiller d'écaille, petite fiole, éventail en plumes de paon, statuette de courtisane japonaise, boule de neige contenant un navire volant, il y en avait pour tous les goûts et les sommes annoncées paraissaient modiques. Renard prit un bracelet et demanda :

– *Bouni catchia veresin ?*

Le marchand donna son prix. Renard fit non de la tête.

– *Pahalli dir*, proposa le pirate.

Le marchand affecta un air catastrophé, mimant le geste de s'arracher les cheveux. Voulait-il les affamer, lui et ses cinq enfants ? Ce bracelet venait de Trébizonde, ce fragment de mosaïque de Sainte-Sophie la Majestueuse, cet œuf d'autruche de Sennaar. Sa misérable boutique ne payait pas de mine mais tout, ici, était de première main, original et... magique. Du moins, c'est ce que Roberta crut comprendre. Renard acheta finalement le bracelet aussi fin qu'une tresse de cheveux d'argent, le glissa à son poignet et parut satisfait du résultat.

Rosemonde les rejoignit, une petite caisse en bois entre les mains. Il affichait le sourire des grands jours. Sa trouvaille était apparemment de taille et la caisse particulièrement lourde et trouée, comme il se doit, par les vrillettes et autres insectes papivores.

– J'ai découvert quelque chose d'exceptionnel ! (Il ouvrit la caisse qui contenait un certain nombre de livrets reliés de papier bleu sali par des lectures successives.) C'est un *Historium*. Tous les contes, de tous les temps et de tous les pays, réunis dans une même collection !

– Formidable, commenta la sorcière avec une moue sceptique. (Les marchands repliaient leurs échoppes.) Il faut que Lilith prenne son bain.

– Pour faire d'autres nénuphars ? Bien sûr, répondit étourdiment Grégoire. Allons-y, allons-y.

Ils se hâtèrent vers la sortie, lentement toutefois. Car, sur la route, Roberta eut le temps d'acquérir de charmantes pantoufles à glands de soie et duvets de cygne. Ils retrouvèrent le grand air. Des calèches attendaient devant le bazar.

Renard négocia le prix de la course avec un cocher. Pendant ce temps, Grégoire dévoila à sa compagne :

– Frédégonde vous attendra à vingt-deux heures, au 1 de la rue du Sauveur. C'est sur la butte des Croisés, près de la muraille est.

– Si tard ? Mais Lilith dort, à cette heure-là.

– La Fondatrice a fixé le rendez-vous. Nous n'avons pas le pouvoir de le changer.

– Avec le feu d'artifice la nuit va être agitée, râla Roberta.

Ils montèrent à bord d'une calèche et les marchands les acclamèrent lorsqu'ils s'éloignèrent. Ils avaient réalisé de bonnes affaires avec ces visiteurs. Lilith, debout sur la banquette arrière, les saluait des deux mains en faisant :

– Avoir baba. Avoir baba.

12

Roberta avait laissé la poussette au pied des escaliers qui grimpaient sur la butte des Croisés. Qu'allaient-elles trouver au 1 de la rue du Sauveur ? Un temple dédié au Feu ? Une rôtisserie géante ? Une caserne de pompiers ? Un immeuble anodin avec une plaque indiquant : « Frédégonde, Fondatrice certifiée. Entrez sans frapper » ? Grégoire n'avait pu la renseigner sur ce point.

Il était resté sur le *Tusitala*. Rencontrer une Fondatrice était affaire de femmes. Lui se contentait de jouer les intermédiaires et de prendre les rendez-vous. Roberta avait tout de même emporté Hans-Friedrich. Ainsi, elle pourrait donner l'alerte au moindre problème. Du moins l'espérait-elle. Car cette butte des Croisés aux ruelles désertes et mal éclairées ne lui inspirait aucune confiance.

Au bout d'une énième volée de marches, Roberta posa Lilith ronchon et fatiguée sur un coin de trottoir à peu près propre. Le Gustavson sauta de son épaule et se posta à côté de la petite fille. La sorcière déplia son plan d'Antioche. Elle venait de localiser la rue du Sauveur, à deux pas, lorsque Lilith bascula en arrière. Sa respiration était rauque, ses jambes raides comme des piquets. Elle était victime d'une nouvelle crise.

– Oh non ! gémit Roberta.

Les bras de Lilith, ses mains et son cou étaient recouverts de cette matière rose pâle, sans odeur, gélatine tiède. Les yeux clos, blottie contre le sein de la sorcière, la petite fille tremblait comme une feuille.

Hans-Friedrich avait réintégré sa position sur l'épaule de Roberta qui parcourut les cinquante derniers mètres au pas de course. Elle tourna à droite, remonta la rue du Sauveur, s'arrêta devant le numéro 1. Il s'agissait d'une porte à battants perdus avec deux hublots aux verres opaques. Rien ne permettait de savoir ce qu'il y avait derrière. Au moment de la franchir, Roberta adressa un avertissement silencieux à Frédégonde : « Toute Fondatrice que vous soyez, disait-il, si vous échouez à sauver cette enfant, vous entendrez parler de Roberta Morgenstern. »

Elle se retrouva dans un couloir blanc éclairé aux néons. Des chariots chargés d'instruments. Des patients allongés sur des brancards et rangés contre les murs. Un guichet marqué Bureau des admissions. Un hôpital. Il n'y en avait pourtant pas sur la butte des Croisés. Des infirmiers allaient et venaient en s'interpellant. Ils frôlaient Roberta sans prendre garde à elle. Lilith paraissait désormais plus légère. Un sourire s'esquissait même sur ses traits. Le sourire des anges au moment de l'envol... Une jeune femme brune aborda la nouvelle arrivante.

– Frédégonde ? lui demanda Roberta.

L'infirmière ne répondit pas. Un coup d'œil à l'enfant lui suffit pour comprendre qu'il y avait urgence. Elle fit signe à Roberta de ne pas bouger et courut vers le guichet.

– Où est Doug ? demanda-t-elle.

– Au bloc.

– Mince ! (L'infirmière repéra un toubib à lunettes ovales et au crâne dégarni.) Marc !

– Carol ? fit le toubib en ayant l'air de se réveiller.

– Il faut que tu viennes voir ça.

Marc suivit Carol jusqu'à Roberta qui n'avait pas bougé d'un pouce. Il palpa le cou de l'enfant, écouta son cœur.

– Qui ou quoi que vous soyez, sauvez-la, implora la sorcière. Je vous en supplie.

Le toubib enroula le stéthoscope autour de son cou, prit Lilith dans ses bras et l'emmena dans une salle d'opération, Roberta et l'infirmière sur les talons. Il posa la petite fille sur la table.

– Où est Doug ? demanda Marc.

– Au bloc, répondit Carol qui branchait les appareils disséminés un peu partout dans la pièce.

– Appelle Carter.

Carol décrocha un combiné. Deux infirmières apparurent et se mirent immédiatement au travail.

– Je veux NFS, chimie-iono, gaz des sangs et cinq culots de O négatif. (Il attrapa un peu de la matière ectoplasmique du bout des doigts et l'étudia dans la lumière.) Nom d'un chien, murmura-t-il. Qu'est-ce que c'est que ce truc... Il me faut un coag complet ! (Il se tourna vers Roberta qui gardait les yeux fixés sur Lilith, si pâle dans cette lumière blanche.) Madame ! Que s'est-il passé ?

Il fallut quelques secondes à Roberta avant de comprendre que le médecin s'adressait à elle et pas aux infirmières qui enfilaient des tuyaux transparents dans des sondes, manipulaient des boutons sur des machines compliquées et

117

disposaient des objets métalliques tranchants sur un plateau chirurgical.

– C'est son fer. Et le magnésium. J'aurais dû lui en donner plus.

– Quel est son nom ? continua le médecin, un brin excédé par cette réponse pour le moins évasive.

– Lilith.

– Son âge ?

– Un an et... trois jours.

Le bip du moniteur cardiaque résonna dans la salle d'opération alors qu'un nouveau médecin faisait irruption dans la salle. Tous se figèrent pour contempler le chiffre à côté du petit cœur sur l'écran de l'électrocardiogramme. Il oscillait entre 45 et 50.

– Elle bradycarde, avança une infirmière.

– Qu'est-ce qu'on a ? demanda le nouveau venu d'une voix rogue.

Il avait relevé le tee-shirt de Lilith et tâtait sa poitrine aux côtes saillantes.

– Une petite fille d'un an, répondit Marc. État catatonique. Membres raides. Elle transpire une sorte de... gélatine.

Carol intervint et lui tendit un papier.

– Les résultats. L'anémie est totale.

Marc puis son collègue consultèrent les chiffres, l'air incrédule. Les infirmières s'étaient immobilisées. Le silence était seulement troublé par le bip de l'électrocardiogramme, terriblement lent.

– C'est un miracle qu'elle soit encore en vie, émit Marc en se grattant le crâne.

– Vous allez faire quelque chose, oui ou non ? s'emporta Roberta.

Une alarme sonna à cet instant. Roberta recula, les poings serrés devant la bouche. Les deux médecins s'étaient précipités sur la fillette.

– Elle s'enfonce ! s'exclama l'un.

– Les palettes chargées à deux cents ! ordonna l'autre.

Une infirmière approcha un plateau et tendit deux mini-sabots à électrochocs enduits de vaseline. Marc les frotta et les appliqua contre la poitrine de Lilith.

– On dégage !

Le choc, terrible, pulvérisa Lilith. Les atomes constituants de la petite fille s'éparpillèrent aux quatre coins de la salle. L'auteur de la catastrophe tenait toujours ses palettes et observait la spirale de matière qui se reformait sous le plafond. Roberta n'osait bouger. Un geste, se disait-elle, et tout est perdu. Toubibs et infirmiers retenaient eux aussi leur respiration.

Les éléments constituants se rassemblèrent en une colonne tournoyante qui se déposa sur la table d'opération et reprit la forme d'une petite fille, sans ses vêtements. Carol s'empressa de rebrancher le capteur cardiaque au bout d'un doigt, comme pour ancrer ce corps à la réalité. Le bip de l'électrocardiogramme résonna à nouveau. Lilith était encore en vie.

– Tu as déjà vu ça, Peter ? demanda Marc d'une voix blanche.

– Non.

– Je crois que nous ferions mieux d'appeler Frédérika, tu ne crois pas ?

Il y eut un échange de regards entendus. Carol décrocha le

téléphone mural. Dans les secondes qui suivirent, les portes de la salle d'opération s'ouvrirent sur une déesse sculpturale à la chevelure rousse, à la blouse outrageusement échancrée et aux bottes de cuir vermillon. Elle marcha vers la table en balançant des hanches, posa la main sur le front de Lilith, se tourna légèrement pour regarder Roberta dans le blanc des yeux.

– Frédégonde ?

La Fondatrice tapota son badge de plastique accroché à un revers de sa blouse.

– Ici, je suis le docteur Frédérika Gonde.

Elle jeta un drap sur la petite fille et débloqua les freins du chariot d'un coup de botte.

– On la monte. J'en ai pour une bonne heure, confia-t-elle à Roberta au passage. Il y a un *diner* potable à la sortie des urgences. Je vous y rejoins dès que j'ai fini.

Peter et Carol étaient sortis. Les autres infirmières faisaient le ménage et rangeaient les instruments pour la prochaine intervention. Le toubib au crâne dégarni adressa une parole réconfortante à Roberta :

– Ne vous inquiétez pas. Le docteur Gonde est le meilleur médecin du service. Elle fera tout ce qui est en son pouvoir pour sauver votre petite fille.

13

La bulle d'univers créée par Frédégonde s'était étendue à la rue du Sauveur pour y planter un *diner* du nom de Doc Magoo's. Roberta trouva l'endroit chaleureux et constata, une fois assise, que la faim lui tenaillait les entrailles. Elle commanda un hamburger accompagné de pommes frites et goûta pour la première fois de sa vie une boisson gazeuse noire comme le bitume au vague goût de cerise. Un truc à décaper les zincs de comptoir ou à déboucher les boyaux d'une vache constipée, se dit-elle. Mais pas mauvais.

Frédégonde apparut au bout de deux heures. Une bouffée de chaleur souffla dans le *diner* à son arrivée. Toutes les têtes se tournèrent vers elle, toutes sauf celle de Roberta qui appréhendait la nouvelle que lui annoncerait l'entité. Frédégonde s'assit sur la banquette face à la sorcière, sortit une cigarette, l'alluma, laissa la fumée ramper hors de ses lèvres entrouvertes en filaments rampants et paresseux. Le serveur posa un petit verre rempli d'un liquide rouge devant la Fondatrice.

– Vodka au piment, fit-elle. La seule chose qui me désaltère après une opération délicate.

Frédégonde but la moitié de son cocktail incendiaire sans broncher. Roberta attendait, le cœur rongé par l'angoisse.

– Elle est sauve, lâcha finalement l'entité. Ça n'a pas été de la tarte, mais elle est sauve. Je l'ai mise en réa. Toutefois, vous risquez d'avoir une petite surprise en la retrouvant. Pas forcément désagréable, mais je préfère vous prévenir.

Un homme pénétra dans le *diner*. Son aura était aussi puissante que celle de Frédégonde, et son sourire ravageur. Il marcha jusqu'à la Fondatrice, l'embrassa dans le cou, adressa un clin d'œil à Roberta qui se ratatina sur sa chaise, tremblante.

– Doug, roucoula la Fondatrice. Où étais-tu ? Une petite fille avait besoin de tes mains expertes.

– On m'a dit que tu t'étais très bien débrouillée sans moi. (Sa voix était aussi ensorcelante que son regard.) Je finis dans une heure. Tu passes chez moi ? On fera des gambas grillées.

Ils s'embrassèrent avec fougue, puis il les laissa.

– Craquant, non ? fit Frédégonde en récupérant un brin de tabac collé sur ses lèvres.

– Un petit extra offert par votre univers de poche ? railla Roberta, impatiente. Que vouliez-vous dire au sujet de Lilith ? De quoi vouliez-vous me prévenir ?

Frédégonde lança un regard dur à la sorcière. Elle prit son temps pour finir sa vodka, façon de lui faire payer sa mauvaise humeur.

– Elle a eu droit à de la microchirurgie. Rabotage et dédoublement des cellules. Il fallait bien ça. Sa structure moléculaire ressemblait à un vieux pull mité. Il aurait suffi d'un coup de vent pour l'emporter dans le ciel d'Antioche.

– Où se situe la surprise ?

– Le fait de doubler ses cellules l'a vieillie d'autant. Maintenant, Lilith a deux ans. Elle marche très bien et elle a plus de dix mots à son vocabulaire. Mais elle n'est pas encore prête pour le pot. Désolée.

– Elle est sauve ?

– Jusqu'à la prochaine crise.

Frédégonde posa sa main sur l'avant-bras de sa pupille en sorcellerie. Roberta sentit la chaleur émaner d'elle comme d'une source de réconfort.

– J'ai fait ce que j'ai pu. Mais son problème dépasse mes compétences. Une semaine. Un mois. Un an. Je ne sais pas combien de temps mon raccommodage tiendra. Désolée.

La petite fille avait obtenu un sursis, ce n'était déjà pas si mal. Et les autres Fondatrices seraient consultées, se dit Roberta. Lui restait à poser une question fondamentale, celle concernant ses parents qu'elle pensait avoir perdus lorsque la Crue avait submergé Bâle. Mais Ragnétrude, la Fondatrice liée à la Terre, contactée lors de sa dernière affaire au bureau des Affaires criminelles, ne les avait pas vus mourir. Qu'en était-il pour Frédégonde ? Si la Terre n'avait pas englouti son père et sa mère. Le Feu les avait-il dévorés ?

– Non, répondit l'entité sans que la sorcière ait besoin d'exprimer sa question à voix haute. Je n'ai pas vu tes parents passer.

– Alors, il se pourrait que...

– Il se pourrait que Chlodoswinde, ma chère sœur aquatique, ait le dernier mot à leur sujet. (Sa grimace en disait long sur l'estime que Frédégonde lui portait.) Les noyés sont sa spécialité. Elle en a un certain nombre à son actif.

– Je sais, tempéra Roberta. Mais laissez-moi rêver jusqu'à ce que je l'interroge.

Un homme d'allure juvénile entra dans le *diner*, une petite fille dans les bras. Lilith, dont les cheveux noirs tombaient maintenant sur les épaules, grignotait une barre chocolatée. Roberta faillit ne pas la reconnaître.

– Elle réclamait sa maman, annonça le nouvel arrivant.

Lilith quitta les bras de l'homme et courut jusqu'à la sorcière qui la serra contre elle.

– Et je vous ramène ça.

L'homme posa Hans-Friedrich sur la table. Le hérisson renifla les miettes de hamburger et se mit à laper la nappe de ketchup dans laquelle elles baignaient.

– Il a fait irruption dans la salle d'op alors que le docteur Benton pratiquait une vasectomie. Vous saviez qu'il avait une peur bleue des hérissons ?

– Carter, rappela Frédégonde, vous voulez toujours faire chirurgie l'an prochain ?

Ledit Carter hocha la tête avec vigueur, les yeux pétillants de malice.

– Alors, jouez-le profil bas. C'est Peter qui validera votre diplôme. Pas un hérisson télépathe.

Deux sonneries résonnèrent en même temps. Carter et Frédégonde consultèrent les petits boîtiers accrochés à leurs blouses.

– Le mien, fit Carter.

– C'est le mien aussi, ajouta le docteur Gonde. Le devoir nous appelle. (Elle se leva et conseilla à Roberta :) Tournez à gauche en sortant du *diner* et continuez tout droit. Vous retrouverez Antioche. Et ne traînez pas.

– Pourquoi ?

– Je me charge des pyrotechnies de la Niña. Ça va chauffer, ce soir !

– Elle va nous mettre le feu, s'enthousiasma Carter en suivant sa déesse avec une expression légèrement démente.

14

Roberta récupéra la poussette en bas des escaliers, installa Hans-Friedrich dans le panier du dessous, Lilith au-dessus, et poussa sa petite famille vers une artère brillant de mille feux. Des pénitents bleus la gravissaient au son de tambours funèbres et de violons larmoyants.

– Alors, comme ça tu as deux ans ? fit-elle sans ralentir l'allure. Dis-moi, fini les biberons ? Qu'est-ce qu'on va te donner à manger ?

– Nouilles, répondit Lilith.

– Et des légumes aussi. Courgettes, artichauts, épinards, haricots verts...

– Nouilles, s'obstina Lilith.

– Nous nous battrons plus tard. Et tu te souviens de tout ? Frédégonde a fait un travail remarquable... Voyons, comment t'appelles-tu ? Moi c'est Roberta et toi ?

– Ninith.

La petite fille se pencha vers le panier. Roberta attrapa Hans-Friedrich et le lui cala sur les genoux.

– Frifrich, fit Lilith en tirant les épines du hérisson.

– Non, non, non. On est gentil avec Hans-Friedrich. (Roberta récupéra le hérisson et le remit à l'abri.) Il va falloir

125

que je te refasse une garde-robe. (Lilith portait une chemise de nuit vert hôpital.) Et tu ne vas plus tenir dans ton lit à barreaux !

Les problèmes s'accumulaient dans l'esprit de la sorcière tandis qu'ils approchaient de la rue embouteillée par la procession. Les pénitents tiraient sur quatre énormes cordages. Plus bas, la statue de la Niña, Vénus parée d'un bleu manteau de larmes, était lentement tractée vers le haut de la butte. Le rituel consistait à faire grimper l'image de l'Eau en pleurant puis à la faire redescendre dans un climat de franche gaieté pour répéter le dramatique épisode de la Crue et, par là même, le conjurer.

Roberta ne pouvait emprunter cette artère pour rejoindre le *Tusitala*. Elle consulta son plan. Une ruelle suivait l'axe principal en dessinant une série de lacets. Elle pouvait la récupérer en revenant sur ses pas. Elle fit demi-tour avec la poussette et s'engagea dans la venelle où les échos de la fête parvenaient assourdis. Elle parcourut une trentaine de mètres et s'arrêta, les sens aux aguets.

– Tu n'as rien entendu, Hans-Friedrich ?

Quelque chose galopait sur les toits. Ce quelque chose s'arrêta. Le hérisson sauta sur l'épaule de Roberta et lui transmit ce qu'il entendait alentour, c'est-à-dire rien.

– Disons que c'est un rat à l'encéphalogramme plat, décida la sorcière.

Elle avança jusqu'à un virage en épingle à cheveux et fit brusquement volte-face. Un animal gros comme un chat sauvage venait de sauter d'une poubelle métallique pour se réfugier dans l'ombre. Le conteneur se renversa et roula dans un vacarme épouvantable. Lilith se mit à pleurer.

– Ce n'est rien ma chérie, la rassura-t-elle. Ce n'est rien.

Les galops se firent à nouveau entendre, démultipliés. Ils venaient d'en bas et d'en haut. Roberta continua néanmoins. La rue, de l'autre côté du virage, était en travaux. Le bitume en avait été ôté, laissant à nu une longue portion de sable et de gravier. Impossible d'avancer là-dedans avec la poussette. Roberta prit Lilith dans ses bras et tâta le terrain. Aucune fenêtre n'était allumée. L'éclairage public était éteint. Elle s'enfonça dans l'obscurité. Le hérisson, sur son épaule, tremblait de toutes ses épines.

– Calme-toi, Hans-Friedrich. Nous en avons vu d'autres.

Les ténèbres se refermèrent sur eux. Roberta distinguait à peine les murs sur les côtés. Il y avait quelque chose en face, une espèce de monticule. Elle n'était plus très sûre d'avoir fait le bon choix. Une explosion sourde la fit sursauter. Elle leva le nez. Une fleur jaune se déployait dans le ciel. Le feu d'artifice avait commencé.

Une deuxième explosion l'ébranla. Bleue, cette fois. Elle éclaira ce que la sorcière avait pris pour un monticule. Une muraille d'animaux, postés comme pour une photo de groupe, lui barrait la rue. Le temps que la lumière décline, Roberta reconnut une martre, deux zibelines, un astrakan et trois renards. Un énorme ours blanc régnait sur la meute. Il ouvrit la gueule alors que les ténèbres avalaient les étincelles agonisantes.

Hans-Friedrich siffla en direction des animaux sauvages. La troisième explosion montra qu'ils s'étaient élancés. L'ours blanc, retombé sur ses pattes avant, marchait sur Roberta qui avait fait demi-tour et courait vers la portion éclairée. Le feu d'artifice battait son plein et des serpenteaux de lumière zébraient le ciel en sifflant. Le sable et Lilith freinaient la sorcière. Une vingtaine de mètres la séparaient des prédateurs, bien plus rapides. Elle ne parviendrait pas à atteindre la poussette.

« Et tu l'atteindrais que tu n'en serais pas sauvée pour autant », se dit-elle.

La martre, qui ouvrait la charge, s'apprêtait à la mordre. Roberta sentit par deux fois ses moustaches la frôler. Elle bondit instinctivement de côté en entendant un sifflement fondre sur elle. Un feu de Bengale fonça sur la bestiole et la pulvérisa. Une pluie de feu s'abattit sur les animaux sauvages alors que Roberta retrouvait la rue pavée. Elle ne s'arrêta pas pour récupérer la poussette mais courut vers l'artère des processionnaires. Certains avaient rejeté leurs capuchons pour contempler le ciel d'Armaggedon.

Une fusée brisa une fenêtre et explosa dans une habitation. Un coup de semonce tonna au niveau des toits. Roberta se plaqua contre un mur pour éviter une nuée ardente de cotillons incandescents qui s'abattit sur les animaux en flammes, derrière elle.

Le gros de la meute avait été décimé. Mais l'ours, dont le pelage lançait des crépitements bleuâtres, n'avait pas abandonné. Roberta reconnut en lui la dépouille contemplée dans la vitrine du pelletier dans le bazar. Il venait de la boutique où Grégoire avait acheté sa pelisse. Des fourrures l'assaillaient. Elle était prisonnière d'un cauchemar de taxidermiste.

Elle se jeta dans la foule en proie à la panique. La plupart des processionnaires avaient fui et lâché les cordes retenant la Niña. Les autres luttaient contre le poids de la plate-forme attirée vers le bas. L'ours en feu suivit Roberta dans l'artère.

Elle sauta sur la plate-forme de la Niña, les griffes de Hans-Friedrich plantées dans l'épaule, Lilith agrippée à elle. Les derniers processionnaires lâchèrent les cordes. La plate-forme que plus rien ne retenait se mit à dévaler la pente. L'ours se lança à sa poursuite.

La statue de la dame en bleu vacillait sur son socle. Ils allaient de plus en plus vite. Des traits de feu rebondissaient contre les murs. L'ours en flammes se rapprochait, il s'apprêtait à sauter sur la plate-forme. Roberta vit deux projectiles tirés de la colline plonger vers la Niña, la contourner, foncer vers le plantigrade et disparaître dans sa gueule béante et mitée. Ils explosèrent en même temps, projetant des fragments de fourrure enflammés dans toutes les directions.

La plate-forme atteignit le port, roula le long d'un quai, glissa directement sur l'eau et s'éloigna doucement du rivage. L'artère de la procession brûlait comme une coulée de lave. Mais Roberta, Lilith et Hans-Friedrich étaient sains et saufs.

Ils se trouvaient à près d'un mille d'Antioche lorsque Grégoire apparut en compagnie de Renard aux commandes d'une vedette appartenant au *Tusitala*. Le Gustavson avait joué son rôle de balise de détresse. Ils furent hissés à bord et la vedette s'éloigna. L'image de l'Eau flotta encore quelques instants. Puis la Niña s'enfonça dans la lagune aux reflets sang et or, le visage tourné vers la ville que le Feu dévorait avec de sourds grondements de satisfaction.

15

– Alors, Archibald, qu'est-ce que vous dites de ça ?

Banshee avait fait des pieds et des mains pour qu'il quitte Bâle et la rejoigne dans ce marais puant de l'Oregon. Les moustiques qui bourdonnaient à ses oreilles lui tapaient sur les nerfs. Il avait raté la fête de son couronnement. Et la nouvelle de l'attaque du Recensement n'avait pas arrangé son humeur. De plus, depuis l'enlèvement de Lilith, moins il voyait la sorcière mieux il s'en portait. C'est donc sur un ton particulièrement excédé qu'il lui répondit :

– Qu'est-ce que vous voulez que j'en dise ? C'est un avion géant. Vous m'avez fait traverser l'Atlantique pour me montrer un avion géant. Formidable.

– Formidable, formidable, s'enthousiasma la sorcière, faisant mine de le prendre pour un compliment. Vous direz cela lorsque vous aurez vu l'intérieur. Suivez-moi.

Le municipe pénétra dans l'appareil par la queue et découvrit une sorte de tunnel vert et bleu dont l'effet de spirale était pour le moins saisissant. Ils le remontèrent jusqu'à une porte que Fould franchit avec appréhension. Pendant ce temps, Banshee racontait :

– Nous sommes dans l'Hercule H-400 construit par le

130

milliardaire Howard Hughes, le plus grand avion du monde. Son empennage arrière est haut comme un immeuble de huit étages, ses ailes sont vastes comme un terrain de football. Il pouvait emporter deux chars Sherman et sept cent cinquante soldats. Et il est... (elle frappa la carlingue qui rendit un son creux) entièrement en bois. Étonnant, non ?

La porte donnait sur un couloir dont la première porte, blindée, était agrémentée d'un judas. Fould y colla un œil et vit une cellule. Le nounours de Lilith était accroché aux pattes par quatre chaînes tendues du sol au plafond. Il ne bougeait pas. Il était sale. Son oreille gauche avait été arrachée. Le municipe eut un serrement au cœur en pensant à la petite fille. C'était bête à dire, mais elle lui manquait.

— Archie ? l'appela Banshee de sa voix aigrelette.

Elle l'attendait devant un carré de terre où poussaient des plantes tortueuses aux feuilles maladives. Fould prit ses distances en constatant que l'espèce d'orchidée, au centre, tournait ses corolles noires en le suivant dans sa progression. Ils arrivèrent devant une échelle qui montait et descendait par deux conduits distincts.

— En bas, les appartements. En haut, la cabine de pilotage, annonça la sorcière.

Banshee grimpa les échelons, atteignit la cabine et s'assit devant un panneau constellé de commandes, de manettes, et de cadrans. Le municipe la suivit dans le nez de l'appareil monstrueux. Face à eux, les brumes du marais rampaient à la surface d'une eau brune où flottaient des débris indéfinissables. Fould, las, s'assit. Il n'avait qu'une envie : rentrer à Bâle et profiter de son règne.

— Vous m'avez fait parcourir tout ce chemin pour me

montrer votre nouveau palais flottant ? grinça-t-il. Très réussi. Surtout la cellule. Je vous enverrai des poupées récalcitrantes.

Banshee avait mis sa ceinture de sécurité. Elle manipulait des interrupteurs, concentrée.

– Vous êtes moqueur, Archie. Alors que notre croisade commence vraiment maintenant. Un personnage historique se doit de rentrer dans l'histoire la tête haute. Et je vous signale que ce palais n'est pas flottant, mais volant.

Fould observa les manipulations de la sorcière, une vague inquiétude au ventre.

– Vous ne comptez pas faire décoller cette relique ? Hughes avait échoué, si je ne me trompe.

– Le *Spruce Goose* a volé soixante secondes le 2 novembre 1947. Nous allons faire mieux.

C'en était assez. Fould voulut se lever. Les ceintures l'en empêchèrent en se croisant contre sa poitrine et en le plaquant au siège.

– Eh ! fit-il. Carmilla ! Je vous somme de… Je dois rentrer à Bâle !

La sorcière pianotait sur les cadrans avec ses ongles longs.

– Altimètre okai. Niveau d'essence à zéro okai. Palonniers okai.

Elle regarda par le hublot côté gauche et fit par quatre fois le geste de lancer les hélices. Les pales immenses se mirent à tourner en vrombissant. Elle renouvela le geste du côté droit. Les quatre autres hélices se mirent à l'unisson des autres. L'énorme hydravion s'ébranla pesamment.

– Écoutez, essaya Fould. Voilà ce que nous allons faire : vous faites décoller ce truc et moi, je vous suis en Pélican. D'accord ?

– Je m'ennuierais, toute seule. Qui me ferait la conversation ? Oh non, Archie. J'ai besoin de vous. Et vous êtes un vrai chef de guerre, fit-elle, les sourcils froncés. Vos conseils seront précieux et récompensés à leur juste valeur.

– Mais Bâle, ma ville...

– Se gouvernera sans vous. Et puis, si tout va bien, nous ne serons pas partis très longtemps.

Fould vit son Pélican glisser sur le côté. Les pilotes se battaient contre deux caïmans qui avaient réussi à grimper sur les flotteurs. Un troisième reptile s'apprêtait à se jeter sur eux, par-derrière. Banshee avait attrapé le volant des deux mains et regardait droit devant elle. Elle augmenta le régime des hélices. L'eau cogna sous la coque. Fould s'accrocha à ses accoudoirs. L'oie titanesque allait se disloquer.

– Vous allez nous tuer, pleura-t-il.

La limite du marais apparut, enchevêtrement d'arbres noirs et tordus. Les caïmans attendaient, sur les rives, qu'ils s'écrasent. Fould ne voulait pas finir dévoré par un de ces bestiaux. Sa bouche s'ouvrit lentement sur un cri, d'abord rauque et étouffé. Banshee l'imita, les yeux écarquillés.

Elle tira le volant contre son ventre. Le nez se souleva. L'hydravion s'arracha au marais avec une lenteur terrifiante. Les arbres glissèrent sous eux et furent avalés par la brume. Ils foncèrent vers les hauteurs du ciel en tapant contre les couches d'air, suivant une pente vertigineuse. Le *Spruce Goose* transperça les nuages, vira pesamment sur l'aile et prit la direction de l'est.

16

L'homme était grand. Ses cheveux bruns tombaient en vagues ondulantes sur un visage au teint trop pâle pour ces tropiques. Ses yeux, bleus, étrangement écartés, lui donnaient un air mélancolique. Mais ils pouvaient se révéler changeants comme la surface d'un lac d'Écosse. Parfois paisibles et insondables. Parfois tourmentés, durs et dangereux. Leur couleur virait alors au gris. Et celui qui les contemplait ne pouvait s'empêcher de détourner le regard.

Il étudiait une maquette de deux pieds de haut posée sur une table basse : le phare de Skerryvore au cinquantième, édifice connu des marins des mers du Nord et bâti par son père. Les petites pierres de lave reproduisaient à la perfection l'aspect mat du granit des Highlands. Mais il lui manquait le plus important, ce qui finalement guidait le marin de nuit, qu'il y ait ou non tempête, et qui s'apparentait si bien à une étoile, le fanal qui avait sauvé tant de vies humaines.

Le caquètement d'un renard volant arracha l'homme à ses pensées romanesques. Il se rendit d'un pas traînant jusqu'à la véranda. Le soleil se levait sur le haut des falaises à pic qui entouraient la vallée, peignant les crêtes de safran, d'œillet et de rose. Dans le golfe, le Pacifique était encore plongé dans l'ombre. Mais de la route menant au port provenait une certaine agitation. Quelqu'un montait vers son domaine malgré l'heure matinale. Il n'avait pourtant prévu aucune visite ?

L'homme entra dans sa demeure pour s'allumer une cigarette et tourna autour du phare, rouvrant les portes de son imagination. Quelle histoire associer à ce fragment d'univers ? Une histoire de fantômes, de sang et de douleurs, forcément. Des naufrageurs auraient pu s'installer dans ce bâtiment pour le moins trompeur, attirer les navires sur la côte et les dépouiller à leur aise... Pourquoi situer l'intrigue dans la vieille Écosse ? Et si, pour une fois, les choses se déroulaient à notre époque et non au temps de Jacques Ier ? Un roman contemporain. La sauvagerie aux portes de vos villes. Voilà qui donnerait du piquant à l'affaire !

Un bruit de pas sur la véranda, deux coups légers frappés contre le montant de la porte lui dirent que l'étranger était arrivé. O'Talolo l'accompagnait. Le serviteur s'approcha pour glisser quelques mots en samoan à l'oreille de son maître. Le visiteur était arrivé au port la veille au soir, débarquant d'un baleinier en route pour l'Australie. O'Talolo l'avait trouvé sur un baudet à la limite du domaine.

– Va donc préparer le petit déjeuner et laisse-nous, lui demanda son maître dans le dialecte des îles.

L'indigène frôla l'étranger pour sortir, et en profita pour exhiber des incisives percées qui faisaient sa fierté.

– Ces insulaires ne sont pas dangereux, rassura l'homme en incitant l'étranger à entrer. Nous manger a été déclaré sacrilège par leur dernier roi. Ce qui nous met à l'abri de tout acte de cannibalisme.

Le nouvel arrivant retira son couvre-chef et se présenta.

– Mon nom est Ernest Pichenette. Je viens de Rome pour vous rencontrer.

– De Rome ? Vous avez traversé la moitié du globe ?

– En usant de tous les moyens de locomotion et en six jours, ce que je considère comme un exploit, vu les problèmes de correspondance. (Pichenette sortit de sa veste un papier plié et replié maintes fois déjà.) Je suis bien au Club des lunatiques, île d'Ulufanua ? Au port, on semblait vous connaître.

Ce salon de bois exotique et sa décoration particulière – gravures de Piranèse, banjos et guitares, des livres encore des livres, et le phare en réduction – pouvait en effet correspondre à l'ambiance d'un club tel que Pichenette se l'imaginait. Mais il y manquait les membres devisant autour d'un verre de brandy et l'inévitable plaque de bronze annonçant la couleur à l'entrée.

– Pardonnez-moi, s'excusa le maître de maison après un silence. En effet. Je suis le trésorier président et, pour l'instant, l'unique membre honoraire du Club des lunatiques. Je vous souhaite la bienvenue à Vaïlima, le domaine des Cinq-Rivières. Venez, nous allons prendre le breakfast.

Pichenette, soulagé d'avoir atteint son but, se laissa guider jusqu'à une grande table de teck. Il s'assit avec gratitude dans un fauteuil en rotin. La dernière étape de son voyage lui avait tanné le postérieur. O'Talolo réapparut avec deux assiettes d'œufs brouillés et de lard fumant ainsi qu'une cafetière qui dispensait un arôme divin. Pichenette tomba la veste et remonta ses bras de chemise, comme son hôte, qui lui servait une tasse de café.

– Alors vous représentez le Club à vous tout seul ? demanda-t-il en prenant l'assiette que l'homme lui tendait.

– L'avant-dernier lunatique m'a quitté il y a dix ans. Notre petite association n'a jamais été composée de personnes extrêmement fixées, vous comprenez ? Mais il est plus vieux que la Couronne anglaise. Sa fondation aurait eu lieu à Alexandrie, du temps de sa splendeur. Si les documents que je conserve sont authentiques, évidemment.

Pichenette arrêta sa tasse au bord de ses lèvres.

– Quelles sont les conditions pour y appartenir ?

Le regard de l'homme se durcit.

– Quels sont vos biens ?

– Ceux que je porte avec moi, avoua Pichenette à regret.

– Parfait. Quelles étaient vos occupations avant de venir dans cet antre du bout du monde ?

Pichenette se confia à l'homme en se demandant s'il n'avait pas été hypnotisé. Mais alors, il n'aurait pas eu conscience de parler.

– Je suis le fils d'Ernest Pichenette, auteur de *Crimes atroces et assassins célèbres*. Lorsque je me suis mis à mon compte, j'ai épousé la profession de journaliste. J'ai notamment couvert les événements de Bâle, cette affaire du Baron des brumes dont vous avez peut-être entendu parler. Puis j'ai été obligé de fuir en compagnie d'une bande de sorciers et d'une confrérie pirate, les Frères de la lagune. En fait, je suis en mission pour eux. Ils m'ont envoyé vous rencontrer.

L'homme parut éluder la dernière partie de ces révélations. Chaque chose en son temps, disait l'expression sur son visage.

– Vous avez tâté de la plume journalistique ? Et le métier d'écrivain ne vous a jamais tenté ?

Pichenette rougit en se tortillant sur sa chaise.

– J'ai quelques projets de drames historiques, avoua-t-il.

137

Mais plus le temps passe plus je me sens attiré vers mon premier amour.

– Qui est ?

– Le Crime, lâcha-t-il dans un souffle. La continuation de l'œuvre de mon père. Les bas-fonds vus par le prisme romanesque. De récents événements m'ont, depuis, un peu écarté de ma tâche. Mais je compte bien m'y remettre dès que je trouverai l'environnement calme pour ce faire.

L'homme se leva et ordonna, un doigt tendu :

– Ne bougez pas.

Il laissa Pichenette et revint une minute plus tard, un livre entre les mains.

– *Vies des pirates et voleurs de grand chemin*, annonça-t-il d'une voix de stentor.

– L'ouvrage du capitaine Johnson ? Vous permettez ?

Pichenette étudia la table des matières avec attention. L'autre le fixait d'un regard indéfinissable. Pichenette, le sentant, reposa le livre sur la table. L'homme lui tendit la main. Pichenette tendit lentement la sienne. Une vigoureuse séance de *shake-hands* lui fut administrée, ce qui manqua de lui démantibuler l'épaule

– Je vous nomme membre du Club des lunatiques. Nous allons organiser une petite fête pour votre arrivée. Avec séance de lanterne magique. Les indigènes en raffolent.

– C'est un honneur. Je ne sais comment vous remercier.

L'homme marcha jusqu'au phare, prit un petit coffre au trésor jeté par une tempête imaginaire au pied de l'édifice et l'ouvrit en direction de son invité.

– Merci, je ne fume pas, s'excusa Pichenette.

138

L'homme alluma une cigarette et donna un ordre à O'Talolo qui s'empara du sac du nouveau membre du Club.

– Il va vous montrer vos appartements. Nous déjeunerons
à midi, si vous le voulez bien.

Pichenette se leva pour suivre O'Talolo. Il s'arrêta sur le
seuil de la véranda, le front barré d'un pli soucieux.

– Il ne me semble pas que nos routes se soient croisées
auparavant. Néanmoins, votre visage me dit quelque chose...

Les traits du maître de Vaïlima étaient cachés par l'écran
de fumée de sa cigarette. Ce qui n'empêcha pas Pichenette de
les reconnaître quand il entendit l'homme lui répondre :

– Mon nom est Robert Louis Stevenson. Et il se peut qu'en
effet vous ayez déjà entendu parler de moi.

17

Antioche, Babylone, Qasab, Jamnagar... Le *Tusitala* s'était laissé porter par le canal d'Al-Djézireh sous l'œil des tribus barbaresques, à cheval, sur les flancs des montagnes syriennes. Puis il avait atteint le golfe Persique en suivant le lit des anciens fleuves babyloniens. Les haltes s'étaient succédé, joyeuses et colorées : comptoir de Gavbandi célèbre pour ses bois sculptés, fête des fleurs de Chab Balbar, visite de Bhuj l'engloutie.

Le *Tusitala* remontait le golfe de Kuch, anciennement rann ou désert. Une armada hétéroclite allait dans la même direction. Boutres, barques de pêcheurs, radeaux flottants tirés par des remorqueurs, crevettiers... Tous se rendaient à Jaisalmer qui, demain, à l'aube, sortirait miraculeusement des flots.

– Enfin, il n'y a rien de miraculeux là-dedans, mon petit Hans-Friedrich, se hâta de préciser la sorcière. C'est juste l'effet de reflux succédant à une grande marée que nous allons observer.

Le hérisson était pelotonné sur les cuisses de Roberta. Il dormait à moitié. Et il avait chaud. Trop chaud. Lui et ses congénères n'étaient pas adaptés à ces contrées torrides. La sorcière sentit son malheur. Elle attrapa un glaçon dans la vasque à fruits frais posée à côté d'elle et le fit fondre sur les épines du rongeur qui exprima mentalement sa gratitude.

Une partie de *shuffleboard* se déroulait sur le pont inférieur. Robert et Clémentine Martineau jouaient l'un contre l'autre avec de vrais palets de pierre, comme au curling. Clémentine venait de lancer le sien vers la cible quadrillée. Mais il lui manqua dix bons mètres pour l'atteindre. Son mari, déjà en position, rassembla toutes ses forces. Son palet dépassa la cible. N'eût été le quartier-maître qui surveillait la partie et l'intercepta, il aurait continué jusqu'à la proue en dévastant tout sur son passage.

« Où trouvent-ils cette énergie ? » se demanda Roberta.

Après huit jours de croisière, la sorcière accusait un peu le coup. Il fallait bien que quelqu'un s'occupe de Lilith quand Grégoire, qui se couchait à point d'heure, faisait la grasse matinée. En tout cas, le professeur d'histoire profitait de la vie dans les grandes largeurs. Piscine à onze heures, parachute ascensionnel à quinze, tournoi de fléchettes à dix-huit... On aurait dit qu'il avait décidé de tester tous les loisirs offerts par le navire. Où était-il maintenant ? En train de faire du ski nautique, accroché à l'arrière d'un Cigar, un verre de Martini à la main ?

– Je suis là, très chère. Tout à vous, comme il se doit.

Hans-Friedrich ne l'avait pas senti venir, ni Roberta. Grégoire s'assit à côté de la sorcière, attrapa une figue dans la vasque, la déshabilla et en aspira la pulpe tout en suivant la partie en contrebas. La pierre de Clémentine s'était arrêtée dans le deuxième cercle, sous les applaudissements des spectateurs.

– Je quitte le capitaine Van der Dekken, lâcha-t-il. Il m'a confirmé que nous serions à Jaisalmer demain matin.

Des mouettes se croisaient au-dessus de leurs têtes.

Grégoire leur lança son reste de figue. L'un des grands volatiles blancs l'attrapa et s'éloigna avec son butin en poussant
un criaillement de victoire.

– Chlodoswinde y sera aussi.

Roberta releva ses lunettes de soleil pour dévisager Grégoire.

– Frédégonde à Antioche, Chlodoswinde à Jaisalmer...
Pouvez-vous me dire comment vous faites pour organiser ces
rencontres ?

– Vous aviez bien vu Ragnétrude sans l'aide de personne ?

– La Terre est fixe. Nous savons que les quatre autres Fondatrices sont insaisissables.

– Eh bien, dites-vous que je lance des invitations à ces
dames et qu'elles ont la délicatesse d'y répondre. Mais je dois
vous avouer que je suis agréablement surpris par le geste de
Chlodoswinde. Je la pensais moins disponible.

Un cri de rage retentit sur le pont inférieur. Robert Martineau avait réussi à pousser la pierre de sa femme hors de
la cible avec son palet et il paradait sous les hourras de ses
supporters.

– Le capitaine ancrera le *Tusitala* à au moins deux milles
de la ville. Vous embarquerez dans le sous-marin de Louis
Renard qui vous y emmènera et vous en ramènera.

– Je pourrais très bien ne pas revenir, se permit de préciser
Roberta.

Grégoire joignit les mains sous son menton.

– Nous avons certes fait une erreur en sous-estimant les
pouvoirs de Banshee. Mais Antioche était une ville de terre
ferme. L'eau ne découvre Jaisalmer qu'une fois l'an. Aucun

142

être vivant ne peut y vivre. À part les crabes, évidemment. Ah, joli coup, Clémentine !

La pierre de la petite femme avait, à la stupéfaction de tous, contourné la cible pour repartir dans l'autre sens et percuter de plein fouet le palet de son mari, le chassant au loin. Robert le vit revenir à ses pieds avec une expression d'incompréhension totale.

– Vous ne seriez pas en train de lui donner un coup de pousse ? insinua Roberta en coulant un regard suspicieux vers Grégoire.

Il avait attrapé un fruit de la passion.

– Nous méritons tous notre ange gardien, répondit-il en suçant la chair juteuse.

Robert relança son palet. Le coup était parfaitement calculé. La pierre glissa jusqu'à celle de sa femme au centre de la cible. L'ex-æquo allait être décrété lorsqu'elle effectua tout à coup un mètre sur le côté, à la stupéfaction des spectateurs.

– Grégoire ! s'exclama Roberta, rouge de colère. Vous n'êtes pas très sport !

Il lui renvoya un air innocent et jeta son reste de fruit dans le ciel. Une mouette s'en empara et s'éloigna d'un battement d'ailes. La partie de *shuffleboard* reprit un tour plus orthodoxe. Clémentine et Robert rataient plus souvent les cibles qu'ils ne les atteignaient. Mais les scores restaient serrés. Roberta avait l'esprit ailleurs. Elle songeait aux Fondatrices.

Lilith n'avait pas eu de crise depuis l'opération de Frédégonde. Et ils n'étaient pas de trop, à quatre hérissons télépathes et deux adultes sorciers, pour canaliser son énergie. Mais Roberta gardait l'avertissement de la Fondatrice à l'esprit : l'enfant était en sursis.

Et puis, il y avait cette question qu'elle attendait de poser à Chlodoswinde : s'il se révélait que ni la Terre, ni le Feu, ni l'Eau n'avaient vu ses parents mourir, alors ils étaient encore vivants, quelque part... L'espoir réchauffa sa poitrine. Elle ajouta de la puissance à la pierre que Robert venait de lancer mollement pour lui faire atteindre la cible. Grégoire n'eut pas l'air de s'en apercevoir.

– L'entité que vous allez rencontrer est puissante, marmonna-t-il, inquiet. Peut-être plus que ses sœurs.

– Pourrait-elle se montrer dangereuse ? Et si elle avait décidé de servir Banshee ?

– Les Fondatrices ne servent qu'elles-mêmes. De plus, elles ne peuvent s'incarner que pour de très courtes périodes. Même si Chlodoswinde vous considérait comme une ennemie, elle ne pourrait agir contre vous qu'au travers de ce qu'elle représente.

– Là, Grégoire, vous me rassurez. Je vous rappelle que je suis presque entièrement constituée d'eau.

– Ne craignez rien, ma fontaine, fit-il en l'embrassant. Je boirai encore à vos lèvres bien après l'achèvement de cette histoire.

La pierre de Robert dessina un cœur avant de revenir à nouveau entre ses pieds. Il s'accroupit pour l'ausculter. Cette fois, il en était sûr, un petit malin s'amusait à ses dépens. Peut-être utilisait-il un aimant depuis le pont inférieur ? Plus haut, Grégoire, content de lui, allumait une cigarette. Il n'avait jamais eu à se plaindre de l'effet provoqué par ses baisers.

– Vous êtes passé voir Lilith ? demanda la sorcière, radoucie.

La petite fille profitait de la crèche du *Tusitala* où une

dizaine de monstres étaient accueillis à heures fixes. Finalement, Roberta savait gré à Frédégonde d'avoir offert un an à leur fille. Elle savait maintenant faire sur le pot et se passait de ses parents pendant des après-midi entiers. Elle commençait à vivre sa vie, d'une certaine manière.

– Un petit garçon semble très intéressé par elle. Il la colle depuis trois jours. Il a essayé de l'embrasser.

– Le coquin.

– Et elle l'a mordu.

– Mais c'est très mal de mordre !

– Bien sûr, convint Grégoire. Il faut que je vous dise... Le courtisan s'appelle Adam.

La Lilith originelle était citée dans les récits bibliques comme la première femme d'Adam et l'égale du premier homme. Elle avait plaqué le mâle conquérant dans son jardin d'Éden. La Haute Instance l'avait virée pour refus de soumission. Une certaine Ève, plus docile, l'avait remplacée.

– Vous avez vu ses progrès ? continua le père, admiratif. Elle m'épate un peu plus chaque jour. Elle retient tout ce qu'on lui dit. Et elle adore que je lui raconte des histoires. Finalement, j'ai bien fait d'acheter ce coffre à contes dans le bazar d'Antioche.

Roberta adorait le moment où Grégoire s'asseyait à côté de Lilith dans son lit avant de s'endormir, lorsqu'ils passaient tous deux, comme il aimait à le dire, un pacte féerique. Le conte prenait alors le pas sur la réalité. La suite Amphitrite s'estompait pour céder la place à un château, à une forêt profonde ou à une mer de sable parsemée de mirages. À l'écart, la sorcière profitait de la lecture. Lilith, quant à elle,

145

écoutait avec les yeux, en fixant les vignettes qui illustraient les histoires.

— Elle a aimé *Le Petit Chaperon rouge* ?

— Et comment ! Surtout quand la mère-grand se fait boulotter. Ce soir je lui lirai *Le Petit Poucet*. Des enfants perdus par leurs parents dans la forêt, ça la fera réfléchir, ajouta-t-il avec un air pervers.

Clémentine était sur le point de remporter la partie. Ses trois derniers palets s'étaient arrêtés au cœur de la cible. La sorcière, censée soutenir Robert, ne découvrit la situation que trop tard. Martineau père lançait son avant-dernier projectile, la mine défaite. Sa femme le regardait, bras croisés, sourire moqueur.

— Vous avez profité de mon inattention, le gronda Roberta.

Claude Renard apparut à cet instant, dispensant le professeur de se défendre. Le pirate tendit un bout de papier à la sorcière.

— Un télégramme de Plenck, annonça-t-il. Louis l'a reçu ce matin.

Roberta l'ouvrit avec fébrilité et lut : « Suis arrivé à bon port. Travaille d'arrache-pied. Des nouvelles bientôt. Plenck. »

— C'est tout ? s'étonna Grégoire après avoir lu par-dessus son épaule. Il ne dit même pas où il se trouve ?

— Celui-là vient de loin, fit Renard. De Scandinavie.

— De Scandinavie ? s'exclama Roberta. Qu'est-ce que Plenck est parti faire dans le Grand Nord ?

— Observer les mœurs sexuelles des zibelines, proposa Grégoire.

Des cris leur parvinrent du pont inférieur. La partie de *shuffleboard* avait dégénéré. La pierre lancée par Robert avait percuté celles de Clémentine, les envoyant sur les côtés, et elle continuait sa course en rebondissant contre le bastingage. Le quartier-maître sauta à pieds joints pour l'éviter. Trois transats furent pulvérisés. Robert courut après pour essayer de la rattraper.

– Vous n'avez pas achevé votre sort d'inertie, la réprimanda Rosemonde. Otto a dû vous apprendre cela en deuxième année, non ? Tout sort laissé en suspens est quasi impossible à arrêter.

– Claude est arrivé à ce moment, essaya la sorcière. Et...

La pierre percuta une tuyère en émettant un bong sonore et fonça droit sur les flots. Elle chuta vers la lagune mais n'y plongea point, préférant continuer sa course au ras de la surface. Le palet s'éloigna vers l'ouest à l'allure d'un petit cheval au galop.

– Une pierre qui flotte, je pensais avoir tout vu, jugea Renard.

– Elle ne flotte pas vraiment, rectifia Rosemonde. Elle est en tout cas trop loin pour que nous lui rendions ses caractéristiques d'origine.

– Oh là là, gémit Roberta. Pourvu qu'elle ne blesse personne.

– Ne vous en faites pas, essaya de la rassurer Rosemonde. Ce ne sera pas le premier objet volant non identifié à sillonner notre belle planète. À force de rebondir, ce palet finira bien par croiser notre route un jour ou l'autre.

Ils contemplèrent le projectile lent jusqu'à ce qu'il disparaisse à l'horizon sans crever la coque d'aucun navire, fort heureusement.

– Pour en revenir à nos moutons, reprit Grégoire, j'ai une

théorie concernant les créatures qui vous ont assaillies sur la butte des Croisés.

Roberta ne put réprimer un frisson en songeant aux peaux de bêtes grossièrement animées qui les avaient traquées, elle et Lilith. Elle ne pourrait plus jamais croiser un manteau de vison sans imaginer un danger imminent.

– Si des sanctuaires ont rejoint Banshee, ce que je pense être le cas, ils auraient pu générer des créatures inédites créées par association, et les mettre à la disposition de notre pire ennemie pour servir ses noirs desseins.

Roberta connaissait trop Grégoire pour savoir que lorsqu'il adoptait ce style ampoulé, c'était pour mener son petit monde en bateau. Il jouait avec ses interlocuteurs comme avec les palets, en homme sûr de lui. Claude Renard ne disait rien.

– À quoi avez-vous eu affaire ? interrogea-t-il sur un ton professoral.

– À des fantômes vêtus de peaux de bêtes, répondit Roberta sans réfléchir. (Elle mit quelques secondes avant d'assimiler l'étrange idée.) Attendez. Cela voudrait dire que...

– Gilles Garnier et Lady Sarah Winchester se sont alliés à Banshee. Je ne vois pas d'autre explication à ces chimères.

– Garnier et Winchester ? releva Renard.

– Le gardien de la forêt de Guëll et la gardienne de la maison aux Fantômes, l'informa Roberta. (Elle écarquilla les yeux.) Otto, Amatas et Elzéar devaient bien commencer leur périple par le sanctuaire de Garnier ? Alors ils courent un grand danger ?

– Si Banshee n'a que deux gardiens dans la poche, elle n'osera pas agir à visage découvert, affirma Grégoire. Elle ne fera aucun mal à nos amis. Du moins, j'espère.

18

Le pêcheur les avait déposés sur un point de la côte en marge du sanctuaire. Il refusait d'aller plus loin. Il courait sur cette forêt des histoires d'embarcations englouties et de marins dévorés par des bêtes sauvages. Vandenberghe, Lusitanus et Strüddle avaient donc pris pied dans une petite crique. Le pêcheur viendrait les y rechercher le lendemain à la même heure, s'ils étaient encore en vie.

— Cet homme tremblait en tirant sur ses rames, remarqua Amatas une fois la barque disparue derrière les rochers.

— Il claquait des dents aussi, ajouta Elzéar.

— Contes de bonnes femmes, grogna Otto Vandenberghe.

Amatas recula pour apprécier les frondaisons de la forêt équatoriale qui les surplombait.

— À quelle distance sommes-nous du sanctuaire ?

— Deux, peut-être trois lieues, estima Otto.

— À vol d'oiseau, je suppose ? Avec cette végétation, nous mettrons le reste de la journée pour l'atteindre.

— Ne perdons pas de temps, alors, intervint Elzéar. Je ne me remettrais pas de sauter le dîner.

Ils s'enfoncèrent dans la forêt en suivant le cours d'un ruisseau et la marche se révéla tout de suite pénible. La chaleur était suffocante sous le couvert des arbres. Les racines entre-mêlées et les pierres moussues faisaient tout pour les empê-cher de progresser. Sans compter la pente qui aurait épuisé les meilleurs grimpeurs. Les bâtons d'Otto ne pouvaient guère les aider et les sorciers, en nage, s'arrêtèrent après avoir par-couru cent mètres à peine. Elzéar ruisselait. Son cœur mar-quait le rythme d'un tambour appelant à la guerre. Il avait l'impression qu'on pouvait l'entendre à dix lieues à la ronde.

– Messieurs, siffla le vieux recteur. Nous... devons... nous rendre à l'évidence. Nous ne sommes pas... des hommes des bois.

Amatas se forçait à respirer calmement et profondément.

– Nous n'avons pas fait tout ce chemin pour rien ! grogna Elzéar. Garnier ne pourrait pas venir nous chercher ? Nous sommes bien sur son territoire, non ?

– Hors de son sanctuaire, il n'a nulle raison de venir à notre rencontre. Si seulement ce livre pouvait être moins lourd !

Otto retira son barda de ses épaules. Le livre de Nicolas Flamel, enveloppé dans son écrin réfrigérant, pesait une tonne. Normal à l'approche d'un endroit de grande magie. Amatas pourrait peut-être l'aider en lui appliquant un sort de légèreté ? Il se retourna pour interpeller le vieux maître ès sciences de l'air. Lusitanus avait disparu. Strüddle aussi.

– Amatas ? Elzéar ? appela le recteur avec angoisse.

Deux mains invisibles se saisirent de lui et le soulevèrent lentement. Il attrapa son sac et grimpa ainsi autour d'un tronc d'arbre à l'écorce rouge, tel un grain de poussière virevoltant dans un rayon de lumière. Dix mètres plus haut, Elzéar, dont la bedaine était aussi ronde qu'un ballon atmosphérique, l'imitait. Au-dessus, Amatas battait des bras et des jambes, remorquant la petite troupe vers le ciel.

Otto se protégea le visage en pénétrant dans un amas de lianes habité par mille espèces d'insectes et d'oiseaux persifleurs. Elles s'espacèrent et il déboucha dans un paysage sans limites.

La canopée s'étendait dans l'intérieur des terres, moutonnement ininterrompu de masses vertes aux formes nuageuses sous un ciel d'un bleu éclatant. D'innombrables insectes rassemblés en colonnes tourbillonnantes festoyaient dans ce domaine des dieux. Les dômes, les statues, les flèches élancées, gothiques ou baroques, qui perçaient les cimes des arbres rappelaient qu'à la place de la forêt se trouvait autrefois une ville.

Amatas et Elzéar attendaient Otto, l'un parfaitement droit et digne, l'autre la tête en bas. Le sorcier volant fit basculer l'aubergiste en le tirant par la courroie de son sac. Otto rejoignit ses amis d'un bond, découvrant l'extraordinaire sensation de l'apesanteur.

– Mon cher Amatas ! s'exclama-t-il. Dans quel grimoire avez-vous appris ce prodige ?

– Celui de Mère Nature, voyons.

Le sorcier bucolique s'accroupit pour caresser une orchidée avide de soleil. La cime des arbres en était recouverte, prairie aérienne mauve ponctuée de touches d'or pâle. Des papillons voletaient de-ci de-là. L'un se posa sur la main de Vandenberghe. Ses ailes aux crânes d'argent lui sourirent. Amatas et Elzéar, envoûtés par la *faërie*, s'envolaient lentement. Otto les rattrapa par leurs ceintures et les força à redescendre.

– Nous avons rendez-vous avec Garnier, leur rappela-t-il.

151

Pas avec les Sélénites. (Il renifla.) L'air est saturé de pollen. Si nous restons ici trop longtemps, nous allons...

– Gambader comme des insectes nourris au nectar des fleurs, susurra Amatas en agitant les bras.

La cloche de Saint-François, repeinte en rose, traversa fugitivement son champ de vision. Il se mit à la suivre. Ses compagnons adoptèrent la même direction sans se poser de questions. Ils étaient ivres et parcouraient l'Olympe. Banshee, la mission, la guerre annoncée ne les concernaient plus. Les caprices du vent, l'appel ensorcelant des pistils, cela seul importait.

– Je suis un magnifique papillon ! s'exclama Elzéar, au comble du bonheur.

Heureusement, leur course les mena aux limites du sanctuaire où toute sorcellerie autre que celle du gardien se trouvait neutralisée. Le charme de Lusitanus perdit de sa vigueur et les cimes avalèrent les trois surpris. Leur chute ne fut effective que sur les derniers mètres. Ils tombèrent les uns sur les autres, déjà dégrisés – miracle de la liqueur des dieux – et se relevèrent en grognant. Une poussière dorée les recouvrait de la tête aux pieds.

– Que nous est-il arrivé ? demanda Elzéar.

– Il y avait du rose, lâcha Amatas en regardant vers le haut. Sa tête résonnait comme un bourdon fantastique.

– Quoi qu'il en soit, nous sommes dans le sanctuaire, affirma Otto qui, en vieux singe, le sentait. Je suis sûr que l'entrée se trouve quelque part par là, derrière ces fougères.

Il écarta le rideau végétal et se figea. Un basilic géant recouvert d'une carapace bleu, vert et jaune se tenait prêt à bondir sur lui. De la gueule ouverte de la sculpture coulait un mince

152

filet d'eau sale. Le reste des fougères s'écarta comme un rideau de théâtre, révélant un homme vêtu de morceaux de cuir. Il se tenait assis à califourchon sur une rampe d'escalier. Il leur sourit, la tête légèrement penchée.

— Garnier, souffla Vandenberghe.

L'homme sauta de la rampe, s'inclina jusqu'à terre, l'époussetant d'un chapeau invisible, et lança :

— La bienvenue dans le sanctuaire de Guëll.

Une langue pointue darda entre ses lèvres. Il s'empressa de la cacher pour ne pas effrayer les missionnaires.

19

Otto Vandenberghe ne connaissait Gilles Garnier qu'au travers de sa légende. Le lycanthrope avait été arrêté, condamné, et brûlé à Dole des siècles plus tôt pour actes d'anthropophagie. Il était réapparu après la Crue, nul ne savait trop comment, pour s'auto-proclamer gardien du sanctuaire de la Sauvagerie. Son choix tombait plutôt bien. Personne ne voulait de ce parc retourné à l'état de jungle, parcouru de créatures bizarres, traversé de chemins troglodytes et d'éléments d'architecture nés d'un esprit dément.

Les missionnaires étaient assis sur un banc en forme de vague ondulante, au bord d'une terrasse elle-même cernée par les arbres. Un brasero crépitait au centre de la clairière artificielle. Garnier, assis dans un fauteuil en bambou, leur faisait face. Il leur avait servi à chacun un verre rempli d'une liqueur transparente. Étrange réminiscence, se dit Otto en la goûtant. N'avaient-ils pas abusé d'un alcool équivalent, sous sa forme volatile, quelques heures auparavant ?

Une femme chat jetait des morceaux de viande sur le brasero. Elzéar suivait de loin le moindre de ses gestes. Elle saisit les morceaux et les apporta dans trois assiettes de majolique décorées de plantes à têtes. Elle en posa une quatrième à part, à côté du trône de l'homme loup.

154

– J'espère que vous n'avez rien contre la viande de singe ? demanda Garnier. Et vous ne m'en voudrez pas si je la préfère crue. Des couverts, demanda-t-il en aparté à la féline. Nos hôtes sont civilisés.

La femme s'éloigna et revint avec trois fourchettes et couteaux dépareillés en vieil argent. Garnier déchiqueta son morceau de viande comme Saturne ses enfants. Puis il se suça les doigts et remplit à nouveau les verres.

– Alors comme ça vous appartenez à la maison de Bâle, s'enquit-il en se vautrant sur son trône. Comment va ce cher Hector Barnabite ? Toujours en charge du sanctuaire de la Petite Prague ?

– Le sanctuaire n'existe plus, répliqua Otto. Un raz-de-marée l'a détruit. Hector a disparu avec lui.

C'était une nuit sans lune. Garnier tourna les yeux vers le ciel étoilé et les reposa sur ses invités. L'espace d'un instant, ils y virent briller deux minuscules disques argentés. L'homme loup fit un effort de volonté pour conserver forme humaine.

– Pardonnez-moi... l'odeur de la viande, fit-il en jetant son écuelle au loin. (Il essuya la sueur sur son visage.) Disparu ? De toute façon, les bibliothécaires ne m'ont jamais attiré. Ne le prenez pas pour vous, continua Garnier en décryptant l'expression du recteur. Surtout que... (il jeta un regard en direction du sac de Vandenberghe dont ce dernier ne se séparait pas) vous transportez le trésor du Collège des sorcières. Ne soyez pas étonné. Des amis loups l'ont senti près de l'Arcane de Montpellier-le-Vieux et m'ont rapporté la nouvelle. Allez, montrez-le-moi.

Otto sortit le volumineux ouvrage de sa protection, dévoilant la reliure de métal. Il le confia à Garnier qui le posa sur

155

ses genoux sans prendre la peine d'essuyer ses mains tachées de sang. Le vieil érudit émit un murmure de désapprobation.

– Racontez-moi son histoire.

Le recteur s'exécuta.

– Nicolas Flamel a rêvé de ce livre avant de le dénicher, des années plus tard, chez un obscur libraire. Il contient des secrets que l'alchimiste n'a pas pu percer à jour, telle l'œuvre au noir. Sauf un, terrible, sur lequel il resta silencieux mais qui l'effraya au point de sceller ces pages dans un étau invisible. Personne n'a, depuis, réussi à l'ouvrir.

– Et dans ce genre de fable, il y a toujours un élu, se moqua Garnier. Une main innocente qui, comme par magie, rompt le mauvais sort et bouleverse le cours des choses.

– Cette main existe, j'en suis convaincu, se défendit le recteur. C'est pourquoi j'emporte le livre avec moi et le propose à ceux qui le désirent.

– Noble mission ! Un livre, un secret, un élu. Il manque là un effet d'orage.

Le tonnerre gronda dans le lointain alors que le gardien du sanctuaire rendait l'ouvrage à Vandenberghe sans avoir essayé de l'ouvrir. Il ne ressentait que dédain pour ces jeux d'érudits. Les sens qui se transforment et s'aiguisent, le sang qui appelle, la course en forêt, les coups de dents dans la chair tendre, voilà qui était autrement plus jouissif que pourchasser un secret dont on ne savait rien, peut-être écrit dans une langue oubliée, d'ailleurs.

– Vous n'êtes pas venus jusqu'à Guëll pour me montrer ce livre ? continua Garnier avec une grimace méprisante. Ni pour m'informer sur les événements bâlois que, ne m'en veuillez pas, je connaissais déjà...

Otto prit sur lui d'annoncer la couleur. Après tout, il était le chef de leur petite troupe. Strüddle et Amatas le laissaient faire et mangeaient leur singe en silence.

– Nous sommes venus vous parler de Carmilla Banshee.

– Banshee. Oui. La petite blonde. Et alors ?

– Vous la connaissez ?

– Bien sûr que je la connais. Elle m'a invité à son dernier sabbat.

– Au Liedenbourg ? s'exclama Otto. (Il réfléchit rapidement.) D'autres gardiens vous accompagnaient ?

L'homme loup afficha un air blasé et étonné à la fois.

– D'autres gardiens étaient là, oui. Wallace, Winchester, ce nabot de Tahuku.

– Mais... Pourquoi vous avait-elle invités ?

– Pour nous exhiber une petite fille. L'héritière du Diable, selon elle. J'ai bien essayé de la dévorer, mais le carnassier que je suis n'a pas pu la manger. (Garnier se passa la langue sur les lèvres.) Fille du Diable ou non, cette gamine a un pouvoir, c'est certain. Elle ira loin.

Otto avait le sentiment de marcher sur des braises. Il ne pensait pas en apprendre autant aussi rapidement. Amatas et Elzéar avaient reposé leurs écuelles.

– Pourquoi vous a-t-elle exhibé Lilith ?

Garnier arracha une épine de bambou de son trône et s'en servit comme cure-dents.

– Banshee veut appeler son papa pour la prochaine nuit de Walpurgis.

– Elle veut invoquer le Diable ? comprit Elzéar.

– Walpurgis, le 30 avril, c'est dans un peu plus de deux semaines, intervint Lusitanus.

– Quels furent ses termes exacts ? continua Garnier en fronçant les sourcils. Ah oui. Restaurer la magie noire dans son antique splendeur. J'ai aimé la formule.

– D'où la fédération des sanctuaires, rumina Otto. Et... quelle fut votre réponse ?

– Ma réponse ? (Le nez de Garnier donna imperceptiblement l'impression de s'allonger.) J'ai ri. Je dois vous dire que je me sens plus loup qu'homme. Le bûcher nous apprend à vous craindre, vous, humains. Quant à la politique, je ne m'y intéresse pas. D'autres questions, messieurs ?

Il n'y avait dans ce « messieurs » aucune intonation amicale.

Garnier, à mots couverts, disait avoir refusé l'offre de Banshee. Mais deux des autres gardiens, d'après la vieille des Arcanes, avaient décidé de la suivre. La veuve, le Pygmée ou le magicien ? Cette échéance de deux semaines les forçait à précipiter le mouvement. Si la nuit n'était pas tombée, Otto aurait repris la route sur-le-champ. Mais il se sentait la tête lourde. L'eau parfumée servie par Garnier l'avait saoulé.

– Nous repartons demain, émit Vandenberghe en faisant un effort immense pour parler. Demain. Les sanctuaires à visiter.

Elzéar, la tête renversée, dormait. Celle d'Amatas dodelinait comme un roseau plié par la brise.

– Comme il vous plaira, monseigneur, fit Garnier en se levant pour exécuter un gracieux entrechat. En attendant vous allez assister à un spectacle hors du commun : cobra contre mangouste ; tigre contre panthère ; lion contre éléphant. Le livre de la jungle s'ouvre devant vous. Les acteurs jouent sans filets. Êtes-vous prêts ?

Otto et Amatas hochèrent la tête. Elzéar dormait toujours.

– Vous en garderez un souvenir merveilleux.

– Nous en garderons un souvenir merveilleux, répétèrent les dormeurs éveillés d'une voix atone.

Les voir ainsi, à sa merci, fit frissonner l'homme sauvage. Il se laissa tomber sur les bras. Les lanières de ses morceaux de cuir se défirent. Il s'approcha du plus gros et voulut lui lécher l'oreille avec sa langue démesurée.

– Gilles !

Il reprit forme humaine et se redressa d'un bond. Banshee s'approchait à grands pas. Fould la suivait.

– Le cobra et la mangouste, grogna-t-il en faisant signe à la femme chat de décamper.

Carmilla s'approcha du banc et scruta les yeux du recteur ouverts sur un spectacle de combat de fauves dont la terrasse était censée être l'arène.

– Ils sont à point ? s'enquit-elle.

– Le néroli fait des merveilles, l'assura Garnier en vidant les restes de liqueur sur la terrasse. J'utilise ce nectar pour faire vivre mon gibier plus longtemps pendant que je le dépèce.

– Cruel, gronda la sorcière en se collant contre la bête.

Elle prit ses côtes à pleines mains et se hissa sur la pointe des pieds pour lui mordiller le menton. Garnier ferma les yeux, vaincu par l'extase. Banshee se détacha avec soudaineté du torse animal pour s'asseoir sur le trône de bambou.

– Mon cher Otto, commença la sorcière en croisant les jambes. (Le recteur fit le geste de chasser une mouche de devant son nez.) J'étais tellement inquiète à votre sujet. Racontez-moi vos aventures depuis cette spectaculaire fuite de Bâle.

Otto dit tout : l'arrêt à Vallombreuse, l'aide des pirates, la

159

ville aux sept collines où les gitans et eux-mêmes avaient élu domicile, Lilith qui avait grandi sous la protection de Grégoire et de Roberta, leur départ le lendemain de Pâques.

– Où sont-ils ? demanda Banshee en se hissant presque sur ses accoudoirs.

– Partis à la rencontre des Fondatrices. Lilith se meurt. Vous l'avez condamnée en la mettant au monde trop vite.

Banshee recula, comme frappée d'un coup de poignard. Garnier approcha du recteur, l'air suspicieux. Les yeux d'Otto ne réagirent pas lorsqu'il lui souleva les paupières. Il était toujours sous l'empire de la drogue. Garnier se tourna vers Carmilla qui se rongeait un ongle avec fureur.

– Passe que ces deux sorciers aient enlevé l'enfant au Liedenbourg, lâcha-t-il, les narines frémissantes.

– Vous êtes seul à le savoir, rappela la sorcière, les cils papillonnants.

– Et je garderai le silence, comme convenu. Mais que signifie cette agonie ? L'enfant est condamnée ?

Le regard de Banshee fuit celui de l'homme loup qui prit cela pour un aveu.

– Il dit vrai. Que ferez-vous si vous n'avez d'autre choix que de présenter le cadavre de sa fille à son père ? Vous pensez qu'il vous félicitera ?

Suivit une discussion confuse alimentée par Otto au sujet de l'émiettement dont Lilith était victime. Le ton montait rapidement. Archibald Fould, à l'écart, écoutait. Il glissa d'une petite voix dans une parenthèse de silence :

– Lilith agonise ?

– Ne vous mêlez pas de ça ! lui lança Banshee.

– Il ne fallait pas me kidnapper, alors !

– De toute façon, je n'ai plus besoin d'elle pour rallier les sanctuaires. Et nous la retrouverons avant Walpurgis. (Elle se tourna vers Otto et répéta sa question.) Quel est l'itinéraire suivi par Grégoire et Roberta ?

– Je n'en ai aucune idée, répondit le recteur.

– Ah ! s'exclama Garnier en se donnant une claque sur la cuisse. Ils ont gardé leur destination secrète. Le coup classique.

Banshee ne voyait pas ce qu'elle pourrait tirer de plus de ce vieux débris. Et comme elle ne voulait laisser aucune trace de son passage, il était hors de question de l'étudier trop en profondeur.

– Ils étaient à Antioche il y a huit jours, rappela Garnier.

– Ils peuvent être n'importe où.

– Un fantôme de la veuve les repérera, une de mes créatures se chargera du reste.

– Vos créatures, parlons-en ! Censées couvrir les moindres recoins de la terre ferme, je me trompe ? Et rien depuis le feu d'artifice. Le calme plat.

– Peut-être ne sont-ils pas sur la terre ferme, essaya Fould.

– On ne vous a rien demandé ! lui répondit Garnier en montrant les dents.

Fould haussa les épaules et alla s'asseoir dans un renfoncement du banc. Il s'en lavait les mains de toutes leurs salades. Il s'allongea et leur tourna le dos. Banshee descendit du trône et s'accroupit devant le recteur. Elle traça un rectangle dans le sable.

– Quelle est votre deuxième étape ? demanda-t-elle à Otto Vandenberghe.

– La Paz, le sanctuaire de Delphes.

161

Elle nota les positions approximatives de Guëll et de la Californie et ajouta une troisième étoile à la constellation, en haut du continent sud-américain, traça une ligne directe de Guëll à La Paz, puis de La Paz à Santa Clara.

– Et ensuite ?

– Le sanctuaire de Lady Winchester.

La prochaine halte de Banshee serait donc Delphes. La vieille Winchester, déjà dans leur camp, attendrait. Avec son hydravion, elle pouvait rejoindre l'Amérique du Sud d'une traite. Ce qui lui donnerait un peu d'avance sur les missionnaires... Garnier se plaça derrière elle, la courbe de son ventre épousant parfaitement celle de son dos. La sorcière effaça la carte de sable du tranchant de la main.

– Vous étiez forcé de leur dire pour Walpurgis et les autres gardiens ? minauda-t-elle. Votre silence m'aurait facilité la tâche.

– Nous n'allions pas les laisser repartir les mains vides ? Et cela ajoute un peu de piquant à la situation.

– Quoi qu'il en soit, si Grégoire et Roberta vont à la rencontre des Fondatrices, ils finiront tôt ou tard par se jeter dans la gueule du loup.

Était-ce l'image ? Garnier sentit l'excitation le saisir.

– Dans la gueule du loup ? glissa-t-il à l'oreille de la sorcière. Vous voulez dire que, non contente d'avoir convaincu trois gardiens, vous avez aussi une Fondatrice dans votre poche ?

Banshee ronronna en faisant mine de se dégager. Garnier l'en empêcha.

– Laquelle est-ce ? Ragnétrude ? La Terre est bien votre protectrice, non ?

Banshee se redressa et posa un index sur les lèvres de l'homme pour le faire taire.

– Motus et bouche cousue.

Elle se dégageait de l'étreinte lorsque ses yeux tombèrent sur le livre de Nicolas Flamel qui dépassait du sac de Vandenberghe. Elle le sortit, voulut l'ouvrir. Il lui résista. Elle essaya encore et s'y cassa un ongle.

– Laissez tomber la littérature, lui demanda Garnier. (Elle parut hésiter.) C'est un ordre. Vous êtes dans mon sanctuaire. Ici, je suis le maître.

Il prit Banshee par la main et l'emmena dans la salle aux cent colonnes située sous la terrasse.

Bien plus tard, lorsque Carmilla remonta, les trois missionnaires dormaient épaule contre épaule. Le municipe marmonnait des propos incohérents, recroquevillé en chien de fusil sur le banc. La sorcière redescendit dans la salle silencieuse. Son amant avait été saisi par le sommeil entre homme et loup. Elle l'enjamba et se dirigea vers le basilic de céramique bleu, vert et jaune en bas de l'escalier, là où la forêt commençait.

Cette histoire de Fondatrice était pure invention de sa part. Mais, réflexion faite, les entités avaient toujours été connues pour vouloir imiter l'espèce humaine. Tâter de l'intrigue pour vaincre l'ennui... L'une d'elles, Carmilla le supposait, ne resterait pas insensible à sa proposition.

Elle plongea les deux mains dans l'eau qui emplissait la vasque sous la gueule du basilic, se concentra sur le nom de celle qu'elle avait choisi d'invoquer – ce n'était pas Ragnétrude, n'en déplaise à Garnier – et commença :

– Ô vous, reine de toute chose, Chlodoswinde, si vous m'entendez...

20

Malgré le fait que le reflux du golfe de Kuch soit attribué à la nouvelle lune, comme la plupart des phénomènes naturels de grande envergure présentant un caractère périodique, une seule exclamation fut poussée depuis les embarcations amarrées autour de Jaisalmer lorsque les flots la découvrirent. L'Eau perdait son combat contre la Terre. On assistait là à un prodige.

Certains psalmodièrent des incantations à la Niña. D'autres sentirent un étrange malaise les saisir. Quant à Roberta, elle assista au spectacle par le biais d'un périscope. Louis Renard avait mis son sous-marin à l'arrêt à une encablure des murailles. Il attendit que le calme revienne puis il avança lentement vers les portes monumentales devant lesquelles ils refirent surface. Ils sortirent à l'air libre.

Renard déplia une passerelle entre le pont du sous-marin et les portes de Jaisalmer incrustées de coquillages. Roberta avait installé Lilith dans la nacelle, sur son dos. Renard sortit le hérisson de la poche de son caban et le contempla d'un air dubitatif.

– Ça marche tout seul, le rassura-t-elle en tapotant sa propre poche où Hans-Friedrich se trouvait. Si j'ai un problème, Hans-Friedrich alertera sa petite femme et *vice versa*.

Roberta marcha vers les portes qui s'ouvrirent devant elle avec une lenteur majestueuse.

– Vous avez une demi-heure avant l'arrivée du mascaret ! lui rappela le pirate.

Roberta lui adressa un signe de la main qui se voulait rassurant avant de s'engager dans l'escalier qui grimpait vers les hauteurs de la ville. Ce n'était pas une mince affaire avec l'eau qui cascadait des toits, les crabes qui galopaient en tous sens, et les poissons agonisants éparpillés sur les marches glissantes.

– Elle nous attendra dans le palais du maharadjah, râla Roberta en courbant le dos, en haut de Jaisalmer. Pourquoi faut-il que les Fondatrices donnent toujours rendez-vous en haut et pas en bas ?

La beauté des demeures de pierre faisait un peu oublier la raideur de la pente. Les algues, les coraux et les coquillages accrochés aux façades rehaussaient les motifs sculptés de couleurs éclatantes. Le soleil levant transformait les centaines de cataractes en guirlandes de cristal. Jaisalmer ressemblait à un songe éveillé. Roberta pensa à Shéhérazade, aux *Mille et Une Nuits* et au roi poisson prisonnier de son antre de marbre noir. Mais elle atteignait déjà les dernières marches. Lilith s'agita pour descendre de sa nacelle.

– Tout va bien, ma chérie, la rassura la sorcière. Je suis là. N'aie pas peur.

Elle se souvint d'avoir dit à peu près la même chose sur la butte des Croisés, avant l'attaque. Elle n'en pénétra pas moins dans le palais du maharadjah dont les portes béaient.

Le hall était plongé dans l'obscurité. Au bruit, il devait être immense. Les échos clapotants qui résonnaient sous ses

voûtes rappelaient qu'une créature abyssale y avait élu domicile. Le sentiment d'émerveillement était resté à l'extérieur,
avec la lumière. Ce palais, certainement splendide en son
temps, n'exhalait rien que des vapeurs de mort, d'angoisse et
de désespoir.

– Chlodoswinde ! appela Roberta pour précipiter la rencontre.

Une lueur verte courut sur les parois et donna un relief
malsain aux ombres. Elle gagna en intensité et se concentra
dans un coin de la salle de réception, sur une silhouette de
femme. Elle était assise sur un tabouret, de dos. Ses cheveux
étaient faits d'algues qui se répandaient sur le sol en se lovant
lentement comme des bras d'étoiles de mer.

– Chlodoswinde ? recommença Roberta.

L'apparition ne se retourna pas mais leva les mains et fit le
geste de les plaquer sur un clavier devant elle. Un son énorme
fit rugir le palais, un son d'orgue qui obligea Roberta à s'ac-
croupir, à sortir Lilith en catastrophe de sa nacelle et à mettre
les mains sur les oreilles de la petite fille qui hurlait, en proie
à l'épouvante. La Fondatrice produisait des accords à faire s'ef-
fondrer des cathédrales, avec de grands effets de manches,
rejetant la tête en arrière pour montrer un visage extatique
au teint blafard et aux pupilles couleur d'huître laiteuse.

Roberta parvint au clavier du monumental orgue hydrau-
lique et en referma violemment le couvercle. Chlodoswinde
avait retiré ses doigts juste à temps. Elle observa la sorcière
alors que le dernier accord mourait. Lilith gémissait contre la
poitrine de sa mère.

– J'ai fait peur à la petite ? fit la Fondatrice avec une expression innocente. Je voulais juste t'accueillir avec *La Danse des*

166

sorcières. (Elle se leva et déambula, les mains dans le dos, les lèvres boudeuses.) Tu n'aimes pas Paganini ?

Grégoire avait conseillé à Roberta de se méfier de Chlodoswinde, instable de naissance. La Crue n'avait sûrement pas arrangé les choses. L'entité se coula jusqu'à Roberta et tendit les bras avec un sourire forcé vers Lilith qui fit non de la tête, une nuance de défi dans les yeux. Chlodoswinde lui renvoya une expression haineuse, puis se radoucit.

– Je crois reconnaître la marque d'une de mes sœurs sur cette petite fille. Laisse-moi deviner... Ragnétrude ! essaya-t-elle en claquant des doigts.

– Frédégonde, répondit Roberta, de marbre.

– Cette bonne vieille Frédé. Toujours là pour donner un coup de main...

– Je ne pourrai pas m'attarder éternellement. Pouvez-vous l'aider ?

Chlodoswinde se frotta vigoureusement les yeux et les rouvrit. Ils n'étaient plus laiteux mais verts comme ceux de la sorcière. Elle rejeta les cheveux hérissés de bulbes noirs qui rampaient sur ses épaules, sortit une fiole d'une de ses manches et la tendit à Roberta.

– Un peu de Jouvence. Tu en donneras à la gamine lorsqu'elle ira vraiment très mal. Si nous avions eu plus de temps, nous aurions pu nous revoir à Bath ou dans n'importe quelle ville d'eaux. Elle aurait reçu un traitement adéquat. Mais si madame est pressée...

Roberta contemplait la fiole en forme de larme en se demandant si elle ne contenait pas quelque poison. L'acqua toffana aurait été assez dans le genre de cette entité fantasque et méprisante. Elle l'empocha néanmoins et remit Lilith dans sa nacelle. Chlodoswinde la regardait faire, le menton posé dans une main.

– Elle t'a parlé de moi ? demanda-t-elle d'une voix haut perchée.

– Qui ?

– Frédégonde ! s'impatienta Chlodoswinde, au bord de l'hystérie.

– Non.

La Fondatrice hocha la tête avec une expression lamentable.

– Nous sommes fâchées. Je crois qu'elle m'en veut d'avoir noyé cette partie du monde. Tu sais que les guèbres vivaient ici ? Les adorateurs de Zoroastre, du Feu... Elle a perdu d'un coup bon nombre de fidèles. (Roberta remettait la nacelle sur son dos en suivant d'un œil les allées et venues de la Fondatrice.) Frédé et les autres m'ont toujours considérée comme une incapable. La petite dernière, la cadette, la cinquième roue du carrosse. Tu vas où on te dit d'aller. Tu es coulante, sans caractère, changeante, incapable de te fixer. Pffft ! Qu'y puis-je si le soleil m'évapore et si le froid me fige ? Je suis née comme cela. Mais il me reste les nuages.

Son visage s'éclaira et elle parut soudain très belle. Le silence dans le palais était total. L'eau avait cessé de goutter des plafonds. En suspens, elle attendait. Des chants leur parvinrent de l'extérieur, ceux des fidèles venus prier la Niña de ne pas recommencer.

– Écoute-les, murmura-t-elle. Ils m'aiment. (Chlodoswinde darda sur Roberta un regard d'aigue-marine et baissa le front, menaçante.) Et ils me craignent. Comme toi. Car tu as une question cruciale à me poser. Et tu redoutes d'en entendre la réponse.

168

Roberta déglutit avec difficulté. Mais elle resta droite et digne. Lilith, dans son dos, fixait elle aussi la Fondatrice avec une fermeté étonnante pour son âge.

– Mes parents sont-ils morts par votre faute ? lâcha la sorcière, les poings serrés.

– Ma faute ! Ma faute ! se défendit Chlodoswinde. Si ce météore n'avait pas vaporisé le pôle Sud, la Crue n'aurait pas eu lieu, que je sache !

Voyant que Roberta ne desserrait pas les poings, elle recouvra son sérieux. Puisque le sujet l'était...

– Tes parents sont-ils morts noyés à Bâle ? (Elle hocha la tête en suçant son pouce.) Comment te faire partager les derniers instants que nous avons en commun, ton papa, ta maman, et moi ?

Chlodoswinde regarda autour d'elle avec l'expression de celle qui cherche quelque chose.

– Tu pratiques l'immersion ? s'exclama-t-elle tout à coup.

– Pardon ?

– Ce truc qui consiste à rentrer dans les tableaux, la musique, les livres, je ne sais quoi encore et à t'y promener. Tes parents le faisaient bien, non ? Tu la pratiques ?

– Oui.

– Alors ferme les yeux et regarde. La mémoire de l'eau n'est pas une chimère. Et ton petit cerveau, amie, en est imbibé.

Roberta obéit et fit le noir dans son esprit.

Cela commença par un sourd grondement. Puis une image apparut, déformée, trouble, liquide. Elle se précisa pour montrer des gens qui couraient dans une rue en pente. Ils se retournaient fréquemment vers Roberta, vers Chlodoswinde, vers l'eau qui les talonnait. La sorcière se trouvait à une place de choix, celle de l'écume, à l'aplomb de la vague qui avait englouti Bâle. Hommes, femmes, enfants étaient happés et leurs cris étouffés par la mort liquide.

– Tu n'as pas vu le plus intéressant, lui chuchota l'entité.

Roberta reconnut l'épicerie, la boulangerie, la rue du musée des Beaux-Arts. Un groupe de survivants courait vers l'édifice. La vision se précisa sur ceux qui se trouvaient en tête. Roberta reconnut...

– Papa ! Maman ! s'exclama-t-elle.

Ses parents disparurent dans le bâtiment. La vague se jeta avec fureur sur les colonnes doriques du frontispice, en brisa certaines, s'engouffra à la suite des survivants dans les salles d'exposition. La vision devint sombre, confuse, intraduisible.

Roberta rouvrit les yeux. Ses oreilles bourdonnaient. Elle tremblait de tous ses membres. Chlodoswinde l'observait, le visage dénué d'expression.

– Le musée a été englouti comme le reste de la ville. Des caves aux greniers. Beaucoup de personnes y périrent. Mais pas tes parents. Je peux te l'assurer.

Roberta ne comprenait pas. Elle les avait vus entrer. En même temps, quel intérêt la Fondatrice aurait-elle eu à lui mentir ? Était-elle fourbe ou folle à ce point ?

– Je ne les ai pas vus passer, confirma Chlodoswinde. Ni là ni ailleurs.

Les lamentations à l'extérieur redoublèrent d'intensité. Roberta, encore dans la vision, n'y prêta pas attention.

– Eh, Cendrillon, l'appela la Fondatrice. Les douze coups de minuit vont bientôt sonner. Si tu ne cours pas je vais être obligée de t'avaler.

– Hein ?

Chlodoswinde n'était plus là. Roberta demeura interdite quelques secondes, jusqu'à ce qu'elle sente le grondement qui faisait trembler Jaisalmer. Elle sortit du palais et leva instinctivement le nez. La dame en bleu se tenait sur le toit de l'édifice. Les bras écartés, elle bénissait la foule venue la chérir.

– Le mascaret ! comprit la sorcière.

Elle dévala les escaliers et s'arrêta en haut de la dernière volée droite pour constater que les portes de la ville étaient fermées et englouties pour moitié.

– Cette saleté a décidé de nous noyer.

Roberta remonta de quelques degrés, s'engouffra dans une bâtisse au hasard, trouva un escalier, l'escalada jusqu'à la terrasse.

– Et maintenant ? ragea-t-elle, tournant en rond comme un fauve en cage.

Le flux atteignit la maison et bouillonna dans l'escalier que Roberta venait d'emprunter. Elle sortit Hans-Friedrich de sa poche et l'utilisa pour appeler Renard au secours. Elle se pencha au-dessus du vide. En fait de vide, il ne restait que deux mètres entre elle et la lagune. La ville donnait l'impression de sombrer.

Il y eut une déflagration sourde au niveau des portes. Le château du sous-marin transperça les flots. Sa coque cogna contre le parapet. Louis Renard déplia la passerelle. Roberta la franchit alors que l'eau engloutissait la terrasse. Elle se glissa à l'intérieur du submersible dont Renard referma l'écoutille. Elle harnacha Lilith à un siège et s'agrippa au périscope. Les alarmes hurlaient sans discontinuer. Des chocs violents malmenaient le sous-marin qui résonnait comme

171

sous l'effet de fantastiques coups de poing. Le pirate, déjà aux commandes, grognait :

– Nous allons être aspirés vers le fond.

Roberta avait confiance. Ils s'en sortiraient. Il ne pouvait en être autrement maintenant qu'elle savait ses parents vivants. Elle les revit se tenant par la main et disparaissant dans le bâtiment avant que la vague ne les rattrape. Comment avaient-ils fait pour en réchapper ? Que s'était-il passé dans le musée ?

Un choc plus violent que les autres l'arracha à ses pensées.

– Par ma barbe ! jura Renard. Voie d'eau à l'avant !

L'éclairage de secours s'éteignit. Les sirènes, pour leur part, continuèrent à hurler.

21

Le tortillard s'arrêta le long du quai d'une gare sans nom et se vida de ses touristes japonais que des locaux déguenillés assaillirent avec des seaux remplis de boissons fraîches. Le dernier voyageur à descendre du train laissa les Japonais prendre de l'avance. Il portait un sac à dos, des vêtements élimés, un chapeau à large bord. Il s'engagea sur le chemin sans qu'un seul vendeur ait tenté de l'aborder.

Il grimpa jusqu'à un portique constitué de deux colonnes corinthiennes. Lorsqu'il l'atteignit, les touristes dévalaient déjà la Voie sacrée de l'autre côté. Dans son dos, le train redescendait vers La Paz alors qu'un autre en montait. Haut dans le ciel, un condor royal glatit. L'homme franchit le portique et avança de quelques pas sur le promontoire. Il eut l'impression de voir le vide s'ouvrir sous ses pieds. Il se retint à la rambarde pour ne pas céder au vertige.

Il avait quitté Bâle par la terre, franchissant le massif de la montagne Noire pour s'enfoncer dans des contrées troubles et sauvages. Il s'était caché le jour pour marcher la nuit, se fiant aux étoiles. Et il avait fini par atteindre une ville et un aérodrome. Un pilote peu regardant avait accepté de l'emmener en Amérique du Sud contre la quasi-totalité de sa fortune.

La traversée avait été éprouvante mais il avait fini par atterrir à La Paz, dépensant ses derniers thalers en pot-de-vin pour passer la douane sans visa. De toute façon, il n'avait pas besoin d'argent pour l'endroit où il comptait se rendre.

Il s'engagea sur la Voie sacrée qui descendait en serpentant entre deux rangées de boutiques. Elles pastichaient les ex-voto et les trésors du sanctuaire première version et rivalisaient en enseignes colorées pour attirer le chaland. Sur le toit de l'une d'elles, un Zeus articulé visait le ciel d'un foudre électrique. Sur le toit de telle autre, des flammes de papier dansaient dans une vasque de porphyre. Les rabatteurs s'égosillaient en distribuant leurs prospectus :

– Les lignes de la main ! Les lignes de la main !

– Divination par le feu ! Le plus grand chiromancien du monde !

– Le tarot des bohémiens !

– Venez consulter Madame Gravila, médium des têtes couronnées !

– L'Autre Monde comme si vous y étiez !

L'homme marqua un temps d'arrêt. Un colporteur qui se tenait à proximité en profita pour le harponner.

– La bonne aventure, l'étranger. Par les os, les cendres, les nuages ou les oiseaux. Questionnez, je répondrai. La vérité je vous livrerai.

– Laissez-moi passer.

– J'ai aussi une licence de métoposcopien. Montrez-moi ce que l'avenir vous réserve. (Il tendit la main pour palper le visage de l'inconnu.) Cinq thalers seulement.

L'homme attrapa le poignet du devin et commença à le lui tordre.

– Eh ! Vous me faites mal !

Deux des femmes athlétiques et vêtues de noir qui surveillaient le sanctuaire tournèrent la tête dans leur direction. L'homme constata qu'elles portaient arc et carquois en bandoulière. Il lâcha le colporteur qui cracha à ses pieds en jurant :

– La peste soit de vous ! La mort vous soit pénible !

Le devin disparut, happé par la foule. L'homme passa devant les sentinelles, le front bas. Elles ne l'arrêtèrent pas. Il parvint à une petite terrasse qui surplombait le site. Une lunette panoramique était rivée à un marchepied. Il glissa dix centimes de thaler dans la fente et colla ses yeux contre l'oculaire.

La disposition du sanctuaire était inversée par rapport à la configuration delphique d'origine. Ce qui se trouvait autrefois en haut se trouvait aujourd'hui en bas. Ainsi, la vue plongeante permettait d'embrasser d'un seul coup d'œil la Voie sacrée qui sinuait sur au moins deux kilomètres jusqu'au grand temple d'Apollon où la Pythie officiait. Il y avait une vraie file d'attente devant l'entrée principale. Et beaucoup de ces femmes armées, certaines montées sur des chevaux.

– La garde de l'oracle, rumina l'observateur. Les fameuses amazones.

La voie continuait derrière le temple, dans une partie réservée aux Mystères et interdite au commun des mortels. Il lui faudrait pourtant l'atteindre car au bout, près du théâtre dont on ne voyait que les gradins supérieurs, se trouvait la dernière étape de son voyage : le plus grand temple dédié à Bacchus existant sur la terre ferme, transporté pierre par pierre depuis les rivages de la Phocide pour échapper à la Crue.

Vu d'ici, il consistait en une simple plate-forme ronde cernée de colonnes brisées. Mais il suffisait au voyageur de manipuler la bague sertie d'une pierre transparente – par précaution, il la gardait accrochée à une chaînette à sa ceinture – pour sentir, depuis son observatoire, la puissance que le site dégageait.

Il dirigea la lunette vers le ciel – la lune montante s'y distinguait à peine – avant de revenir aux abords du temple. Une femme et un homme escortés par quatre amazones entraient dans le monument. Il eut un choc en reconnaissant Archibald Fould et Carmilla Banshee. Les deux minutes d'utilisation de la lunette expirèrent. La vue s'occulta. Le temps de glisser une nouvelle pièce de monnaie, la sorcière et le municipe avaient disparu.

« J'hallucine », se dit l'homme en reculant.

Des phosphènes faisaient des galipettes devant ses yeux. Ses jambes étaient comme de l'ouate. Il fallait qu'il se pose quelque part. Il tituba vers une placette. Il croyait voir Suzy dans chaque femme qu'il croisait. Il eut même la vision de Vandenberghe, de Lusitanus et de Strüddle le frôlant sans l'apercevoir.

– Illusions, grommela-t-il, suant à grosses gouttes.

Il s'engouffra dans le premier édicule qui, heureusement, était vide. Une énorme pierre ronde représentant un visage grotesque le regardait. Un panonceau indiquait : « La bouche de Vérité. Glissez votre main. La prédiction : un thaler. » Des guirlandes lumineuses donnaient au temple automatique un petit air de fête foraine. L'homme avait repris ses esprits. Il retira son sac à dos et inséra une pièce dans le mécanisme.

– Au moins, je ne quitterai pas cette planète complètement idiot, ricana Clément Martineau pour se moquer de lui-même.

La bouche de pierre s'ouvrit. Il glissa la main dans la fente. Une menotte lui immobilisa brusquement le poignet. Les guirlandes se mirent à clignoter furieusement. Des haut-parleurs diffusèrent *El condor pasa* joué à la flûte de Pan. Clément faillit en perdre son sang-froid. Il s'arqua contre la bouche et tira avec énergie pour récupérer sa main qui, nom d'une pipe, lui appartenait.

22

– Je ne voyais vraiment pas ça comme ça.

– Quoi donc ?

– Delphes... Le sanctuaire... Tout ce monde...

Elzéar étudiait l'étalage d'un marchand de souvenirs avec une mine sceptique. Boules de neige montrant le temple immergé, assiettes, sets de table et figurines reproduisant la Pythie à califourchon sur l'omphalos, *Prédire sans effort*, en dix leçons et dans toutes les langues, sachets de peyotl séché, presse-papiers en pierre locale... chaque objet était frappé du copyright de l'oracle.

– Delphes a toujours été ouvert au peuple, avança Vandenberghe. (Il s'empara d'une boule de neige et l'agita avant de la reposer.) Certains articles sont en effet d'un goût douteux. Mais la Pythie a voulu rentabiliser son affaire. Wallace n'a pas agi différemment avec le Mondorama. La Sorcellerie est une entreprise comme une autre et la bonne gestion des ressources et des investissements une condition *sine qua non* pour qu'elle survive. Je n'ai cessé d'appliquer cette formule lorsque j'étais recteur du Collège des sorcières.

Elzéar n'était guère convaincu par le discours d'Otto. Un jeu de tarot était offert pour l'achat d'une boule de cristal.

Leila, lorsqu'elle lisait les lignes de la main, n'avait pas besoin de tout cet attirail. Et elle ne faisait pas payer ses services, elle. Otto posa une main sur l'épaule de l'aubergiste.

– Nous en sommes déjà à notre deuxième sanctuaire. Il fait un temps magnifique. La Pythie va nous recevoir. Et Garnier nous a assurés de sa fidélité, rappela-t-il. Tout est pour le mieux dans le meilleur des mondes ?

– Parlons-en de Garnier. Je n'ai pas aimé son air. Et puis, j'ai trouvé cette soirée... comment dire... bizarre.

– Vous voulez dire, le combat d'animaux sauvages ? (L'épisode du lion contre l'éléphant avait particulièrement impressionné Vandenberghe.) Il fallait avoir les tripes sérieusement accrochées.

– Nous avons bu.

– Ma foi, oui, appuya Otto en se lissant la barbe. Et alors ?

– En avez-vous conservé le moindre souvenir physique en vous réveillant ?

– Pas l'once, ni sur la langue ni dans le crâne, si c'est ce que vous voulez savoir.

– Nous aurions dû avoir chacun une sévère gueule de bois.

– Et si Garnier nous avait concocté des cocktails agrémentés de poudre d'améthyste ? Elle a le pouvoir de chasser l'ivresse. Noé en avait toujours sur lui.

– Je l'aurais sentie, s'obstina Strüddle. C'est le professionnel qui vous parle. Un alcool qui ne laisse pas de trace a quelque chose à cacher.

Otto méditait sur les doutes d'Elzéar lorsque Amatas revint parmi eux, un parchemin dans une main. Il avait l'air radieux.

– Alors ? lui demanda Otto.

– Vénus va appuyer mes projets les plus fous, annonça le sorcier lié à l'Air.

– Et vous allez retrouver votre cloche ?

Amatas fronça les sourcils.

– La voyante ne m'en a pas parlé.

– Et côté santé ?

– Il faut que je surveille mon foie.

– Ah ! Vous voyez ? lança Otto en direction d'Elzéar.

L'aubergiste ne l'entendait pas. Il contemplait la maison de la bouche de Vérité, comme le fronton l'annonçait. Il faisait sonner les thalers dans sa poche, prêt à y entrer. Mais il surprit un mot magique qui le força à se retourner.

– Une sorte de muscat, m'a-t-on dit.

Amatas montrait une bouteille à Vandenberghe qui avait chaussé ses lunettes pour en étudier l'étiquette.

– Vino Veritas. Connais pas.

– « Qui a bu verra », m'a affirmé le vendeur.

L'aubergiste était revenu vers ses amis. Il avait complètement oublié la bouche de Vérité. Cette version embouteillée de la *vaticinacio* paraissait autrement plus conviviale qu'une bête bouche de pierre.

– Nous la boirons ensemble, lança Vandenberghe en rangeant la bouteille dans son sac. Et plus tard, si vous le voulez bien. Pour l'heure, la Pythie nous attend.

L'accès au grand temple d'Apollon était filtré par des amazones aux yeux cerclés de noir. Une plaque de cuir recouvrait leur poitrine mutilée. Elles portaient des arcs syriens en travers de l'épaule.

– Nous avons rendez-vous, annonça Otto en tendant leurs laissez-passer à celle qui les avait arrêtés.

Les sésames leur avaient été remis à l'entrée du sanctuaire sans qu'ils aient à s'annoncer, ce qui confirmait les pouvoirs prophétiques de la Sibylle. Cela prouvait aussi qu'elle acceptait de recevoir les missionnaires, sans doute en connaissance de cause. Otto trouvait cela de bon augure. L'amazone montra les sacs à dos d'un hochement de tête, celui d'Otto notamment, le plus volumineux.

– Y a quoi là-dedans ? Des ex-voto ? Des armes ? Des effets personnels ?

– Un trésor qui ne menace en rien le sanctuaire.

– Montrez-le-moi, alors.

Le recteur sortit le livre de Nicolas Flamel de son étui réfrigérant. Le volume magique était plus chaud que jamais. Il s'insensibilisa le bout des doigts avec un sort d'autosuggestion avant de le manipuler. L'amazone s'en saisit sans sentir, apparemment, la chaleur.

– C'est un livre ?

– C'est le livre, rectifia Otto, un peu fatigué de raconter toujours la même chose. Si vous parvenez à l'ouvrir, votre puissance sera sans limites.

Une lueur malsaine brilla dans les yeux de la soldate. Elle s'y essaya. Le livre lui résista.

– Circulez, ordonna-t-elle mi-figue mi-raisin ajoutant : Charlatans... entre ses dents alors que les autres amazones riaient de sa naïveté.

Otto fit mine de n'avoir rien entendu. Les portes de bronze s'ouvraient déjà devant eux. Ils avancèrent dans la nef. La base des colonnes était éclairée par des photophores aux flammes tremblotantes. Des amazones armées de lance gardaient les intervalles. Elles ne bougèrent pas un cil lorsque les missionnaires passèrent devant elles. Elzéar chuchota, intimidé :

– Cette statue, au fond, c'est Apollon ?

On la voyait à peine mais elle était monumentale. La tête se perdait loin dans les hauteurs de l'édifice.

– Ou Zeus, répondit Vandenberghe. Les deux maîtres du destin. L'oracle les consulte l'un et l'autre pour établir ses prédictions.

À partir de la statue, les photophores dessinaient un chemin vers la droite, suivant un corridor ouvert dans l'épaisseur du mur et qui allait s'étrécissant, donnant l'impression aux visiteurs de s'enfoncer dans les entrailles du temple. Otto, le plus grand des trois, fut forcé de se plier en deux. Ils débouchèrent dans une pièce, carrée, aveugle et à l'atmosphère chargée d'encens.

– Bonjour, messieurs. Mettez-vous à votre aise. Des rafraîchissements vont vous être servis.

La Pythie se tenait assise en lotus sur une vasque à trépied, au-dessus d'une pierre jaillissante noire et non blanche comme l'affirmait la tradition. Les divans et les lampes disposés dans la pièce lui donnaient l'allure d'un salon. Un rideau de velours mauve cachait un pan de mur. Les missionnaires déposèrent leurs bardas dans un coin et s'assirent côte à côte, sans rien dire, émus par la beauté de cette femme.

Une servante apparut de derrière le rideau et tendit un verre à chacun. Celui d'Elzéar dégageait une forte odeur de réglisse, celui d'Amatas un parfum d'anis. Otto avait eu droit à un ballon de muscat bien frais. Exactement ce dont chacun rêvait. La Pythie, qui avait anticipé leurs désirs, s'amusa à les voir se délecter. Elle se déplia, descendit du trépied et s'assit en face d'eux. Ils voulurent se lever pour lui rendre hommage.

– Nous sommes entre amis. Oublions le rituel, si vous le voulez bien.

Les dons de la prêtresse avaient été révélés à l'âge de six ans. Elle était montée sur le trépied à quinze. Autant d'années de prophéties avaient suivi durant lesquelles elle s'était forgé une réputation d'entrepreneuse sulfureuse, ambitieuse et peu regardante sur les méthodes employées. N'empêche, son sanctuaire tournait à plein régime. Et son pouvoir était réel. Pourtant Otto restait coi. Elle leur avait fourni trois laissez-passer. Serait-elle capable de voir la raison de leur présence ? La Pythie, habituée de ces petites mises à l'épreuve, se contenta de lui rappeler :

– Je vois l'avenir. Mais du passé je ne sais que ce que l'on veut bien me dire.

– Vous nous attendiez, rétorqua le recteur.

– On vous a repérés, rectifia-t-elle. À la descente du train. Les sorciers se fondent difficilement dans la masse. Qui vous êtes, d'où vous venez, pourquoi vous êtes venus me consulter reste encore du domaine du mystère.

Vandenberghe s'excusa. Il se présenta, présenta ses amis, et fit un rapide topo à la Pythie, parlant de Banshee, de Garnier, de ce qu'ils avaient appris depuis leur départ. L'oracle l'écouta, hochant la tête de temps à autre, laissant parfois ses yeux s'attarder sur Strüddle qui, chaque fois, rougissait

– Vos dires expliquent des visions auxquelles je n'avais su donner sens, leur révéla-t-elle. Cette Banshee ne serait-elle pas légèrement hystérique ?

– Oh que si, confirma Otto.

– Et... attendez.

L'oracle glissa de son fauteuil jusqu'au sol, s'allongea, écouta, rejeta violemment la tête en arrière.

– Elle est liée à la Terre !

Elle se leva d'un bond, faisant sursauter les missionnaires. Elle arpentait la pièce à grandes enjambées, chaque muscle tendu, s'arrêtant pour prendre des poses de corybante. Elle leur jouait une tragédie dans sa robe de lin dont les lampes soulignaient la troublante transparence. Otto, amusé, se rappela que « la Bernhardt » était le surnom qui avait été donné à la gardienne.

– Je la vois ! fit-elle tout à coup, les mains devant les yeux. Banshee ! Elle vole dans un oiseau de bois. Une oie énorme.

– Que fait Carmilla dans une oie ? glissa Elzéar à Otto qui lui fit signe de se taire.

La Pythie se tendit sur la pointe des pieds et écarta les bras dans une posture de crucifixion.

– Elle rage, elle peste, elle souffle telle une Parque. Le tour des sanctuaires. Oui. Elle l'accomplit en cet instant !

– Dans quel sanctuaire est-elle déjà allée ? interrogea Otto, sur la brèche.

– Pas le passé, pas le passé, larmoya l'oracle. Mais elle ira. Elle est... (Elle ouvrit les yeux, la vision était par trop flamboyante.) Ici ! Elle veut me voir !

– Banshee est à Delphes ? répétèrent les missionnaires en regardant de tous côtés et en se levant à moitié.

La Pythie retomba, épuisée, le bas de sa robe dessinant une corolle autour de ses pieds. Elle resta ainsi, à genoux, le souffle court. La servante réapparut, posa un verre et une coupelle devant sa maîtresse. L'oracle but le liquide doré d'une

184

main tremblante puis attrapa un fragment de champignon séché dans la coupelle. Sa respiration redevenait normale. Les couleurs revenaient à ses joues. Amatas, Otto et Elzéar soupirèrent de concert.

– Au début, nous n'étions qu'habiles tisserandes, lâcha-t-elle d'une voix cassée. De la tresse est né l'oracle, de la ligature naquirent les mots. L'avenir nous tue, nous, voyantes. (Elle eut un geste las.) Je courrai bientôt dans les champs d'asphodèles. (Elle essuya la sueur sur son visage et rejeta ses cheveux en arrière, rehaussant sa beauté si cela était encore possible.) Mais je vous promets, oui... (elle eut un sourire oblique) je vous promets, par Apollon, maître du Destin, que Delphes ne s'alliera pas au projet de Carmilla Banshee.

« Victoire », ne put s'empêcher de penser Otto. Elzéar et Amatas faillirent applaudir le courage de la prophétesse. Par pudeur, ils se retinrent.

– Maintenant, partez. Hâtez-vous. Continuez votre périple. Et ne vous retournez pas. Les visions peuvent encore changer.

Les trois hommes se levèrent, récupérèrent précipitamment leurs sacs et prirent congé de la Pythie à nouveau plongée dans une sorte de coma. Dans le corridor et dans la nef, Otto marcha d'un bon pas, en tête, son bâton marquant la cadence. Elzéar accéléra pour se mettre à son niveau. Il était encore sous le choc de l'entrevue. L'oracle lui avait fait une très forte impression.

– Euh, ces champs d'asphodèles... demanda-t-il d'un ton faussement détaché, ils se trouvent vraiment quelque part ?

Y croiser l'oracle, dans l'avenir, constituait pour lui une riante perspective. Ils s'arrêtèrent devant les portes de bronze.

Otto donna trois coups sur le métal pour sortir. Les battants s'ouvrirent sur l'extérieur.

– Nous y courrons tous en temps voulu, mon vieil Elzéar. Vous, moi, Leila...

L'aubergiste se morigéna au souvenir de sa tendre et douce. Cette femme était démone pour lui avoir fait oublier sa gitane adorée.

– Les asphodèles sont les morts, lâcha Otto en inspectant les alentours du temple. Allons, ne traînons pas. J'aimerais éviter la démone.

– Les champs des morts, murmura Elzéar en suivant ses amis comme un somnambule. Tout s'explique.

Mais pourquoi diable s'imaginait-il en train de les explorer sous la forme d'un magnifique papillon ?

23

L'oracle s'étira comme un chat sauvage et passa derrière le rideau qui cachait une loggia ouverte sur l'arrière du temple. Archibald Fould, avachi dans un fauteuil en rotin, mâchouillait du peyotl séché sans grande conviction. Banshee, debout, applaudissait lourdement la Pythie.

– Une prestation magnifique ! Quel talent !

L'oracle se laissa tomber dans un fauteuil en forme d'Héraclès se battant contre l'hydre de Lerne. Une main sur la cuisse du héros, une jambe sur un anneau du monstre reptilien, elle ressemblait à une déesse antique cherchant quelque humain à manipuler pour tromper son ennui.

– Je ne savais pas que vous pouviez mentir ? continua Banshee.

– Je leur ai dit la plus stricte vérité.

La sorcière pâlit.

– Vous m'aviez donné votre accord ! Vous ne vous ralliez plus à ma cause ?

L'oracle soupira.

– J'ai juste joué sur les temps. Ils m'ont demandé si je vous suivrai. Futur simple. J'ai répondu que non puisque c'était déjà fait.

Banshee eut un hochement de tête entendu.

– Vous êtes machiavélique.

– Je vous embauche comme éminence grise, lança Archibald d'une voix pâteuse.

Le trois-pièces du municipe aurait eu besoin d'un bon coup de fer. Et sa barbe lui donnait l'air plus sale que méphistophélique. La Pythie croqua un nouveau morceau de peyotl. Bizarrement, la pantomime dispensée un peu plus tôt l'avait tuée. Elle revint à leur conversation en cours précédemment avant que les missionnaires ne les interrompent.

– Alors Garnier est avec nous ?

– À deux cents pour cent, s'enthousiasma Banshee. Ainsi que Lady Winchester.

– Tahuku ne vous a pas répondu ?

– Je ne l'ai pas revu depuis notre petite fiesta. Je ne pense pas que ce sauvage ait compris quoi que ce soit à la situation. En revanche, les Carnutes se sont manifestés. Je devrais avoir leur réponse sous peu.

– Et Wallace ?

– Pas de nouvelles.

– Qu'il nous suive ou non importe peu. À quatre sanctuaires contre sept, les trois autres seront forcés de s'incliner.

L'oracle pesait encore le pour et le contre, même si elle avait déjà donné sa réponse.

– Vous êtes puissante, cela ne fait aucun doute. Mais que ferez-vous lorsque le moment sera venu d'invoquer votre... bête à cornes ?

– Eh bien, pour invoquer le Diable, c'est très simple. Il suffit de s'oindre d'onguent, de prononcer les formules d'usage...

188

– Je fais la même chose avec les dieux que je sollicite, la coupa l'oracle. Je voulais parler de l'enfant.

– Quoi, l'enfant ?

La Pythie ouvrit de grands yeux étonnés.

– Vous l'avez retrouvée ?

Banshee, furieuse, se leva. Elle jeta un regard noir à Fould qui écarta les mains en toute innocence. Il n'avait rien dit. Promis, juré, craché.

– N'oubliez pas qui je suis, rappela la Pythie d'une voix étonnamment profonde. Et votre pouvoir grandissant vous a rendue plus visible que jamais dans les trames du devenir. Il n'y en a que pour vous. Depuis des semaines.

Banshee ne savait pas si elle devait se sentir flattée de provoquer de telles interférences dans les visions de la prophétesse, ou plutôt inquiète.

– Précisément, se risqua-t-elle. Me voyez-vous... triompher ?

– Non, s'empressa de répondre l'oracle. (Les traits de Banshee s'affaissèrent.) Les visions sont brouillées. Et je ne vois pas plus loin que dans deux semaines. Mais une chose est sûre : je vous vois toujours seule, sans l'enfant.

– Pourquoi me suivre, alors ?

La Pythie changea de position entre les jambes d'Héraclès.

– Parlez-moi de la petite fugueuse, ordonna-t-elle.

Banshee raconta le rapt du Liedenbourg, dressant un portrait précis de Grégoire Rosemonde et de Roberta Morgenstern. S'y ajoutaient les informations recueillies de la bouche d'Otto Vandenberghe.

– Les chasseurs de Garnier et de Winchester les ont ratés à Antioche. J'ai perdu leur trace pendant six jours mais... (la sorcière, haussa les épaules, ne sachant si elle devait considérer cela comme une bonne nouvelle) je l'ai retrouvée.

— Quoi ? Vous savez où ils sont ? se réveilla Fould.

— Un message m'a été adressé alors que nous nous rendions à Delphes.

— Que disait ce message ? continua l'oracle.

— Qu'ils se trouvaient à Jaisalmer, il y a deux jours.

La Pythie fronça les sourcils.

- Il y a deux jours ? réfléchit-elle. Lors du reflux... Je ne comprends pas. Personne ne vit à Jaisalmer. Qui aurait pu vous prévenir... À part Poséidon. À moins que... (Les yeux de la Pythie se posèrent sur le miroir d'eau dont elle se servait parfois pour ses visions, dans un coin de la loggia.) Les Fondatrices... Elles n'ont jamais été aussi actives. (La Pythie fit pianoter ses doigts sur la cuisse d'Héraclès.) Chlodoswinde vous a envoyé ce message.

— Oui, avoua la sorcière qui avait été la première surprise en voyant la Fondatrice répondre à son attente. En songe. Mais elle a été incapable de me dire où ils se trouvaient à l'instant présent. Elle a rencontré Lilith et cette... Roberta. Elle a englouti la ville. Et elle les a perdus.

— Seraient-ils morts noyés ?

— Elle me l'aurait dit. Non, j'ai retourné la question en tous sens et je pense avoir compris. Chlodoswinde est partout. C'est sa force et son handicap. Elle n'a aucune notion de l'étendue qu'elle recouvre. Alors, pour repérer quelqu'un dans cette immensité...

— Ou alors elle ne se mouille qu'à moitié et ne vous a pas tout dit, fit Archibald.

La sorcière jeta un regard glacial au municipe. « Foi de

Carmilla, continua-t-elle pour elle-même. Je volerai vers l'océan Indien, je quadrillerai la côte, les terres et la lagune et je retrouverai ma fille. Et cette Sibylle peut toujours m'affirmer le contraire. »

Banshee eut tout à coup une idée. Une idée ? Plutôt un trait de génie !

– Je retrouverai Morgenstern et l'enfant qu'elle m'a volée, annonça-t-elle à l'oracle, inversant ainsi les rôles.

– Qu'elle *nous* a volés, corrigea le municipe.

– Mais encore ? commenta la Pythie.

– Vous ne comprenez pas ? Vous qui voyez l'avenir, dites-moi où et quand cela se produira.

La gardienne en resta bouche bée, ce qui ne lui était pas arrivé depuis longtemps. Elle médita sur le projet de Banshee. Le côté passif de ses visions l'avait toujours un peu irritée. Mais tordre le Destin, contraindre l'avenir par sa seule volonté, partir du simple postulat que Banshee retrouverait effectivement Lilith...

Elle se leva et marcha vers le miroir d'eau noire comme une vitre de verre fumé, laissa courir ses doigts à sa surface. Une amazone fit tout à coup irruption sur la loggia, s'agenouilla et déclara :

– Un intrus est dans la place. Une bouche de Vérité l'a repéré sur la Voie sacrée.

La Pythie n'était pas surprise. Elle l'avait senti venir. Elle dessina un serpent sur le miroir. L'eau s'éclaira et la Voie sacrée apparut dans les reflets. Un homme était poursuivi par des amazones à cheval. Il se retournait fréquemment, montrant ainsi son visage.

– C'est Clément Martineau, reconnut Banshee.

– Quoi ? (Fould se leva pour contempler lui aussi la scène.) Il est à Delphes ?

– Les intentions de ce garçon ne sont apparemment pas très claires, murmura la Pythie. Nous avons un réseau de surveillance assez efficace pour repérer ce genre d'énergumène.

– Que fait-il ? voulut savoir Fould en le voyant tirer avec son six coups sur les amazones.

– Que fera-t-il ? corrigea l'oracle. Le miroir nous montre le futur proche.

La vision était saccadée. Les corps s'entrechoquaient, les mouvements s'accéléraient. Il y aurait des blessés, sûrement des morts. Impossible de savoir de quel côté. Les trames étaient par trop confuses.

– Pouvons-nous lui donner la chasse ? s'impatienta l'amazone.

L'oracle se tourna vers Fould.

– Vous avez l'air de le connaître. Qu'en pensez-vous ?

– Il s'est enfui de Bâle après avoir fait sauter mon bureau et provoqué une belle pagaille. Ce Martineau est un traître et un forcené. Il faut l'éliminer.

L'oracle hocha la tête.

– Il est à vous, dit-elle à l'amazone. (Elle fixa Fould.) Vous pourriez participer, puisque vous êtes là ?

– Excellente idée, convint Banshee. Allez donc chasser Martineau.

– Mais...

– Il n'y a pas de mais. Un peu d'exercice vous fera du bien.

Archibald Fould suivit l'amazone sans grand enthousiasme, laissant les deux femmes entre elles.

– Alors, très chère, et cette prédiction ? lança la sorcière à la Pythie en se penchant, avide, au-dessus du miroir.

24

Clément avait réussi à extraire sa main de cette bouche de Vérité de malheur en forçant le mécanisme. «Je gagne les ruines du temple de Bacchus, je mets mon adulaire et je m'envole vers les étoiles », se répétait-il en fendant la foule de touristes qui embouteillait la Voie sacrée. Dire qu'il avait failli se retrouver coincé si près du but !

Il avait parcouru la moitié de la distance lorsqu'il vit une colonne armée monter dans sa direction. Il se cacha derrière une statue d'Athéna. Il y avait une dizaine d'amazones à pied, autant à cheval. Celle qui dirigeait la colonne portait pelte, hache, cuirasse et casque de combat. Un homme en costume de ville avançait à ses côtés.

– Archibald Fould, reconnut le jeune homme.

Il n'avait donc pas rêvé : le municipe se trouvait bien à Delphes. Pourquoi serait-il venu jusqu'ici sinon pour l'arrêter ? Martineau avait été repéré. Il devait agir, vite.

Un petit train touristique descendait la Voie sacrée à une allure réduite et en faisant tinter sa cloche. La boutique la plus proche était celle d'un oiselier. L'enseigne proclamait : « Basile Néphélim, aéromancien, de père en fils depuis 1544. Oiseaux. Songes. Nuages. »

– Exactement ce qu'il me faut, murmura Clément.

Il se glissa dans la boutique remplie de cages de toutes tailles. Gypaètes, engoulevents et corbeaux noirs s'arrêtèrent de chanter en le voyant entrer. Plus bas, Fould parlementait avec l'amazone en chef qui l'écoutait d'une oreille distraite.

– J'ai quelques questions à lui poser. Si vous pouviez ne pas le tuer tout de suite... Enfin, si vous y parvenez, ajouta-t-il en observant le profil cruel de chair et de métal qui le surplombait.

– Je vous conseille de garder vos distances, se contenta de répondre l'amazone.

Une clameur s'éleva depuis le haut de la Voie sacrée. Une silhouette venait de sauter sur le toit d'un édicule. Elle se détachait nettement contre le ciel, comme les statues des dieux. Mais elle ne brillait pas.

– Le sanglier nous a senties et il essaie de s'enfuir, marmonna la guerrière.

Elle leva les bras et fit Yiha ! en frappant les flancs de son cheval. Ses deux suivantes l'imitèrent. Elles gravirent la voie sans freiner l'allure jusqu'à l'édifice où Martineau, provocateur, paraissait les attendre. L'amazone en chef s'accroupit sur le garrot de son cheval et bondit sur le toit de l'édicule. La silhouette disparut derrière la crête de tuiles vernissées. Elle grimpa jusqu'au faîte avec une agilité de lézard et passa une tête prudente. Elle sautait de toit en toit en remontant la pente. L'amazone se redressa.

Cette silhouette avait quelque chose d'anormal. Elle était d'un noir de jais, comme constituée d'ardoises. L'être touchait-il vraiment terre ? S'était-elle lancée à la poursuite d'un démon ? Dans le doute, elle prit son arc et visa le fuyard

194

qui gravissait un nouveau toit. Le trait partit en sifflant. La silhouette s'éparpilla en une nuée de volatiles sombres alors que la flèche se perdait dans le lointain. En bas, l'oiselier aéromancien était sorti de son échoppe et s'exclamait :

– Mes cages ! On a ouvert mes cages !

– Sorcellerie ! jura l'amazone.

Elle étudia le sanctuaire depuis son belvédère. D'après la Pythie, le fuyard chercherait à atteindre le temple de Diony-sos. Ses yeux sautaient d'un groupe de touristes à un autre. Il se cachait forcément là, quelque part. Le petit train descendait la Voie sacrée à son allure tranquille.

– Tu le vois ? demanda une amazone au pied de l'édifice.

Sur le toit, la chasseuse avait à nouveau bandé son arc. La flèche partit vers le dernier wagon et se planta dans le bois sans blesser personne. Des exclamations furent poussées. Des têtes apparurent sur les côtés du petit train, dont celle de Martineau. L'amazone glissa sur le toit de l'édicule comme sur une coulée de pierres plates, emportant avec elle les tuiles qui se fracassèrent sur la chaussée. Elle prit appui sur la gouttière, bondit et sauta sur son cheval qui se cabra.

– Le train ! hurla-t-elle.

Les amazones imposèrent une brusque volte-face à leurs montures et redescendirent la Voie sacrée au triple galop, se souciant encore moins qu'à l'aller des personnes se trouvant sur leur passage. Dans le petit train, la situation n'était pas moins confuse. Certains touristes sautaient en route, ce qui, vu l'allure poussive du véhicule, ne leur occasionnait que de légères égratignures. Les autres considéraient avec des yeux ébahis ce jeune homme qui, avec un pistolet, visait trois cavalières barbaresques fondant sur eux, le sourire aux lèvres et les armes à la main.

Le premier coup de feu claqua et ricocha sur la pelte de bronze de la plus proche poursuivante qui, aussitôt, répliqua. Sa flèche parcourut la longueur du train pour se ficher dans le dos du conducteur de la petite locomotive. Le malheureux bascula sur son volant et enfonça dans le même mouvement la pédale d'accélérateur. Le train prit de la vitesse. Les derniers touristes indécis sautèrent en hurlant.

Martineau considéra les deux cents mètres qui lui restaient à parcourir avant le virage du grand temple. À ce rythme, les amazones l'auraient rattrapé avant. Il grimpa sur le toit du dernier wagon, s'y tint debout avec plus ou moins d'assurance, sauta sur le wagon suivant et se prépara à bondir sur le troisième... Une hache s'abattit juste devant ses pieds. Une amazone galopait à son niveau en faisant tourner l'instrument dans une main. Elle poussa un cri de furie et revint à la charge.

Il la visa et fit feu trois fois. Les deux premières balles ricochèrent sur sa cuirasse. La troisième orna le front de la guerrière d'une fleur rouge. Elle partit en arrière et tomba de son cheval. Ses deux sœurs suivaient de près. Celle au casque à cimier grimpait déjà sur le toit du dernier wagon. Elle se redressa, banda son arc et visa posément Martineau qui s'apprêtait à sauter sur la locomotive. Elle ne pouvait le rater. Son trait se ficha dans le sac à dos du jeune homme qui écarta les bras. Il tomba entre la loco et le premier wagon.

Il restait une centaine de mètres avant que le train ne s'écrase contre le monument aux Rhodiens, devant le temple d'Apollon. Mais la tueuse n'en avait cure. Elle sautait de wagon en wagon sans se soucier du danger imminent. Elle voulait voir le cadavre de l'imprudent, si nécessaire l'achever à l'arme blanche.

Elle se pencha là où elle l'avait vu disparaître. Une balle l'accueillit et trancha son cimier. Elle recula vivement et vit le fuyard attraper le chauffeur par l'épaule, le jeter par-dessus bord et prendre sa place. La locomotive s'éloignait. Martineau avait décroché la loco des wagons. Celui de queue rebondit sur un obstacle et se hissa à la verticale. Les autres commencèrent à se coucher dans un vacarme de bois et de ferraille torturée. L'amazone prit son élan et sauta vers l'avant.

Martineau pesa sur le volant de toutes ses forces et évita le monument aux Rhodiens de justesse. Il fonça vers la balustrade qui entourait le temple. La margelle de pierre explosa sous l'impact et la locomotive s'envola, survolant la sculpture de l'aurige. Martineau fut catapulté hors de la machine lorsqu'elle rebondit sur le terre-plein. La locomotive se disloqua un peu plus loin.

Il y était, au centre des ruines. Il se releva péniblement, récupéra la bague au bout de sa chaînette, contempla un moment l'adulaire, petite pierre de lune, qui l'ornait. Des visages défilèrent dans son esprit. Celui de sa mère, de son père, de Roberta, de Suzy rongé par les flammes... Pour la millième fois, il s'excusa.

– Je te tiens à ma merci ! entendit-il alors.

L'amazone marchait d'un pas rageur sur Martineau, la face barbouillée de sang, la dague à la main. Comment avait-elle fait pour arriver jusqu'ici ? Sans doute en sautant sur le toit de la locomotive.

– Je m'en vais, dit-il simplement.

– Rejoindre tes ancêtres, en effet.

L'amazone n'était plus qu'à vingt mètres. Martineau ressentait le besoin de se confier à l'un de ses semblables avant de quitter sa planète natale. Son ennemie du moment ferait l'affaire. Il tenait la bague au bout du majeur de sa main gauche, prêt à l'enfiler.

– Cette adulaire m'a été confiée par ma mère, continua-t-il d'une voix douce. Elle me propulse vers le ciel lorsque je suis dans un endroit comme celui-ci, au milieu d'un temple dédié à Bacchus, en période de nouvelle lune. J'ai un peu peur. Surtout que, cette fois, je vais m'envoler sans parachute.

L'amazone lut la détermination dans le regard du jeune homme. Elle se précipita sur lui alors qu'il glissait la bague à son doigt. Les spectateurs amassés au bord de la dépression le virent partir vers le ciel comme une fusée silencieuse. L'amazone trébucha sur le vide, poussa un cri de rage, scruta l'aire déserte, le ciel.

– Je te retrouverai ! hurla-t-elle au comble de la fureur.

Elle lança sa dague vers le firmament pour bien lui signifier qu'elle ne plaisantait pas.

25

La Pythie se tenait sur son trépied, seule dans la pièce aveugle. Enfin, presque seule. Car elle entretenait une conversation avec Apollon par le biais de l'omphalos.

– Dis-moi quelle est la prédiction, demanda le dieu qui n'avait pas été consulté. Quelle réponse Zeus t'a-t-il donnée ?

– « Tu trouveras Roberta Morgenstern dans deux jours. »

– Où ?

Zeus, maître du destin, avait été très précis, le où et le quand apparaissant clairement dans les trames du possible. La Pythie préférait conserver la vision secrète. Elle avait pris parti pour Banshee. Si Apollon décidait de se soulever contre Zeus, il pourrait se révéler capable d'empêcher certains événements à venir. Cela s'était déjà vu aux abords de Priam.

– Je ne peux rien dire. Sinon que... (Elle lâcha un indice anodin.) Roberta Morgenstern mourra au son de la cornemuse.

– De la cornemuse ? se moqua le dieu à la lyre. Une panse de brebis hérissée de tuyaux ? (Il reprit son sérieux.) Donc Banshee trouvera Morgenstern, dans deux jours, quelque part en Écosse.

– Je n'en dirai pas plus.

– Quelle idée d'aller en Écosse après Jaisalmer ! insista Apollon. (La Pythie garda le silence, se contentant de mâcher une tranche de peyotl séché.) Et tu vas la suivre dans cette folle équipée.

– Zeus m'a montré une vision victorieuse.

– Je t'aurais montré une vision calamiteuse.

Apollon avait fait sa propre prédiction sans qu'on la lui demande. Banshee y voyait tous ses plans ruinés.

– Il fallait prendre une décision, s'emporta l'oracle, piquée au vif. Mes prophéties ne sont pas garanties. Deux voies sont toujours possibles.

– C'est gravé à l'entrée du temple, en tout petits caractères, je sais. Mais personne ne prend la peine de le lire.

– J'apporte du réconfort aux gens.

Sentir le bien dont elle était capable réchauffa les moindres extrémités de son corps.

– Tu leur dis surtout ce qu'ils veulent entendre. Et le jour où tu transposeras tes prophéties en vers hexamètres, on en reparlera.

La Pythie ne répondit rien. Si le bellâtre avait décidé de la vexer... Apollon, sentant qu'il avait blessé sa chère interprétatrice, redevint tout miel.

– Le municipe avait une petite mine, tu n'as pas trouvé ? À mon avis, il n'en a plus pour longtemps.

– Il connaîtra un sort funeste sous peu, intervint la voix gutturale de Zeus.

Apollon l'ignora ostensiblement. Qu'ils partagent la même pierre n'enlevait rien au mépris qu'ils ressentaient l'un pour l'autre.

– Les missionnaires vont vers le nord, reprit Apollon. Tu les vois ?

L'oracle s'approcha de la pierre glougloutante, posa la main dessus et se concentra sur la vision que le jeune dieu lui inspirait. Elle témoigna :

– Le plus grand négocie l'achat d'une Buick Flamingo avec réfrigérateur intégré et capote électrique.

– Le vendeur le roule, j'imagine ?

La Pythie, les yeux fermés, voyait parfaitement la scène qui se déroulerait dans un futur proche à un millier de kilomètres de là, dans une banlieue de Mexico

– En partie. La capote ne ferme pas. Mais le gros, à l'arrière, teste les enjoliveurs. Ils sont bons.

– L'un d'eux sait-il conduire une automobile ?

– Le grand dit que oui. Il produit un permis de conduire au nom de... Leonardo da Vinci.

– Que les esprits les protègent ! En tout cas, si Lady Winchester ne les reçoit pas sous leurs formes actuelles, elle pourra toujours les accueillir au nombre de ses fantômes.

La Pythie retira sa main et se tut, ailleurs.

– Tu penses à ce Martineau, à l'homme volant ? Moi non plus il ne m'a pas laissé indifférent. Il était plutôt mignon.

– Tu le vois ?

Au bout de quelques secondes, Apollon fut bien obligé d'admettre :

– Le nœud m'aveugle.

D'autres tisserandes avaient connu des avenirs bouchés lorsque des événements d'importance étaient sur le point de se produire. Quelle que soit l'issue de cette nuit de Walpurgis, que Banshee parvienne à ses fins ou non, le monde en serait changé. À jamais. Car, au-delà, Zeus et Apollon maîtres du destin butaient contre un smog impossible à percer.

– Tout de même... Une cornemuse... Tu es sûre que ce vieux rétrograde de Zeus ne t'a pas joué un de ses vilains tours ?

Le dieu au foudre préféra rester muet. Cela faisait des siècles qu'Apollon essayait de le faire sortir de ses gonds.

– Sûre et certaine. Cet instrument m'a toujours mise en transe.

– Pour ma part, ce serait plutôt les hommes en kilt, confia le vainqueur du serpent Python.

Ils gloussèrent d'une même voix. Zeus manifesta son dédain pour ces enfantillages par un sourd grondement qui monta de l'omphalos et le fit vaguement trembler sur sa base.

26

« Je suis toujours à Delphes », pensa Clément après avoir repris connaissance. Il se trouvait au milieu d'une aire concentrique dont les dalles étaient recouvertes d'une fine poussière blanche. Des fragments de sculptures et de monuments étaient entreposés sur le pourtour. Des visages de colosses brisés apparaissaient dans les débris qui formaient un talus de cinquante mètres de haut. « Ou alors je suis mort. »

De quoi se souvenait-il ? D'une accélération formidable, de la Terre rapetissant, de l'obscurcissement. Cette furie d'amazone l'avait eu et seul son esprit avait été happé par l'Éther. Il s'ausculta, cherchant la marque d'une dague qu'il ne trouva pas. Il se leva, se sentit incroyablement léger. Mais ses sensations n'avaient pas disparu. Il se pinça... Il n'était pas désincarné, loin de là. Il appela :

– Eho ! Y a quelqu'un ?

Pas la moindre petite divinité ne prit la peine de lui répondre.

– Bon. Je ne vais pas rester là comme un gland à attendre je ne sais quoi.

Une tranchée creusée dans le talus permettait de quitter le

terre-plein. Il se lança dans cette direction, décolla du sol et parcourut dix bons mètres avant de se réceptionner, s'accroupissant d'instinct pour éviter de rebondir. Il resta immobile, attendant que son cœur se calme. Puis il se déplia comme une grenouille, les pieds joints, et vola sur une plus longue distance que la première fois.

– Saperlotte ! s'écria-t-il au comble de la joie. C'est ce que j'appelle porter des bottes de sept lieues !

Il enchaîna cabriole sur cabriole, s'amusant à faire des sauts périlleux, battant des bras et des jambes, remontant le chemin gardé par les statues brisées. Il était heureux. Car une pensée avait germé dans son esprit : s'il était mort, il allait bientôt revoir Suzy Boewens, en admettant que l'autre monde soit unique, bien sûr.

Les débris s'espacèrent et une plaine rase en forme de croissant de lune apparut. Elle était fermée par une enceinte à la paroi sans aspérités. Au centre de l'enceinte se dressait une porte, sombre, fine, droite, gigantesque. Clément en prit toute la mesure en s'en approchant. Elle était aussi haute que la tour du Recensement. Une créature mythologique la gardait. Debout, bras croisés, elle attendait.

Tête de taureau sur corps d'homme... Martineau songea immédiatement au Minotaure. Mais la créature, deux fois plus grande que Clément, était de bronze. Il atterrit à quelques mètres, mit les mains sur les hanches, attendit que l'autre se manifeste. Le colosse ne bougeait pas. Clément se racla la gorge et lança avec emphase :

– Salut à toi, gardien, portier, cerbère, qui que tu sois ! Je suis Clément Martineau, de Bâle. La route fut escarpée pour te rencontrer.

La créature s'ébroua, avança de deux pas en grinçant et répondit dans la même langue que le nouveau venu :

– Je suis Talos, gardien du cratère. Et seul le maître peut entrer.

Puis il réintégra son poste près de la porte et reprit son ancienne immobilité. Martineau le contempla, déconfit. Il marcha sur Talos, puisqu'il disait s'appeler ainsi.

– Tu vas m'ouvrir, espèce de vieille baderne en fer-blanc ? Je veux entrer ! Je n'ai pas parcouru tout ce chemin pour rien !

Martineau implora, admonesta, injuria, donna même un coup de pied dans le tibia de Talos, au grand dam de ses orteils. En vain. La créature ne bougea pas d'un iota. Au bout du compte, il abandonna et s'assit, penaud, un peu plus loin. Les étoiles s'étaient déplacées au-dessus de sa tête. Mais la lumière de ce monde totalement blanc, hormis la carapace cuivrée de Talos et la profondeur ténébreuse de la porte, restait inchangée. Il était coincé dans les limbes. Et il avait faim.

Il retira son sac à dos, le fouilla, en sortit une bouteille d'eau et trois barres de céréales. Il engloutit ce maigre repas tandis que Talos, immuable, veillait. Dix, quinze minutes s'écoulèrent. Aucun autre visiteur ne se présentait. « C'est quand même bizarre, se dit Clément en contemplant l'immensité. Il devrait y avoir un monde fou. Il y a peut-être une autre entrée. »

Il explora la muraille d'un côté puis de l'autre, à grands sauts de cabri aérien. La construction butait à droite comme à gauche contre deux falaises à pic impossibles à escalader. Martineau revint sur ses pas, plus déprimé que jamais. « Et si je n'étais pas mort ? se demanda-t-il. Mais alors, où suis-je ? »

Par défi, il s'assit sous le nez de Talos et, par désœuvrement, sortit l'étui de son arbre à sorcellerie de son sac. La flèche de l'amazone qui s'était fichée dedans y avait laissé une entaille. Flèche qu'il avait perdue en route, d'ailleurs. Cela n'avait pas beaucoup d'importance.

Roberta lui avait confié le parchemin avant qu'ils ne se brouillent. Le précieux document faisait partie des quelques biens l'ayant suivi dans son odyssée. Il le déroula et suivit du doigt les ramures de sa famille, les signes tracés de la main élégante de Rosemonde, l'énigme du début et de la fin...

Les empreintes du fondateur de la lignée et celles de son dernier représentant, Clément en personne, étaient semblables quoique inversées. Roberta, lorsqu'elle lui avait dévoilé son arbre, ne lui avait pas parlé de cette étrangeté. Le jeune homme la soupçonnait de ne pas s'en être rendu compte. Il traça les signes qui étaient siens dans la poussière devant lui, un X comme les tirants utilisés par les maçons. Une forme de moule. Une machine à deux antennes. Un outil à l'usage indéfini, le M inversé et l'image de la Lune en tout début de cycle. Il effaça l'empreinte du plat de la main pour dessiner celle du fondateur de sa lignée, la même quoique inversée et non moins mystérieuse qu'un reflet dans un miroir.

Il s'apprêtait à l'effacer lorsqu'un mouvement, surpris du coin de l'œil, l'arrêta dans son geste. Talos s'ébranlait. Il marcha sur Martineau qui, prudemment, se leva. L'homme taureau s'accroupit devant l'empreinte du fondateur de la lignée et suivit le dessin de son index articulé. Il se redressa. Ses yeux de métal sans pupilles fixaient le jeune homme.

– Vous êtes enfin de retour, mon maître.

– Hein ? fit Clément.

Talos retourna à la porte et s'arc-bouta contre elle. Les vantaux cyclopéens s'écartèrent en gémissant. L'appel d'air souleva des tourbillons de poussière autour de Clément qui s'approcha de l'ouverture.

– Qu'est-ce que c'est que ce délire ? murmura-t-il en découvrant ce que l'enceinte protégeait.

Temples, pyramides, monuments, statues colossales... une ville avait été construite dans une vallée en forme de cratère. Une cloche de métal finement ouvragée la surplombait. Elle permettait de voir les étoiles ainsi qu'une planète bleu et blanc accrochée au-dessus de l'horizon, droit devant.

– Maison, gémit Martineau en reconnaissant la Terre.

27

– Louis Renard a été admirable. Il a isolé la voie d'eau et mis le sous-marin à l'abri. Finalement, le danger s'est éloigné avec l'engloutissement de Jaisalmer.

– Mon frère est un pilote hors pair, témoigna Claude Renard. Nous sommes plus d'un, dans la confrérie, à lui devoir une fière chandelle. Il nous a tirés de situations autrement plus périlleuses.

– En tout cas, je ne vous laisse plus rencontrer les Fondatrices seule, grogna Grégoire. La prochaine rencontre, je serai à vos côtés.

Thomas Van der Dekken, une fois n'était pas coutume, dînait en leur compagnie. Il avait un visage chevalin, le nez droit et des yeux ne cillant pour ainsi dire jamais. Ses cheveux clairs et ondulés, la barbe taillée à l'impériale qui lui affinait le menton et sa veste de commandeur lui donnaient un air incontestable de mousquetaire. Mais le plus étonnant était peut-être l'impossibilité de lui donner un âge.

Sur une petite scène, au fond de la salle à manger, un quintet de Chinois jouait des airs mélancoliques avec des violons et des accordéons de différentes tailles. Le dîner était à base de hareng nouveau. Van der Dekken contemplait son assiette, absorbé.

– Maudit cuistot, maugréa-t-il entre ses dents.

– Pourquoi ? fit Roberta qui s'était resservie deux fois. C'est délicieux.

– Ce hareng me rappelle la Hollande qui n'est plus.

Il fit un signe. Un serveur approcha, une bouteille à la main.

– La lagune a fait payer un lourd tribut aux terres à fleur d'eau, expliqua-t-il en regardant le liquide rouge monter lentement dans les verres.

– Et maintenant, vous la sillonnez en tous sens, continua Roberta. Vous courez sur le dos de la bête. D'une certaine manière, on peut dire que vous l'avez domptée.

– Jusqu'à présent, oui, on peut dire cela.

L'orchestre chinois se lança dans une nouvelle partition égyptisante, envoûtante même.

– Je connais cet air, remarqua Rosemonde.

– *Dans la mystique contrée d'Égypte*, de Ketelbey, reconnut le capitaine. Mes hommes d'équipage sont inspirés ce soir.

– Ces musiciens font partie de votre équipage ? s'étonna Roberta.

– Le poste de pilotage est sur scène. Au grand complet.

– Qui est là-haut, dans ce cas ?

– Nous sommes à l'arrêt depuis le début du dîner, chère madame. À notre point d'ancrage. Sinon, je ne me serais pas permis de descendre dîner avec vous.

Grégoire essayait de faire manger sa purée à Lilith et il commençait à perdre patience. La petite fille regimbait, les lèvres serrées, pour éviter la cuiller. Elle changea de tactique en voyant que son père s'obstinait. Elle parvint à attraper la cuiller et l'agita en tous sens. Grégoire haussa le ton.

209

– Ne fais pas ça !

Elle le fixa, fit la lippe et éclata en sanglots. Roberta prit Lilith dans ses bras. Mais la petite fille se démena pour être posée par terre. Là, elle se roula en poussant des cris à couvrir l'orchestre. Van der Dekken l'attrapa par le dos du pyjama comme un chaton et l'assit sur la table à côté de son assiette.

– Si tu ne manges pas ta purée rapidement et sans nous casser les oreilles, tu finiras ce dîner dans la cage en osier, en haut de la grande vergue, lui promit-il.

Lilith se calma instantanément et fut rendue à Rosemonde. Elle finit son assiette sans un bruit, et sans quitter des yeux le capitaine tout le temps que dura l'opération.

– Quelle méthode ! s'extasia Roberta.

– La cage en osier ? C'est un supplice malais. Il m'a permis d'en mater certains qui se croyaient irréductibles.

Maintenant, Lilith se frottait les yeux.

– Bon, je vais la coucher, annonça Grégoire. Au lit direct, pas d'histoire ce soir. (Les larmes reprirent de plus belle.) Alors *Les Trois Petits Cochons*, céda Grégoire, fatigué. Et on dira qu'ils se sont installés tout de suite dans une maison en pierres de taille.

Le père et l'enfant s'éclipsèrent, à la grande satisfaction de quelques passagers légèrement sensibles des oreilles.

– Cette gamine a du caractère, jugea Van der Dekken en s'allumant un cigare offert par Claude Renard.

– Elle est surtout très mal lunée depuis notre halte à Jaisalmer.

– Chlodoswinde n'a rien pu faire pour elle ? s'enquit le capitaine.

Roberta le dévisagea, puis Claude Renard qui haussa les épaules.

– Thomas est un ami, lâcha le pirate entre deux bouffées de cigare. Et l'irrationnel ne l'effraie pas.

La sorcière s'admonesta intérieurement. Elle n'avait pas de raison d'être inquiète. Avoir frôlé la mort par deux fois ne devait pas lui faire oublier que les liens d'amitié, quelque part, existaient encore.

– Chlodoswinde m'a confié un remède qui n'a rien d'une panacée.

– Ah. (Il tapota son cigare contre le cendrier.) Claude m'a dit aussi que vous comptiez atteindre le météore ?

– Ce serait la demeure de la patronne de l'Éther.

– Et vous pensez qu'elle sera plus efficace que les autres ?

– Je ne pense pas, rétorqua un peu froidement la sorcière. Je fais ce que je peux pour sauver... ma fille.

Son hésitation avait été à peine perceptible.

– Vous savez que le météore se trouve au cœur de l'océan des Merveilles et que nul navire ne s'en approche ? La réglementation est très stricte à ce sujet.

– Le bon sens aussi, glissa Renard.

– Qu'a-t-il de si terrible, cet océan des Merveilles ? s'emporta Roberta. J'ai entendu tout et n'importe quoi à son sujet.

Le capitaine posa les coudes sur la table et laissa son regard errer sur les fresques qui représentaient des tritons et des néréides batifolant dans une lagune multicolore.

– De terrible ? Oh, pas grand-chose... Sinon que les rêves comme les cauchemars s'y réalisent. Pour ma part, je ne m'y risquerais pas pour tout l'or du monde. Trop de visions hantées occupent ma vieille caboche (Van der Dekken la tapota avec son cigare, faisant tomber un peu de cendre sur le galon doré de sa veste de commandeur). Mais je suis certain d'une chose : ceux qui se sont aventurés dans l'océan des Merveilles n'en sont jamais revenus.

Roberta réfléchissait à ce que le capitaine venait de lui révéler lorsque les Martineau se présentèrent à leur table. Ils étaient guillerets, sûrs d'eux, envahissants, comme à leur habitude.

– Robert Martineau des ciments Martineau, se présenta Robert. Ma femme, Clémentine. (Le capitaine se leva pour la saluer.) Aurions-nous l'outrecuidance de partager votre table quelques instants ?

– Outrecuidez, marmonna le Hollandais.

Robert attrapa une chaise pour sa femme et l'assit d'office à côté de Roberta. Lui s'immisça entre Renard et Van der Dekken qui furent forcés de se pousser pour lui faire de la place.

– Bébé vient de se coucher ? commença Clémentine la volubile. C'est déjà tard pour une petite fille. Mon Clément était au lit tous les soirs à huit heures. Et s'il se réveillait, on le laissait pleurer un peu...

De l'autre côté de la table, Robert Martineau, qui avait accepté un cigare de bonne grâce, interrogeait le capitaine.

– Dites-moi, notre périple s'achèvera bien sur les côtes de Nouvelle-Zélande ?

– C'est toujours l'objectif.

– Quelque projet d'envergure à développer chez nos amis sauvages ? demanda la sorcière, plantant Clémentine au milieu de la recette de bouillon qui adoucissait les enfants grognons. Une digue à construire ? Une ville à surélever ?

L'entrepreneur plissa les yeux pour jauger son interlocutrice. Comment pouvait-elle avoir oublié ? Il lui en avait parlé à Tenochtitlán. Roberta réfléchit, se remémora alors sa visite du penthouse Martineau, la maquette dans le bureau de l'ingénieur...

– La ville Verne, se souvint-elle. Elle se trouve au large de la Nouvelle-Zélande ?

– La ville Verne ? releva Van der Dekken.

– Une ville flottante conçue pour le calme plat comme pour le gros temps et réunissant les artefacts des principales créations du grand Jules, les éclaira Robert.

– Verne, se permit de préciser Clémentine. Le dada de mon mari. Et la future résidence secondaire du Club Fortuny.

– Et... euh... Elle flotte ? s'enquit Roberta.

– Et comment ! s'emporta Robert. À part quelques détails d'assiette à régler au sujet desquels, cher ami (il se tourna vers Van der Dekken), je comptais vous entretenir. Le *Tusitala* est un exemple de stabilité...

– Nous aurons tout le temps d'en discuter avant notre arrivée, le coupa un peu sèchement le capitaine.

Il croisa les bras et demanda, l'air prodigieusement intéressé par la réponse qui allait lui être donnée :

– Mais dites-moi... Cette croisière se déroule-t-elle comme vous l'imaginiez ?

– Eh bien, euh, hum, fit Robert, stoppé dans son élan.

Clémentine vint à sa rescousse.

– C'est un rêve éveillé. (Elle eut un rictus indéchiffrable.) Malgré les quelques incidents qui ont, comment dire, émaillé notre voyage.

– Vous voulez parler d'Antioche ?

213

– L'incendie a été vite maîtrisé et il a fait peu de victimes, rappela Renard.

– Il y a eu Jaisalmer aussi, ajouta Clémentine. Voir cette ville couler à pic était effrayant.

Personne n'y trouva à redire, surtout pas Roberta qui avait vécu l'événement aux premières loges.

– Le service à bord vous satisfait-il ? insista le capitaine. Cette croisière est-elle à la hauteur de votre attente ?

– Tout à fait, affirma Robert en hochant vigoureusement la tête.

– Affirmatif, renchérit Clémentine, les lèvres pincées.

– Où en êtes-vous de cette compétition de *shuffleboard* ? glissa Roberta avec un air de parfaite innocence. Une seconde manche se disputera-t-elle bientôt ?

Robert et Clémentine se consultèrent du regard et considérèrent, d'un accord tacite, que le sujet ne méritait pas qu'on le développe. Un silence gêné s'ensuivit que Van der Dekken s'activa à rompre :

– On peut lutter contre le gros temps, un équipage malpoli ou un navire mal construit. Mais contre le mauvais œil, point. Il m'est arrivé de diriger des navires maudits lors de croisières qui se transformèrent en véritables cauchemars. Nous, marins, avons une expression pour définir cette situation. Seriez-vous curieux de la connaître ?

– Vous nous avez ferrés, s'esclaffa Robert dont le goitre trembla.

– Nous disons alors que... (il prit une voix profonde) le Diable est à bord !

– Jésus-Marie-Joseph, mère de tous les saints ! s'exclama Clémentine.

214

Elle recula sur sa chaise et, en voulant se signer, renversa un verre de vin. Tous la contemplèrent, stupéfaits. Elle se leva et invita son mari, d'un regard ferme, à l'imiter. L'ingénieur s'excusa et suivit la patronne vers l'autre bout de la salle à manger. Grégoire, qui revenait victorieux de sa mission, les regarda s'éloigner en posant le Gustavson écoute-bébé sur la table. Ringo s'empressa d'aller lécher la tache de vin à petits coups de langue râpeuse.

— Ce n'est pas moi qui les fais fuir, j'espère ? lança-t-il à la ronde.

— Non, non, le rassura Roberta.

— Ah, la superstition ! soupira Van der Dekken avec un sourire. (Il se tourna vers Renard et revint à leur sujet précédent.) Vous n'accompagnerez pas vos amis vers le météore, n'est-ce pas ? Je crois savoir que vous nous quitterez bientôt, au sud de Nicobar ?

— En effet, Louis et moi continuons vers l'est. Nous n'irons pas plus loin vers le pôle.

Il lui en coûtait d'abandonner les sorciers au seuil de cette étape périlleuse. Mais Ernest Pichenette devait déjà être arrivé aux Tonga. Les pirates avaient hâte de l'y rejoindre pour y reconstituer le quartz.

— Vous nous avez déjà beaucoup aidés, le remercia Roberta. Où que vous vous rendiez, vous et votre frère, puisque vous avez cru bon de garder le secret sur votre destination, ajouta-t-elle avec malice, je suis sûre que nous nous reverrons, ne serait-ce que pour fêter notre victoire.

— Je mettrai un Cigar à votre disposition et tout ce dont vous aurez besoin comme vivres, appareils, etc., promit le capitaine. Il vous mènera au météore en quelques jours. Si vous ne rencontrez pas d'obstacles.

– Rêves et cauchemars n'ont jamais arrêté qui que ce soit, affirma Grégoire. Vous avez autre chose en tête ?

Van der Dekken jeta un coup d'œil à Renard avant de leur confier, à voix basse :

– Un silure géant nous suit depuis Jaisalmer.

– Louis l'a sur ses radars, confirma Claude avec la même discrétion.

– Un silure géant ? fit Roberta.

– La signature acoustique est incontestable, ajouta le pirate. Mais il reste toujours à bonne distance.

– Il mesure dans les deux cents pieds de long, c'est ça ? demanda le capitaine.

– Plus ou moins. Le plus gros spécimen jamais catalogué. Il nous ferait chavirer comme un rien.

« Et maintenant un monstre marin ! » se dit la sorcière. Une bouffée de chaleur lui monta brusquement au visage. Elle avait besoin de prendre l'air. Grégoire se leva avec elle, lui offrit son bras et l'accompagna sur le pont. Ils marchèrent en silence jusqu'à la proue. Le calme de la nuit la rasséréna.

– Un silure géant, marmonna Rosemonde en s'allumant une cigarette. Dommage que Plenck...

– Plus de silures, plus de météore, plus de villes flottantes, rien que cinq minutes de vie normale, par pitié, implora la sorcière.

Un orage de mousson se mit à tonner, loin vers la côte de Coromandel, y jetant des éclairs sporadiques. Le vent tourna, leur apportant depuis la salle à manger les échos du concert.

216

Il n'y avait plus rien de classique là-dedans. Les Chinois s'étaient mis au rock'n'roll.

– Les Beatles, première période, reconnut Grégoire en jetant sa cigarette dans l'eau noire, sans l'émietter. Ringo Gustavson influencerait-il l'équipage ?

Le fils de Hans-Friedrich avait hérité de la *beatlemania* de son père. Il ne ratait pas une occasion de coller un air des Beatles dans l'esprit de ceux qu'ils côtoyaient. Roberta ne s'en rendait même plus compte. Grégoire, pour sa part, paraissait hermétique à cette sorte de torture mentale. Quant à Lilith, si elle créait un groupe de filles pendant l'âge difficile de l'adolescence, elle partirait avec de bonnes bases. Grégoire tâta ses poches.

– J'ai oublié Ringo sur la table ! Je vais le chercher.

Roberta s'accouda au bastingage. Elle tentait de percer l'obscurité liquide lorsqu'un son étrange et larmoyant lui parvint. Le *Tusitala* ne pouvait en être la source. Elle imagina immédiatement le pire et s'agrippa à Grégoire lorsqu'il revint près d'elle. Lui aussi écouta la complainte portée par la lagune.

– Vous pensez que c'est le silure ? chuchota-t-elle en se collant un peu plus contre le professeur d'histoire.

Il lui caressa le dos pour la rassurer et prit son temps avant de répondre :

– Je pencherais plutôt pour une cornemuse.

« Je dirais même plus, c'est le *Miss McLeod O'Rassey* joué à la façon des Gordon Highlanders », les informa Ringo. Avant de replonger dans un silence méprisant pour cette forme de musique parfaitement rétrograde.

28

Le chant de la cornemuse tint Roberta éveillée une bonne partie de la nuit. Pour arranger les choses, Grégoire ronfla comme une forge. Rien n'y fit, ni les sifflements, ni les tortures intercostales, ni les menaces chuchotées sur l'oreiller. Lorsque le sommeil s'empara enfin d'elle, ce fut pour avoir l'esprit assailli par des visions qui se télescopaient les unes les autres et qui mettaient en scène Banshee triomphante, Lilith agonisante, et ses parents poursuivis par un silure monstrueux. Il faisait jour lorsque la sorcière se réveilla. Mais elle avait le sentiment de ne pas avoir dormi plus de deux heures.

Roberta se rendit dans la salle de bains et s'éclaboussa le visage. Des bruits provenaient de la terrasse. Elle s'y traîna, toujours aussi vaseuse. Grégoire et Lilith étaient attablés autour d'un copieux petit déjeuner. La famille Gustavson au grand complet se partageait une gamelle de vers grouillants normalement réservés à la pêche au gros. L'auvent baissé cachait la vue sur la lagune.

– Bajour, lança Lilith, le museau barbouillé de chocolat.

– Alors, ce sabbat ? voulut plaisanter Rosemonde.

Il était frais comme un gardon, lui.

« Une bonne poignée d'asticots, rien de tel pour commencer la journée », lui conseilla Hans-Friedrich par le canal mental.

Roberta se laissa tomber sur une chaise, se prit la tête entre les mains et essaya de chasser les visions sinistres de la nuit. Rosemonde lui servit une tasse de café, un grand verre de jus d'orange et lui tartina une tranche de pain blanc avec du chutney à la mangue.

– Le café vient du Surinam, annonça-t-il tout guilleret. Il pourrait réveiller un mammouth pris dans les glaces du quaternaire.

Roberta, décidément levée du mauvais pied, considéra l'allusion au pachyderme fossile comme une saillie perfide. Mais le café parvint effectivement à lui ouvrir un peu plus les paupières et à disposer ses neurones dans les cases prévues à cet effet.

– Quelle heure est-il ? demanda-t-elle en s'en resservant.

– Sept heures trente. Pourquoi ?

Lilith était déjà habillée et Grégoire avait enfilé son costume de lin blanc. Depuis qu'ils avaient quitté Le Pirée, ils n'étaient jamais présentables avant neuf heures bien sonnées.

– Pouvez-vous me dire pourquoi nous ne sommes pas encore au lit ?

Le son de la cornemuse se fit tout à coup entendre, prodigieusement proche cette fois. Roberta reposa son bol de café, se gratta le tragus... Elle devenait folle. Ou alors, c'était l'Alzheimer. La cornemuse poussa une nouvelle note plaintive. Grégoire et Lilith finissaient de se remplir l'estomac sans avoir l'air d'y prêter la moindre attention.

– Vous avez entendu ?

Grégoire s'essuya les lèvres avec méticulosité.

219

– La cornemuse ? C'est le signal que le Mondorama va ouvrir ses portes. Tu vas voir ma chérie. (Cette fois, il s'adressait à Lilith.) On va s'amuser comme des petits fous.

– Le Mondorama ?

Roberta appuya sur la commande de l'auvent qui se leva, les inondant de lumière. Le *Tusitala* était toujours à l'ancre, la lagune d'huile. Une passerelle était amarrée au pont supérieur de leur navire. Elle mesurait un demi-mille de long et menait à un empilement de dômes, de mécanismes géants et de palais colorés dont les contours incertains tremblotaient dans le lointain.

– Le sanctuaire de Wallace s'est installé durant la nuit, l'éclaira Rosemonde. (La cornemuse cessa de geindre. Une musique d'orgue de Barbarie prit le relais.) Et maintenant, il est ouvert. Notre petit cœur a hâte de visiter le temple de la magie pittoresque. Hein, ma chérie ?

– Avec papa ! répondit Lilith en lui sautant au cou.

– L'Œdipe, s'excusa Grégoire à l'attention de la sorcière.

29

– Bienvenue au Mondorama ! lança le portier en tenue rouge à boutons dorés. Bienvenue dans le royaume du divertissement ! (Il jeta à peine un coup d'œil au coupon que Roberta lui présentait et lui fit signe de passer.) Amusez-vous ! Profitez-en ! Le Mondorama en journée continue ! Des attractions pour les petits et pour les grands !

S'amuser, Roberta n'y songeait guère. Un Gustavson dans la poche, elle suivait Grégoire qui portait Lilith sur ses épaules. Cette petite ville sortie de nulle part ne lui disait rien qui vaille. Et si Wallace s'était vendu à Banshee ? Celle-ci se trouvait à des milliers de kilomètres de là, avait rétorqué le professeur d'histoire. Ils n'allaient quand même pas ne pas visiter le sanctuaire ? Il en rêvait depuis qu'il avait raté le dernier passage du grand Wallace à Bâle.

Ils se tenaient au centre d'un ponton en demi-cercle, cernés par des bâtiments qui ressemblaient à une succession de décors dépareillés. La façade de stuc d'un théâtre à l'italienne annonçait l'incroyable spectacle de Mister Electric. Dans ce manoir gothique aux fenêtres ornées de squelettes, la séance de la guillotine magique commencerait bientôt. Cette bicoque de bois accueillait l'Institut de recherche sur le cumberlandisme.

221

« Nous sommes tous des extralucides ! » affirmait une pancarte, près de l'entrée. Une petite foule encombrait déjà la place. Roberta vit que d'autres passerelles menaient à d'autres pontons où une multitude de navires s'étaient amarrés, dont certains aussi gros que le *Tusitala*.

– Comment le Mondorama a-t-il pu s'installer en si peu de temps ? fit-elle, impressionnée malgré elle.

– La science des forains appliquée aux contraintes de la lagune, répondit Grégoire. Oh, regarde, Lilith. Un géant !

Un échassier passa à leur proximité, faisant pleuvoir une pluie de prospectus. Grégoire en retira délicatement un de la tête de la sorcière.

– Le grand Ching-Hung Soo et ses secrets alchimiques, lut-il. Séance à dix heures au Nickel Odeon. En première partie : L'écartèlement de la femme élastique. Nous ne pouvons pas rater ça !

Un joueur d'orgue de barbarie était installé de l'autre côté de la place. Un macaque faisait des cabrioles sur sa boîte à musique. Lilith trépigna pour qu'on la pose par terre puis courut dans sa direction. Grégoire et Roberta la suivirent à travers la foule.

– Vous devriez lui coller votre Gustavson, conseilla Roberta. Si on la perd, ce sera plus pratique pour la retrouver.

– Vous avez raison.

Grégoire glissa Hans-Friedrich dans le petit sac en forme de lapin que Lilith portait sur son dos. Roberta surprit l'échange qui s'ensuivit entre les époux Gustavson. Madame réprimandait monsieur pour se laisser mettre, sans réagir, dans un lapin, réaction que la sorcière comprenait. Quant à Lilith, elle se déhanchait devant l'organiste, aux anges.

222

– Écoutez, reprit Grégoire en surprenant la moue de Roberta. Nous avons de quoi passer une journée formidable ici. Et les hérissons sont avec nous. Vous préférez rester cloîtrée dans la suite Amphitrite ? De toute façon, le *Tusitala* ne repartira que ce soir. Nous aurons bien le temps de nous inquiéter après, non ?

Le professeur d'histoire était comme un môme. Elle ne l'avait jamais vu dans cet état.

– Quel est le programme des festivités ? demanda-t-elle, vaincue.

– Il y a un cabinet des figures de cire, annonça-t-il en consultant fébrilement le guide que le portier leur avait remis à l'entrée. Avec des scènes reconstituées.

– Et des monarques sans tête ? Ce n'est pas un spectacle pour une petite fille, trancha-t-elle.

Grégoire replongea dans son guide.

– J'ai trouvé ! La maison du Miroir et son jardin de fleurs vivantes. D'après Lewis Carroll. Après, nous irons manger à l'Auberge Enchantée. Ce sont des automates qui servent les clients.

Grégoire partit, bille en tête, sans attendre la réponse. Roberta récupéra Lilith et la vissa sur ses épaules pour suivre le sorcier qui s'éloignait le long d'une artère tournicotante, le nez au vent et les cheveux ébouriffés.

– Attends-nous, Pinocchio ! l'appela-t-elle.

Sous le charme du Dreamland, Grégoire Rosemonde ne l'entendit pas. Ou alors, il fit semblant d'être sourd.

Ce qui devait arriver arriva : Roberta perdit Grégoire et Lilith qui, une fois dans la maison d'Alice, s'était de nouveau collée à son père. La sorcière traversa le miroir moult fois, interrogea les pièces d'échiquier, abandonna devant l'absurdité de leurs réponses. Ce ne fut qu'à l'extérieur qu'elle songea au hérisson. Elle sortit Mme Gustavson de sa poche.

« Contacter mon mari ? rétorqua la hérissonne. Nous nous trouvons dans un sanctuaire, très chère. Toute autre forme de magie y est neutralisée et mes dons télépathiques ne fonctionnent plus que sur de très courtes distances. Mais ne vous inquiétez pas. Sans aucun doute, Hans-Friedrich est encore dans ce lapin ridicule. »

Roberta pouvait les rejoindre à l'Auberge Enchantée. Le plan sur son guide l'indiquait au bout de cette galerie couverte dite galerie des Panoramas. La sorcière s'y engagea en commençant à regretter de ne pas être restée sur le *Tusitala*.

30

– Géorama. Maréorama. Opéra géant. Salle Lumière.

Toutes ces attractions basées sur les illusions d'optique étaient fermées. La galerie tourna à gauche et donna l'impression de se rétrécir, les globes de dispenser une lumière plus pâle. La hérissonne sentit une menace. Elle conseilla à Roberta de rebrousser chemin, conseil que Roberta suivit. Un mur de briques fermait la galerie juste après le virage qu'elle venait de prendre. Il n'était pas là auparavant. En revanche, un nouveau prolongement s'était ouvert sur sa droite.

Roberta tergiversa. Aucune de ces directions ne l'inspirait.

« Quelqu'un approche ! prévint tout à coup Mme Gustavson. Votre nom tourne dans son esprit. »

« Wallace, pensa immédiatement la sorcière. Il s'est lié à Banshee. »

Une silhouette apparut en contre-jour au bout de la galerie.

– Madame Morgenstern ? l'appela l'homme avec un accent oriental.

La sorcière s'enfuit dans la direction opposée et tourna sur la droite pour tomber dans un cul-de-sac. Une porte rouge était frappée d'une étoile jaune. Elle l'ouvrit sans réfléchir et se jeta dans la gueule d'ombre. L'homme qui l'avait prise en chasse ne courait pas. Il savait que la galerie n'offrait aucune issue. Il poussa la porte étoilée et actionna l'interrupteur pour éclairer l'atelier du magicien.

Il y avait là des coffres bourrés d'armes factices, des mannequins désarticulés, des automates aux mécanismes apparents et aux visages ébréchés. Le sol était tapissé de roues dentées, de cotillons et de brassées de mouchoirs argentés. Le Turc avança prudemment en suivant le chemin qui s'était naturellement dessiné dans le débarras. Il salua son compatriote joueur d'échecs, regarda par-dessus l'épaule d'une claveciniste de porcelaine pour voir si personne ne se cachait derrière.

Un couinement, au fond de l'atelier, attira son attention. Le Turc passait devant un mannequin coiffé d'un hérisson lorsqu'il renversa un plein seau de baguettes magiques.

– Zut ! fit-il en se baissant pour les ramasser.

Il se trouvait au pied d'une armoire à quatre compartiments dont les portes étaient ouvertes. Il finit de ramasser les baguettes, se redressa, se retourna. Le mannequin le poussa violemment dans l'armoire, referma les portes et les cadenassa. L'autre, à l'intérieur, donna de l'épaule. Mais il était bel et bien prisonnier. Roberta ouvrit le caisson du haut. La tête du Turc apparut.

– Ne me laissez pas dans ce truc ! implora-t-il. Je suis claustrophobe !

Roberta tiqua en constatant qu'il s'agissait d'un homme au teint basané, qu'il portait un turban et qu'il avait l'air sincère. D'après ce qu'elle savait, le gardien du sanctuaire était écossais.

– C'est Wallace qui vous envoie ?

– Il veut vous rencontrer.

– Pour me livrer à Banshee ? Vous allez me dire comment sortir d'ici ou je... (La sorcière avisa les grandes lames de métal souples posées à côté de l'armoire, en saisit une et la plia entre ses mains avec une expression de pur sadisme.) Ou je vous tranche la tête !

– Ne faites pas ça ! Je vous en supplie !

Roberta ferma le caisson supérieur pour lui faire comprendre qu'elle ne plaisantait pas. Un remue-ménage furieux secoua l'armoire puis le calme revint. Roberta, intriguée, posa la lame et rouvrit le caisson du haut. Les pieds du Turc avaient pris la place de sa tête.

– Nom d'une pipe ! Cet idiot s'est mélangé !

Elle ouvrit les trois autres portes du haut vers le bas découvrant dans l'ordre, le torse, les jambes et la tête au niveau du plancher. Le Turc était vivant mais il n'osait plus trop bouger.

– Vous avez mal ? s'inquiéta la sorcière.

– Ça va, dit-il en haussant les épaules dans le caisson numéro deux. Mais je me sens légèrement décalé.

– Comment puis-je vous remettre en ordre ?

La sorcière ne voyait plus aucun danger, juste une méprise à réparer au plus vite.

– Cette situation réclame un professionnel. Mon maître pourrait s'en charger. Il ne vous veut aucun mal. Vous permettez que je l'appelle ?

Roberta donna son accord.

– Sim Sala Bim ! cria le malheureux.

Un flash puissant illumina l'atelier. La sorcière se retourna pour découvrir un homme de grande taille, une cape doublée de soie verte sur les épaules, un haut-de-forme à la main, un baudrier rouge lui ceignant le ventre.

– Plaît-il ? demanda Wallace, souverain. (Ses yeux se posèrent sur l'armoire puis sur Roberta.) Je le savais, j'aurais dû m'en charger en personne, maugréa-t-il en refermant les portes des caissons.

Il remit les éléments en ordre et rouvrit les portes de l'armoire. Le Turc en sortit entier. Il se tâta les membres, apparemment très content de se retrouver à l'endroit. Le magicien pivota d'un quart de tour vers la sorcière.

– Vous êtes bien Roberta Morgenstern ?

– Jusqu'à nouvel ordre...

– Trois personnes de la plus haute importance veulent vous voir. Et nous ne pouvons les faire attendre. Aussi, vous m'excuserez pour le côté cavalier de la chose, mais nous allons emprunter un raccourci pour les rejoindre. Nous avons perdu assez de temps.

Wallace enroba Roberta d'un mouvement tourbillonnant dans son immense cape et tous deux disparurent dans une explosion pourpre. Le Turc, habitué de ces effets spectaculaires, agita les mains pour dissiper la fumée. Puis il sortit de l'atelier en prenant bien garde à ne rien renverser et, surtout, à ne pas trébucher.

31

Lorsque Wallace rouvrit sa cape, Roberta identifia de suite l'endroit où ils venaient de réapparaître. Ils se trouvaient devant le Doc Magoo's à la sortie des urgences, là où elle avait dîné en attendant Frédégonde à Antioche. La nuit était tombée et il faisait un froid de gueux. Les carreaux embués du *diner* irradiaient une lumière réconfortante. Le magicien emmitoufla Roberta dans sa cape pour la protéger du vent d'hiver. Ils traversèrent la rue et entrèrent dans le restaurant.

Il était rempli d'infirmiers des deux sexes parmi lesquels Roberta reconnut ceux qui avaient pris Lilith en charge et qui lui rendirent son salut. Certains s'étaient perchés sur les banquettes. Wallace et Roberta chatouillèrent quelques côtes pour voir ce qui se passait au centre du petit groupe.

Une sorte de Falstaff juvénile était allongé sur une table. Frédégonde, à cheval sur son ventre, plaquait les mains sur ses épaules. Deux femmes se tenaient assises de part et d'autre, une blonde et une brune. Elles présentaient un air de ressemblance avec la Fondatrice. Il pouvait s'agir d'Ermentrude, de Vultrogothe ou de Ragnétrude, pensa Roberta. L'esprit de la Terre avait pris les traits de sa mère lors de leur unique entrevue pour lui annoncer que celle-ci était peut-être encore vivante. Montrait-elle là son vrai visage ?

– Je n'ai rien contre vous, mon petit Jerry, susurra Frédégonde. Vous êtes mon standardiste préféré. Mais j'ai besoin d'un volontaire et... (elle mesura les rondeurs du bonhomme d'un coup d'œil expert) vous ferez parfaitement l'affaire.

– Je... Je n'en doute pas, balbutia Jerry. Et je suis volontaire pour tout ce que vous voudrez, doc... docteur Gonde.

– À quoi veux-tu que ça me serve ? s'enquit la Fondatrice brune qui avait l'air de s'ennuyer profondément.

– Tout le monde devrait savoir pratiquer un massage cardiaque, rétorqua Frédégonde. Des vies humaines seraient sauvées chaque jour !

– Vous allez me faire un massage cardiaque ? s'inquiéta le standardiste.

La démone lui annonça :

– Vous auriez dû y aller mollo sur le sucre. Votre cœur va lâcher. C'est la première fois que ça vous arrive ?

– Euh, oui, fit le pauvre bougre, jouant le jeu.

– Détendez-vous. N'en faites surtout pas une affaire personnelle. Et toi... (elle fixa sa sœur dédaigneuse) regarde.

Dix filaments bleutés partirent des mains de la Fondatrice et frappèrent Jerry à la poitrine. Son corps se courba sous la douleur. Dans la salle, les aguerris avancèrent, les novices reculèrent. Roberta ne bougea pas.

– En un, commença le docteur Gonde, j'appelle le 15.

– Nous ne sommes pas dans la réalité ! rappela un interne, goguenard.

– Ah oui, c'est vrai. On saute cette étape. En deux, je déshabille la victime. (Frédégonde déboutonna la chemise de Jerry avec un grand professionnalisme, découvrant son poitrail.) En trois, je repère le point médian entre le creux de la gorge et le bas du sternum. (Elle traça une ligne imaginaire, puis un cercle au milieu.) En quatre, je plaque mes mains, doigts relevés, paumes à plat. Tu suis, Ragnétrude ?

« C'est donc elle », nota Roberta en se penchant pour dévisager la Fondatrice brune.

– Je suis, acquiesça vaguement cette dernière.

– En cinq, j'appuie de tout mon poids et je compte jusqu'à quinze. (Ce qu'elle fit.) Ensuite vient le bouche-à-bouche. Vultrogothe ?

L'entité aux cheveux blonds se leva, pinça le nez de Jerry, plaqua sa bouche contre la sienne et souffla à deux reprises. Jerry se redressa aussi raide qu'un vampire surgissant de son cercueil, envoyant valdinguer Vultrogothe sous la table et Frédégonde par-dessus le canapé.

– Que m'est-il arrivé ? s'exclama-t-il en se massant la poitrine à pleines mains.

Quelques toubibs l'aidèrent à descendre de la table et l'emmenèrent à l'extérieur en le félicitant. Il avait été parfait, vraiment. L'un d'eux lui demandait déjà s'il accepterait de se prêter à une trachéotomie. Les étudiants apprendraient beaucoup plus vite en s'entraînant sur lui... Le dîner retrouva un semblant de calme. Frédégonde s'extirpa de derrière le canapé, Vultrogothe de sous la table. Ragnétrude les couvait d'un regard un brin moqueur.

– Je répète ma question, fit-elle : à quoi veux-tu que ça me serve ?

– Tu as raison, lança Frédégonde. Nous ne sommes que des illusions. Je voudrais pratiquer un massage cardiaque à un nouveau-né que je ne le pourrais pas. Tu nous commandes trois bières ? lança-t-elle à Vultrogothe.

L'Air flotta jusqu'au bar, se hissa sur la pointe des pieds, y ancra ses coudes et commanda trois demis à un barman sous le charme.

– Mesdames ? intervint Wallace en se découvrant.

Frédégonde et Ragnétrude se tournèrent vers le magicien. Roberta, qui se cachait derrière lui, s'écarta courageusement d'un pas sur le côté pour se mettre en pleine lumière. Les immortelles sourirent en la voyant.

– Asseyez-vous, je vous en prie, invitèrent les deux sœurs.

Wallace et Morgenstern s'installèrent en face des entités, le magicien en bout de banquette.

– Que faites-vous ici ? commença Roberta. Grégoire ne m'a rien dit...

– Il ne le sait pas, la coupa Frédégonde. Et je vous rappelle qu'ici ne veut rien dire. Comment va Lilith ?

– Son état est stationnaire. Chlodoswinde l'a vue. Elle n'a pas pu faire grand-chose pour elle.

Vultrogothe, au bar, flirtait avec le barman. La Fondatrice liée à l'Air pourrait-elle sauver sa petite fille ? se demandait la sorcière.

– Du neuf concernant vos parents ? continua Ragnétrude.

Prudente, Roberta l'informa :

– Frédégonde et Chlodoswinde m'ont donné leur réponse.

Vultrogothe revenait avec les trois bières. Elle arrondit les yeux en voyant le magicien et la sorcière.

– Roberta ? s'exclama-t-elle en l'embrassant. C'est chouette de vous rencontrer !

232

Le magicien eut droit à une caresse sur le haut du crâne, légère comme le vent, douce comme un alizé.

– Vous avez commencé sans moi ? gronda-t-elle ses sœurs.

– Nous t'attendions, lui répondit Frédégonde sans quitter Roberta des yeux.

– On commence par quoi alors ? Lilith, Banshee ou les parents Morgenstern ?

Roberta se raidit en entendant parler Vultrogothe. Ragnétrude sourit de l'ingénuité de sa sœur.

– Lilith se promène avec son père dans le sanctuaire. Et je pense que Banshee peut attendre. Je vote pour les parents Morgenstern.

– Vous savez quelque chose ? Je... Je veux dire... Ils sont vivants ? balbutia Roberta.

Ses oreilles bourdonnaient comme un essaim de frelons furieux. Si quelqu'un, au monde, pouvait la confirmer dans ses craintes ou dans ses espérances, c'était la patronne de l'Air qui se trouvait partout où hommes et femmes respirent.

– Ils sont vivants. Je peux même vous dire dans quelle partie du monde avec une précision de l'ordre du centimètre. Si ça vous intéresse, bien sûr.

Roberta afficha un sourire béat et fit oui oui de la tête. Vultrogothe alla chercher deux autres bières. Ils trinquèrent, burent une gorgée. Puis elle commença son récit.

32

– Winchester House. C'est la prochaine sortie.

La Buick Flamingo filait son quatre-vingt-dix miles/heure. Otto était au volant. Il scrutait les grandes bandes jaunes avalées par la voiture comme si chacune recelait un danger. Le paysage bétonné de la vallée de Santa Clara glissait sur les côtés sous un ciel pollué qui donnait à la lumière un éclat gris orangé. Amatas, à la place du mort, consultait la carte achetée dans une station-service. À l'arrière, Elzéar surveillait les alentours, des fois qu'une bande d'Anges de l'enfer ait l'idée de s'en prendre à eux. Tous trois portaient des lunettes noires et des chemises de couleurs vives.

– Nous y serons pour l'heure du thé ! lança Otto par-dessus son épaule. Lady Winchester aura bien quelques gâteaux secs à nous offrir !

La mention des gâteaux secs mit l'aubergiste au comble du désespoir. Il ouvrit le frigo encastré entre les deux sièges avant. Le livre de Nicolas Flamel l'occupait presque entièrement. Il restait deux canettes de cette boisson insipide mais dont, bizarrement, Otto et Amatas raffolaient. Elzéar referma le frigo et se prit à rêver de gigots, de brochets et de pot-au-feu arrosés de vins délicatement charpentés...

Un vrombissement sourd chassa la vision idyllique. Des Anges de l'enfer. De l'autre côté de l'Interstate. Ils roulaient en direction de Santa Cruz sur deux colonnes pétaradantes. Vêtus de cuir noir de la tête aux pieds, suivant un chef de meute dont le casque était orné d'une tête de mort ricanante. Ils croisèrent la Buick sans accorder un regard aux missionnaires qui soupirèrent en entendant le rugissement décroître dans leur dos.

— Ils sont partout, grogna Vandenberghe.

— C'est la troisième meute de la journée, compta Elzéar en s'accrochant au siège d'Amatas. Vous pensez qu'ils se rendent à La Paz ?

— Possible. Si Banshee est à Delphes... Cela confirmerait ce que nous craignions. Elle organise des hordes barbares pour s'emparer du pouvoir par la force.

Ils avaient eu l'occasion de découvrir les motards lors d'une halte à Tombstone, ce dont ils se seraient bien passés. La soirée dans le saloon avait failli dégénérer en bagarre généralisée. Ces brutes épaisses ne pouvaient qu'être sorties tout droit de l'enfer. Ils l'avaient eux-mêmes proclamé, d'ailleurs, à la face des sorciers en chemises à fleurs qui étaient parvenus à s'enfuir et qui, depuis, roulaient sans s'arrêter, se passant le volant, la peur au ventre et l'œil rivé au rétroviseur.

— La sortie ! hurla Amatas.

Vandenberghe braqua violemment sur la droite et attrapa la bretelle en faisant s'envoler quelques inoffensifs plots de plastique dans les airs.

— Il est vraiment temps que nous arrivions, souffla Elzéar jeté par l'embardée au fond de la banquette arrière.

Ils survolaient une gigantesque fleur de béton. Dans le

lointain, des avions de ligne décollaient de l'aéroport international. Les tours du centre administratif de San Jose brillaient comme une prison de cristal. De la bretelle, Amatas leur indiqua une forêt de toits au centre d'une tache verte à environ cinq miles dans la plaine : le sanctuaire des Fantômes. L'immense propriété était coincée entre une voie ferrée, des entrepôts et une usine de pâte à papier dont les cheminées crachaient une fumée blanche et cotonneuse qui retombait sur les habitations.

– Je voyais la maison de la veuve plus isolée du reste du monde, lâcha Amatas.

– Elle s'est fait rattraper par l'urbanisation, fit Otto. Les morts ne s'en plaignent pas, je suppose. Ils ont toujours aimé cultiver une certaine proximité avec les vivants.

Un ricanement leur fit tourner la tête vers la gauche. Tous trois virent une berline déglinguée remplie d'une famille de macchabées les doubler à tombeau ouvert puis disparaître dans un brusque éblouissement. Un peu plus loin, deux grandes traces de caoutchouc brûlé zigzaguaient à la surface du bitume vers la barrière de sécurité qui, sur une large portion, avait été emportée. L'accident avait eu lieu quelques semaines plus tôt. Mais il hantait encore l'Interstate 17.

– Et certains arrivent chez Lady Winchester plus rapidement que d'autres, philosopha Elzéar en se recroquevillant.

Sa vie tranquille à l'auberge des Deux Salamandres ne l'avait pas habitué à toute cette violence. Quant à Amatas, il était intrigué. Ces automobilistes, en quittant la bretelle, avaient fait une chute dans le vide d'au moins cinquante

236

mètres de haut. Beau vol plané pour des non-sorciers. Il attrapa l'allume-cigare pour rallumer sa pipe.

– *Sic itur ad astra*, énonça-t-il doctement en lançant une bouffée de fumée bleue que la vitesse emporta dans leur sillage.

33

Un majordome en chair et en os les accueillit dans la maison des Fantômes. Il les emmena jusqu'à une salle d'attente, écrivit leurs noms et leur demanda de patienter quelques instants. La pièce était sombre, les fenêtres occultées par de lourds rideaux noirs, des fauteuils Biedermeier disposés ici et là. Le majordome les retrouva debout et tendus, attitude commune aux personnes venant rendre visite à Lady Winchester. L'ambiance sinistre du lieu ne prêtait guère à la décontraction.

– Miss Sarah Winchester va vous recevoir. Si vous voulez bien me suivre.

L'homme au visage décharné les précéda dans une succession de corridors, de pièces et d'escaliers qui se ressemblaient tous. La petite promenade dura dix bonnes minutes durant lesquelles le recteur tenta, en vain, de décrisper leur guide.

– On dit que la maison abrite cent soixante pièces ?

– Cent trente et une, pour être exact. Miss Winchester a fait condamner les vingt-neuf pièces de l'aile ouest après le tremblement de terre de 1906.

– Vous ne vous perdez jamais ?

– Non, monsieur. Mais certains de mes prédécesseurs manquent toujours à l'appel.

Amatas et Elzéar échangèrent un regard craintif.

– Et les fantômes ? Où se cachent-ils ? demanda naïvement l'aubergiste.

– Ils sont partout autour de nous, monsieur.

Le majordome s'arrêta, les forçant à écouter. Leur parvinrent le bruit d'une cavalcade à l'étage, puis un boum sonore.

– L'un d'eux est tombé dans un piège, annonça le majordome.

– Un piège à fantômes ? Pour quoi faire ?

– Pour séparer les bons des mauvais. L'autre monde ressemble terriblement au nôtre, monsieur. Le noir et le blanc s'y affrontent dans un combat sans merci et sans fin. Celui-ci s'est trouvé acculé dans un des escaliers en cul-de-sac et les autres... (il interpréta le bruit de grattement ténu qui leur parvenait encore) le dévorent.

– Les gentils fantômes dévorent le méchant ? supposa Otto qui avait besoin de se raccrocher à quelque chose de tangible.

– Comment savoir ? fit le majordome en esquissant un imperceptible mouvement d'épaules. (Il marcha jusqu'à une double porte.) Nous y voici.

Les portes s'ouvrirent sur une salle de taille à accueillir un régiment de hussards prêts à danser la polka. Des draps blancs avaient été jetés sur les causeuses, les poufs et le piano. Au centre, assise dans un fauteuil roulant, face à une table de médium en noyer, Lady Winchester sirotait une tasse de thé. « Punaise », songea Otto en s'approchant de la gardienne dont le visage était caché par une voilette de dentelle sombre. Lady Winchester posa sa tasse, s'essuya les lèvres avec un mouchoir brodé et se racla la gorge.

– Pardonnez-moi de vous recevoir dans ce piètre état. De vieilles douleurs qui se sont réveillées.

Le majordome dévoila trois fauteuils aux pieds contournés. Les missionnaires s'assirent.

– Nestor, apportez-nous du thé et la boîte de petits gâteaux secs.

Elzéar se comprima le ventre pour faire taire ses protestations. Le majordome revint avec un plateau. Les tasses se remplirent d'un liquide jaune et brûlant comme de l'urine de dragon.

– Vous êtes venus de Bâle ? Je dois avouer que les visites d'humains se font rares et qu'elles me procurent chaque fois une incommensurable joie.

– Votre maison est merveilleusement tenue, félicita Otto avec son sourire le plus enjôleur.

Il couvrit la salle d'un regard panoramique. Le plancher de bois clair était immaculé. Les vitraux Tiffany époussetés avec soin multipliaient des images de marguerites à l'infini. Un intérieur sans taches et parfaitement déprimant.

– Quel travail ! continua-t-il. Surtout avec des locataires aussi... volatils !

– À qui le dites-vous ! Une fois désincarné, on se croit tout permis. Mais je sais m'occuper des mauvaises graines. Oh que oui !

– Vous voulez parler des pièges ?

Les lèvres de Lady Winchester, laissées visibles par la toilette, s'arrondirent en un simulacre de sourire.

– La maison en est truffée : escaliers à treize marches, portes ouvrant sur le vide ou sur nulle part... mon préféré restant la chambre lilas.

– Qu'a-t-elle de particulier ?

– Il s'agit d'une chambre dans une chambre, confia-t-elle dans un chuchotement. Un abyme. Aucun fantôme ne peut sortir de cette nasse. Je vous avouerais que je n'y ai pas mis les pieds depuis des siècles. Ça doit grouiller de vermine là-dedans. Encore une tasse de thé ?

On entendait des bruits de chaînes tout autour, des cris et des coups. À moins que ce ne soit le vent ou des portes claquant en enfilade.

– Mais je récompense les fantômes méritants, continua la veuve. Les cheminées sont là dans ce but. Elles leur permettent de partir quand bon leur semble.

– Reviennent-ils ? demanda Otto qui se disait : « Fuyez, fuyez tant que vous pouvez. »

– Toujours.

– L'hôtellerie doit être bonne alors ! s'exclama Elzéar en grignotant son cinquième biscuit aussi sec qu'insipide.

Il caressait une idée un peu folle depuis cinq bonnes minutes. Ils ne mangeraient pas à leur faim. Soit. Mais rien ni personne ne l'empêcherait de se rincer le gosier avec autre chose que de l'eau chaude parfumée. Il ouvrit son sac et en sortit la bouteille de vin achetée à Delphes.

– Un petit présent, fit-il en tendant la bouteille à Lady Winchester.

La voir disparaître dans un buffet l'aurait mis à l'agonie. Heureusement, Lady Winchester prit la bouteille et réagit comme il l'espérait.

– Vino Veritas ? Ma foi, c'est l'heure à laquelle je me requinque avec un doigt de sherry. Cette liqueur grecque fera amplement l'affaire.

241

Contre toute attente, Sarah Winchester se leva de son fauteuil roulant et alla chercher quatre verres en cristal de Bohême dans un bahut fantôme. Elzéar en profita pour ouvrir la bouteille avec son couteau suisse. Il remplit les verres et ils trinquèrent. Le vin avait un petit goût de miel qui n'était pas sans rappeler le nectar que Garnier leur avait proposé. Sarah Winchester émit un claquement de langue satisfait.

– Donc, que me vaut votre présence dans la Mystery Winchester House ?

Otto attaqua le sujet de front, comme il l'avait fait avec l'oracle et l'homme loup, ne cachant rien de ce qu'ils savaient déjà. Il en profita pour tester la franchise de son interlocutrice.

– Carmilla Banshee de Bâle a mis au monde la fille du Diable. Elle a entrepris d'invoquer son père à la prochaine nuit de Walpurgis, avec l'aide des gardiens des sanctuaires, pour s'autoproclamer reine de la magie noire et faire sombrer notre univers dans une éternité de chaos, de crimes, et de désolation.

Il vida son verre au terme de cette harangue. Sarah Winchester l'imita et, chose surprenante, releva sa voilette. Les trois hommes purent constater à quel point elle ressemblait à la reine Victoria. Elle dardait ses petits yeux noirs sur le recteur qui ne broncha pas.

– Vous ne m'apprenez rien. J'étais au nombre des gardiens à qui l'enfant fut présentée. Banshee nous a servi son petit laïus, évidemment, avec démonstration de puissance à la clé.

« Bien », songea Otto, rassuré sur la sincérité de la veuve. Il continua.

– Nous nous sommes déjà rendus à Guëll et à Delphes.

Garnier et l'oracle nous ont assurés de leur soutien. Ils ne suivront pas Carmilla Banshee dans son œuvre de folie destructrice.

S'ensuivit un long silence dans lequel résonnait un « Et qu'en est-il pour vous ? » que Winchester saisit parfaitement. Pour l'instant, elle n'avait dit que la vérité. Mais elle ne pouvait aller plus avant. La consigne de Carmilla était claire : entretenir les missionnaires dans l'illusion qu'aucun sanctuaire ne suivait pour l'instant la sorcière. Éventuellement les aiguiller sur de mauvaises pistes. Elle finit son Vino Veritas en élaborant la fable qu'elle allait leur livrer.

« J'ai la joie de vous annoncer que je ne suivrai pas Banshee pour la simple et bonne raison que, le soir de Walpurgis, je ne peux pas quitter le sanctuaire. Les fantômes sont excités comme des puces et me mettent la pagaille. La dernière fois, j'ai dû lâcher les chiens de Tindalos pour leur faire entendre raison. »

Voilà ce qu'elle aurait dû dire. Au lieu de quoi elle répondit :

– J'ai la joie de vous annoncer que je suivrai Carmilla Banshee dans son œuvre de folie destructrice, comme vous dites. Je suis même sa plus farouche partisane.

Lady Winchester rougit et plaqua les mains sur sa bouche. Otto était stupéfait mais il ne perdit pas le nord pour autant. Cette femme pouvait être victime d'une crise de *delirium tremens*. Il continua avec sang-froid :

– Bien... Euh... Nous savons que deux gardiens se sont déclarés pour elle. Donc, vous en faites partie.

Lady Winchester aurait voulu s'échapper de son fauteuil

roulant et les mettre tous dehors. Mais on lui avait posé une question et elle n'avait d'autre choix que d'y répondre.

– Nous ne sommes pas deux mais trois. Garnier a prêté allégeance. Ainsi que l'oracle. Les Carnutes ne sont pas loin de donner leur accord. Alors, le chiffre de quatre sera atteint. Et Carmilla aura assez de sanctuaires.

Vandenberghe devint rouge de fureur. Il se leva alors que la gardienne esquissait le même geste. Il tendit les bras et la renvoya, de loin, dans son fauteuil. Lady Winchester roulait des yeux fous. Ses lèvres étaient scellées sur la prochaine réponse qu'elle aurait à donner.

– C'est le Vino Veritas, expliqua Elzéar à Amatas en leur offrant une nouvelle rasade. Elle n'a pas d'autre choix que de dire la vérité. Cette liqueur est une vraie trouvaille.

Otto posa les mains sur les accoudoirs du fauteuil de la veuve et lui demanda, presque nez contre nez :

– Banshee vous tient-elle informée de ses plans ?

– En partie.

– Où est-elle ?

– Avant-hier à Delphes. Aujourd'hui je ne sais pas.

Winchester fit mine de s'échapper. Une nouvelle question la cloua à son siège :

– Que compte-t-elle faire ?

– L'oracle lui a prédit qu'elle récupérerait sa fille et qu'elle éliminerait cette tique de Roberta Morgenstern par la même occasion.

– Où ? hurla le recteur.

Lady Winchester lui renvoya un sourire pervers.

– Je ne sais pas.

Otto se redressa et se gratta le menton.

244

– Que savez-vous sur les Anges de l'enfer ? Sont-ce des soldats de Banshee ?

– Les quoi ? fit la veuve. Je n'en ai jamais entendu parler.

Et c'était la stricte vérité. Vandenberghe, pour avoir la paix, coinça la veuve en lui posant une question qui la forçait à adapter sa réponse à l'impermanence du temps qui passe :

– Quelle heure est-il ?

– Dix-sept heures, vingt-deux minutes, trente secondes, commença-t-elle. Non. Dix-sept heures, vingt-deux minutes, trente-cinq secondes. Non. Dix-sept heures...

Les missionnaires se réunirent à l'écart pour former un conciliabule.

– Roberta est en danger, fit Elzéar. Nous devons faire quelque chose.

– Winchester ne sait pas où elle est, rappela Otto. Et nous non plus. Le plus sage est de partir au plus vite pour Stonehenge.

– Pour quoi faire ? protesta Amatas. Si les Carnutes sont pro-Banshee...

– Nous saboterons leur sanctuaire. Banshee modifiera peut-être ses plans pour se lancer ensuite à notre poursuite.

Saboter Stonehenge ? Les deux sorciers méditèrent sur le plan que Vandenberghe leur proposait.

– Qu'est-ce qu'on fait de l'horloge parlante ? demanda Elzéar au terme d'une réflexion pas vraiment concluante, pour sa part.

– Dix-sept heures vingt-trois minutes, vingt et une secondes. Non...

Otto savait que la question ne résisterait pas éternellement à la veuve. Elle parviendrait à s'en extraire d'une manière ou d'une autre.

— Voilà ce que nous allons faire, dit-il en prenant ses amis par les épaules.

Une heure passa durant laquelle Otto surveilla Lady Winchester de près. Elle continua à compter en lui lançant des regards chargés de haine intense. Amatas enferma le majordome dans une cage de Socrate. Seule une princesse aimante pourrait l'en délivrer, ce qui avait peu de chance d'arriver. Quant à Elzéar, il réapparut au terme de la mission qui lui avait été confiée.

— C'était pas de la tarte mais j'ai trouvé ce que vous m'avez demandé.

Une dizaine de livreurs placèrent de grands panneaux enrobés de papier kraft autour de la veuve et s'en retournèrent sans poser de questions.

— Dix-huit heures, trente minutes... Vous ne vous en sortirez pas comme ça ! Quarante-deux secondes. Nous sommes déjà tout-puissants. Dix-huit... Trente et une... (La veuve luttait pied à pied, profitant de la dilution du Vino Veritas dans son organisme.) La bataille est déjà perdue. Dix-huit... Trente-deux minutes. (Elle eut un rire méprisant.) Que ferez-vous lorsque... cinquante-deux secondes... votre poison ne me fera plus aucun effet ?

Elle continua à compter entre ses lèvres serrées, tremblante de rage. Otto se pencha vers elle.

— Je vais vous dire ce qui va arriver. Nous allons mettre des bâtons dans les roues de Carmilla Banshee avec, je l'envisage, une certaine efficacité. Quant à vous, vous resterez assise dans ce fauteuil en attendant qu'on vienne vous délivrer.

Nous nous pencherons alors sur votre sort. Aucun gardien n'est éternel, vous savez ? Seuls les sanctuaires demeurent.

Ces hommes étaient-ils fous ? Ils partaient en lui tournant le dos. Ah non, ils rapprochaient les panneaux les uns des autres. Qu'est-ce que ce papier kraft pouvait bien cacher ? La veuve sentit que les dernières résistances sautaient. Les missionnaires déchirèrent le papier kraft qui tomba en lambeaux sur le plancher.

Elle banda ses muscles pour se précipiter sur Vandenberghe, poussa un hurlement et recula dans son fauteuil, tournant la tête de côté, les yeux fermés. Dix miroirs énormes la cernaient de toutes parts. Otto colla les deux derniers l'un contre l'autre avec un sort de jointure, condamnant toute issue.

— Vous êtes comme vos fantômes, lança-t-il depuis l'autre côté de la barrière. Votre âme est si légère qu'un simple reflet pourrait vous la ravir.

— Maudits.

— Nous reviendrons, Sarah Winchester. Dans une ou deux semaines, si tout va bien.

Elzéar eut le cœur presque serré d'entendre la veuve gémir ainsi. Mais Vandenberghe avait raison : leurs ennemis étaient sans pitié. Pour combattre le tigre il faut avoir des dents aussi aiguisées que lui.

34

– Vos parents suivent un chemin parsemé de jacinthes, au bord d'un fleuve. À leur droite, je vois un pont avec une tour fortifiée. En face, une île. Une barque fait la navette d'une rive à l'autre. Il fait grand jour. La lumière est somptueuse.

– Vous ne pouvez pas être plus précise ?

Vultrogothe balança la tête de droite et de gauche, gardant les yeux fermés.

– La ville au bord du fleuve est peuplée et bruyante. Très dense. Il y a beaucoup de clochers. Des vignes et des forêts l'entourent. On se croirait... (Elle se mordit la lèvre inférieure.) Dans les Flandres.

– Impossible, intervint Wallace. Elles ont été submergées par la Crue.

– Non, non. Je ne parle pas des Flandres d'aujourd'hui mais de celles du Moyen Âge. Cette ville n'appartient pas à notre siècle. C'est évident.

Les épaules de Roberta s'affaissèrent. Quel tour Vultrogothe était-elle en train de lui jouer ? Comment pouvait-elle voir ses parents s'ils se trouvaient dans le passé ? Comment auraient-ils pu y être projetés ?

– Fait-il jour ? demanda-t-elle tout à coup.

– Oui.

Une idée lui traversa l'esprit.

– Voit-on la Lune ?

Vultrogothe ferma les yeux, les rouvrit.

– Dans son dernier quartier.

– Et nous sommes dans le premier.

Si Vultrogothe disait vrai, ses parents étaient bien dans un autre monde, dans un ailleurs inaccessible. Maigre consolation ! Le mirage restait un mirage et la frustration de Roberta totale.

– Toute énigme a sa solution, rappela le magicien.

Ragnétrude, Vultrogothe et Morgenstern se tournèrent vers lui. Frédégonde, au courant pour l'intrigue, souriait sous cape.

– Chlodoswinde vous a certifié que vos parents s'étaient précipités dans le musée de Bâle lors de la montée des eaux. Nous savons aussi qu'ils pratiquaient comme vous, moi et d'autres, ce que nous appelons l'immersion artistique.

Le magicien sortit un papier jauni de la manche de son habit, le déplia et l'étala sur la table.

– Ce prospectus prouve qu'une certaine exposition se tenait à Bâle au moment de la Grande Crue.

Roberta lut le papier. Il annonçait la tenue d'une grande rétrospective des maîtres flamands au musée des Beaux-Arts de Bâle, quarante ans plus tôt.

– Ces faits sont comme des lignes directrices : ils nous montrent le point de fuite, ajouta le magicien en se lissant les moustaches avec une mimique malicieuse.

Le point de fuite... la perspective. Roberta, tout à coup, se souvint. L'une des peintures les plus célèbres de Van Eyck se trouvait dans cette exposition qu'elle avait visitée avec sa mère, peinture que ses parents avaient choisie des années plus tôt comme destination pour leur voyage de noces.

– Ils se sont réfugiés dans *La Vierge au chancelier Rolin* !

– La vision de Vultrogothe rappelle en effet le paysage peint par Van Eyck derrière la scène principale, souligna Wallace.

– Mais... (les épaules de Roberta s'affaissèrent à nouveau) où est la peinture ?

– Au sec. Sinon Chlodoswinde les aurait vus passer, trancha Frédégonde.

Son père et sa mère s'étaient réfugiés dans une peinture du xve siècle qui se trouvait quelque part sur terre. C'était à la fois vague et précis. Ces assauts de sensations contradictoires avaient épuisé la sorcière. Elle fit baisser le niveau de son verre de bière pour reprendre des forces alors que Frédégonde, appelée par son bip, s'empressait de le débrancher.

– Ils attendront, dit-elle. Maintenant que le mystère des parents Morgenstern est en partie résolu, parlons de Mlle Lilith.

Roberta posa sur sa marraine en sorcellerie un regard brumeux. Frédégonde avait planté une cigarette au coin de ses lèvres et fouillait ses poches, à la recherche de feu. Wallace s'empressa d'explorer les siennes et en sortit un arc-en-ciel de mouchoirs, un bouquet de pivoines, une enclume gonflable... Ragnétrude vint au secours de sa sœur et lui piqua une cigarette au passage sous le regard désapprobateur de Vultrogothe.

– Récapitulons, reprit la rousse flamboyante après avoir

inhalé un peu de fumée brûlante : vous avez vu Chlodoswinde.

– Elle m'a confié une fiole d'eau de Jouvence.

– Un cataplasme à la moutarde l'aiderait tout autant, se moqua Frédégonde en plissant le nez. Et je défie Ragnétrude et Vultrogothe de pouvoir faire quoi que ce soit pour aider Lilith.

Les deux sœurs se rengorgèrent.

– Parle pour toi ! s'exclama l'une.

– Voilà une digne représentante du corps médical, railla l'autre.

– Vous savez que j'ai raison ! Vous savez aussi que nous ne pourrons rien faire tant que nous verrons Lilith séparément. En revanche, en la traitant ensemble, nous parviendrons à lui redonner une certaine... cohérence.

– Tu veux dire, toutes les trois ? essaya Vultrogothe.

– Je veux dire : toutes les cinq. Les cinq élémentaires réunies. C'est la seule équipe de choc capable de la sauver.

Ragnétrude ricana.

– Comment espères-tu nous rassembler, sœurette ? Ermentrude ne quitte pas son météore et Chlodoswinde la joue solitaire depuis sa Grande Crue de mes deux ! (La Terre ne concevait que haine et mépris pour l'octroi abusif dont son équivalente aquatique s'était rendue coupable.) En tout cas, ne compte pas sur moi pour l'approcher. Même pour sauver un enfant.

– Tu n'auras qu'à trembler ici ou là pour te passer les nerfs ? proposa Vultrogothe, candide.

– Toi l'évaporée, on t'a pas sonnée, répliqua Ragnétrude.

– Allons, mesdames, intervint Wallace. Vous n'allez pas vous chamailler ? Nous devons rester unis face à la menace de Banshee.

251

– Les affaires des humains les regardent, continua Ragné-trude sur le même ton.

– Vraiment ? fit-t-il en haussant un sourcil, piqué dans son amour-propre. Personne ne vous retient. Retournez donc dans votre retraite souterraine. Vous apprendrez bien un jour ou l'autre ce qui est advenu des misérables vermisseaux qui rampent à votre surface, Votre Majesté.

La Fondatrice écrasa sa cigarette, haussa les épaules et laissa son regard errer dans le *diner*. Mais elle resta là.

– Carmilla Banshee est devenue très puissante, lâcha-t-elle. Vous pensez vous mesurer à elle avec vos seuls talents de pres-tidigitation ?

– Attendez la fin du spectacle, répondit le magicien, les yeux brillants.

– D'accord. Vous allez affronter Banshee, monsieur l'amu-seur. Et nous sauverons la fille du Diable, si nous nous tenons toutes gentiment par la main. (Ragnétrude se tourna vers la sorcière, et lui lança, la bouche pleine de fiel :) ça ne me dit pas comment Roberta va retrouver ses parents. Mince ! Quelques onces de pigments et trois planches de bois. On a connu des retraites plus sûres !

– Ragnétrude ! fit Frédégonde.

Roberta fixait Ragnétrude avec un visage de marbre. Le grand Wallace posa une main sur le bras de la sorcière et annonça :

– Justement. Je suis heureux que vous posiez cette ques-tion. C'est un numéro dont je ne suis pas peu fier.

– Ne nous dites pas que vous savez où se trouve la pein-ture ? railla Ragnétrude.

Roberta se tourna lentement vers le magicien.

– Non seulement je sais où elle se trouve...

Il prit une profonde inspiration, ménageant son effet. Il y eut comme un roulement de tambour dans le *diner*.

– Mais encore, j'en suis l'actuel propriétaire. *La Vierge au chancelier Rolin* est une pièce maîtresse de mon petit théâtre personnel, au cœur du Mondorama. Et je serais ravi, madame... (il prit la main de Roberta et y déposa un baiser) de vous y mener afin que vous vous y immergeassiez.

– Alors ça c'est la meilleure ! s'exclama Ragnétrude.

– Je te l'avais dit, glissa Frédégonde à l'oreille de Vultrogothe. Avec ces zigotos, nous ne sommes pas au bout de nos surprises.

Roberta laissa éclater sa joie. Elle se leva et serra les Fondatrices dans ses bras, Ragnétrude y compris. Les trois désincarnées jugèrent cette expérience pour le moins troublante.

– C'est chouette de se toucher, remarqua Vultrogothe.

– La *Hug Therapy*, soupira Frédégonde. Y a que ça de vrai. C'est un médecin confirmé qui vous le dit.

Vultrogothe et Frédégonde échangèrent un regard réconfortant et se calèrent contre Ragnétrude dont le remuement intérieur était visible. Une vague de chaleur courut dans le *diner*, forçant inconnus et habitués à s'embrasser dans une grande démonstration d'amour. Wallace allait de table en table et lançait des poignées de cotillons en forme de cœur sur les scènes d'accolade. Roberta l'attrapa par la manche et le fit sortir du restaurant *manu militari*. Il embrasserait le monde entier une fois qu'il l'aurait menée à *La Vierge au chancelier Rolin*. Elle avait deux personnes à étreindre. Et cela faisait plus de quarante ans qu'elle attendait de pouvoir le faire.

35

Grégoire poussa la porte de la suite Amphitrite.

– Il y a quelqu'un ? appela-t-il.

Il n'obtint pas de réponse. Il avait perdu Roberta dans la maison d'Alice. Il l'avait attendue dans l'Auberge Enchantée et cherchée ensuite pendant plus de deux heures dans le Mondorama. Son hérisson était muet, la sorcière introuvable, Lilith énervée. Le retour au *Tusitala* avait été un véritable calvaire. Il déposa dans son lit la petite fille qui pleura de plus belle. Grégoire, les nerfs à vif, préféra se rendre sur la terrasse pour y trouver un peu de calme avant d'affronter à nouveau la bestiole.

Le ciel s'était couvert durant la matinée. Un vent glacé soufflait sur la lagune. Borée n'avait aucune raison de se manifester dans ces régions quasi équatoriales. En proie au doute, Grégoire retourna dans le salon. Un parfum vague flottait dans l'air, un parfum qui lui irritait les narines. Il renifla bruyamment. Quelqu'un s'était introduit dans la suite Amphitrite, quelqu'un qui traînait derrière lui une odeur de lilas. À moins que ce ne soit quelqu'une.

Lilith avait perdu tout contrôle d'elle-même. Elle hurlait et hoquetait. Mais ce fut un autre appel qui alerta Rosemonde.

Hans-Friedrich venait de retrouver sa fille Michèle au fin fond d'un placard. Elle racontait à son père ce qui leur était arrivé une heure plus tôt, à elle et à Ringo. Elle en tremblait encore de toutes ses épines. Grégoire s'approcha pour écouter son récit.

Michèle et Ringo l'avaient sentie tomber du ciel une minute avant qu'elle ne fasse irruption dans la suite par la terrasse. Une furie blonde de cinq pieds. Elle s'était précipitée dans la chambre d'enfant, vide. Là, elle avait repéré les Gustavson et enlevé Ringo qui avait essayé de la mordre. Elle lui avait cassé les pattes pour lui faire entendre raison. Michèle s'était terrée dans ce placard, terrorisée. Elle avait senti son frère s'éloigner vers le sanctuaire. Mais elle n'avait pas eu le courage de le suivre. Hans-Friedrich lui lécha la truffe pour la réconforter.

– Banshee est ici, comprit Grégoire en se redressant.

L'irruption de Claude Renard les fit sursauter, lui et les hérissons.

– Le baromètre s'effondre, annonça-t-il, une tempête approche. Nous levons l'ancre avec Louis, sans tarder.

– Banshee est dans le sanctuaire, lâcha Grégoire. (Il alla chercher Lilith qui se calma en se collant contre lui.) Elle a pris un des Gustavson.

Le pirate eut un moment d'arrêt.

– Où est Roberta ?

– Je ne sais pas. J'ai passé la matinée à la chercher.

Hans-Friedrich intervint silencieusement.

– Tu n'entendrais rien dans le sanctuaire, lui répondit Grégoire. (Michèle couina.) Tu dis que Banshee peut vous utiliser dans le Mondorama ? Son pouvoir le permet ?

– Le temps presse, rappela Renard.

Grégoire lui fit signe d'attendre. Hans-Friedrich et Michèle n'avaient pas fini de discuter.

– Tu veux suivre la pensée de Ringo ? C'est une bonne idée, mais... (Le hérisson à qui on avait volé un enfant montra les dents.) D'accord, d'accord, je ne discute pas.

– Il faut retrouver Roberta et mettre Lilith à l'abri. Louis peut vous prendre à bord du sous-marin, proposa Renard.

– Avec Chlodoswinde, je n'ai pas confiance. J'ai une autre solution. Par les airs.

Claude Renard hésita à interroger Rosemonde sur ce plan B. Mais le professeur d'histoire ne voulait apparemment pas en dire plus. Il savait ce qu'il faisait. Quant à lui, il avait déjà décidé de reporter son départ.

– Vous, Lilith et la petite Gustavson, vous vous enfuyez par les airs. Moi, je prends Hans-Friedrich. (Claude Renard joignit le geste à la parole.) Je fonce au Mondorama. Je trouve Roberta et nous mettons les voiles.

Le pirate sortit de la suite pour appliquer son plan sans laisser à Rosemonde le temps de soulever la moindre objection ou simplement de lui dire au revoir. Grégoire reposa Lilith sur la moquette, attrapa sa valise, en multiplia l'espace fictif intérieur et y jeta tout ce qu'il put, n'oubliant ni l'eau de Jouvence, ni l'*Historium*, ni les mules en duvet de cygne de sa très chère. La suite vidée et la valise magique refermée, Michèle se glissa dans sa poche de veste. Il attrapa Lilith et emmena tout son petit monde sur la terrasse.

Là, il sortit un curieux appareil que Roberta avait pris pour un briquet et qui pouvait d'ailleurs remplir cet usage. Il en dévissa la moitié inférieure, révélant un interrupteur, et l'enclencha. Puis il brandit l'émetteur vers le ciel et attendit.

Lilith fut la première à voir le navire fendre les nuages et glisser vers l'eau à leur rencontre dans un doux bruissement d'hélices.

– Bateau ? demanda-t-elle.

Elle avait l'air sceptique. N'importe qui l'aurait été. Car ce bateau ne flottait pas, il volait.

36

Un wagonnet rempli d'adultes inconscients se lança du haut de la montagne russe. D'autres étaient prisonniers d'un palais des glaces. Un drakkar fauchait l'air dans un grand mouvement de balancier. Roberta vit les parents Martineau à son bord alors qu'il se trouvait à l'arrêt, ses passagers la tête en bas. Clémentine était toute verte, Robert pivoine. Elle fit accélérer le pas à Wallace. Elle voulait être loin lorsque le bras lancerait le navire vers la lagune.

– Comment *La Vierge au chancelier Rolin* est-elle tombée entre vos mains ? demanda-t-elle au magicien.

– Je l'ai achetée à un de ces marchands d'antiquités de l'ancien monde, juste après la Crue. La vitre blindée qui la protégeait lors de l'exposition l'a sauvée. (Il salua une troupe d'acrobates nains.) Cette peinture m'a toujours fasciné. Elle est vraiment magique, vous savez ? Les amateurs d'immersion, comme vos parents, ne s'y sont pas trompés en se réfugiant à l'intérieur.

Ils sortirent de la fête foraine pour s'engager sur une passerelle qui longeait un bâtiment vitré. Changeant de décor, Roberta sauta du coq à l'âne :

– Et vous n'allez pas suivre Banshee.

« Sinon tu ne serais pas en train de discuter tranquillement avec lui », ajouta-t-elle intérieurement.

– Je vous avouerais que j'ai beaucoup hésité avant de prendre ma décision. La puissance est tentatrice... Mais Banshee commet une erreur. Son approche ne correspond pas à la réalité des sanctuaires. À plus ou moins court terme, elle finira par payer le prix de son imprudence. (Le magicien s'arrêta et montra le ponton d'un ample mouvement du bras.) Voyez ces bâtiments. Ils sont comme les temples de Delphes, les pierres des Carnutes, les arbres de Guëll ou les fétiches que promène mon ami Tahuku dans sa besace. Éléments de magie pure, que tout, sauf le hasard, a réunis. (Ils reprirent leur promenade.) Une légende dit que le noyau du Mondorama a été arraché à Coney Island par une tempête et que d'autres débris s'y sont accrochés au cours des ans pour organiser... pour créer ce petit monde dont j'ai reçu la charge. Nous, gardiens, n'avons aucun droit sur ces lieux. Juste des devoirs. La vision de Banshee est inverse. Les sanctuaires ne sont pour elle que des moyens pour accéder plus vite au pouvoir.

Que n'avait-elle rencontré cet homme plus tôt ? se dit-elle. Wallace, comme Grégoire, était un roc, auquel il était rassurant de se raccrocher.

– Vous pensez qu'elles pourront sauver Lilith ?

– Les Fondatrices ? Elles se crêpent régulièrement le chignon mais une noble cause pourrait les réconcilier. Frédégonde est même revenue sur ce qu'elle a dit. Elles tenteront quelque chose à trois. Après leur concert.

– Leur concert ?

Le magicien, déploya sa cape, brandit sa canne et annonça, tel Monsieur Loyal :

– Ce soir, Misses Ragnétrude, Vultrogothe et Frédégonde vous interpréteront leurs plus célèbres reprises. En exclusivité pour le Mondorama de Wallace le magicien !

– Des reprises de qui ? insista Roberta. Des Beatles ?

Elle pourrait emmener Hans-Friedrich. Ça lui changerait les idées.

– Pourquoi pas des Stones, tant que vous y êtes ? Des *Earth, Wind and Fire*, enfin ! C'est leur groupe préféré. Allez savoir pourquoi.

La passerelle débouchait sur un bâtiment circulaire. Les murs sans fenêtres et le toit de bronze vert-de-gris légèrement incliné évoquaient un cirque d'hiver. Wallace ouvrit une porte et la referma derrière Roberta. Ils remontèrent un couloir à peine éclairé par des veilleuses tremblotantes. Au bout, ils escaladèrent une volée de marches et prirent pied sur une plate-forme arrondie occupée par quelques objets de scène, une cible tournante, un carton sur pieds, une malle, deux cages, un gramophone. L'air circulait librement autour de la plate-forme. Mais la pâle lumière qui tombait du plafond ne permettait pas à Roberta de voir ce qu'il y avait au-delà.

– Où sommes-nous ?

– Dans mon bureau.

Wallace actionna la manivelle du gramophone. Il souleva l'aiguille et la posa sur le disque noir qui tournait sur le plateau. Les accents d'une cornemuse s'élevèrent, les mêmes que ceux entendus la veille au soir sur le *Tusitala*. La sorcière frémit jusqu'à la moelle. Wallace tira sur un cordon qui tombait du plafond. Le diaphragme de métal qui contrôlait la lumière zénithale s'ouvrit.

– *Fiat lux*, lança-t-il en savourant la surprise qui se peignit sur les traits de Roberta.

Elle venait de plonger dans une vallée resserrée entre deux murailles de rochers noirs d'au moins trois mille pieds de haut. Le ciel était dévoré par les aiguilles déchiquetées. Un lac aux troubles reflets gris baignait le creux de la dépression dont les pentes plus douces étaient recouvertes de forêts aux verts impénétrables. À l'extrémité du lac, sur un promontoire rocheux, telle une intaille posée sur un lit de diamant, les restes d'un château fort montaient solennellement la garde.

– Bienvenue dans la vallée de Glencoë ! Ossian a chanté sur ses flancs. Les échos de ses complaintes s'y entendent encore, dans quelque anfractuosité dont je connais les secrets emplacements.

La cornemuse faisait mieux qu'évoquer le paysage, elle le magnifiait.

– C'est un panorama.

– C'est le Mondorama, le noyau du sanctuaire, et, je pense, un appel à l'immersion qui ne devrait pas vous laisser indifférente. Vous saviez que certains de ces spectacles optiques ont dû fermer leurs portes parce que des visiteurs n'en étaient jamais ressortis ?

Mais Roberta se désintéressait déjà de la gigantesque illusion. Ses yeux allaient de l'un à l'autre des objets qui meublaient la plate-forme. Wallace entreprit de lui offrir une visite rapide.

– Vous avez ici le carton à disparitions de M. Houdin, mon maître. Enfant, il s'envolait grâce aux propriétés de l'Éther. On dit qu'il est tombé dedans avant que la mort vienne le prendre. Elle le cherche encore. Eh, Eh. (Il souleva le couvercle

261

de la malle et en sortit quelques objets.) Des anneaux chinois. Une baguette de magicien. Trois gobelets à muscade. Une réplique de la fontaine merveilleuse de Héron d'Alexandrie... (Il referma brusquement la malle.) Je peux vous exécuter quelques-uns de mes meilleurs tours. Ou vous projeter du Méliès. Il y a un cinéma juste en dessous.

– Vous savez ce que je veux, répondit la sorcière d'une voix lasse.

Le magicien se pinça l'arête du nez, tendit la main, les doigts écartés, et se lança dans une séance de lecture de pensée pour tout petit comité, lui-même.

– Bien sûr, fit-il, retrouvant son sérieux.

Il tendit les bras vers le centre de la plate-forme, lançant un Shagazam ! retentissant. Il y eut une explosion et de la fumée blanche. *La Vierge au chancelier Rolin* apparut, posée sur un chevalet, plus petite que dans le souvenir de Roberta. Mais elle n'était alors qu'une enfant. Elle s'en approcha lentement, caressant Mme Gustavson dans sa poche sans s'en rendre compte.

Elle n'était pas encore immergée. Mais toute son attention était happée par la beauté de la peinture, l'éclat et la finesse des couleurs, la science des détails. Elle s'immobilisa à cinquante centimètres, laissant ses yeux sauter de l'un à l'autre des motifs merveilleux qui ponctuaient le chef-d'œuvre : le globe de cristal dans la main de l'enfant et son reflet énigmatique, les guetteurs sur le pont, les pampres et les dragons, la petite maison en feu, les minuscules personnages, au bord du fleuve, tracés d'un trait du plus fin pinceau en poil de martre ayant jamais été manié par un maître.

– Où êtes-vous ? appela Roberta, scrutant la foule miniature.

Par respect, Wallace recula. La sorcière ne bougeait plus. Elle allait bientôt s'immerger dans la peinture.

Tout à coup, le magicien fut soulevé et projeté contre la cible tournante. Il s'y retrouva collé, bras et jambes en croix. Il vit Carmilla Banshee s'emparer des couteaux disposés sur un présentoir et les lancer vers lui avec une dextérité foudroyante. Les lames le clouèrent sur la cible avant qu'il ait pu tenter quoi que ce soit.

Roberta, sentant qu'il se passait quelque chose, sortit de sa torpeur. Banshee la souleva elle aussi de la plate-forme et la jeta de loin dans une des cages dont la grille se referma à double tour. L'opération n'avait pas duré plus de dix secondes. Roberta, la tignasse sauvage, le dos et les bras meurtris, s'accrocha aux barreaux pour se remettre debout.

– Roberta Morgenstern, miaula Banshee. Quel plaisir de vous revoir !

Roberta avait récupéré ses esprits. Elle se retint de cracher au visage de celle par qui, finalement, tout était arrivé. Mais la proximité de *La Vierge au chancelier Rolin* lui interdisait le moindre coup d'éclat.

– Vous êtes en beauté, flatta-t-elle sa consœur d'un ton qu'elle voulait détaché mais où haine et peur étaient palpables.

Carmilla saisit les barreaux à pleines mains. Une violente décharge parcourut la cage et se concentra sur Roberta qui recula en poussant un cri. Le choc avait été fulgurant. Il avait valeur d'avertissement.

– Merci. Mais vous ne m'avez pas trimbalée jusqu'ici pour me féliciter, je suppose. Où est Lilith ?

Roberta se remit debout et répondit d'une voix cassée :

– Avec son père.

Carmilla leva les yeux au ciel.

– Nous savons toutes deux qui est son père. Je répète ma question : où est-elle ? (Banshee s'inspecta les ongles.) Je la retrouverai, d'une manière ou d'une autre. Et ce ne sont pas un professeur d'histoire de la sorcellerie et une de ses étudiantes qui parviendront à me barrer la route. Soyez raisonnable, Roberta. Vous ne faites pas le poids.

– Si seulement vous pouviez réparer le mal que vous avez déjà fait, Carmilla...

Banshee dodelina de la tête.

– Vous voulez parler du petit problème qui affecte notre Lilith ?

– Petit problème ? Elle se meurt !

– Ce n'est pas la peine de crier ! (Banshee respira bruyamment pour retrouver un calme de façade.) Mais je vous sais gré d'avoir fait ce qui était en votre pouvoir pour retarder l'échéance. Au moins, maintenant, nous sommes à peu près sûres qu'elle tiendra jusqu'à la nuit de Walpurgis.

– Et que ferez-vous après ?

– Je mettrai sa mort sur votre compte. Que vous en soyez responsable ou non ne changera pas grand-chose aux yeux de son adorable papa.

– Vous êtes démente.

– Et impatiente, comme tous ceux qui entreprennent de grandes choses. Une dernière fois, Roberta : où est Lilith ? Ne me dites pas que j'ai fait tout ce chemin pour le seul plaisir de vous voir mourir.

Roberta ne dirait rien. De toute façon, elle ne savait pas où se trouvait Grégoire. Banshee, une seconde fois, s'approcha de la cage. La décharge serait sans doute pire que la première. Mais Wallace sortit opportunément de son silence.

– Au fait, ma réponse est non. Je ne m'associerai pas à votre projet d'agrandissement. Je comptais vous l'écrire. Vous m'évitez cette tâche pénible.

Carmilla s'arrêta et pivota pour contempler le gardien de la prestidigitation cloué sur sa cible comme une chouette à une porte de grange.

– Je ne comptais pas sur vous, Wallace. Et puis, j'ai mon quota de sanctuaires. Ceux qui ne s'inclineront pas disparaîtront.

Il ricana.

– Vous réservez le même sort au Mondorama qu'à la Petite Prague ?

– Assez avec cette histoire ! hurla-t-elle, excédée. Je n'ai pas détruit la Petite Prague. C'était un raz-de-marée. Et Hector Barnabite n'a pas péri par ma main.

– Ne me dites pas que vous n'avez pas essayé de le tuer.

Elle pencha la tête de côté.

– Je ne dis pas cela et vous avez raison d'insister sur ce point. Et, somme toute, il y a de fortes chances pour que ce sanctuaire disparaisse lui aussi avec son maître.

– Il en restera toujours quelque chose qui se réorganisera, gagnera en force et, un jour, vous anéantira.

– Vous m'en direz tant. J'ai peur. Je dois donc craindre quelque chose de cet antre pittoresque ? Un joueur d'échecs automate va me donner la chasse ? Des dés magiques rouler sous mon lit et troubler mon sommeil *ad vitam aeternam* ? Une image m'emprisonner ? fit-elle en montrant la vallée de Glencoë.

Ses yeux se posèrent sur *La Vierge au chancelier Rolin* et sa pensée capta – grâce aux Gustavson – la panique qui gagnait l'esprit de la sorcière. Banshee explora cette panique et en découvrit rapidement la cause. Son sourire s'élargit. Dans son dos et dans la cage, Roberta ne bougeait pas, essayant d'étouffer sa peur intérieure.

– Tes parents sont là-dedans ? lança Carmilla avec désinvolture. (Elle exulta en sentant l'effondrement dans l'esprit de la sorcière.) Du bois et des pigments bien secs, continua-t-elle en faisant crisser ses ongles effilés sur la surface de vernis. Un vrai cauchemar de pompier. (Elle se pencha sur la composition.) Mais que vois-je dans ce faubourg ? C'est une maison qui brûle ? Le feu se propage ! Tout un pâté de maisons est maintenant la proie des flammes !

Elle fit un pas de côté pour laisser la sorcière constater par elle-même. Des flammes peintes dévoraient effectivement la composition. Elles couraient vers le fleuve, laissant derrière elles un paysage ravagé, noir de charbon.

– Non ! s'exclama Roberta.

– La mémoire te reviendrait-elle, gamine ?

L'incendie s'étendit au second plan, là où les deux guetteurs se tenaient, et les transforma en torches humaines. Le premier plan fut atteint. Les roses délicats du poupon cloquèrent. Le visage de la Vierge transpira une résine poisseuse avant de disparaître. Pampres et vignes tombèrent en cendres.

Le pavement, les colonnes, le manteau brodé du chancelier se flétrirent avant de s'effacer, pour toujours.

– Je ne sais pas où elle est !

Elle imaginait les habitants de la peinture, ses parents, courant vers l'eau pour échapper aux flammes. Les panneaux de bois n'étaient plus que braises aux trois quarts. Restaient l'île, au centre de la composition, ainsi qu'un fragment de ciel. Banshee assistait à l'incendie monstre, tel un nouveau Néron contemplant le spectacle de Rome ravagé par sa folie.

– Tant pis, fit-elle. Tes parents connaîtront une mort atroce pour rien. Et ce sera ta faute.

Il y eut un mouvement d'air. Quelqu'un se laissa tomber sur Banshee depuis les hauteurs du panorama. La sorcière se releva, fit trois pas en arrière, trébucha contre le gramophone. Roberta vit Claude Renard attraper une épée dont le pommeau dépassait de la malle et la jeter vers Banshee qui tendit les bras au moment où la lame s'enfonçait dans ses entrailles. La femme pirate fut projetée dans la seconde cage qui se referma sur elle.

Carmilla titubait, l'épée plantée dans le ventre jusqu'à la garde, la tenant à deux mains. *La Vierge au chancelier Rolin* continuait de brûler. Claude Renard secouait sa cage en vain. Roberta, privée de ses pouvoirs, ne savait quoi faire.

Wallace profita de ce retournement de situation pour se détacher de la cible et atteindre le chevalet. Il s'empara de la peinture dont une bonne partie s'éparpilla à ses pieds. De l'autre côté de la plate-forme, Banshee retirait lentement l'épée de son ventre en produisant une série de grimaces exagérées. Au terme de cette pantomime, elle brandit l'épée à lame escamotable, triomphante.

– Maudites armes de scène, grogna Claude Renard qui avait armé un de ses pistolets.

Un coup de feu claqua. Banshee ouvrit sa main libre. La balle ricocha contre une de ses bagues, siffla vers le plafond, rebondit sur les traverses de part et d'autre du panorama et acheva sa course en zigzag dans la cage de Claude qui s'écroula avec un grognement sourd. Une fleur de sang s'élargit aussitôt sur son poitrail.

– Par saint Eustache, j'ai fait mouche ! s'exclama Banshee en soufflant sur sa paume. Retour à l'envoyeur ! Mais... où est Wallace ? Il nous a faussé compagnie ?

Roberta avait vu le magicien se jeter dans le carton à disparitions avec ce qui restait de la peinture. Banshee suivit son regard et donna un coup de pied dans le carton qui tomba à plat sur la plate-forme en rendant un bruit mat.

– Parti, fit-elle en haussant les épaules. Que nous reste-t-il ? Une orpheline et un godelureau. Je devrais plutôt dire : une godelurette.

Claude Renard, pâle comme la mort, avait une main plaquée sur l'épaule. Un filet de sang courait entre ses doigts serrés.

– Les Frères de la lagune, continua Banshee avec une grimace de mépris. (Elle planta ses mains au fond de ses poches.) Une bande de pirates du dimanche censés écumer la lagune dans des sous-marins sans... Aïe !

Ringo venait de la mordre. La réaction de la sorcière fut immédiate. Elle sortit le hérisson de sa poche, le jeta contre la cible, attrapa un couteau et le lança. La lame se ficha dans le petit Gustavson dont les pattes brisées se raidirent dans un ultime sursaut puis retombèrent. Hans-Friedrich jaillit de la poche de Renard et siffla en direction de Banshee. Sa compagne, dans l'autre cage, fit de même. Il suffit à la sorcière de froncer les sourcils pour que les échidnés réintègrent leurs cachettes en tremblant.

Roberta, consternée, contemplait, au centre de la cible, la dépouille qui illustrait parfaitement leur propre situation.

– Vous ne retrouverez pas Lilith, promit-elle à son ennemie jurée. Jamais. Le Diable vous fera rendre gorge.

Banshee étouffa un bâillement, attrapa les cages des deux mains, commença à les balancer lourdement.

– Je pensais prendre mon temps pour en finir avec toi. En fin de compte, on va faire vite. Tu me fatigues.

Des crépitements bleutés naquirent autour de ses doigts. Des filaments couraient déjà entre les barreaux des deux nasses lorsque le ciel de la vallée de Glencoë explosa. Une ancre immense traversa le panorama, attrapa les cages par les cordages auxquels elles étaient suspendues et les souleva dans les airs. Banshee se retrouva emportée avec elles.

Elle traversa l'autre partie du panorama et survola tout à coup le sanctuaire. Elle se dévissait le cou pour essayer de voir quel *deus ex machina* était à l'œuvre lorsque les Gustavson, dans les cages, lui mordirent les doigts. Elle lâcha prise et s'écrasa sur un bout de passerelle environné de lagune quelque vingt mètres plus bas.

Son bras gauche était cassé. Mais elle riait en se relevant. Elle riait à gorge déployée. Quel ennui si Morgenstern n'avait pas été là pour la distraire ! Elle remit l'os en place, sans gémir, et serra pour qu'il se ressoude. D'accord, elles se reverraient avant la fin. Ou au moment de finir, peut-être. Alors elle écraserait la tique sous sa botte et on n'en parlerait plus.

Plus loin, l'ancre volante avait pris de l'altitude et s'enfonçait dans les nuages avec les cages. Banshee hésitait quant à la marche à suivre. Elle pouvait encore faire amerrir son oie géante, donner la chasse au pirate, à Roberta et à leur mystérieux sauveur. « Ne jamais remettre au lendemain... », disait le proverbe. Oui, autant régler le problème tout de suite.

Elle s'apprêtait à appeler son hydravion lorsqu'un palet de granit sorti de nulle part la faucha aux jambes et la jeta à plat ventre contre la passerelle. La pierre continua sa course, percuta une hampe qui portait les couleurs du Mondorama, et repartit dans le sens inverse. La sorcière, à quatre pattes, se demandait encore ce qui lui était arrivé lorsque son front servit de bumper à la pierre ronde. Elle s'étala de tout son long, les bras en croix, sonnée.

Elle ne vit donc pas le palet de *shuffleboard* s'éloigner de son allure tranquille en direction des royaumes du Nord.

Wallace avait fui. La puissance de Banshee était impossible à contrer. Le carton à disparitions s'était présenté à lui comme l'unique solution. Il était à l'abri mais furieux contre lui-même. Il poussa un cri de rage puis se força à raisonner. « Où suis-je ? » se demanda-t-il en premier lieu.

Au cœur d'une tempête de neige. Les flocons bataillaient pour lui cingler le visage. On n'y voyait pas à cinq pas. Une roche noire, coupante, affleurait sur sa droite.

Le fragment de peinture rescapé était tombé dans la neige, à ses pieds. Wallace le ramassa. L'incendie s'était éteint. Seule l'île avait pu être sauvée et une toute petite partie du fleuve avec une embarcation dont la poupe avait été grignotée par les flammes. Du chancelier, de la Vierge, de la ville, il ne restait rien. Il tira une feuille de papier de soie de sa manche et enroba la relique avant de l'empocher.

Une bourrasque plus violente que les autres le poussa sur le côté et écarta les rideaux de neige. Wallace vit une falaise, un chemin tracé le long d'un précipice, un cairn dressé un peu plus loin.

Il défit son baudrier de soie rouge et l'enroula autour de son haut-de-forme pour bien l'arrimer à son menton. Il noua ensuite sa cape jusqu'à son nez, changea d'idée... Il extirpa une flasque de whisky d'une poche secrète. Elle était à moitié pleine. Un ordre approprié la remplit à ras bord. Le Glencoë douze ans d'âge prodigua la chaleur souhaitée au magicien.

Il reboucha la flasque, la rangea, s'emmitoufla dans sa cape et, d'un abracadabra que la tempête avala, fit apparaître un bâton de marche dans sa main droite. Wallace se lança à l'assaut de la sente en se demandant quand même dans quelle cordillère et à quelle altitude le carton de Robert Houdin l'avait envoyé.

« Si ça se trouve, se dit-il avec fierté, je suis le *highlander* le plus haut du monde. »

37

Sur L'Albatros, *16 avril, dix heures*.

Deux jours que nous volons vers le sud. D'après Grégoire, nous avons franchi le tropique du Capricorne dans la nuit. Il passe le plus clair de son temps à la barre, l'œil rivé au compas. Il ne compte pas sur le pilote automatique pour atteindre le météore. Nous nous enfonçons dans un territoire où les règles de navigation classiques n'ont plus cours, m'a-t-il dit. Voilà qui me rassure ! Je vais voir Claude Renard. C'est Grégoire qui a extrait la balle de son épaule. Peut-être s'est-elle réveillée.

Midi.

Claude s'est réveillée un peu agitée. Elle a même cherché ses pistolets pour abattre cette misérable crécelle de Carmilla Banshee [*sic*]. Une tasse de valériane l'a calmée. Grégoire avait garni la pharmacie de *L'Albatros* avant que nous quittions Rome, et il ne m'en avait rien dit. Diable d'homme. Nous avons parlé. Entre femmes.

Je n'ai pas été vraiment surprise de découvrir que le gilet de ce pirate aux cheveux courts cachait autre chose qu'une poitrine plate et velue. En fait, je m'en doutais depuis Antioche, à cause du bracelet de Trébizonde. Claude m'a conté son histoire à grands traits. Ces transformations sont courantes dans le monde fermé – et un peu macho, il faut le dire – des Frères de la lagune. Mais elle compte monter une organisation concurrente : les Sœurs de la lune. Je me suis déclarée pour sur-le-champ. Je prendrai ma carte de membre dès que possible.

Lilith se réveillait de sa longue sieste matinale quand je suis passée la voir. Teint crayeux et cernes sont de retour. Elle ne transpire pas mais sa respiration est sifflante. Nous vivons sur des boîtes de conserve et, à midi, c'est jardinière de légumes. Ça va encore être la croix et la bannière pour lui faire avaler les vitamines dont elle a cruellement besoin.

Quinze heures.

J'ai cru que j'allais la jeter par-dessus bord. Je suis allée faire un tour pour apaiser mes nerfs. Je m'en suis voulu à mort en revenant à table. Car Lilith a fait une syncope après sa crise de hurlements. Grégoire a proposé de lui administrer la Jouvence de Chlodoswinde en fin d'après-midi. Selon lui, nous atteindrons le météore dans deux, peut-être trois jours. Là, Ermentrude saura quoi faire. Claude s'est levée. Quant aux Gustavson, ils se cachent quelque part dans les cales de *L'Albatros*. Je suppose qu'ils portent le deuil de Ringo. Carmilla paiera pour cela aussi.

Dix-huit heures.

C'est une catastrophe. Lilith n'a pas voulu dormir de l'après-midi et la crise du déjeuner n'était qu'un avant-goût de ce qui nous attendait. Elle a arraché le flacon de Jouvence des mains de Grégoire et l'a jeté contre le pont. Il s'est brisé en mille morceaux. Nous sommes effondrés. Comment allons-nous faire ?

Après le dîner.

Elle s'est endormie, vaincue par la fatigue. Repas avec Renard, à la poupe de *L'Albatros*. La lagune deux mille mètres sous la coque, les pales vrombissant, le ciel d'une pureté incroyable, les étoiles. Nous n'avons parlé ni de Banshee, ni de Lilith, ni du Diable mais nous sommes tout de même restés dans le domaine surnaturel. (On ne se refait pas !) Claude nous a en effet raconté quelques histoires au sujet de l'océan des Merveilles.

Cette *mare incognita* – que nous survolons peut-être à l'heure qu'il est – est née après la chute du météore. Un courant appelé *dream stream* la parcourt de la Micronésie aux côtes de la Patagonie. Les marins, qui ne sont pas avares en matière de légendes, l'ont peuplée de créatures telles que serpents de mer, léviathans, calamars géants, céphalopodes-moines, sirènes, mégalodons capables d'avaler des bœufs entiers... D'après Renard, si nous venions à perdre subitement de l'altitude, nous leur servirions d'en-cas. Sans parler des nuages de glace vers lesquels nous volons et où les âmes des marins morts sont emprisonnées. Tout un programme.

Grégoire a pris le premier quart. Renard prendra le deuxième. Je vais dormir un peu avant de guetter les banquises volantes.

17 avril, aube.

J'ai vu ma mère et mon père marcher sur le pont. Il ne s'agissait pas de fantômes. Ils étaient là. Et je ne rêvais pas. Lorsque je suis sortie du roufle, ils étaient accoudés au bastingage et contemplaient le paysage de nuit. Le vent s'est levé, faisant osciller le navire. Ils se sont effilochés comme des fils de la Vierge dans une prairie d'été. Je garde cette apparition pour moi. Le jour se lève. Grégoire observe la lagune aux jumelles. Il me fait signe de venir voir.

Neuf heures.

Nous avons vu le silure dont parlait Van der Dekken. Il suit la même route que nous. Son corps noir et ondulant à l'air aussi long que *L'Albatros*. Même à cette distance, l'effet qu'il produit est effrayant. Il a sorti la tête de l'eau pour pousser une sorte de barrissement dans notre direction. Renard dit que nous sommes entrés dans l'océan des Merveilles. Il est vrai que les éléments se sont modifiés. Les nuages ont l'air plus ouatés, les ombres moins franches, la surface de la lagune est incertaine. Des impressions de déjà-vu m'assaillent. Je surprends des formes fantasques du coin de l'œil. Je vais me coucher pour récupérer de ma veille. Lilith, elle, fait la grasse matinée.

Midi.

Plus aucun doute : nous avons quitté le monde réel pour plonger dans celui du fantasme pur. Saint Georges m'a attaquée. Le vieil ennemi. Celui qui, une fois déjà, a tenté de m'occire. Auparavant, il demeurait enfermé dans un repli de mon esprit. On dirait que l'océan des Merveilles lui a donné corps.

C'est l'odeur qui m'a alertée. Lorsque j'ai ouvert les yeux, j'ai vu qu'un cheval occupait la moitié de l'espace exigu de ma cabine. Il n'aurait pas pu passer par la porte pour entrer. Un homme en armure fouillait dans mes affaires. Le saint Georges de Carpaccio. Il respirait bruyamment et il puait la crasse.

Le cheval broncha en remarquant mon réveil. Saint Georges se retourna. Il tenait mes mules en duvet de cygne dans une main. Il eut ce sourire sauvage qui me hante, dégaina son épée, la brandit... Heureusement, Grégoire intervint à ce moment. Il poussa la porte – qui cogna contre le flanc du cheval –, découvrit, médusé, le chevalier en armes... Saint Georges et sa monture s'évanouirent comme mes parents au petit matin. Restèrent dans la cabine l'odeur de leur présence et une paire de mules abandonnées au pied de mon lit qui se trouvaient, avant, bien rangées dans un tiroir de ma commode.

Fin d'après-midi.

Lilith a failli nous quitter. Les Gustavson étaient sortis de leur retraite. Elle était calme comme jamais, jouant sur le pont avec eux. Je rêvassais en contemplant l'image d'Épinal. Lorsque, tout à coup, je l'ai vue devenir translucide. Elle n'a pas complètement disparu. Cela n'a duré que quelques secondes. Et il a suffi que je crie son nom, qu'elle tourne la tête vers moi et me regarde pour redevenir solide. (J'ai froid dans le dos rien qu'à écrire ce mot : *solide*.) Grégoire a accouru. Il l'a prise dans ses bras et a étudié ses mains. Elles étaient encore évanescentes.

Soir.

Si je dois garder un seul souvenir heureux de cette enfant, ce sera celui-là : Lilith assise sur les genoux de Grégoire alors qu'il lui raconte un florilège d'histoires, nous à l'écouter et à contempler ce que ces contes généraient sur le pont du navire. L'océan des Merveilles porte peut-être bien son nom, finalement.

Les Sept Nains, sortis de leur chaumière, restèrent à nos côtés pour voir à quoi la Belle au bois dormant ressemblait. Barbe-Bleue fut terrible, un vrai butor. Blanche-Neige briqua le pont de *L'Albatros* avant et après sa résurrection. Quant à la Petite Sirène, elle plongea par-dessus le bastingage pour rejoindre le palais de son père. Tous nous quittèrent à la fin du dernier conte.

En couchant Lilith, je n'ai pu m'empêcher de penser à la pomme empoisonnée. J'ai caressé ses cheveux noirs, je l'ai embrassée, j'ai fermé la porte... Et maintenant je lutte pour ne pas aller m'assurer toutes les cinq minutes qu'elle ne dort pas sous un sarcophage de verre mais dans un lit. Heureusement, les Gustavson sont là. Ils sentent sa présence. Ils nous alerteront au moindre pépin.

Des nuages hauts nous cachent les étoiles. Des éclairs bleutés les sillonnent. Ils ressemblent à des ballets de sorcières. Nous avons pris la décision d'aménager nos quarts. Deux d'entre nous resteront éveillés pendant que le troisième dormira sur le pont, au vu de tous.

18 avril, deux heures du matin.

Sage décision que nous prîmes. J'avais été la première à dormir. Grégoire venait de me réveiller lorsque Renard nous appela. Il n'eut besoin de rien dire : trois Carmilla Banshee marchaient sur nous, la main tenant un couteau, prêtes à le lancer. Les Gustavson s'étaient assoupis. Ils faisaient le même rêve, plutôt le même cauchemar. Au lieu de Ringo, c'était nous que Banshee allait embrocher.

Nous mîmes toutes nos forces dans une projection mentale en forme de réveille-matin strident jusqu'aux moindres recoins du navire. Deux Carmilla disparurent. Une troisième, celle de ce gros dormeur de Hans-Friedrich (j'en mettrais ma main à couper), lança son couteau. Il se planta dans mon ventre. Grégoire n'osait bouger. Banshee ricanait. Moi, bizarrement, je ne sentais rien.

Je pris l'arme par la garde et constatai que sa lame était amovible. Hans-Friedrich avait amalgamé dans son rêve l'épée factice utilisée par Renard et le couteau qui avait tué Ringo. Petite perversion de la réalité qui, pour le coup, m'a sauvé la vie. D'ailleurs, Mme Gustavson a dû secouer son mari à ce moment-là, car Banshee et le faux couteau se sont évaporés. Nous en avons été quittes pour une bonne frayeur.

Cinq heures.

Nos amis hérissons ont appliqué la même organisation des quarts que nous. De toute façon, je préfère, ne serait-ce que pour surveiller Lilith. Renard dort. Je veille en compagnie de Grégoire qui a jeté sa pelisse de renard noir sur mes épaules. (Je lui ai prêté mon poncho.) Les éclairs illuminent les ventres des nuages par à-coups, révélant ici l'image d'un vaisseau aux voiles gonflées, là celle d'un ogre brandissant une hache. Sous la coque glisse une île phosphorescente. L'île au Trésor ou celle des Enfants perdus, comment savoir ?

Sept heures.

Nous parlions de Lilith, de nous, des années à venir. Balayant ce cauchemar qui nous poursuit depuis le Liedenbourg. Nous nous promettions un avenir merveilleux. Visiter, en famille, les autres parties du monde. Danser avec les Aborigènes autour du feu. Dormir dans des palais de glace et dans des yourtes. Rencontrer les moines-enfants. Nous nous sommes même imaginés dans plusieurs années avec une Lilith rebelle, en pleine adolescence. Un sort anti-porte-qui-claque, voilà de quoi frustrer toute révoltée pubère. Nous y réfléchissions encore lorsque le calamar nous attaqua.

En fait, il n'y en avait pas un mais dix. Et il s'en est fallu de peu que l'histoire tourne court. Deux de ces bestioles immondes grimpèrent sur le poste de pilotage avant que nous ayons eu le temps de faire quoi que ce soit. Renard dormait profondément. Nous étions coincés dans le roufle, environnés de ventouses qui laissaient sur les vitres des traces gluantes. Le toit fut emporté et un bec de canari géant essaya de nous attraper.

Grégoire eut la présence d'esprit d'actionner la corne de brume. Les monstres disparurent avec le réveil de Renard, laissant d'innombrables traces sur le pont et sur la coque. Ils ont endommagé quelques-unes des hélices verticales, nous faisant perdre de la puissance. Grégoire va voir s'il peut réparer.

Dix heures.

Nous descendons inexorablement, dans la bouillasse, depuis des heures. Lilith ne s'est pas réveillée. Elle est couchée contre mon ventre. Par deux fois elle est devenue cristalline, par deux fois j'ai murmuré son nom et elle s'est raccrochée à la réalité. Attendre. Nous ne pouvons rien faire d'autre qu'attendre et espérer.

38

La brume se leva et révéla le météore. L'énorme caillou noir baignait dans une eau bleue aux reflets d'améthyste, là où se trouvait autrefois l'Antarctique. Les passagers de *L'Albatros* coururent à la proue pour admirer le spectacle. Lilith s'accrochait comme un petit singe aux épaules de son père.

– Comment allons-nous faire pour trouver Ermentrude ? s'inquiéta Roberta. Imaginez qu'elle se terre au cœur du bolide...

La Fondatrice de l'Éther était la seule à ne pas avoir répondu à Grégoire. Lors de leur petit voyage aérien et entre deux alertes, il ne s'était pourtant pas privé de l'invoquer.

– Ce n'est pas une fumée que je vois là-bas ? lança Claude.

Ils scrutèrent le point qu'elle leur indiquait. Une mince colonne grise serpentait dans l'atmosphère sur le bord méridional du météore.

– Je vais mettre le cap sur elle, décida Grégoire.

– Et s'il s'agissait de naufrageurs ? avança Renard.

– Il faut bien que nous...

L'Albatros trembla et se plaça de lui-même dans l'axe de la fumée. Le pont vibra sous leurs pieds. Les pales changèrent de régime.

– Que se passe-t-il ?

– Ermentrude, fit Grégoire en serrant un peu plus Lilith contre lui. Elle nous guide.

Renard sentit ses pistolets s'échapper de leurs étuis et sauter par-dessus bord. Les clous qui retenaient le plat-bord sortaient en grinçant de leurs encoches en se recourbant. L'hélice d'un des grands mâts fut arrachée à sa tige et partit, tournoyant, vers le météore. Roberta se baissa pour éviter un objet métallique non identifié.

– À la poupe ! hurla Grégoire.

Les hélices étaient arrachées les unes après les autres. L'étrave explosa, les traverses que plus rien ne retenait furent emportées par le vide. La surface rocheuse se rapprochait à toute vitesse. Les moteurs électriques traversèrent le pont, pulvérisèrent le roufle central et s'éparpillèrent dans l'atmosphère. Accrochés au bastingage arrière, ils virent le plus gros se déchirer en deux avant de plonger vers la surface.

Maintenant, ils rasaient le météore. Le paysage était brouillé et saccadé. Le vent les empêchait de parler. Roberta n'avait qu'une certitude : ils allaient s'écraser. Elle se colla contre Grégoire et Lilith, ferma les yeux et implora Ermentrude pour que cesse cette furie.

Ce qui restait de *L'Albatros*, soit le pont arrière, l'hélice de queue et le gouvernail, ralentit graduellement et s'arrêta devant une maisonnette à deux étages. La fumée qu'ils avaient aperçue sortait de sa cheminée. Le navire volant se posa comme une plume et se coucha tout aussi lentement sur le flanc. Humains et hérissons se laissèrent glisser sur les fesses et prirent pied sur la surface rocheuse, ébahis.

La porte métallique du jardinet qui entourait la maison

s'ouvrit et révéla une petite vieille aux cheveux blancs. Elle portait un tablier bleu et tenait un sécateur à la main. Un panier rempli de courgettes pendait à son bras gauche. Elle essuya son sécateur contre son tablier, le jeta dans son panier et leur fit signe d'entrer.

Ils avaient récupéré leurs affaires dans l'épave de *L'Albatros*. Lilith avait un peu boudé le gratin de courgettes. Mais elle avait fait une longue sieste et s'était réveillée de bonne humeur. Ermentrude lui avait confié un petit panier pour l'aider dans la corvée de patates. Celles-ci cuisaient maintenant dans un fait-tout, sur la gazinière. Voyageurs et Fondatrice étaient réunis autour d'une table de Formica, recouverte d'une nappe à carreaux rouge et blanc. Lilith, sur un coin de la table, dessinait.

— Et c'est ainsi que nous nous sommes échappés du Mondorama, conclut Grégoire. Pour venir jusqu'à vous.

La vieille hocha la tête plusieurs fois.

— On peut dire que cette Banshee vous en a fait voir de toutes les couleurs.

— On peut le dire, convint Roberta.

Une pendule représentant le sanctuaire de Lourdes sonna sept heures. Le couvercle du fait-tout tremblotait en laissant échapper des jets de vapeur.

Roberta avait passé la journée avec Ermentrude qui leur avait fait visiter sa maison, amoureusement entretenue et décorée comme une bonbonnière. Ils avaient déjeuné à l'heure où l'on déjeune normalement, connu un après-midi on ne peut plus orthodoxe, et ils s'apprêtaient à dîner d'un gigot dont le fumet mettait l'eau à la bouche. Les hérissons,

282

blottis près du four, mangeaient une gamelle de miettes de pain trempées dans du lait.

« Nous nous trouvons sur le météore dont l'impact sur terre a causé la Grande Crue et bouleversé le climat pour des millénaires, se rappela Roberta. Au cœur d'une zone de légendes et en compagnie d'un être dont l'espace intersidéral est habituellement la demeure. »

Elle soumit ses interrogations à haute voix mais avec des pincettes. Ils étaient venus lui demander son aide. Ce n'était pas le moment de vexer la Fondatrice.

– Vous ne me vexez pas, rétorqua Ermentrude. (Elle s'assura que la chair des patates s'était attendrie puis les égoutta.) Simplement, je n'ai quasiment plus aucun pouvoir. Auriez-vous la gentillesse d'aller nous chercher quelques feuilles de laurier ? demanda-t-elle à Renard.

La pirate sortit dans le jardin avec une paire de ciseaux. Ermentrude s'assit à table et s'installa pour trancher patates et carottes. Grégoire discutait avec Lilith qui avait dessiné une princesse endormie, extrêmement schématique mais avec les oreilles décollées. Au septième nain, il comprit enfin ce qu'elle voulait représenter.

– Je me trouvais dans le coin d'Ophiucus lorsque le météore est passé à ma proximité. (Renard revint avec le laurier.) Son attraction m'a piégée. J'ai été contrainte de le suivre jusqu'ici.

Elle récupéra les tronçons de carottes et de patates et les mit dans un plat de réserve. Le gigot n'était pas encore tout à fait cuit. Elle y jeta les feuilles et se servit un verre de Suze.

– Je n'ai pas pu vous éviter cette crue. Et vous m'en voyez désolée. L'Éther, sur terre, n'est presque rien. (Elle rumina ce sombre constat.) Je n'irai pas par quatre chemins avec vous. (Ermentrude jeta un coup d'œil à Lilith, appliquée sur une Cendrillon en robe à pois.) Je ne pourrai faire aucun miracle.

Elle ouvrit le four. Cette fois, le gigot était cuit.

– Les assiettes sont dans le buffet, lança-t-elle à la cantonade, les couverts dans le tiroir de droite. Claude, vous voudrez bien aller nous chercher une bouteille de rouge dans la souillarde ?

Roberta sortit cinq assiettes du buffet et les disposa sur la table. Son esprit battait la campagne alors que Grégoire rangeait les crayons de Lilith. Ermentrude posa le plat fumant sur un dessous de plat, conseillant à l'enfant :

– N'y touche pas. C'est très chaud.

Les hérissons ronronnaient, les uns contre les autres. La nuit était tombée. Un plafonnier de porcelaine les baignaient d'une lumière dorée. Un vieux poste de radio à galène était posé sur une commode. Claude revint avec deux bouteilles et ses pistolets à crosse de nacre.

– Je les ai retrouvés près de la souillarde ! annonça-t-elle, radieuse.

Elle s'attaqua à un débouchonnage en règle. Roberta s'interessait au poste de TSF. Elle lut sur les cadrans des noms de villes, dont certaines avaient été englouties par la Crue. Berlin, Tunis, Lisbonne, Ouarzazate, Petrograd... Elle l'alluma et manipula les boutons. Le monde entier grésillait. Près de Canberra, elle tomba sur un air d'opéra.

– Don Giovanni ! s'exclama Rosemonde.

Ils s'assirent. Ermentrude les servit. Lilith, perchée sur un vieux dictionnaire médical en cinq volumes, avait des étoiles plein les yeux à regarder les patates dorées, juteuses et fumantes rouler dans son assiette. Renard remplissait les verres. Grégoire, d'une voix de baryton, fredonnait avec la radio.

– Mangez pendant que c'est chaud, leur conseilla la Fondatrice.

Roberta composa un minisandwich viande-patate-carotte au bout de sa fourchette. Lilith le goba avec une grimace. Grégoire discutait constellations oubliées avec Ermentrude. Renard coupait une grosse miche de pain blanc et distribuait ses tranches à la ronde. Roberta, poursuivant une réflexion intérieure, haussa les épaules.

« Peut-être est-ce là la vraie magie », se dit-elle en faisant tinter son verre contre celui de Grégoire.

Lilith se réveilla au beau milieu de la nuit. Elle avait soif. Roberta lui donna de l'eau, la prit dans ses bras et la petite fille s'y rendormit instantanément. La sorcière essaya de la recoucher mais Lilith commença à gémir et la maisonnée dormait. Roberta descendit au rez-de-chaussée avec son petit fardeau. Elle pensait s'installer dans le salon, mais elle entendit un bruit, à l'extérieur. Elle trouva Ermentrude dans le jardin qui se balançait dans un rocking-chair en contemplant les étoiles.

– Tiens ! Un réveil anticipé. (Elle fit un geste sur sa droite et un rocking-chair semblable au sien apparut.) Vous serez mieux assise que debout.

Roberta s'assit et commença à se balancer suivant le même rythme qu'Ermentrude, doux et apaisant.

– Comment se porte-t-elle ?

– Bien. Votre sirop d'éther lui a plu.

285

– C'est le goût à la fraise. Les mômes en raffolent.

La Voie lactée déroulait son écharpe scintillante. Des constellations dont Roberta ignorait le nom tressaient leurs motifs argentés sur la trame des ténèbres. L'entité assise à côté d'elle, cette sorcière des sorcières, vivait autrefois dans ce territoire sans limites, alors que la barrière de son domaine actuel était visible sous la forme d'une porte en fer et d'un mur aux pierres déchaussées...

– Je retrouverai l'Éther, d'une manière ou d'une autre, lui confia Ermentrude.

– Vous irez où ?

– Surtout, que ferai-je ? corrigea la Fondatrice. Définissez d'abord ce que vous voulez, ensuite vous saurez où aller. Vous, que voulez-vous ?

– Sauver Lilith et éliminer Banshee.

– Une vie pour une autre. Parfait. Je parierais que votre destination se révélera à l'aube.

– Notre moyen de transport est en piteux état.

Ermentrude cessa de se balancer.

– Si je vous accompagnais, il pourrait en être autrement. Je m'arrangerais pour qu'on vienne nous chercher.

– Je vous croyais coincée sur le météore ?

– Je suis coincée sur terre ma grande. Et n'oubliez pas que l'Éther est indépendant...

– ... de la nature pondérale, continua Roberta. J'ai appris cela au Collège des sorcières.

– Mais vous avez raison. Vous vous en tirerez mieux sans moi.

– Vous savez que non. (Ermentrude restait silencieuse.) Faut-il que je vous supplie ?

286

Ermentrude contempla le bout de chou lové dans les bras de sa mère.

– Ce ne sera pas nécessaire, répondit-elle en reprenant son balancement. (Elle soupira.) C'est décidé, je pars avec vous. Mais ce jardin me manquera. Mon petit univers... Tomates, salades, courgettes, potirons... Les voir sortir de terre fut une expérience absolument merveilleuse. (Elle cessa à nouveau de se balancer.) Se laisser porter par les champs gravitationnels, explorer les nébuleuses, traquer le Grand Attracteur, c'était pas mal non plus.

– Vos sœurs ne sont jamais venues vous voir ?

– Mes sœurs ? (Ermentrude ricana.) Pas un mot, pas une visite, rien. Nous avons été séparées à notre naissance, d'accord. Ça ne justifie pas un tel silence !

– Elles sont sans doute trop occupées ?

– Éparpillées, je dirais. Toujours à droite et à gauche, à allumer un incendie ici, à faire souffler une tempête là. M'étonne pas qu'elles soient incapables de se fixer.

Roberta garda pour elle le commentaire que la Fondatrice aigrie lui inspirait. On lui avait toujours dit d'être patiente avec les vieilles personnes.

– Dites-moi franchement pourquoi vous n'avez pas voyagé.

– Peuh ! Je ne connais personne sur cette planète.

Roberta soupira.

– Vous avez de nombreuses filles et fils spirituels dans le monde de la sorcellerie. J'en connais au moins deux. Je pourrais vous les présenter. Suzy Boewens, juriste à Bâle. Elle est adorable. Et Plenck, taxidermiste, légiste et homme de bien. Un ami de longue date. En ce moment en Scandinavie, allez savoir pourquoi.

287

Ermentrude ne savait pas pourquoi ce Plenck se trouvait chez les Hyperboréens mais elle tiqua en entendant le nom de Boewens. Elle étudia le profil de Roberta... Elle l'informerait plus tard sur le sort de la jeune femme. Lilith s'agitait sur le ventre de la sorcière. Mais sa respiration restait calme et profonde. Roberta lui caressait tendrement les cheveux lorsqu'une image apparut dans le ciel.

– Qu'est-ce que c'est ? s'étonna-t-elle.

On reconnaissait pourtant parfaitement un hérisson reniflant un chapelet d'étoiles en forme d'asticots.

– Ce sont les Gustavson qui rêvent, répondit Ermentrude.

Une autre figure remplaça la première, ondoyante, dans laquelle Roberta mit un certain temps à se reconnaître. Ses cheveux flambaient littéralement. Elle était plus gironde que jamais. Elle affichait une expression... diabolique. Elle se battait contre un être plus petit qui ressemblait à Banshee. Les coups pleuvaient de l'une à l'autre, sauvages et sans pitié.

– Vous pensez que c'est Grégoire ? suggéra la sorcière.

Roberta rêvée asséna un coup de pied dans le ventre de Banshee qui fut projetée sous l'horizon. La championne esquissa une danse de victoire et disparut à son tour. Une nouvelle image apparut. Elle était incroyablement précise et leur montra, durant quelques secondes, un cratère empli de temples, de monuments et de statues colossales. Au centre, trônait une pyramide d'or. Elle se mit à briller, jusqu'à projeter leurs ombres sur la maison. La nuit se referma d'un coup sur la vision. Ermentrude, deux doigts sur une tempe, ruminait.

– Ça venait de la chambre aux lapins. (La Fondatrice l'avait baptisée ainsi à cause de la famille Flopsaut imprimée sur le papier peint.) C'est bien votre amie pirate qui y dort ?

– Claude, oui.

Une tache rouge apparut autour de la Polaire. Elle s'orna d'un capuchon et d'un visage charmant. Cette fois, la figure n'était pas réaliste mais dessinée, tout droit sortie d'un livre d'images. Le ciel se teinta de vert alors que le bras du petit personnage s'ornait d'un panier d'où sortaient une galette et un petit pot de beurre.

– Le Petit Chaperon rouge ! s'écria Roberta. Le conte préféré de Lilith.

Le personnage gambadait gaiement dans la forêt, prenant le chemin le plus long pour se rendre chez mère-grand. Lilith souriait dans son sommeil. Sorcière et Fondatrice suivirent un certain temps la pérégrination immobile. Mais, comme il ne se passait rien, que la maison tardait à apparaître et le loup à se manifester, elles se lassèrent et reprirent leur conversation.

– Parfois, le vent porte les rêves des habitants des îles les plus proches, raconta Ermentrude. Sous forme d'aurores boréales, ou d'images comme celles-ci. Et je passe la nuit à les contempler.

– Comment est-ce possible ?

– Oh, on peut rêver partout, répondit benoîtement Ermentrude. Sous mer, sur terre, dans les airs.

– Je parle des créatures que les rêves génèrent autour du météore. Nous avons été assaillis par de véritables cauchemars en venant vous voir, juste après être entrés dans l'océan des Merveilles.

– Vous attendez une réponse rationnelle de ma part ? Je

vais faire un effort, pour vous faire plaisir : m'est avis que la rencontre entre le bolide et la Terre y est pour quelque chose. S'est opérée une sorte de réaction chimique qui a donné corps à ce *dream stream*. Ça vous va ?

Le Petit Chaperon rouge était enfin arrivé à la maison de mère-grand. Lilith serra ses doigts sur une chevillette imaginaire.

– Et la bobinette cherra, narra Ermentrude.

La porte s'ouvrit sur le loup gris qui n'avait pas pris la peine de se déguiser et qui attrapa le Chaperon rouge au mollet.

– Par saint Georges ! s'exclama la sorcière.

Lilith ne bougeait plus. Elle était même redevenue légère, beaucoup trop légère. Roberta voulut l'asseoir pour la réveiller. Elle vit avec effroi les étoiles apparaître derrière son visage.

– Elle s'en va !

Dans le ciel, le loup avait sectionné une jambe de l'enfant qui rampait pour essayer de lui échapper, laissant sur l'herbe verte une traînée rouge vermillon.

– Satané Bloody Jack, grogna Ermentrude en se levant. Confiez-la-moi. Je dois pouvoir faire quelque chose.

Roberta lui tendit Lilith alors que la scène stellaire adoptait des contours de cristal. La cape rouge se fondit dans les ténèbres comme une mare de sang dans une flaque de bitume. Ermentrude avait lâché Lilith, un mètre au-dessus du sol, l'allongeant sur un coussin invisible, en lévitation.

– Déshabillez-la, ordonna-t-elle, calmement.

Roberta obéit et retira sa chemise de nuit à Lilith. Ermentrude étudia l'enfant sous toutes les coutures, ausculta chaque pouce de sa peau diaphane. Roberta la regardait faire, la petite chemise de nuit pétrie en boule contre sa poitrine. Frédérika Gonde avait-elle pratiqué les mêmes gestes ?

– Que cherchez-vous ? intervint-elle au comble de l'angoisse.

– J'étudie sa carte stellaire, marmonna Ermentrude.

– Sa quoi ?

La Fondatrice remit Lilith sur le dos.

– Ses grains de beauté, si vous préférez. (Elle s'arrêta en voyant les yeux ronds que faisait la sorcière.) Vous ne savez pas que chacun porte une carte stellaire gravée sur lui ?

– Faite de grains de beauté ?

– Bien sûr, faite de grains de beauté, s'emporta Ermentrude. Avec quoi, sinon ? Les trous de nez ?

– Mais... seulement les sorciers ou aussi *les autres* ?

Ermentrude planta les poings sur ses hanches.

– Vous vous croyez supérieure parce que vous avez assis vos fesses sur les bancs d'un certain collège qui ne vous a même pas appris cette chose élémentaire ?

Roberta recula devant la charge, se rappelant Ragnétrude, Chlodoswinde, Frédégonde et leurs brusques changements de caractère. Le monde était donc basé sur un socle instable.

– Tout le monde a sa carte. Sinon, comment ferait-on pour accomplir l'ultime voyage ? Hein ?

Elle s'intéressa de nouveau à Lilith dont l'état n'avait pas évolué. Elle avait l'air aussi délicate qu'une rose soufflée par un artisan verrier.

– Certaines constellations ne servent pas qu'à guider celui qui les porte mais à le protéger durant son existence. Lilith, comme tout petit enfant, est pour l'instant privée de grains

291

de beauté. Et c'est tant mieux. Nous allons lui offrir cinq bonnes fées, cinq figures protectrices.

– Comme les cinq Fondatrices.

– Comme les cinq Fondatrices, en effet maugréa Ermentrude, une main posée sur le bras gauche de Lilith. Voyons. Par quoi allons-nous commencer ?

Roberta devina que quelque chose se déroulait au-dessus de leurs têtes. Des traits de feu parcouraient la voûte stellaire et traçaient des figures incandescentes qui soit s'éteignaient, soit demeuraient apparentes. Ermentrude révélait les constellations du ciel austral pour opérer sa précieuse sélection. Quatre images restèrent en lice, aux angles d'un polygone en forme de cerf-volant. La plus haute gagna en éclat. Elle représentait un homme tenant un maillet d'une main et un ciseau de l'autre.

– Que Sculptor s'imprime sur toi et sculpteur tu deviendras.

Ermentrude retira sa main du bras de Lilith pour la poser sur sa cuisse droite. Roberta vit que six grains de beauté étaient apparus sur sa peau alors que, dans le ciel, la constellation correspondante leur tirait sa révérence.

– Que cette cuisse recèle l'Horloge dont tu manipuleras les rouages.

Le diagramme de la constellation de l'Horloge piqueta la cuisse de Lilith. Ermentrude retourna la petite fille sur le ventre et plaqua ses deux mains au niveau des reins.

– Que Phénix et Caméléon te secondent en toute situation.

Les reins se pailletèrent de nouveaux grains de beauté correspondant aux animaux fabuleux. Lilith était redevenue une petite fille de deux ans, solide et matérielle. Ermentrude, les yeux fermés, ne bougeait plus.

– Il reste une constellation, osa intervenir Roberta.

– Je réfléchis.

La Fondatrice prit finalement la main gauche de l'enfant et la pressa, sur la paume, à quatre endroits différents.

– M24, Canopus, Formalhaut, NGC6397, énuméra-t-elle. Quatre corps stellaires qui formeront la nouvelle constellation du Livre, celle qui contient toutes les autres.

Ermentrude tendit les bras sous le corps de Lilith qui se posa doucement dans un des deux rocking-chairs. La petite fille se pelotonna contre le cannage. La Fondatrice l'enroula dans une couverture. C'était fini.

– À votre tour.

– Quoi ?

– Montrez-moi vos grains de beauté.

Roberta était en chemise de nuit. Pudique, elle refusa de se déshabiller. Les yeux d'Ermentrude qui voyaient plus loin que le nuage de Oort n'eurent aucun mal à en percer la trame.

– Vous avez la Grande Ourse sur la cuisse droite, constata-t-elle. Un classique. (Elle tourna autour de la sorcière pour la scanner et s'arrêta dans son dos.) Oh, oh. Que vois-je là ? Le Dragon entre les omoplates ? Il lui manque le tronçon ultime, le bout de la queue où les Anciens plaçaient son cerveau.

– Laissez mes omoplates tranquilles.

Ermentrude ne l'écouta pas et lui toucha le dos du bout de l'index. Roberta sursauta, fit volte-face, rougit. La Fondatrice lui renvoya un sourire contrit.

– Maintenant, votre dragon est complet. Je vais me coucher. Je vous souhaite une bonne fin de nuit.

Ermentrude entra dans la maison, laissant seule Roberta qui essaya de voir le bas de son dos mais, bien sûr, n'y arriva pas. Quelque chose bougea de l'autre côté du portail. En scrutant l'obscurité, la sorcière reconnut la silhouette d'un homme en armure qui rôdait de l'autre côté du muret. Sa face blafarde la fixait.

Roberta prit Lilith dans ses bras et rentra précipitamment dans la maison. Elle ferma les trois verrous de la porte d'entrée, grimpa l'escalier, coucha la petite fille dans son lit et se glissa sous la couette à côté de Grégoire.

– Que se passe-t-il ? demanda-t-il d'une voix pâteuse.

– Saint Georges est dehors, lui confia-t-elle toute tremblante. Il me veut.

Grégoire Rosemonde râla et se retourna, emportant un quart de la couette avec lui.

– Vous n'êtes pas un dragon, que je sache.

Et il se rendormit. Roberta fit taire ses inquiétudes, récupéra la surface de couette qui lui était due et se réfugia bien vite dans un pays qu'elle espérait sans songes et sans orages.

39

Roberta se réveilla en sursaut et, dans un premier temps, ne reconnut pas l'endroit où elle se trouvait. Elle procéda par élimination. Elle n'était ni dans la suite Amphitrite, ni dans le grenier des Poètes, ni dans son appartement bâlois. Puis elle se souvint : le météore, Ermentrude, les constellations. Elle se leva, enfila la pelisse en renard de Grégoire et descendit au rez-de-chaussée en faisant claquer ses mules sur les marches de l'escalier.

Renard, Lilith, Grégoire et Ermentrude étaient attablés devant leur petit déjeuner, dans la cuisine. Les hérissons grignotaient des biscottes sur la table. Rosemonde ouvrit la bouche en voyant Roberta. Mais elle fut plus rapide que lui.

– Je ne reviens pas du sabbat malgré ce que vous pouvez penser.

Elle avisa la grosse valise de toile fermée dans un coin, la housse qui enrobait le poste de TSF. Comme pour confirmer ses soupçons, Ermentrude, aidée des autres, commença à débarrasser et à laver les bols. Elle avait l'air pressée.

– Nous sommes sur le départ ?

Lilith faisait goûter le fond de son bol de chocolat à Michèle Gustavson qui, apparemment, aimait.

– Un navire nous attend dans une crique un peu plus bas, lâcha la Fondatrice en s'essuyant les mains à un torchon.

– Quel navire ? *L'Albatros* ?

– Votre *Albatros* aurait éventuellement pu me servir de jardinière si j'avais décidé de rester là.

– Et... euh... Nous savons au moins où nous allons ?

– Aux Tonga, répondit Claude Renard. Nous n'en sommes pas très éloignés. Et les courants seront favorables. Pichenette est sur place. Louis aussi, sans doute.

– Et hop, fit Roberta d'une voix lasse. En route pour les Tonga.

Ermentrude lui versa le reste de café dans un bol à son prénom. Grégoire avait rejoint la Fondatrice à la fenêtre de la cuisine. La vue était bouchée, le muret qui entourait le jardin invisible dans la brume.

– Je ne l'ai jamais vue aussi épaisse.

– Parviendrons-nous à la traverser ?

– Si nous faisons vite, oui. Mais à pied nous n'aurons aucune chance. Je possède une monture reproductible à l'infini. Je vais vous la montrer.

Rosemonde accompagna Ermentrude dehors, jusqu'au cabanon. Il constata que les langues de brouillard s'écartaient devant la Fondatrice. Elle lui montra la monture en question, équipée de sacoches et bichonnée comme un objet de collection.

– Elle est belle, non ?

Rosemonde gratta ses joues qu'il n'avait pas rasées depuis leur départ du Mondorama.

– Ça roule ?

– Et comment ! J'en ai fait des excursions avec ma Titine !

Sans coup férir, elle multiplia son destrier au nombre de quatre exemplaires, ajoutant deux remorques pour transporter les bagages. Puis ils aidèrent aux dernières tâches. Une demi-heure plus tard, la horde sauvage s'ébranlait et la maison à deux étages était définitivement avalée par la brume.

Ermentrude jouait le rôle de brise-brouillard. Sa valise et son poste de TSF dont elle ne voulait pas se séparer avaient été sanglés sur la remorque derrière elle. Grégoire suivait avec leurs affaires. Venaient ensuite Roberta, Lilith dans la nacelle sur son dos, les Gustavson dans les sacoches de sa monture bleu ciel pétaradante. Claude Renard fermait la formation, un œil sur les rétroviseurs qui ornaient son guidon. La surface inégale du météore la forçait à rester vigilante. Et Ermentrude leur imposait une cadence infernale.

La course dura à peine dix minutes. Mais elle parut beaucoup plus longue à Roberta qui en garda une impression mitigée et un postérieur sévèrement tanné. Renard les rejoignit dans la crique avec un peu de retard, un de ses pistolets fumant à la main. Un chevalier à la lance l'avait chargé, expliqua-t-elle. Elle avait ouvert le feu dans sa direction et ne l'avait plus revu.

Les moteurs des quatre mobylettes tournaient au ralenti. L'eau léchait la plage de pierre noire. Mais aucun navire n'y était amarré.

– Patience, dit Ermentrude.

Roberta entendit un galop précipité sur la pierre. Elle vit la silhouette de saint Georges s'arrêter, brouillée par le smog, et attendre.

– Le voilà ! s'exclama Renard.

Un navire à la coque élancée et à la voile rectangulaire

venait d'apparaître. Son plat-bord orné de boucliers accosta le météore.

— C'est un drakkar, reconnut Roberta.

Il se rangea contre la pierre, juste en dessous d'eux. Ermentrude montra l'exemple. Elle mit les gaz, survola le bastingage et se réceptionna sur le pont où elle rangea sa mobylette. Les autres l'imitèrent. Le drakkar prit le large. Rien ni personne n'essaya de les poursuivre, à part des imprécations en italien archaïque que Roberta essaya d'ignorer tant qu'elles lui parvinrent aux oreilles.

Renard s'installa à la barre, Ermentrude à ses côtés. Roberta retira Lilith de ses épaules et la laissa gambader sur le pont. Quant à Grégoire, il inspectait le navire. Une couche continue d'écailles gris clair, dures comme de la corne, le recouvrait.

— Nous sommes sur le vaisseau du roi Serpent ? demanda la sorcière au professeur d'histoire.

Rosemonde déchiffra l'expression horrifiée de Claude Renard qui discutait avec Ermentrude. Ses soupçons se confirmèrent.

— Non. Mais nous sommes bien sur un navire de légende.

— Je ne possède pas votre immense culture, mon amour. Auriez-vous la bonté d'éclairer ma lanterne ?

— Avec joie, ma mie. (Il haussa un sourcil, signe qu'il reprenait place derrière sa chaire d'histoire.) D'après moi, nous sommes montés à bord du *Naglefare*, un vaisseau de la mythologie viking. Il était... il est construit avec les ongles des hommes morts.

Rosemonde sortit une cigarette et la tapota contre la matière cornée. Il l'alluma avec un plaisir visible et une seule allumette, malgré le vent.

298

– Les ongles des hommes morts, répéta Roberta en inspectant le bastingage de plus près.

Tout était un peu mou, finalement, comme le pont sous ses pieds. C'était parfaitement répugnant.

– Ce qui me chiffonne c'est que, d'après les sagas, le *Naglefare* n'apparaîtra qu'à la fin des temps, continua le professeur d'histoire.

– Cela veut simplement dire que nous nous en approchons.

Le navire, l'océan, la fumée de cigarette se confondaient dans une même grisaille. Ils sillonnaient un univers de cendres. « Oui, songea Grégoire. Sans aucun doute. Grâce à Banshee, la fin d'un monde sera notre prochaine étape. »

40

Le sanctuaire émergeait comme un îlot de lumière au cœur de la nuit noire. Otto et Elzéar s'étaient barbouillé le visage de cirage. Vêtus de combinaisons intégrales de couleur sombre, allongés sur le ventre dans l'herbe haute, ils observaient Stonehenge. Les cinq Carnutes se tenaient sur les linteaux des trilithons, les portes de pierre qui constituaient le cœur de Stonehenge. Leurs robes et leurs barbes blanches réverbéraient la lumière et la projetaient vers le ciel sur cinq colonnes aussi droites que des faisceaux de batteries antiaériennes.

– Vous êtes sûrs que nous ne nous apprêtons pas à commettre une incommensurable bévue ? interrogea Elzéar qui ne se sentait pas très à l'aise dans sa tenue de commando.

– Vous avez entendu la veuve... Attendez. Il se passe quelque chose.

Les faisceaux se mirent à onduler, à tournoyer, à se fondre. Ils formèrent bientôt une nasse irradiante dans laquelle se matérialisa le visage de Carmilla Banshee.

– Eurêka ! exulta le recteur. Ils se sont mis en communication avec l'ennemie. (Il attrapa son talkie-walkie, l'ouvrit et appela :) Omega à Alpha. Omega à Alpha. Vous me recevez ? Terminé.

300

Il y eut des grésillements puis Amatas répondit :

– Alpha à Omega. Je vous écoute. Terminé.

– Les appâts sont posés ? Terminé.

– Je finis avec la dernière pierre et je me replie. Terminé.

– Parfait, fit Otto en refermant le talkie-walkie. Vous allez pouvoir passer à l'action.

Elzéar empoigna le sac animé de mouvements intestins posé dans l'herbe. Le vendeur animalier de New Delhi leur avait demandé une fortune pour ces bestioles dont, par chance, il possédait une famille entière. Les taupes du Sussex étaient plutôt rares au pays des vaches sacrées.

– Je m'approche à cinquante mètres et je les lâche, récapitula Elzéar.

– Que Zéphyr et Athéna vous protègent. *Go, go, go*, l'incita Otto.

L'aubergiste réticent s'élança vers la plaine, courbé, le sac jeté sur les épaules. Otto suivit sa progression à l'œil nu puis aux jumelles. La configuration était optimale. Les Carnutes, en pleine conférence avec Banshee, n'accordaient aucune importance à ce qui pouvait se passer sur la plaine de Chamba.

L'image n'était pas d'une définition parfaite. Des zébrures la traversaient et défiguraient Banshee. Un océan et deux continents séparaient quand même la sorcière de ses alliés Carnutes. Mais la transmission était assez bonne pour montrer aux cinq prêtres une Carmilla fatiguée, les yeux cernés et la bouche figée. Ils l'avaient trouvée en meilleure forme lors de sa dernière visite, lorsqu'ils lui avaient donné leur accord.

– Vous n'avez pas l'air dans votre assiette, essaya le Carnute porte-parole.

– Tout va bien, mentit Banshee.

L'appui des druides était précieux. Elle ne pouvait se permettre de le voir filer.

– Tout va bien ? répéta le druide. Nous avons appris que le Mondorama avait été détruit. Les sanctuaires qui disparaissent les uns après les autres, voilà une vision qui ne nous plaît guère.

Après avoir repris connaissance et dans un accès de fureur, Banshee avait violemment glacé la lagune autour du ponton de Wallace. Les structures de bois qui le soutenaient s'étaient brisées sous le choc, laissant à peine le temps à ceux qui s'y trouvaient d'évacuer la place. La débâcle avait eu l'effet dévastateur désiré. La plupart des attractions avaient sombré. Les autres étaient parties à la dérive.

– Vous arguiez d'une solution diplomatique. Votre plan de conquête tourne au massacre.

– On ne fait pas d'omelettes sans casser des œufs, répondit Banshee avec fermeté. Je reste partisane de la résolution pacifique du conflit. Je compte d'ailleurs annoncer officiellement mes plans et vos soutiens au Conseil de la Sorcellerie. En attendant...

– En attendant ?

– Nous sommes en guerre. Des éléments... perturbateurs tentent de ruiner nos plans.

– Des éléments perturbateurs ? Qui sont-ils ?

Banshee aurait aimé présenter des ennemis d'une tout autre stature. Mais il fallait bien qu'elle mette les Carnutes en garde.

– Ils sont trois et viennent de Bâle. Ils ont entrepris de visiter les sanctuaires. Ils sont déjà passés à Guëll, à Delphes et à Santa Clara.

– Et alors ?

Le Carnute ne voyait pas quel danger pouvaient représenter trois mercenaires face à leur savoir vieux de dix mille ans.

– Ils ont réussi à neutraliser Sarah Winchester. Ce sont les fantômes qui m'ont alertée. Elle est enfermée dans un spéculaire. Je suis en route pour la délivrer.

Les cinq Carnutes discutèrent en celte quelques instants.

– Leurs intentions sont hostiles et la veuve s'est fait berner, résuma le porte-parole. En quoi cela nous concerne-t-il ?

– Ils vont sans doute s'attaquer à vous. Vous avez bien activé les défenses autour du sanctuaire ?

Le druide fit un signe de tête en direction d'un autre qui leva les bras et les fit retomber.

– Le champ de force est en place. Un ver de terre ne pourrait le franchir.

– Gardez un œil ouvert.

Le porte-parole s'impatienta.

– Stonehenge a été bâti par Dis, dieu des mondes souterrains. Lui seul a le pouvoir de le détruire. Le Conseil de la Sorcellerie nous recevra et nous approuvera. Les cors de la victoire sonneront bientôt pour nous. Le temps des sacrifices, alors, reviendra.

– Je vous reçois de plus en plus mal, répondit précipitamment Banshee. Eu... ou... ontacte.

La communication fut brutalement coupée. Les cinq druides se consultèrent du regard, les sourcils froncés.

– Chacun explore son quadrant jusqu'aux pierres arasées,

ordonna le porte-parole. Si vous découvrez quoi que ce soit, vous revenez m'en informer.

– Et si on trouve un de ces sorciers ? demanda un Carnute.

– Vous le tuez.

Elzéar avait lâché ses taupes du Sussex. Une colonie d'une centaine d'individus pouvait dévaster un dix-neuf trous en une demi-journée. Là, il n'y avait que vingt taupes. Mais avec les phéromones de femelles en chaleur synthétisées par Otto et dispersées par Amatas au pied des pierres de Stonehenge, les fouisseurs allaient rivaliser d'ardeur. Elzéar ouvrit son talkie-walkie et murmura :

– Enigma à Omega. Les taupes sont lâchées. Je rentre à la base. Terminé.

Il ne restait plus qu'un Carnute sur son linteau de pierre. Il scrutait l'horizon, les bras croisés, en tournant lentement sur lui-même. Elzéar était allongé dans un repli du terrain, à l'abri des regards. Des taupinières commençaient à fleurir entre sa position et le sanctuaire proprement dit.

Elzéar se leva à moitié, se retourna, se pétrifia. Un druide lui coupait la route à environ trois cents mètres. Il projetait devant lui un cône de lumière vive. Un coup d'œil suffit à l'aubergiste pour constater que les autres parties du sanctuaire subissaient le même examen. Les druides poussaient l'ombre vers le cercle de pierre. Demeurait une couronne de cinquante mètres de large encore noyée de ténèbres. Mais elle allait s'étrécissant.

Elzéar se lança, la peur au ventre, cherchant une issue. Il parcourut trois quadrants pour constater que les druides couvraient l'ensemble des points cardinaux. Il marcha dans quelque chose de mou qui dégageait une puissante odeur de musc. Il se baissa pour identifier l'objet : le sac d'Amatas, encore bien rempli d'appâts.

Les druides approchaient. L'ombre se réduisait. Elzéar se remit à courir. Sa chaussure gauche, imprégnée de phéromones, s'enfonça dans une taupinière au bout de dix pas. Il essaya de la retirer mais son pied était coincé. Cinq, dix, vingt serpents de terre foncèrent à sa rencontre depuis le cercle de pierres.

– Ils me prennent pour une taupe en chaleur, gémit l'aubergiste, figé d'horreur.

Amatas était tombé sur un œuf en chocolat. De surprise, il en avait lâché son sac. Il y en avait un deuxième un peu plus loin, rouge et à reflets dorés. Aucun doute possible, il s'agissait bien d'œufs de Pâques semblables à ceux qu'il avait fait pleuvoir sur le Janicule. Les œufs, sur la pelouse, dessinaient un chemin que le sorcier avait suivi jusqu'à l'endroit où l'attendait le bourdon de Saint-François.

La cloche de trois tonnes flottait à un mètre du sol. Tel un cheval sauvage, elle rechignait à se laisser approcher. Amatas tendit la main pour essayer de la calmer, de l'amadouer, de lui faire entendre raison. Il ne savait quel détour mystérieux avait amené cette cloche jusqu'ici, mais la place du bourdon était à Rome, pas au Cachemire.

– Doucement ma belle, fit-il en parvenant à poser la main sur la paroi de bronze. Voilà.

Amatas aurait aimé prolonger ce pur instant de communion. Mais les événements, hélas, se précipitèrent.

L'un des Carnutes le piégea dans son triangle de lumière.

Les trois autres avaient repéré Elzéar qui, un pied toujours coincé dans la terre, affichait une mine épouvantée. La cloche, prise de frayeur, s'envola en faisant sonner son marteau. Le bruit terrible résonna à l'intérieur du champ de force, obligeant druides et saboteurs à plaquer les mains sur leurs oreilles. Stonehenge était maintenant éclairé comme en plein jour. Ce qui permit à Otto, rivé à ses jumelles, de se faire une idée précise de la situation.

Les taupes avaient retourné le sol autour du cercle de pierres. Il aurait suffi d'une bonne poussée pour en ébranler une. Elzéar parvint à se dégager et courut dans la direction du recteur. Amatas l'imita. Quant à la cloche qui s'était envolée vers le ciel, elle se cognait au champ de force, ce qui la rendait folle. Elle sonna à toute volée et plongea sur le Carnute resté au centre du sanctuaire.

Otto rangea ses jumelles, sauta dans le Hammer loué à leur dernière halte, mit le contact et l'approcha au plus près de la barrière magnétique, faisant cogner le pare-chocs tout contre. Il fit signe à Elzéar et Amatas de s'arrêter, de peur qu'ils ne s'assomment. Les deux saboteurs palpèrent le vide, trouvèrent le champ de force.

— Sortez-nous de là ! hurlèrent-ils par-dessus le vacarme de l'angélus.

— Les pierres ! essaya Otto. Le sanctuaire ! Qu'il s'effondre !

— Hein ? fit Elzéar, mettant sa main en cornet.

— Attention ! Derrière vous ! prévint tout à coup Amatas en se baissant.

Instinctivement, Otto l'imita. Une pierre de granit ronde munie d'une poignée métallique frôla le crâne du recteur, grimpa le long du dôme du champ de force jusqu'à surplomber le sanctuaire et se laissa glisser dans l'entonnoir d'où émanait la protection. Elle tomba droit sur le druide qui venait d'éviter le bourdon. Le palet cogna contre un linteau puis sur une des pierres dressées qui se déchaussa. Un lent mouvement s'amorça. Stonehenge s'effondrait comme un monumental jeu de dominos.

Le champ de force cessa. Otto, Elzéar et Amatas sautèrent dans le Hammer, firent demi-tour et prirent la fuite sans demander leur reste. Les Carnutes qui avaient pensé trouver un abri dans le sanctuaire essayaient maintenant de s'en extraire et d'éviter l'écrasement. Du haut de son arche miraculeusement préservée, le porte-parole assistait, anéanti, à la destruction du flipper géant.

Si les saboteurs avaient pris le temps de contempler la scène, ils auraient vu le palet de *shuffleboard* suivre une dernière trajectoire et s'engouffrer sous le dernier trilithon encore debout sans réapparaître derrière. Mais Otto était concentré sur la route, Amatas scrutait le ciel à la recherche de la cloche sauvage et Elzéar essuyait la matière immonde qui imprégnait sa chaussure gauche.

Quant au bourdon, il s'était enfui à tire-d'aile dans une direction aléatoire, lâchant des poignées d'œufs au hasard. Ils échurent à des enfants indiens qui remercièrent Siva pour sa générosité.

41

Ernest Pichenette observait la lagune à la longue-vue depuis le domaine de Vaïlima. Il sentait que quelque chose de pas banal allait se produire. Et il ne se trompait pas. Car ce quelque chose prit la forme d'un drakkar gris parfaitement incongru sur ce fragment de mer australe.

Pichenette partit à la recherche de Stevenson descendu au port dans la matinée. La nouvelle se répandait déjà comme une traînée de poudre : les Vikings attaquaient Ulufanua ! Il croisa une poignée d'indigènes qui couraient se cacher dans les montagnes. Le grand sorcier qui les accompagnait avec ses breloques et ses colliers de coquillages avait l'air tout aussi terrifié que ses ouailles.

Près de la plage, les maisons de corail et les cases disséminées entre les cocotiers étaient le théâtre d'une furieuse agitation. Les habitants d'Ulufanua parmi les plus téméraires se tenaient sur l'unique débarcadère auquel le sous-marin de Louis Renard était amarré. Sagaies et boucliers avaient été sortis. Stevenson ne se trouvait pas avec le comité d'accueil.

Le port n'offrait qu'une vue limitée de la lagune. Le drakkar glissa vers l'est, derrière le cap. Comptait-il manœuvrer pour accoster en un autre endroit de l'île ? Pichenette entreprit de gravir le pain de sucre qui fermait l'anse sur un côté. Au terme d'une ascension qui se révéla plus sportive qu'il ne l'imaginait, il atteignit le haut du rocher. Il voyait loin, jusqu'au point où l'horizon se courbe.

Le drakkar avait disparu. Mais quelqu'un marchait sur la longue plage de sable blanc en contrebas. Pichenette sortit sa longue-vue et la braqua sur la silhouette. C'était Stevenson qui suivait le rivage, ses chaussures à la main. Pichenette descendit du rocher, sauta sur le sable et trottina en direction de l'écrivain. Stevenson se retourna en l'entendant approcher.

– Drakkar... Vikings... Invasion, souffla le nouvel arrivant.

Un grondement sourd leur parvint depuis l'autre bout de la plage. Un nuage de sable se soulevait à sa pointe. Quelque chose d'énorme, en son sein, était à l'œuvre. Pichenette se cacha derrière Stevenson qui porta instinctivement la main à sa ceinture. Pourtant, aucun des deux ne songea à s'enfuir. Des figures apparurent dans le nuage et se précisèrent. Au nombre de quatre, elles avançaient de front, produisaient un bruit assourdissant et rebondissaient au gré des creux et des bosses au même rythme et avec élasticité.

– Cavaliers de l'Apocalypse ? demanda Pichenette.

– Motocyclistes, répondit Stevenson.

Pichenette étudiait la vision à la longue-vue lorsque Louis Renard se glissa derrière lui et posa une main sur son épaule. Il faillit s'évanouir de surprise.

– Nous avons de la visite ? s'enquit le pirate.

– Une grand-mère avec un casque d'aviateur, commença Stevenson, les paupières plissées. Un homme portant une pelisse noire. Une femme rousse entre deux âges. Une jeune beauté...

– Mais... c'est Claude Renard ? reconnut Pichenette en s'aidant de la longue-vue. Voici mon frère, ajouta-t-il en se tournant vers le pirate.

– Votre frère ? releva Stevenson.

Il paraissait frappé de stupeur. Il lui semblait pourtant avoir reconnu une lady, dans le sens le plus noble du terme.

– Pas mon frère, ma sœur, avoua Louis Renard dans un soupir.

Le *dream stream* qui léchait la côte méridionale d'Ulufanua avait permis aux navigateurs de se faire déposer par le *Naglefare* dans une crique discrète. Puis le navire légendaire s'était éloigné du rivage. Porté par le vent, il avait quitté l'océan des Merveilles pour se mêler à la lagune et n'y laisser qu'un reflet avalé par les vagues.

Après leurs retrouvailles, tous étaient vite remontés dans la maison de Stevenson. Les nuages qui s'étaient agglutinés dans le ciel n'avaient pas tardé à vomir une de ces pluies dont les tropiques ont le secret. Les mobylettes avaient été mises à l'abri sous la véranda.

Ermentrude – qui n'avait pas hésité à se présenter à l'écrivain comme ce qu'elle était, ce qui avait donné ce dialogue pour le moins surréaliste : « Ermentrude, de l'Éther », Stevenson répondant : « Robert Louis, d'Édimbourg » – avait fait installer son poste de TSF dans le salon. Des chœurs russes captés sur la station de Bakou accompagnèrent le récit que Grégoire, Claude et Roberta firent de leurs aventures à ceux qui les ignoraient encore.

Le soir tombait. Lilith jouait avec des petits soldats de plomb qui prenaient d'assaut le phare de Skerryvore. Les

Gustavson étaient pelotonnés dans un coin du salon. Claude, pour qui Stevenson avait ouvert une armoire pleine de vêtements féminins, prenait un bain à l'étage. Roberta était collée à Grégoire. Louis fumait une cigarette. Pichenette essayait d'assimiler tout ce qui venait de leur être raconté.

– Quelle histoire, fit Stevenson en se levant pour déambuler devant un buffet colonial chargé de vieilles photographies encadrées. (Il en prit une, la reposa.) La sorcellerie est donc à ce point... réelle.

Il contempla la fillette aux cheveux noirs qui lui renvoya un regard dur avant de lui tendre un petit soldat. Il s'accroupit, prit la figurine, en l'occurrence un grenadier, et le posa sur la balustrade qui couronnait le phare. Le premier soldat était dans la place. L'assaut pouvait commencer.

– Cette Banshee, continua-t-il en se redressant. Vous ne savez pas où elle est ni où elle en est ?

– Nous l'avons quittée sur le Mondorama d'une manière un peu précipitée, se chargea de répondre Roberta.

– Et vous ne savez pas non plus quels sanctuaires lui ont prêté allégeance ?

– Nous sommes à peu près sûrs que la veuve Winchester et Garnier l'ont suivie. Nous pouvons écarter Wallace et le Jantar Mantar.

– Le Jantar Mantar... Rappelez-moi...

Grégoire prit le relais.

– Jantar est dérivé de *yantra* qui veut dire « instrument ». Les *mantras*, ce sont les formules magiques. Le Jantar Mantar est un rassemblement d'instruments qui permettent d'interpréter les étoiles. Il est caché dans un repli de l'Himalaya. Et, *a priori*, il est neutre.

Ermentrude, assise à côté de son poste de TSF, tricotait en écoutant les chœurs de la Grande Russie. Roberta se demanda dans quel ouvrage elle venait de se lancer.

– Stonehenge n'a pas aussi un rôle d'observatoire ? s'étonna Stevenson.

– Pas du tout. Stonehenge, à la base, est un amplificateur, l'assura Grégoire.

– Un amplificateur ?

– Il permettait aux druides de communiquer avec leurs dieux et *vice versa*. Mais, avec le délabrement et le vol de certaines pierres, le contact a été rompu. C'est le rôle des Carnutes que de le rétablir.

– Ça les met en première position pour suivre Banshee dans sa folle entreprise, renchérit Roberta.

– Pourquoi ? fit Grégoire.

La sorcière rétorqua sur le ton de l'évidence :

– Imaginez qu'elle parvienne à faire sortir le Diable de sa retraite, qu'elle rétablisse le contact. (Elle avait chevillé ses yeux à ceux de Rosemonde.) Le Diable est une créature divine, oui ou non ?

Le professeur d'histoire écrasa sa cigarette dans la demi-noix de coco évidée qui servait de cendrier mais ne fit aucun commentaire.

– Et vous n'avez pas de nouvelles de vos amis missionnaires ? continua Stevenson.

Roberta reprit le fil de la discussion sans quitter Grégoire des yeux.

– Par précaution, nous avons coupé les ponts à notre départ de Rome. Nous ne savons même pas s'ils sont encore en vie.

312

– Oui, oui, oui, chantonna Ermentrude, concentrée sur sa tâche.

Personne ne lui prêta attention. O'Talolo intervint pour glisser quelques mots à l'oreille de son maître qui lui répondit en samoan. L'assaut du phare de Skerryvore était dans sa phase finale, sa base déjà parsemée de cadavres qui s'accumulaient les uns sur les autres. Le combat avait été terrible.

– Quel est le scénario le plus probable ? demanda l'écrivain en s'allumant une cigarette.

Grégoire se passa la main dans les cheveux et se les ébouriffa, geste que Roberta trouva absolument craquant.

– Forte de ses quatre sanctuaires, Banshee va convoquer le Conseil en Sorcellerie. La réunion se tiendra devant le Jantar Mantar...

– Il joue actuellement le rôle d'arbitre, glissa la sorcière. D'où sa neutralité.

– Et elle va poser un ultimatum pour la nuit de Walpurgis.

– Soit dans sept jours.

– Je ne comprends pas, intervint Stevenson. Aucune contestation n'est possible ?

– Banshee n'aura que trois sanctuaires pour la contrer. Encore faudrait-il qu'ils s'unissent et se soulèvent. Même dans ce cas, ils ne feraient pas le poids.

Roberta approuva Grégoire d'un hochement de tête énergique et appuya :

– Chaque sanctuaire est d'égale puissance. C'est comme ça.

Stevenson lissa sa fine moustache. Une délicate odeur de pâte de curry s'échappait des cuisines. À l'extérieur, il tombait des hallebardes. Louis Renard se dit qu'il était temps de rappeler son existence.

313

– Nos amis sorciers poursuivent un but louable mais qui leur est propre, commença-t-il d'une voix tendue. Il semblerait que le hasard ou la course des événements nous ait rassemblés dans votre demeure. Mais Ernest, ma... sœur (il avait du mal à accepter ce brusque changement d'état civil) et moi aimerions vous entretenir de certaines choses. En privé.

– Le secret ne sera pas nécessaire, Louis.

Claude Renard était descendue sans que personne s'en rende compte. Stevenson eut un choc en la voyant sur le seuil de la grande pièce. Elle avait enfilé un pantalon corsaire bleu ciel et une chemise de couleur soufre. Une fleur de vanille était plantée dans ses cheveux noués en chignon. Elle avait même rehaussé le dessin de ses lèvres d'une touche de carmin. Louis rétorqua un peu durement :

– Explique-toi.

La femme pirate les rejoignit d'une démarche chaloupée, accepta la cigarette que Stevenson lui tendait, et s'appuya au dossier d'une chaise en faisant rouler son tube blanc d'un coin à l'autre de ses lèvres d'un air parfaitement canaille.

– Les sorciers sont nos amis. Ils m'ont sauvé la vie. Je leur ai tout dit au sujet du quartz et de la vallée aux Trésors.

Louis s'empourpra et jeta un regard suspicieux en direction de Grégoire qui s'empressa de le rassurer :

– Nous comprenons que vous vouliez garder le secret au sujet de votre découverte.

Il se leva et Roberta s'apprêta à l'imiter. Louis croisa le regard de sa sœur et, contre toute attente, se détendit. Il posa sa main sur l'avant-bras de Grégoire.

– Pardonnez-moi. Restez.

Le pirate se leva et se planta face à Stevenson. Claude se

plaça à sa droite, Pichenette à sa gauche. Ermentrude arrêta de tricoter pour observer la scène. Les trois fragments de quartz furent sortis. Louis les réunit et tendit l'artefact au président du Club des lunatiques qui l'accepta avec une dignité toute cérémonieuse.

– Cet objet vous dit-il quelque chose ? lui demanda Renard.

Stevenson étudia le caillou.

– Aucunement, dit-il.

Louis se pinça les lèvres. Néanmoins, il continua :

– Nous aurions besoin d'une aire dégagée d'au moins dix mètres de côté pour vous montrer ce qu'il... recèle.

Stevenson, en habitué de l'étrange, ne broncha pas.

– Il y a un paepae à l'extérieur qui fera l'affaire. O'Talolo !

Le serviteur apparut, les mains rouges de curry. Il reçut ses ordres et alla chercher mackintoshs et chapeaux de toile cirée.

– Le paepae se trouve de l'autre côté du parc, expliqua l'écrivain.

Il aida Claude à enfiler son imperméable pendant que les autres se préparaient à affronter la pluie. Grégoire et Roberta étaient trop curieux de savoir si cette vallée aux Trésors existait vraiment pour rester là. Ermentrude accepta de jouer les baby-sitters pendant leur absence.

– Au fait, vous tricotez quoi ? lui demanda rapidement la sorcière.

– Un pull pour votre petit lapin. Elle le portera l'hiver prochain.

42

Le paepae désignait une plate-forme carrée de vingt mètres de côté recouverte d'un toit de palmes sur lequel la pluie tombait avec rage. Un banyan cathédrale occupait un des angles et jetait ses racines vers le gazon soigneusement tondu. À ses pieds se dressait une pierre érodée. Stevenson expliqua :

– Nous sommes dans un ancien lieu de culte. L'arbre y était vénéré. On y mangeait du cochon long pour l'honorer.

– Du cochon long ? fit Roberta.

– De l'homme, l'informa Grégoire.

Louis prit les choses en main. Il avait découvert le fonctionnement du quartz. C'était à lui de s'occuper de la démonstration.

– Restez derrière moi, conseilla-t-il à Roberta, Grégoire et Stevenson. Vous serez peut-être un peu désorientés au début.

Il pressa le quartz à deux endroits. Une lumière blanche, éblouissante, en sortit et jeta autour d'eux des façades éclatantes. Ils ne se trouvaient plus sur le paepae de Vaïlima mais dans une rue, cernés de monuments multicolores et de figures de bronze. Le sol, sous leurs pieds, s'était miraculeusement pavé d'albâtre.

– Par mes étrivières, siffla Stevenson.

Louis bougea très légèrement les mains vers le bas, puis vers le haut, la droite, la gauche, tenant toujours le quartz. La vue suivit ses mouvements comme si le pirate commandait quelque observatoire mobile sur lequel ils se seraient tenus.

– Je vais avancer, prévint-il.

Il manipula le quartz et les monuments défilèrent de chaque côté à l'allure d'un homme au pas. Roberta, un peu étourdie, s'appuya contre Grégoire. Ils débouchèrent sur une place ovale au bord de laquelle s'alignaient des tholos aux colonnes doriques, des mausolées à plusieurs étages, des faisceaux d'obélisques possédant encore leur pyramidion doré, des statues de porphyre. La place, creusée comme une immense vasque, était encombrée de trésors, de caisses, d'amphores, d'un monticule de pièces d'or. Pichenette fit mine de tendre la main pour en attraper une.

– Nous avons parcouru les rues de cette ville des jours durant, raconta Louis Renard. Pour tenter de la localiser.

Il fit pivoter le quartz et leur montra le ciel. Une sorte de treillis ouvragé le masquait en partie.

– On dirait une coupole, constata Roberta.

– Cet endroit est sous serre, ajouta Claude Renard. Et il y fait toujours nuit, malgré la lumière.

Louis continuait la visite d'une main sûre. Ils quittèrent la place principale, empruntèrent un passage entre deux bâtiments dressés presque à touche-touche, se promenèrent ainsi d'une manière toute virtuelle dans la cité silencieuse. Ils se penchaient involontairement à gauche et à droite lorsque Renard changeait de direction. Finalement, il s'arrêta devant une maison percée de fenêtres en forme de croissants de lune.

317

– Voici la seule chose probante que nous ayons trouvée lors de nos investigations.

Une stèle était scellée dans la façade. Rosemonde traduisit l'inscription en grec ancien :

– « Cette cité a été placée sous le patronage du Club des lunatiques. Section d'Alexandrie. Pour tout renseignement, contacter... » Le reste manque.

La vision se rétracta et réintégra le caillou qui s'éteignit. La pluie tambourinait sur le toit du paepae. Les mackintoshs dégoulinants avaient formé des flaques aux pieds des voyageurs. Personne n'avait bougé durant cette courte expédition.

– Alexandrie a été engloutie par la Crue, reprit Louis Renard en direction de l'écrivain. Mais nous avons... nous vous avons cherché dans le monde entier. Pour vous trouver aux Tonga. Comment expliquez-vous cela ?

Stevenson se taisait. Tous les regards étaient braqués sur lui.

– Connaissez-vous cet endroit ? Savez-vous où cette ville se trouve ? insista Renard.

Une cloche sonna depuis la maison à peine visible derrière les rideaux de pluie. Stevenson rabattit la capuche de son mackintosh sur sa tête.

– Rentrons, dit-il. Le dîner est prêt. Nous reprendrons cette discussion autour d'une bonne bouteille de bourgogne. Si vous le voulez bien.

43

Le saté d'O'Talolo à base de crevettes, curry, noix de coco et cacahouètes pilées était connu dans tout l'archipel des Tonga. Les invités lui firent honneur. On comptait presque autant de cadavres de bouteilles de vin que de convives à la fin du repas, lorsque Stevenson jugea qu'il était temps de répondre aux questions de Louis Renard qui avait fait montre d'une patience exemplaire. Avant toute chose, un peu d'histoire s'imposait.

– Le Club des lunatiques est né au IIe siècle avant Jésus-Christ, commença-t-il. Il aurait été fondé par Aristophane de Byzance, l'un des premiers maîtres de la Grande Bibliothèque. Le Club serait resté alexandrin un certain temps, au moins jusqu'au ravage de la ville par les Romains. Les lunatiques se déplacèrent avec les âges obscurs. On trouve leurs traces à la cour de Charlemagne, chez les empereurs grecs du XIe siècle, à Byzance, à Paris sous Charles VI, à Londres... L'âge d'or dura du milieu du XVIIe au temps des Lumières. Le Club avait des délégations un peu partout dans le monde. Il était composé d'antiquaires, de maîtres d'armes, d'alchimistes, d'écrivains, de savants, d'artisans. Puis survint le virage du XIXe. Inexplicablement, le Club faillit disparaître. Dans son mode organisationnel, tout du moins. Car son esprit demeura, au travers de diverses personnalités.

— Qui vous a affranchi ? voulut savoir Grégoire.

— Un prince de Bohême rencontré sur la route de Fontainebleau.

— Y avait-il des conditions pour faire partie du Club ?

— Une seule : être lunatique, soit subir l'influence de notre satellite. Là est le point épineux auquel je désirais vous amener. Comme celui du suicide, des métiers bizarres ou des redingotes noires, le Club des lunatiques a toujours opéré d'une manière clandestine. Non pour des raisons de police mais à cause de sa nature intrinsèque. Cette association est sans statuts, sans archives, sans réunions, sans équipe de cricket... Ce que je sais m'a été raconté par le prince Florizel, qui le tenait de son parrain, et de quelques découvertes dans diverses bibliothèques de la vieille Europe. Si j'écrivais l'histoire de ce club dont je suis, à ma connaissance, l'unique et dernier membre, avec M. Pichenette, s'empressa-t-il d'ajouter (l'intéressé fit un signe de tête pour le remercier), mes connaissances ne noirciraient pas plus de cent feuilles.

Lilith qui avait presque fini son assiette, aussi épicée fût-elle, dormait contre son père en tétant son pouce. Ermentrude ronflait, la tête jetée en arrière, la bouche ouverte, le tricot abandonné sur ses genoux. Le poste de TSF grésillait. Louis Renard faisait tourner sa fourchette sur une dent dans le bois de la table.

— Tout cela pour vous dire que la découverte de cette inscription mentionnant le Club dans cette ville improbable ne m'étonne guère. Mais je ne puis vous aider à localiser la ville pour la simple et bonne raison que je n'en ai jamais entendu parler.

Louis Renard posa sa fourchette et se massa les tempes. Il s'agissait donc d'une supercherie. Ou d'un rêve. En tout cas, d'un échec.

– D'où vient ce quartz ? lui demanda Grégoire.

– D'Antioche, répondit Claude. Je l'ai acheté dans le bazar, il y a trois ans.

– Nous avons appris son fonctionnement par hasard, continua Louis. En le laissant tomber par terre.

– C'était pareil avec la tarte Tatin ! s'exclama Roberta qui aurait apprécié un dessert.

Louis n'avait pas le cœur à sourire. Il reprit, la mine sombre :

– Le quartz nous a été dérobé par un compagnon indélicat et nous avons retrouvé sa trace à Bâle, chez un marchand de curiosités.

– Là où le major Gruber vous a arrêtés, se rappela Roberta, assaillie par un flot de souvenirs douloureux.

Louis prit son couteau, le glissa dans sa manche de veste et l'en fit sortir comme un assassin des barrières préparant un mauvais coup.

– Cette cité n'a pourtant pas été inventée, grogna-t-il.

– C'est certain, répondit Stevenson. Ces monuments existent ou ont existé.

Grégoire, qui s'était fait la même réflexion, renchérit :

– Comment aurait-on pu les déplacer ? Vous avez vu leur état de conservation ? C'est tout simplement impossible.

– Pour le déplacement, je ne sais pas. Mais on a pu les entretenir pendant tout ce temps, spécula Stevenson.

Louis Renard plaqua violemment le couteau sur la table.

— Mort de ma vie ! Votre charabia est incompréhensible ! Ils ! On ! De quoi et de qui parlez-vous ?

Lilith s'agita. Grégoire s'esquiva pour aller la coucher en jetant un œil noir au pirate. Stevenson fit pianoter ses doigts osseux sur la table. Tout à coup, il se leva pour se rendre dans sa bibliothèque et en rapporter un ouvrage encyclopédique. Il laissa tomber la *Somme* entre les Frères de la lagune et l'ouvrit d'un geste rageur. L'écrivain détestait qu'on hausse le ton en sa présence. Mais sa colère s'apaisa au contact du parfum qui émanait de Claude Renard, aussi enivrant qu'un bouquet d'orchidées après la pluie. Il s'en imprégna, le temps d'arriver à la page qu'il cherchait. Il mit le doigt sur une image.

— Ce temple se trouve au bord de la place principale, reconnut Louis.

Pichenette et Roberta s'étaient levés pour contempler les reconstitutions illustrant l'article.

— Et ce bâtiment à terrasses, il est près de la muraille, continua Claude.

— Les jardins suspendus de Babylone, lut Roberta.

— Le temple d'Artémis à Éphèse, le mausolée d'Halicarnasse, la statue de Zeus olympien, martela Stevenson. Les sept merveilles du monde. Elles sont dans ce quartz, monsieur Renard. Telles que leurs concepteurs ont pu les voir. J'imagine que cette ville cache bien d'autres merveilles que l'on pensait anéanties. Elle constitue en soi un trésor. Oui. Mais qui a eu le pouvoir de la créer ? Où se trouve-t-elle ? Je n'en sais absolument rien.

Louis Renard fixait le quartz au milieu de la table, comme s'il pouvait en tirer des coordonnées géographiques précises.

Claude, comprenant son désarroi, posa une main sur l'épaule de son frère. Mais, depuis son arrivée à Vaïlima, ces histoires de chasse au trésor lui paraissaient un peu futiles. Elle ne savait encore à quoi attribuer ce nouvel état d'esprit.

Rosemonde réapparut et plongea, à la suite de Stevenson, dans le buffet où étaient gardés les alcools fins. Ils en sortirent une bouteille d'armagnac frappée d'un sceau de cire. Les Gustavson avaient réussi à grimper jusqu'au poste de TSF. Hans-Friedrich cherchait une station en tournant le bouton avec ses petites pattes. Mais la radio ne livrait que des crachotements plus ou moins harmoniques. Ermentrude s'était réveillée. Elle se leva et s'approcha de la table en faisant glisser ses pantoufles sur le plancher à la manière de patins.

– Vous permettez ? fit-elle en se saisissant du quartz.

La Fondatrice chaussa des bésicles de presbyte et tourna le caillou dans la lumière.

Stevenson servit un verre d'armagnac à Louis Renard pour le réconforter. Finalement, tout le monde y eut droit. À part Roberta qui voulait garder les idées claires. Ils tiquèrent en goûtant le breuvage.

– C'est vraiment de l'armagnac ? interrogea Grégoire.

– Une caisse s'est échouée sur la plage, il y a trois lunes, expliqua Stevenson qui avait pris l'habitude de compter le temps comme les insulaires. Il s'agit peut-être d'une contrefaçon. Mais une chose est sûre, c'est le produit d'un naufrage.

Comme il avait un petit goût de revenez-y, ils y revinrent.

– À consommer avec modération, rappela la sorcière.

Hans-Friedrich trouva une station émettrice à l'une des extrémités de la bande. Un homme parlait. Le hérisson monta le son pour entendre ce qu'il disait.

– Cette ville ressemble à un mirage, estima Stevenson. Elle me rappelle un conte, dans *Les Mille et Une nuits*...

– Taisez-vous, le coupa Roberta.

– Mais je n'ai pas commencé.

– Chut !

Tous se turent. La voix qui sortait du poste de radio paraissait provenir de très loin. Elle était perturbée par des éclairs sonores, comme des coups de griffes sur un tableau noir. Roberta l'avait déjà entendue quelque part. Ainsi que Rosemonde et Claude Renard, du temps où elle était chauffeur pour le ministère de la Sécurité.

– ... Suis coincé sur cette maudite... Ceci est un appel... secours... Mon nom est... Si quelqu'un sur terre...

– C'est un SOS ! s'exclama Louis Renard.

– Pour me rejoindre... Temple à Bacchus... Delphes... Contacter Roberta Morgenstern...

Chacun retint son souffle. Sauf Ermentrude qui continuait d'étudier l'artefact minéral. Roberta alla consulter le panneau qui garnissait la façade du poste de radio. Ce message était capté dans une zone inconnue, à l'extrême droite. La station la plus proche était Vladivostok.

– C'est la voix de Clément Martineau ou je ne m'appelle plus Grégoire Rosemonde, lâcha le professeur d'histoire.

– Martineau... marmonna Claude Renard. Le Martineau du ministère ?

– Le fils de Robert et de Clémentine, continua Roberta. (Elle tendit l'oreille.) On dirait qu'il est en difficulté.

La voix se fit soudain très claire et éclata en accents aigus dans le salon de Vaïlima.

– J'appelle le Club des lunatiques à l'aide ! (Stevenson se

mit au garde-à-vous, manquant de renverser sa chaise qu'il rattrapa *in extremis* par le dossier.) Je suis dans une ville fantôme, pleine de monuments fantastiques. Ma localisation est la suivante...

Un silence blanc, sans grésillements, engloutit l'appel au secours. Roberta manipula le bouton des stations, celui du volume... Martineau avait été avalé par l'Éther. Louis Renard n'y tint plus. Il donna un violent coup de poing sur la table.

– Je vais devenir fou !

C'est alors qu'Ermentrude se mit à rire sans pouvoir s'arrêter.

– Quelle idiote ! Quelle pauvre idiote ! (Elle reposa le quartz sur la table et essuya ses larmes de joie avec un coin de serviette.) J'avais le même mais je l'ai perdu. C'est peut-être celui-là, d'ailleurs. C'est trop drôle.

– Le même quoi ?

– Le même mémorion.

Louis Renard, les poings serrés, répéta le plus calmement du monde :

– Mémorion ?

– Oui, enfin, quartz, quoi !

– Vous savez d'où il vient ?

Toute Fondatrice qu'elle fût, Ermentrude accéléra le mouvement en décryptant l'expression du pirate.

– Des quartz de ce type furent offerts à ceux qui assistèrent à l'inauguration. Pour en conserver le souvenir. C'est très ingénieux, vous ne trouvez pas ? (Elle leva les yeux au plafond.) C'était une vraie féerie. Il y avait des machines hydrauliques, des joutes poétiques, des combats de centaures... Une journée mémorable.

Ermentrude replongea dans ses souvenirs. Louis Renard émit un discret raclement de gorge pour la ramener parmi eux.

– L'inauguration de quoi ?

– D'Alexandria Ultima, voyons.

– Alexandria Ultima ? releva Grégoire qui s'y connaissait en histoire et en géographie. Vous voulez parler de la dernière ville fondée par Alexandre le Grand dans le pays scythe ?

– Celle-là c'était l'avant-dernière. (La Fondatrice balaya l'erreur d'un geste de la main.) Alexandria Ultima ne se trouve pas en Asie mais dans le cratère Sémiramis, au bord de la Mare Nectaris.

– La mer des Nectars, traduisit Stevenson. (Ses yeux glissèrent sur la silhouette élancée de Claude Renard.) Vous nous promenez dans la carte du Tendre ou quoi ?

– Je ne vous parle ni du Tendre ni de Cythère, mon jeune ami, mais de la Lune, répondit fermement Ermentrude qui perdait patience devant tant d'ignorance. C'est sur la Lune qu'Alexandre le Grand transporta le butin de ses conquêtes. C'est sur la Lune qu'il fonda Alexandria Ultima. Et c'est sur la Lune que votre Clément Martineau se trouve.

44

Ils se couchèrent bien tard et bien gris, sauf Roberta qui n'avait pas voulu goûter au breuvage contrefait. Ermentrude n'avait rien dit de plus au sujet de la ville, plantant tout le monde sous prétexte qu'elle était fatiguée. Les pirates, Pichenette, Grégoire et Stevenson avaient prolongé leur discussion sur un mode enfiévré. Ils ne s'étaient même pas rendu compte du départ de la sorcière.

Elle se réveilla au petit matin, fraîche et d'excellente humeur. Lilith dormait encore, Grégoire aussi qu'elle n'avait pas entendu se coucher. Il distillait autour de sa personne des effluves d'alcool sucré. Roberta s'habilla prestement et descendit pour contempler le lever de soleil sur Vaïlima.

Stevenson était là, seul, assis sur les marches de la véranda. Il fumait une cigarette en regardant les cimes des pics entourant le domaine se teinter de safran. Des parfums de vanille et de citron montaient jusqu'à eux. Des animaux s'appelaient dans la jungle à grands cris. Une sorte de belette traversa le gazon en bondissant. Un daim sortit du couvert des arbres, au loin, et les fixa. Roberta s'assit à côté de Stevenson.

Une flûte à six trous était posée sur une marche, un flageolet. Stevenson le porta à sa bouche et lui en offrit une petite démonstration. Sa mélodie s'envola vers le ciel avec grâce. Elle était propre à ensorceler les enfants.

– Fanny aimait particulièrement cet air, dit-il.

Roberta avait vu un portrait photographique de Fanny Osbourne sur le buffet, dans le salon. L'Américaine qui avait partagé la vie de l'écrivain avait des boucles brunes, des yeux dorés, un vrai visage de chat. Comment Stevenson avait-il pu lui survivre ? « Question sans importance, trancha la sorcière. Je suis assise à côté d'un homme qui a aimé... (Elle pensa à Claude Renard, aux regards échangés durant le dîner.) Et qui aimera encore. »

– Connaissez-vous Paris ? demanda-t-il soudain. (Il surprit son regard.) Je sais. Il y a eu la Crue et la ville est sous les eaux. Mais j'y ai vécu quelques semaines avec elle. (Il ferma les yeux, s'immergeant dans ses souvenirs.) Nous habitions un appartement rue Monsieur-le-Prince. Quand il faisait beau, nous traînions aux terrasses des cafés, au Cluny ou à la Source. Et nous visitions le Louvre...

Il rangea le flageolet dans une poche de son habit et mit son mouchoir par-dessus.

– Vous n'êtes pas fatigué ?

– J'en ai vu d'autres. Et votre compagnie me rappelle celle des tavernes enfumées de ma jeunesse.

Le daim s'enhardit et avança sur la pelouse pour brouter l'herbe près du paepae.

– À quelles conclusions êtes-vous arrivés ? s'enquit-elle. Je suis allée me coucher un peu rapidement.

– Aucune. Nous sommes confrontés à un problème technique. Ce que les Frères de la lagune convoitent est inaccessible.

Et pourtant, le fait que votre ami y soit nous incite fortement à essayer de l'atteindre.

– Partir à l'assaut de la Lune... Nous nous éloignerions de la lutte contre Banshee.

– Qu'en savez-vous ? Vous êtes dans une impasse, répliqua l'écrivain avec justesse. Une nouvelle étape de votre voyage vient simplement de se révéler à vous. Il vous faut retrouver ce Martineau, réunir l'équipe, relier les deux mondes. À moins que vous ne souhaitiez rester là et attendre de voir ce que le destin vous réserve.

Roberta n'attendait rien du destin. Elle n'y croyait pas, en fait. Et Stevenson avait raison. Elle ne pouvait pour l'instant rien faire de plus par rapport à Banshee, Lilith ou ses parents. Demeurait un problème de faisabilité, en effet. L'écrivain, sentant une soudaine exaltation le saisir (était-ce un effet tardif de l'alcool ?), décida de prendre le problème à bras-le-corps.

– Tout peut se résoudre, avec un minimum d'imagination. Ceux qui ont bâti Alexandria y ont fait grimper des monuments d'une taille honorable. Nous sommes d'accord sur ce point ?

– Il semblerait, oui. Mais les savoirs peuvent se perdre. Parlez-en à Grégoire.

– Nous en avons parlé, entre deux et trois heures du matin, sans obtenir de réponse satisfaisante, avoua-t-il. Comment ont-ils fait ? Et Martineau... Avez-vous une idée de la façon dont il a pu se retrouver dans ce cratère lunaire ? Il citait Delphes dans son message.

Roberta ne savait rien de sa fuite de Bâle. Elle l'avait laissé sur une barque un an auparavant, en proie au doute. Elle ne s'en creusa pas moins les méninges pour se remémorer les facéties du jeune enquêteur, ainsi que ses facultés.

– Les temples, Bacchus... se rappela-t-elle.

– Mais encore ?

– Il avait un pouvoir... Il lui suffisait de se tenir à l'emplacement d'un temple dédié à Bacchus, au moment de la pleine lune, avec une bague léguée par sa mère au doigt. Une adulaire. Une pierre de lune. (Elle frappa dans ses mains.) Tout s'explique ! Il y est arrivé comme ça. Et... Bien sûr. Il est parti de Delphes. Ah, ce Clément, tout de même ! Il a toujours eu le chic pour se mettre dans des situations impossibles.

– C'est parfait. Recréons des conditions similaires et, ainsi, l'un de nous pourra le rejoindre.

– Nous n'avons ni adulaire ni temple.

– Mais demain soir, c'est pleine lune.

Stevenson alla chercher quelque chose dans la maison. Il revint une demi-minute plus tard, une coupelle dans les mains. Elle était remplie de petites billes calcaires aux formes contournées.

– Vous savez ce que c'est ? demanda-t-il avec un sourire rusé.

– Non, mais je sens que vous allez me le dire.

– Ces concrétions pierreuses se forment dans l'oreille des poissons et les aident à se repérer dans l'espace. Ce sont des otolithes. Les indigènes y attachent une valeur superstitieuse, comme à tout objet sortant de l'ordinaire. Évidemment, ils n'appellent pas ces bizarreries de la nature avec ce nom savant.

– Laissez-moi deviner.

– Mais par le nom... de pierres de lune. (L'écrivain hocha la tête avec vigueur.) Troublant, n'est-ce pas ? (Il posa le bol sur une marche et montra un des pics dans le lointain dont une face était illuminée par le soleil levant.) Derrière cette crête se trouve un cratère de volcan : le Chaudron du Diable. Nous pouvons y parvenir en cinq heures.

Il joua avec les otolithes tout en contemplant le ciel de rose.

– Attendez. De quoi êtes-vous en train de me parler ?

– Du temple dédié à Bacchus d'Ulufanua.

Stevenson se leva. Ses gestes étaient alertes. Il paraissait avoir rajeuni de dix ans.

– Fondation du temple à Bacchus d'Ulufanua dans le Chaudron du Diable et envoi d'un émissaire sur la Lune ! Voici le programme du jour.

Le daim prit peur et retourna sous le couvert des arbres.

– On peut créer un temple de cette façon ?

Stevenson pensait déjà à l'expédition qu'il convenait de préparer dans ses moindres détails. Il faudrait au moins deux mulets, des repas froids, et du bourgogne en quantité, évidemment. S'ils partaient avant neuf heures, ils seraient dans le Chaudron en début d'après-midi. Il s'immobilisa, se rappelant que Roberta venait de lui poser une question judicieuse.

– Nos existences sont tissées d'impossible, dit-il. Et puis, avec les joyeux drilles qui vous accompagnent, créer un sanctuaire de la bonne vie et de la convivialité n'a rien d'insurmontable, croyez-moi. Le galop d'essai d'hier soir fut on ne peut plus convaincant.

45

Ils partirent vers onze heures du matin et il leur en fallut finalement plus de cinq pour rejoindre le Chaudron du Diable. Ermentrude avait tenu à emporter son poste de TSF, arguant du fait qu'il leur offrirait l'accompagnement musical nécessaire pour leur petite fiesta.

Pichenette et Rosemonde avaient eu de grandes difficultés à émerger. Ils ne brillèrent pas par leur vélocité le long du chemin pittoresque qu'ils empruntèrent, bordé de cèdres, de dragonniers et de bouquets d'azalées. O'Talolo dégageait le sentier à grands coups de machette. Stevenson et Claude le suivaient, profitant des racines pour perdre l'équilibre et laisser leurs mains se frôler.

Ils firent une halte en début d'après-midi, en haut de la crête. La côte d'Ulufanua était visible sur des kilomètres, le domaine de Vaïlima caché par le relief. Roberta, inquiète, songeait à Lilith restée sous la garde de Louis Renard.

– Ne vous inquiétez pas, la rassura Grégoire. Nous serons de retour demain matin. De plus, elle n'a pas montré le moindre signe de faiblesse depuis qu'Ermentrude s'est occupée d'elle sur le météore.

Quant à emmener la petite fille, la dénivellation ne s'y

prêtait guère. Grégoire avait raison. Elle allait bien. Et ils étaient libres comme l'air, pour une fois.

Cette idée l'excitait comme à la veille de sa première surprise-partie. Depuis l'arrivée de Lilith dans leurs vies, il y avait bien eu quelques brèves parenthèses d'intimité. Mais là, ils avaient presque vingt-quatre heures devant eux, rien que pour eux, avec une nuit à la belle étoile à la clé... Elle lança aux randonneurs qui mâchonnaient leurs sandwichs et buvaient de l'eau, beaucoup d'eau :

– Alors les sportifs, on y va ?

Ils marchèrent encore deux heures avant d'atteindre le cratère. Roberta s'attendait à un paysage lunaire. (Ç'aurait été de circonstance.) Or, comme le lui expliqua Stevenson, le terreau volcanique avait transformé la dépression en un véritable arboretum d'une exubérance phénoménale. Au fond du Chaudron, relativement plat, s'épanouissaient hibiscus, jacarandas, mousses multicolores et métrosidéros aux efflorescences d'incarnat.

Une aire à peu près circulaire fut définie et dégagée. Ermentrude s'installa sous l'arche d'un banyan avec son poste de radio et trouva un air d'accordéon qu'elle jugea fort à propos pour reprendre son tricot. Des photophores furent installés alentour. Un atelier de colliers de pierres de lune se monta. Il avait été décidé que Claude Renard et Ernest Pichenette seraient les seuls à en porter et à connaître, peut-être, l'ivresse de l'Éther la nuit venue...

Qui tomba. Ermentrude parvint à capter la station de Porto Rico. Ils dansèrent lascivement sur une bossa aux accents chuintants. Grégoire, pourtant rétif à toute forme d'exhibition, s'y plia et ne fut pas le moins agile. Puis les photophores

333

furent allumés avec le sens du sacré qui convenait à cette tâche.

Ils dînèrent au centre du cercle de lumières. Ils ne parlèrent ni de Banshee ni des sanctuaires. Grégoire fut particulièrement prolixe sur le chapitre de la toponymie, se lançant dans l'interminable liste des sites attribués au Diable comme ce Chaudron, le chaos de Montpellier-le-Vieux ou les grottes de Mammoth aux États-Unis. En se calant contre lui, Roberta sentit émaner de la personne du professeur une étrange chaleur.

La Lune, enfin, se leva.

Elle était pleine et resplendissante. Stevenson sortit le cava et les demi-noix de coco. Il leur fallait plus que du bourgogne pour connaître un semblant de transe. L'alcool était fort et amer. Ermentrude en accepta un doigt avant de retourner sous le banyan pour continuer son tricot. La programmation radiophonique changea. Un air langoureux se dilua tout à coup dans le cratère.

Stevenson invita Claude à danser. Ils furent suivis par Grégoire et Roberta. Pichenette les accompagna à grands gestes de sylphide, lançant une jambe en arrière, les bras tendus, repartant dans l'autre sens sur la pointe des pieds. Stevenson ne sentait plus son corps qu'à ses extrémités, là où sa peau était en contact avec celle de Renard. Il ne voyait que les yeux rieurs de la femme pirate, plus petite que lui, juste ce qu'il fallait pour avoir la sensation de plonger dans un gouffre merveilleux lorsqu'il la regardait.

– Cette histoire que vous avez racontée à Louis, c'était une invention de votre part ? lui demanda-t-elle avec un sourire moqueur.

Stevenson avait expliqué au Frère de la lagune que, lors des anciennes bacchanales, un seul membre d'une même famille pouvait être présent à la cérémonie. Claude avait insisté pour y aller, arguant que ces fêtes étaient avant tout affaires de femmes. N'importe comment, Louis était trop cartésien pour croire à leur tentative. Il pensait machine, fusée, survie dans l'espace. Il les avait regardés partir, héritant d'une Lilith très fière d'avoir un baby-sitter avec chapeau à plumes et gilet de soie brodée.

– Le professeur d'histoire a appuyé ma théorie, se défendit l'écrivain.

– Vous êtes de mèche. C'est évident.

– Alors, mettons que je préfère danser avec vous plutôt qu'avec votre frère.

Ils frôlèrent Grégoire et Roberta qui, sérieux comme des papes, enchaînaient les pas avec science. Il suffisait de les voir danser pour les savoir complices.

– C'est tout de même amusant, lâcha Roberta entre deux passes virevoltantes.

– Quoi donc ?

– Que nous dansions tous les deux dans le Chaudron du Diable.

Il lui fit faire la toupie et la récupéra dans ses bras d'un mouvement sec qui arracha une grimace à la sorcière.

– Pour l'instant nous ne faisons que danser alors que les circonstances mériteraient un véritable sabbat, rappela-t-il.

Roberta se dégagea des bras du macho, le toisa et releva le défi :

– Vous voulez un sabbat ?

En trois foulées, elle fondit sur le poste de TSF. D'un mouvement du poignet, elle trouva la station de Copacabana. Le

335

morceau qu'elle appelait de ses vœux fut annoncé par le speaker. Ermentrude, sous cape, gloussa.

Roberta retroussa sa jupe et se jeta au centre du cratère, se donnant à fond à la musique durant les deux minutes cinquante-cinq secondes que durait la *Samba d'Orphée* de Percy Faith and His Orchestra. Elle se donna sans craindre les regards, bondissant d'un bout à l'autre de leur temple. Car chacun le sentit : Roberta à elle seule, débordante de folie et d'enthousiasme, créa dans ce court laps de temps ce qui, sur le papier, aurait paru impensable. L'esprit de Bacchus imprégnait désormais l'endroit.

La samba s'acheva. La voix du présentateur radio résonna dans le cratère. De nombreux auditeurs réclamaient le morceau à nouveau.

– Le volcan a explosé ! dit-il. La lave en fusion coule sous vos pieds. Dansez sur la *Samba d'Orphée* !

La furie joyeuse recommença. Cette fois, tous se lancèrent dans l'arène, Ermentrude y compris. Pichenette bondissait comme un cabri. Stevenson et Claude Renard dansaient l'un en face de l'autre, sans se toucher, mais à ce point possédés par la musique qu'ils ne formaient plus qu'un. Grégoire et Roberta pogotaient en poussant des cris de libération qui volèrent jusqu'aux étoiles.

O'Talolo, placide, se tenait en marge du cratère. Il vit son maître retirer le collier de pierres de lune du cou de la femme pirate pour le jeter autour de celui de Pichenette qui ne se rendit compte de rien. Les danseurs hurlaient :

– Évohé !
– *Caliente !*
– Mata Hari !

Grégoire sauta à pieds joints sur le bouchon du volcan. Par un fabuleux mouvement de ressort, Pichenette fut propulsé dans les airs. Tous s'arrêtèrent aussi subitement que la samba s'achevait. Ils étaient en nage, éberlués par l'énergie qu'ils venaient de dégager.

– Où est Pichenette ? demanda Claude Renard en regardant autour d'elle, un peu étourdie. Et mon collier ?

Stevenson prit sa main et l'attira contre lui. O'Talolo se dévissait le cou pour contempler la Lune, cherchant le contour du voyageur dans la grisaille des cratères, en vain.

– Le corail croît, le palmier pousse et l'homme s'en va, philosopha-t-il dans son dialecte des îles.

Son maître et Claude Renard, enlacés, s'embrassaient. De joie, O'Talolo en rota son cava.

46

Le Hercule H-400 volait à dix mille mètres d'altitude en suivant le ruban lumineux de la côte chinoise, brillante d'activité. Les villes industrielles qui se succédaient sur le front de lagune ressemblaient à un mur dressé entre l'eau et la terre, deux mondes d'égales ténèbres. Un avion de ligne passa plus bas, fonçant vers les plaines mongoles. Depuis le nez de l'appareil, Garnier regarda ses feux de position décroître. Puis il reprit l'inspection de ses ongles, les faisant devenir griffes, puis ongles, puis griffes, puis ongles.

Les huit hélices qui propulsaient l'hydravion ne faisaient aucun bruit. Sa carcasse en duramold craquait moins qu'une armoire normande. L'intérieur du vaisseau était donc presque parfaitement silencieux. Presque, car Archibald Fould, débraillé, une bouteille de gin à moitié vide à la main, chantait des chansons de salle de garde dans la queue de l'appareil. Il s'était mis là pour être tranquille. Mais la perspective de remonter cette grande spirale verte et bleue lui donnait des nausées. Tout tournait autour de lui. Il s'assit et avala une nouvelle goulée de gin, abreuvant sa chemise au passage.

Dans la cellule, Banshee s'arrêta de travailler et écouta. L'idiot avait enfin sombré dans les vapeurs d'alcool. Elle saisit un scalpel dans le plateau métallique. Le nounours tourna légèrement la tête. Son œil ébréché ne lui offrait qu'une vision partielle de sa tortionnaire, réduite à un sourire oblique et à des yeux vides. Le visage de Banshee était comme un collage dément, séparé en deux, calculateur en haut, jouisseur en bas.

– Je suis sûre qu'il te reste encore de l'énergie, mon chéri, susurra la sorcière. De cette douce énergie que Lilith t'a léguée en te serrant si tendrement dans ses petits bras potelés avant qu'on ne me la vole.

Elle attrapa la peluche par le côté et enfonça le scalpel dans son ventre, y traçant une longue incision. Le nounours était déjà balafré de multiples cicatrices, sur le corps, les pattes, la tête. Grossièrement recousues, elles lui donnaient l'apparence d'un doudou manipulé par un enfant sadique. Le nounours releva la tête sous la douleur. Banshee plongea la main dans les viscères de foin, fouilla, écarta, chercha et trouva, ses yeux s'éclairant enfin. Ses doigts se refermèrent sur la pépite d'énergie. La tête du nounours, quasi mort, retomba.

La sorcière sortit de la cellule, la lumière irradiant de son poing fermé. N'y tenant plus, elle porta la pépite à ses lèvres et la happa. L'énergie la transperça. Ses muscles acquirent une nouvelle fermeté. Ses sens retrouvèrent toute leur acuité. Carmilla était à nouveau toute puissante. Elle se frotta les mains, passa devant son carré d'herbes maudites et monta dans la cabine de pilotage sans prendre la peine d'utiliser l'échelle.

Garnier contemplait les griffes de sa main droite lorsqu'elle le rejoignit. Il l'attrapa par les hanches, l'obligea à s'asseoir sur ses genoux, plongea son nez dans le creux de son cou.

L'homme loup huma l'odeur du sang au travers de la peau de sa femelle qui charriait une énergie étourdissante. Il voulut aller plus loin... Banshee se releva vivement.

– Je ne suis pas d'humeur, fit-elle.

Elle se dirigea vers l'émetteur-transmetteur et consulta les messages véhiculés par l'Éther. Elle avait envoyé son ultimatum au Conseil de la Sorcellerie après avoir récupéré la veuve, au bord de l'apoplexie. Le message avait été rédigé sans ambages, disant simplement que Carmilla Banshee de Bâle avait créé une nouvelle confrérie à partir des quatre sanctuaires, de Guëll, de Delphes, de Santa Clara et de Stonehenge. Forte de ces pouvoirs, elle allait braver l'interdit pour la prochaine nuit de Walpurgis et agir, enfin, à visage découvert, avec toute la puissance nécessaire pour ce type d'opération. Le Diable allait être invoqué dans les formes. Il allait prendre pour femme Carmilla qui, de ce fait, instaurerait le nouveau règne de la magie noire. Le message ne parlait pas de Lilith. Mais il avait eu, en deux heures de temps, l'effet escompté.

Sorcières et sorciers du monde entier, toutes tendances confondues, faisaient bouillonner l'Éther. Les pour s'affirmaient dans une majorité inconnue depuis que la sorcellerie avait été contrainte au silence, à la dissimulation, aux petits arrangements de toutes sortes avec les pouvoirs en place. Comme Banshee l'avait prévu, le Jantar Mantar avait déjà joué son rôle de modérateur. Il appelait à la tenue d'une réunion extraordinaire pour le surlendemain, dans son sanctuaire, pour laisser le temps à chaque représentant de s'y rendre.

– Pas de nouvelles de la Pythie ? s'enquit Garnier.

– Elle y sera. Ainsi que les Carnutes. Ils ont intérêt, en tout cas.

Elle passa ses doigts dans la chevelure rebelle de son compagnon qui, en lisant le message, avait un peu tiqué. Au départ, il n'était pas question que Banshee se donne au Diable. Il avait même commencé une scène de jalousie, que Carmilla avait vite désamorcée avant d'aller voir supernounours. Et son loulou était encore inquiet ?

– Tu joueras le rôle d'amant, le rassura-t-elle. Ils sont mieux coucheurs que les réguliers. Et ils n'ont pas à s'occuper de la marmaille.

– Et si le Diable ne voulait pas de toi ?

– J'ai des arguments que tu ne connais pas encore.

Garnier, sincèrement intrigué, haussa un sourcil. Il pensait avoir exploré Banshee dans ses recoins les plus intimes.

– La fleur est prête, révéla-t-elle. Il est temps que nous testions ses pouvoirs sur un individu lambda.

Elle scruta les zones d'ombre qui défilaient sous l'hydravion. Le ruban de villes s'était étiré en chapelets de lumières éparses. Ils approchaient du Viêtnam et du delta du fleuve Jaune. Banshee prit les commandes et fit plonger le mastodonte sur une pente prononcée. Ils virent apparaître une jungle, des récifs sur lesquels la mer se jetait en écume. Plus loin, le relief s'évasait et de multiples bras d'eau noire sinuaient à l'intérieur des terres.

Ils descendirent encore jusqu'à raser les arbres bas. L'Hercule se posa lourdement sur l'eau saumâtre et freina en gémissant. Il s'arrêta et se mit à dériver à la surface du marais. La pleine lune était brouillée. Un héron poussa un cri strident. Banshee quitta la cabine de pilotage et descendit l'échelle, Gilles Garnier sur les talons.

– Nous sommes arrivés ? geignit la veuve Winchester depuis son appartement, à l'étage inférieur.

– Pas encore ! lança Banshee. Nous faisons juste une halte technique !

Elle marcha jusqu'à son carré, enjamba les plantes secondaires et s'accroupit devant l'*Orchidia carmilla*. La fleur aux pétales couleur de cauchemar s'épanouissait au bout d'une tige hérissée de barbelures. Carmilla attrapa l'une des étamines – l'orchidée en comptait treize –, l'arracha et posa son butin sur le petit atelier qui jouxtait le carré. Elle ouvrit une fiole, y jeta le fragment végétal, la referma.

– Teinture d'iode, expliqua-t-elle. La solution sera prête dans cinq minutes, le temps que l'androcée se libère.

Cinq minutes plus tard, l'étamine s'était dissoute. Restaient dans la fiole quelques centilitres de liquide incolore. Banshee la prit, passa devant la cellule du nounours et ouvrit la porte qui donnait sur la queue de l'appareil. Un tas humain gisait contre la carlingue, une bouteille vide à côté de lui.

– Quel déchet ! cracha Garnier. Je ne vois vraiment pas pourquoi nous nous embarrassons encore de lui.

Banshee ignora la remarque et secoua le municipe par l'épaule.

– Conseil municipal à quinze heures, marmonna-t-il. Pas prêt. Appelez ma secrétaire.

Elle lui donna une violente gifle qui fit sauter Archibald Fould sur ses pieds. Le choc, avec l'aide de la magie, l'avait immédiatement dégrisé.

– Nom d'un chien, Carmilla ! s'emporta-t-il. Je ne vous

permets... Aïe. (Il se massa le front, sentit son haleine fétide, lança un regard dégoûté à la bouteille et à lui-même.) Ça suffit, décida-t-il. Je vous ordonne de me ramener à Bâle. Ou...

– Ou quoi ? Vous êtes mon prisonnier, Archie, ne l'oubliez pas.

Il sortit tout à coup un petit revolver d'une poche et visa alternativement Garnier et Banshee.

– Oh oh, calma le lycanthrope qui avait toujours craint les armes à feu.

– Vous allez me forcer à utiliser la manière forte, prévint Carmilla.

Elle ne fit pas un geste, ne prononça pas un mot, se contenta de marcher sur le municipe qui avait commencé à presser sur la détente... Et n'avait pu aller plus loin. Elle retira le revolver de sa main, le lança à Garnier derrière elle qui s'en débarrassa comme d'un objet brûlant. Elle fit basculer la tête du municipe en arrière, écarta ses lèvres de force, ouvrit la fiole et en vida le contenu dans sa bouche. Elle recula avant de lui rendre l'usage de son corps.

Archibald Fould regarda autour de lui, toucha la carlingue du bout des doigts, comme pour s'assurer de sa réalité. Ses yeux glissèrent sur l'homme loup, s'arrêtèrent sur Banshee. Ses traits s'illuminèrent.

– Carmilla.

Des larmes de reconnaissance roulèrent sur ses joues. Le bonheur de la voir le bouleversait. Il voulut avancer, franchir ces deux mètres qui les séparaient, la serrer dans ses bras, l'embrasser... Carmilla tendit la main droite, doigts écartés. Le municipe s'immobilisa, totalement en son pouvoir.

– Vous m'aimez, n'est-ce pas, mon petit Archie ?

– Je vous aime, je vous adore, je n'ai vécu que pour vous.

Garnier fronça les sourcils.

– Vous seriez capable de mourir pour moi, je suppose ?

– Oui ! affirma le municipe, se jetant à genoux et s'ouvrant symboliquement la poitrine. S'il le fallait, oui, je mourrais pour vous.

La soute s'ouvrit dans le dos de Fould, révélant le delta du fleuve Jaune. Une odeur pestilentielle emplit l'appareil. Des formes mouvantes, oblongues, approchèrent au ras de l'eau. Des caïmans. Garnier, instinctivement, sortit ses griffes.

– Le moment est venu de vous sacrifier pour ce merveilleux, pour cet inaltérable et parfait amour, Archibald.

Il se retourna, vit les sauriens qui attendaient au bord de l'hydravion. L'effroi put se lire dans ses yeux. L'*Orchidia* asservissait mais donnait à l'esclave, suprême raffinement, toute conscience de ce que la partie maîtresse de lui-même le forçait à accomplir. Il murmura en commençant à reculer vers le marais :

– Je comprends. Je vous aime et vous aimerai. À jamais.

Fould entendait l'eau s'agiter dans son dos. Il hurlait intérieurement de terreur mais ses lèvres étaient scellées sur un sourire qu'il voulait le plus rassurant possible. Il ne pouvait se permettre d'attrister Carmilla. Il se sacrifierait pour elle d'une manière exemplaire. Bravement, il recula encore.

Un caïman bondit et l'attrapa par les hanches. Le municipe disparut, sans une plainte, les bras tendus. Il y eut quelques remous puis plus rien. Carmilla jeta la bouteille vide dans le marais, referma la soute et remonta le couloir en se frottant les mains.

– Vous savez que ces reptiles gardent leurs proies dans des

sortes de nasses où ils les laissent faisander des jours durant ? s'enquit la sorcière. L'inventivité dont la Nature fait preuve m'a toujours fascinée.

– Si c'était pour le jeter en pâture, vous auriez pu me le laisser, râla Garnier. Je commence à me lasser des plats surgelés.

Désinvolture de façade, se dit Banshee. Car Garnier avait peur. L'odeur animale qu'il dégageait ne la trompait pas. Carmilla inspira profondément et s'en nourrit comme du plus délicat des arômes.

47

Le voyage laissa à Ernest Pichenette une impression d'ins-
tantanéité. Le temps de rouvrir les yeux après le choc du
décollage et le Chaudron du Diable avait été remplacé par un
autre aux parois constituées de sculptures brisées. Il regarda
le ciel opaque piqueté d'étoiles brillantes, le sol tapissé de
poussière blanche. Il retira ses colliers d'otolithes, ne se
posant pas la question de savoir pourquoi il en avait deux au
lieu d'un, les empocha et dit simplement :

– Et voilà, c'est encore Ernest qui s'y colle.

Le journaliste qui avait vécu un temps au milieu des nuages
apprivoisa sur-le-champ sa nouvelle pesanteur. Une ligne
d'empreintes de pas se dessinait dans la poussière lunaire. Il
la remonta à grands bonds de kangourou jusqu'à une
muraille d'une hauteur saisissante. L'unique porte qui permettait de la franchir était ouverte. Un dernier bond et il
s'arrêta en haut d'un escalier de pierre. Il reconnut immédiatement le site pour l'avoir admiré en compagnie des pirates.

– La vallée aux Trésors, souffla-t-il.

Mais il y avait un problème. Alexandria Ultima était
éteinte, inanimée, dévastée par endroits. Sous la coupole,
l'apesanteur redevenait terrienne. Pichenette dévala l'escalier,

prit pied sur le terre-plein et suivit les empreintes en direction d'un obélisque dont le pyramidion était terne, froid et gris. Là, les traces s'enchevêtraient. Ce Martineau, si c'était bien lui, était passé et repassé à cet endroit, brouillant les pistes.

– Nom d'un petit bonhomme ! Comment vais-je faire pour le retrouver ?

Un son parvint à ses oreilles. Une voix humaine. Pichenette s'engagea dans une rue, fit demi-tour, suivit une galerie dont la voûte était soutenue par des atlantes. Sur les parois, des mosaïques représentaient des villes de l'Antiquité. Athènes, Rome, Ctésiphon, Blaclutha, Ophir et ses fameuses mines d'or. Les décorations des voûtes n'étaient pas moins précieuses. Des vignes d'électrum y étaient habitées par des oiseaux d'argent, en ronde-bosse et au repos.

La galerie déboucha sur une place en forme de vasque. C'était ici que le mémorion situait les trésors. Hormis un homme à tête de taureau qui mesurait dans les quatre mètres de haut et qui s'y tenait immobile, les bras ballants, la dépression était vide.

Pichenette, à l'abri derrière un pilier, attendit. La voix lui parvenait clairement depuis une maison carrée de l'autre côté de la place. Une colonne corinthienne était dressée sur son toit plat. Une lumière brillait par sa porte entrebâillée.

Au bout d'un quart d'heure d'attente vaine – le monstre qui lui tournait le dos n'avait pas bougé – Pichenette s'élança. Il courut aussi silencieusement que possible jusqu'à la maison et en poussa la porte. Un homme était assis devant une table près de l'entrée. Un feu joyeux, dans un brasero, l'éclairait. La pièce était plus profonde qu'on ne le supposait de l'extérieur. Aussi loin que portait le regard, s'alignaient des tables de pierre chargées d'objets et d'instruments divers. Sur les côtés, des parchemins enroulés et glissés dans des niches carrées donnaient à l'endroit un air de columbarium.

– J'appelle mes amis de l'Éther, disait l'homme. Si vous m'entendez, contactez le Club des lunatiques, sur la planète Terre. Mon nom est Clément Martineau. Et je...

Il hésita, peut-être las d'avoir trop répété ce message. Pichenette considéra qu'il était temps de manifester sa présence. Martineau l'en empêcha en achevant son message dans un élan rageur.

– Et j'en ai marre de manger des fayots !

Il se leva, se retourna, ouvrit la bouche. Le journaliste qui venait tout droit d'Ulufanua était vêtu d'une chemise et d'un short imprimés de fleurs tropicales. Martineau, les cheveux en bataille, en veste de coutil et pantalon de cheminot, contempla l'apparition. Les rêves l'avaient fui depuis la mort de Suzy.

– Voilà que j'ai des hallucinations tout éveillé, fit-il en se grattant le crâne.

Il bondit sur le fantôme avec l'intention de le renvoyer aux vapeurs inconscientes dont il était issu. Les poitrines de Martineau et de Pichenette s'entrechoquèrent violemment.

– Ça va pas la tête ? s'exclama le journaliste.

– Mais... vous êtes réel ?

– Évidemment que je suis réel, bougre d'âne ! C'est le Club des lunatiques qui m'envoie. Pichenette. Ernest Pichenette, pour vous servir. Non, mais !

Martineau croisa les bras et recula.

– Pichenette... L'auteur de *Crimes atroces et assassins célèbres* ?

Le jeune homme avait été enquêteur avant de se découvrir sorcier. Il y avait gagné une bibliothèque policière, restée à Bâle et sans doute brûlée par les lance-flammes des dragons de la Milice.

– C'est mon père qui en est l'auteur.

Martineau prit la main du nouvel arrivant et l'agita en tous sens.

– Formidable ! De l'aide, enfin ! Je vais pouvoir quitter cet endroit déprimant.

Il fit mine de fermer les boutons de sa veste. Pichenette, comprenant dans quel pétrin il s'était fourré, jeta des regards effarés un peu partout autour de lui. L'angoisse le pétrit comme de la pâte à modeler.

– Ne me dites pas que vous ne savez pas comment repartir d'ici ? s'inquiéta le naufragé.

Ils avaient organisé cette bacchanale dans un élan de fol enthousiasme. Mais le problème du retour n'avait pas été abordé. Martineau se laissa retomber sur le tabouret en contenant un cri de rage. Puis il se força à considérer le bon côté de la situation. Il avait de la compagnie, de qualité qui plus est. À deux, ils trouveraient bien le moyen d'échapper à Alexandria Ultima.

– Vous avez faim ? demanda-t-il au nouveau Robinson.

Pichenette fit oui de la tête. Son voyage stellaire n'avait peut-être pas été si instantané que cela en fait. Il était affamé.

– J'espère que vous aimez les fayots. Parce que, dans le quartier, c'est tout ce qu'il y a à manger.

48

Les platées étaient froides depuis longtemps. Martineau savait désormais ce que Roberta Morgenstern, Grégoire Rosemonde et les pirates avaient vécu depuis leur fuite de Bâle. Pichenette contemplait le déroutant spectacle de la Terre vue depuis le domaine des dieux. Elle était plongée dans la pénombre.

– Comment se fait-il qu'elle soit aussi sombre ? demanda-t-il.

– C'est pleine lune, expliqua Martineau. Donc, nouvelle terre. Lorsque je suis arrivé, il y a douze jours – et c'est très long, douze jours à manger des fayots, vous pouvez me croire – la lune était nouvelle et la terre pleine. Vous me suivez ?

– Oui, oui.

Le journaliste reposa les yeux sur la ville, contempla les bâtiments poussiéreux et sans vie.

– Et en douze jours vous n'avez rien trouvé ? (Il pensait au trésor et au moyen de le rapatrier sur la planète mère avec leurs propres personnes.) Ce Talos n'a pas pu vous renseigner ?

L'automate gardait toujours le centre de la place.

– Il est très fort pour obéir aux ordres. Mais les arcanes

d'Alexandria ne lui ont pas été communiqués. De plus, il tombe régulièrement en panne.

Martineau s'étira, goûtant au plaisir de cette conversation. C'était si bon de parler avec un être humain.

— Comment se fait-il que nous puissions marcher et respirer normalement ? interrogea Pichenette.

— Des installations souterraines. Je n'ai pas réussi à en dénicher l'accès. Mais Alexandria somnole. (Il fit craquer ses doigts, s'étira.) Dire qu'un simple tour de clé permettrait de la réveiller !

— Que voulez-vous dire ?

Martineau déboutonna le haut de sa chemise et exhiba une clé de bronze accrochée à une lanière, autour de son cou. Il la tendit à Pichenette. Elle avait l'air ancienne. La ligne des dents était erratique comme celle des bâtiments qui bordaient la place. Une encoche rouge la séparait en deux. Pichenette la rendit à son propriétaire.

— Lorsque je suis arrivé ici, Talos m'a mené dans cette maison de pierre. J'ai cru comprendre qu'elle appartenait au grand architecte à qui nous devons tout cela.

— Vous voulez parler d'Alexandre le Grand ?

— Je veux parler de l'ingénieur en chef. Il s'appelait Héron d'Alexandrie. Je suis nul en grec ancien et j'ai été incapable de lire sa bibliothèque. Mais il y a dans ce fatras un ouvrage écrit dans notre langue qui a éclairé ma lanterne. La vie de Héron, la construction d'Alexandria Ultima, les emplacements des élévateurs, tout est dedans.

— Nous pouvons donc rentrer ! lança Pichenette.

Martineau, las, soupira.

— Alexandria est comme une automobile à l'arrêt. J'ai

trouvé la clé de contact dans l'ouvrage mais pas le démarreur. Et je l'ai cherché, vous pouvez me croire.

Une fois de plus, Pichenette contempla les abords de la place. Tout un côté avait été bombardé, aplati, anéanti.

– Ces impacts...

– Des météores de petite taille, expliqua le jeune homme. Il n'en est pas tombé depuis longtemps. C'est Talos qui me l'a dit. Un de ses rôles est de maintenir le dôme en état.

– Et si le démarreur avait été détruit ?

– Nous serions bien embêtés.

Pichenette afficha un air abattu. Martineau, après l'émerveillement de son arrivée, était passé par cette phase. Il préféra secouer son visiteur. À végéter, il ne récolterait que des idées noires.

– Venez. Je vais vous montrer le livre dans lequel j'ai découvert la clé.

Le volumineux ouvrage relié de maroquin noir était accroché par une chaîne à la première table, dans la maison de Héron. Il était sans titre et sans nom d'auteur. Mais le cachet de la Bibliothèque impériale avait été tamponné sur sa page de garde.

– Il date du Second Empire, lâcha Pichenette en identifiant le timbre.

Aucune image. Que du texte. Des pages et des pages de tableaux. On aurait dit un catalogue de musée avec index, numéros d'inventaires, état de conservation des objets référencés.

– Ailhaud, lut Pichenette. Poudre universelle. Trente onces. Mag. Phar. n° 15869

– Vous êtes dans les entrées par nom propre. Mag. Phar. signifie Magasin pharmaceutique. À dix minutes d'ici.

Les noms étaient classés par ordre alphabétique. Apelle était cité pour ses peintures dont l'*Aphrodite anadyomène* et la *Vénus endormie*, conservées dans le Mag. Esth. Apicius pour le *De re culinaria* ou *Traité de cuisine des Anciens*. Archimède pour une tripotée d'objets dont une vis et trois sphères. Artemidore pour son *Oneirocriticon* ou *Traité des songes*... Pichenette sauta à la fin du registre. Le dernier nom était celui de Zoroastre dont les *Véritables Oracles magiques* étaient conservés dans le Mag. Mag. *Magasinus magicus*, imagina-t-il.

– Ces œuvres ont disparu de la Terre.

– Et ce registre ne recense que les créations de l'esprit. Mais les monuments sont dans le même cas. L'histoire les croyait perdus. En fait, tout avait été entreposé ici.

Martineau montra sur la dernière page de l'ouvrage une note qui disait : « Si vous retrouvez ce livre, prière de le rapporter au Club des lunatiques, passage Saint-Guillaume, Paris. » Pichenette haussa les épaules. Le mystère de ce club dont Robert Louis Stevenson leur avait révélé quelques aspects allait s'épaississant.

Il referma l'ouvrage et s'approcha des tables chargées d'objets qui meublaient la maison en rez-de-chaussée. Sur la plus proche, une vasque de bonnes dimensions était remplie de pommes dorées. Il en prit une. Elle était lourde. Ernest sollicita silencieusement Martineau du regard.

– Trouvée à cinq cents mètres d'ici. Section Mag. Myth.

– Pour Magasin mythologique ? (Martineau l'incita à identifier le contenu de la vasque.) Des pommes dorées... Seraient-ce les pommes d'or des Hespérides ?

353

– Un point pour l'envoyé des lunatiques.

Une lyre était posée à côté.

– La lyre d'Orphée, continua Pichenette. Le carquois de Cupidon. (Il leva le nez pour distinguer l'étrange mobile accroché au plafond.) Les ailes d'Icare.

– Celles de son père. Le fils s'est abîmé dans la mer Égée.

– Formidable, commenta le journaliste. Tout est là.

Martineau prit un ton de démonstrateur commercial :

– Nous avons aussi des objets issus d'autres civilisations, comme la Perse légendaire.

Il saisit une lampe et la frotta avec la manche de sa veste.

– La lampe d'Aladin ! lança Pichenette qui avait l'impression de retomber en enfance. Mais... il n'y a pas de génie à l'intérieur ?

– Il doit dormir, comme Talos. (Martineau reposa la lampe et montra une épée forgée pour un géant.) Je vous défie de la soulever.

Pichenette ne s'y essaya pas mais caressa le tranchant patiné. La lame était d'une froideur de mort. Des motifs celtes s'entrelaçaient sur le pommeau.

– Ne me dites pas que c'est...

– Excalibur. Nous avons aussi l'égide avec la tête de Méduse quelque part dans ce coin. Dans une grande boîte. Je n'ai pas osé l'ouvrir.

Un coffret délicatement ouvragé et serti de pierres précieuses tenta l'écrivain. Il tendit la main pour en soulever le couvercle.

– Malheureux ! (Martineau lui saisit le poignet.) C'est la boîte de Pandore.

– Ne l'a-t-on pas déjà ouverte ? plaida Pichenette d'une petite voix.

– Allez savoir.

Ils retournèrent vers l'entrée de l'atelier et s'assirent devant la table de travail de Martineau. Y trônait un magnifique poste émetteur avec son pavillon de corne noire, celui que le jeune homme utilisait pour lancer ses SOS vers la Terre.

– Cet appareil ne date ni du livre ni du reste.

– Pour sûr. Il y a eu d'autres visiteurs avant nous. Qui aimaient les fayots. Il y en a une armoire pleine. Mais Talos ne se souvient pas qui ni quand.

Pichenette se rappela le tableau qu'Ermentrude leur avait brossé de l'inauguration d'Alexandria.

– Y a-t-il des machines ?

– Hydrauliques. Pneumatiques. Électriques. Je suis même tombé sur un hangar à automates. Ils sont un bon millier, sagement alignés. Au repos. Rien ne fonctionne.

– Faites voir la clé.

Martineau la remontra à Pichenette.

– Elle appartenait à Héron d'Alexandrie ?

– L'auteur du bouquin l'affirme, répondit le jeune homme.

– Cette colonne sur le toit, on peut y monter ?

Martineau fronça les sourcils.

– Par un escalier. Je pense qu'il s'agit d'un observatoire. En tout cas, la vue sur Alexandria est imprenable.

– Auriez-vous l'obligeance de m'y conduire ?

Pichenette suivit le jeune homme jusqu'au belvédère. Là-haut, il se figea face à l'horizon de bâtiments blancs dont la ligne se découpait parfaitement sur le ciel d'un noir d'encre, la clé au bout de son bras tendu, au niveau des yeux, tournant lentement sur lui-même.

– L'idée, c'est quoi ? essaya Clément.

– De balayer l'horizon, répondit Pichenette en continuant son lent mouvement panoramique.

Tout à coup, la ligne d'un temple, d'une pyramide et d'une rotonde massive s'inscrivit parfaitement dans les dents de la clé. L'encoche tombait sur la rotonde qui, à cette distance, passait complètement inaperçue.

– Je touche et je gagne.

Il fit la démonstration à Martineau qui jura en découvrant le stratagème.

– Des jours que je me casse les dents sur ce truc et c'était sous mon nez ! Le démarreur est dans la rotonde.

– Généralement, les choses se passent ainsi lorsque l'histoire se teinte de mystère, commenta Pichenette avec suffisance.

– Comment avez-vous pensé à ça ?

L'écrivain laissa son regard errer sur la ville.

– Les aventures de Georges Beauregard, répondit-il avec un sourire nostalgique. Une série de romans populaires dont j'avais la collection complète. Dans *Le Gang des Gargouilles*, les scélérats se donnent rendez-vous sur les toits grâce à cette astuce.

Mais Martineau n'était déjà plus là pour l'entendre. Pichenette redescendit l'escalier, traversa la maison, déboucha sur la place.

– Eh ! appela-t-il en voyant le jeune homme marcher cent mètres devant lui. Attendez-moi !

Martineau s'apprêtait à se glisser entre deux statues de

pharaons maintenues verticales grâce à de formidables étais. Le jeune homme changea d'idée et descendit en courant au fond de la place pour donner un coup de pied dans le derrière de Talos. Le monstre dressa sa tête bovine et remonta la pente à la suite de son maître d'un pas à faire trembler les murailles de Jéricho.

49

Talos connaissait un raccourci pour atteindre la rotonde. Il leur fit emprunter un défilé qui donnait sur une combe dont Martineau ne soupçonnait pas l'existence. La dépression remontait en pente douce pour rejoindre le niveau du cratère. Une sorte de pagode avait été érigée de l'autre côté.

Ils gravirent un escalier taillé dans la roche lunaire pour se retrouver au bout d'une allée gardée par un alignement de statues. Certaines étaient caparaçonnées, armées de lances et de boucliers. D'autres, féminines, étaient drapées dans du marbre plissé à ce point diaphane que derrière transparaissaient poitrines et visages.

– Un élévateur, indiqua Martineau.

Il s'était arrêté devant un simple porche avec une sculpture sur le fronton.

– À quoi voyez-vous qu'il s'agit d'un élévateur ? demanda Pichenette.

– L'archer.

La sculpture représentait un guerrier scythe agenouillé, l'arc bandé, prêt à lancer sa flèche vers la Terre. Ils franchirent le porche qui donnait sur une aire circulaire poussiéreuse. Une grue avec un tambour pour bêtes de somme était dressée sur le côté.

– Celui-ci devait servir pour le fret. J'en ai vu d'autres avec des palans et des aires de stockage.

– Le fret ?

– Comment les bâtisseurs d'Alexandria ont-ils monté ces statues et ces monuments jusqu'ici d'après vous ?

Ils rejoignirent Talos et le suivirent jusqu'à un haut mur. La rotonde se trouvait derrière. Talos les mena à une ouverture sans inscription ni décoration. Au-delà, un corridor courait droit sur vingt mètres avant de bifurquer. Il n'était pas couvert.

– Voici le labyrinthe, annonça Talos. Il vous mènera au cœur du cratère, ô mon maître.

– Un labyrinthe ? Ça ne me dit rien qui vaille, marmonna Pichenette.

– Tu viens avec nous ? essaya Martineau en direction de l'homme taureau.

– Mon père, le Minotaure, dort à l'intérieur. Troubler son sommeil m'est interdit.

– Nous ne devrions pas rentrer là-dedans, insista Pichenette.

– Il dort, Ernest. Et je suis un pro des labyrinthes. Allez, hop, on y va.

Pichenette vit Martineau remonter le couloir à grandes enjambées et disparaître au bout.

– Et puis zut ! fit-il en se dépêchant de le rattraper.

Le couloir dessinait des méandres qu'ils renoncèrent à compter. Survint le premier embranchement. Trois voies étaient possibles. Sur les murs de chacune, un signe distinctif était gravé.

– Une pelle, un croissant de lune et un X, énonça Piche-nette.

Martineau sourit en reconnaissant les signes qui compo-saient son empreinte en sorcellerie. Il opta pour le X. Piche-nette le suivit sans poser de questions. Le corridor tourna à droite, à gauche, à gauche, à droite. Apparut une nouvelle fourche. Clément s'engagea dans le couloir marqué d'une sorte de moule concave. Et la promenade continua. La rotonde était parfois visible par-dessus le mur. Mais elle ne donnait pas l'impression de se rapprocher. Pichenette se per-mit une objection alors qu'ils atteignaient une énième croi-sée des chemins.

– Nous approchons du but, affirma Martineau. Ce fil l'at-teste.

– Un fil ? Quel fil ?

Un fil rouge courait sur le sol, en partie noyé dans la pous-sière.

– Le fil d'Ariane, voyons.

– Attendez ! (Mais Martineau était déjà parti.) Il n'écoute donc jamais personne celui-là ?

Pichenette franchit le dernier coude du chemin sur lequel ils s'étaient engagés. Le couloir s'arrêtait en cul-de-sac au bout de dix mètres. Martineau se tenait face à un Talos immobile, bras croisés, yeux fermés, assis.

– Cet automate a décidé de nous faire peur ! lança le jeune homme, plutôt content de voir que Héron avait doté ses machines du sens de l'humour. Quelle mise en scène ! (Des débris de squelettes étaient disséminés un peu partout autour du monstre.) C'est d'un gothique !

Pichenette fit non de la tête. En même temps, il hésitait à

avancer. Il savait qu'ils auraient bientôt à rebrousser chemin, et plutôt vite.

– Le fil, chuchota-t-il, pour ne pas réveiller la chimère.

– Quoi, le fil ? s'impatienta Martineau d'une voix trop forte au goût du journaliste.

– Dans la légende, il relie la sortie au Minotaure, et à rien d'autre.

Le monstre ouvrit un œil rouge. Martineau pâlit et recula. Son pied écrasa une cage thoracique dont les côtes produisirent en bruit sec en se brisant. Le Minotaure se réveilla et se redressa. Martineau hurla. Pichenette hurla. Ils prirent leurs jambes à leur cou. Ils atteignaient le dernier embranchement lorsqu'un martèlement sourd leur confirma que la chasse était ouverte. Martineau se jeta dans le corridor marqué d'un croissant de lune. Pichenette le suivit.

Ils couraient, glissaient pour épouser les virages, se cognaient parfois aux parois. Mais la cadence ne faiblissait pas. Au début, Martineau croyait remonter les signes de son empreinte à l'envers. Au bout de trois bifurcations, il se demanda si ce n'était pas plutôt celles de son fondateur, à l'endroit. En tout cas, ils n'empruntaient pas la même route qu'à l'aller. Ils s'engagèrent dans un couloir marqué d'un M qui fonçait en ligne droite vers une zone de lumière vive.

Le Minotaure apparut alors qu'ils avaient couvert la moitié de la distance vers ce qu'ils pensaient être la sortie. Pichenette se sentit pousser des ailes en entendant le beuglement derrière lui. Il doubla Martineau et déboula sur une arène en forme d'anneau. Ils n'étaient pas hors du labyrinthe mais en plein cœur, au pied de la rotonde dont les parois lisses n'offraient aucune issue de secours.

– Nous sommes faits comme des rats !

– Il y a forcément un moyen. Il y a toujours un moyen.

Le Minotaure approchait, chargeant debout et tête baissée. Martineau serra le poing autour de la clé de Héron, l'arracha à sa lanière et lança :

– Chacun pour soi !

Le Minotaure surgit dans l'arène et freina dans un nuage de poussière. De deux coups d'œil vifs, il repéra le maigrichon qui partait à gauche, l'enrobé à droite. Il racla le sol de ses pieds fourchus et partit à la poursuite du second. Martineau, constatant qu'un répit lui était offert, entreprit d'étudier la rotonde de plus près.

Pichenette zigzaguait pour fatiguer la bête. Clément le vit passer deux fois avant de découvrir le signe qu'il appelait de ses vœux. Un X était gravé dans le socle de la rotonde et une encoche creusée en son centre. Il inséra la clé dans l'encoche et la tourna d'un demi-tour. Un panneau s'ouvrit dans la pierre, révélant une niche haute de trois pieds.

– Ernest ! hurla-t-il en voyant l'écrivain revenir vers lui.

Pichenette plongea dans l'ouverture et le panneau se referma derrière eux. Ils entendirent le Minotaure cogner de l'autre côté de la paroi. Puis le silence revint. Pichenette essayait de reprendre son souffle.

– Nom... d'une pipe... J'ai bien cru... que j'allais y rester.

L'obscurité était quasi totale. Martineau tâtonna, trouva un levier encastré dans la paroi à hauteur d'homme, l'actionna.

– Le sol bouge, sentit Pichenette.

– C'est une sorte d'ascenseur ministériel, comprit le jeune homme. Très astucieux. Vraiment très astucieux.

L'obscurité se teinta de clair-obscur alors qu'ils grimpaient dans la rotonde. Martineau félicita Pichenette qui avait fait preuve d'un sang-froid remarquable et d'une bonne foulée.

– J'ai vécu un certain temps avec une femme toréador, livra l'écrivain en guise d'explication.

Le monte-charge antique les transporta jusqu'à la rotonde et ils débouchèrent en plein jour lunaire. Par un large oculus ouvert dans la coupole, ils pouvaient voir la clef de voûte du dôme qui recouvrait la ville. Ils se tenaient au centre exact d'Alexandria Ultima.

Depuis cet observatoire, les artères, les défilés, la grand-place en forme de vasque ressemblaient à un planisphère. Mais la rotonde était nue, sans appareil ni bouton à presser. Il y avait juste une colonne ronde, haute de cinquante centimètres. Pichenette s'assit dessus, attendit qu'elle s'enfonce dans la plate-forme. Elle ne bougea pas.

– Et maintenant, que faisons-nous ? s'enquit-il sans animosité.

Le Minotaure rappela sa présence, plus bas. Ils n'auraient d'autre choix que de lui passer sous le mufle pour espérer rebrousser chemin... Pichenette ne se sentait pas la force d'un nouveau gymkhana dans le labyrinthe. Martineau soupira et s'assit lui aussi sur la colonne. Il y eut un déclic minéral.

– La pierre. Elle descend.

Elle s'enfonça dans la terrasse en un lent mouvement de piston. Un vent formidable se leva. Ils marchèrent jusqu'à la balustrade pour voir ce qui se passait. Une tempête artificielle s'était levée et soufflait sur la ville. Elle la balayait et emportait la poussière pour la jeter hors les murs. Alexandria retrouvait ses couleurs. Elle n'était plus blanche mais ocre, indigo, mauve, vert, d'or, d'argent et d'électrum. Ses dômes, à nouveau, scintillaient.

– La vallée aux Trésors, reconnut enfin Pichenette.

Un grondement semblable à celui produit par un fleuve en crue grossit et fit trembler la rotonde.

– Regardez ! cria Martineau.

Une eau tumultueuse se précipitait dans le défilé que Talos leur avait fait emprunter. Elle se jeta en résurgence dans la combe, la remplit jusqu'à la base de la pagode et se diffusa dans les artères où des ponts, dont le jeune homme n'avait pas compris l'utilité dans ce monde asséché, avaient été construits. Elle finit sa course dans la place au bord de laquelle se trouvait la maison de Héron, créant une surface étale, bleue et miroitante où les bâtiments se reflétèrent.

Ce n'était plus une ville qu'ils avaient sous les yeux mais un monde, avec sa mer intérieure, ses rivières, ses cascades, tout cela en mouvement, entretenu par un jeu de vases communicants. Les oiseaux automates de la galerie aux atlantes saluèrent le réveil de la cité par de savants trilles métalliques.

– Les monuments asiatiques dans ce coin, remarqua Pichenette en indiquant un Orient imaginaire. Les temples grecs près du grand lac. Les dieux égyptiens sur l'autre rive...

– Alexandria Ultima est une carte.

– La carte de l'empire d'Alexandre le Grand.

Ils voyaient enfin la cité sous son véritable jour. Mais eux en étaient toujours au même point : coincés sur cette plate-forme avec une créature mythologique affamée qui, en bas, n'attendait qu'une chose, les dévorer. Clément fit le tour de l'aire, décrocha l'adulaire de sa chaînette, contempla la Terre

364

qui s'inscrivait à moitié dans l'oculus de la rotonde. Elle montrait sa face asiatique. Malgré l'ombre qui la recouvrait, on discernait un énorme typhon qui déroulait ses spirales nébuleuses au-dessus du Pacifique.

– Nous sommes plus tranquilles ici que là-haut, constata Pichenette en contemplant le cyclone.

– La rotonde est un élévateur, comprit le jeune homme.

– Nous allons pouvoir nous laisser mourir de faim à l'abri des éléments, continua à monologuer Ernest.

Clément se tourna brusquement vers lui.

– Comment avez-vous fait pour venir ici ?

– Pour venir ? Eh bien, nous avons organisé une bacchanale et... (il écarta les bras) me voilà.

– Vous n'aviez pas une bague comme... celle-ci ?

Il montra son adulaire.

– Non. Mais des colliers, oui. (Pichenette exhiba ses deux colliers d'otolithes.) Les pierres viennent de l'île. Elles sont jolies, non ?

Clément se donna une claque sur la joue.

– Triple idiot ! C'est ça ! s'exclama-t-il.

Pichenette recula en voyant le jeune homme sautiller sur place. Il était prisonnier de cette plate-forme en compagnie d'un fou. Il allait de Charybde en Scylla.

– Un des magasins contient une collection de pierres, expliqua Clément. Je l'ai pris pour une bête glyptothèque. Il y avait des cailloux de plusieurs coins de la Terre, et d'autres planètes aussi. En fait, ce sont elles qui guident le voyageur.

– Qui ? Que ? Quoi ?

– Les pierres ! Les otolithes ! Les adulaires !

– Vous voulez dire qu'en mettant ces colliers autour de nos

cous nous retournerons directement à Ulufanua ? (Pichenette papillonna des paupières.) Ce serait la solution la plus avantageuse, en effet.

– Passez-m'en un.

Martineau attrapa un collier et le fit glisser autour de sa nuque. Pichenette cligna des yeux. Plus de Martineau.

– Parti, fit-il.

Il contempla la Terre obscure et son vortex de nuages gris. Il lui restait un collier dans une main.

– Suis-je vraiment forcé de rentrer ? Dans quelle tempête vais-je débarquer ? Je suis bien ici, finalement. Tranquille.

Le Minotaure mugit au pied de la rotonde. Pichenette ne tergiversa pas plus longtemps et glissa le collier autour de son cou. Il voulut prononcer le nom de l'espionne de ses rêves pour fêter ce nouveau départ vers les étoiles. Mais la puissance de l'élévateur personnel de Héron d'Alexandrie, parfaitement opérationnel malgré des siècles d'attente, ne lui en laissa guère le temps. Mata resta sur la Lune. Quant à Hari, ce fut bien à Ulufanua qu'elle atterrit.

ら0

Une muraille grise emprisonnait l'île dans son mouvement tournoyant. Le disque de ciel bleu pâle ouvert au centre de l'ouragan ressemblait à une pupille démesurée. Roberta, emmitouflée dans son poncho, était assise sous la véranda. Elle scrutait le paepae. Ils y avaient transféré le temple à Bacchus et son pouvoir. Mais la plate-forme était à peine visible dans cette pénombre de fin du monde.

Les fenêtres de l'orangerie, case en dur bâtie en lisière de forêt, étaient peintes de lumières colorées et mouvantes. Stevenson avait décidé d'offrir aux insulaires un spectacle de lanterne magique pour leur changer les idées.

Grégoire sortit de la maison, deux mugs brûlants à la main, un sucrier entre les dents. Roberta lui fit une petite place sous son poncho. Ils se calèrent l'un contre l'autre et se réchauffèrent en silence, proximité et eau chaude œuvrant de concert. Des grondements sourds se faisaient entendre dans le lointain.

– Ermentrude pourra le contenir combien de temps ? demanda-t-elle.

Le cyclone leur était tombé dessus sans crier gare la veille au soir. La Fondatrice l'avait aussitôt contraint autour de l'île, les mettant sous la protection de l'œil.

– Autant de temps qu'il faudra, répondit Grégoire. Pour l'instant, elle écoute l'Éther.

– Elle a capté quelque chose ?

– Banshee a lancé son ultimatum. Le Conseil se réunira après-demain au Jantar Mantar.

– L'avant-veille de Walpurgis. Notre marge de manœuvre se réduit d'heure en heure. (Elle avala une gorgée de thé.) Elle n'a pas réussi à localiser Wallace ?

– Ni les missionnaires. Et c'est toujours le silence radio côté Martineau.

Un bernard-l'ermite apparut en haut du chemin d'accès au domaine et traîna sa coquille sur la pelouse. Un nombre invraisemblable de raies, de requins, de barracudas s'étaient réfugiés dans la zone d'eau calme qui ceignait l'île, faisant le bonheur des pêcheurs qui profitaient de l'aubaine. Roberta cala sa tête contre l'épaule de Grégoire.

– Pouvons-nous encore faire quelque chose ?

– Nous pouvons tout faire. Surtout maintenant...

– Oui. Maintenant que la fin approche.

Cette discussion pouvait s'appliquer à Banshee comme à Lilith qui vivait avec sa petite épée de Damoclès au-dessus de la tête. Le sirop d'éther qu'Ermentrude lui confectionnait chaque soir la maintenait cohérente, selon le terme employé par la Fondatrice. Il n'y avait pas eu de perte de matière ni d'évanescence depuis l'épisode du météore. Mais Roberta sentait que le sort de Lilith était lié à celui d'une certaine sorcellerie, elle aussi en sursis.

– Est-ce que vous pensez... commença-t-elle, hésitante. Si Banshee présentait effectivement Lilith comme sa fille...

Grégoire posa un index sur les lèvres de Roberta.

– Carmilla se moque de Lilith. La source de sa puissance est ailleurs. Et elle croit, à tort ou à raison, que le Diable s'en moquera lui aussi.

– Oui, mais...

Il lui coupa à nouveau la parole.

– Vous voulez une projection ? Alors, imaginons le pire. Banshee fait son Walpurgis, que nous ayons tenté quelque chose ou non...

– Un peu que nous allons nous bouger les fesses ! s'emporta la sorcière. Je ne vais pas attendre, les bras croisés, que madame soit portée en triomphe !

– Nous bougeons nos fesses et nous échouons. Banshee invoque le Diable, lui présente Lilith, se présente comme sa mère. Que se passe-t-il, d'après vous ?

Que voulait-il ? La déprimer plus qu'elle ne l'était déjà ? « Lilith saute dans les bras de son papa et fait un gros bisou à sa nouvelle maman. » Roberta garda cette vision abominable pour elle. Grégoire appuya un peu plus son épaule contre celle de Roberta.

– Nous sommes ses parents. Elle est notre fille. Nous l'aimons. Nous la verrons grandir. Voilà comment je vois l'avenir. Et je n'ai pris aucun stupéfiant, contrairement à ce que vous pourriez penser.

Roberta consulta Hans-Friedrich, pelotonné entre ses pieds. Le hérisson établit le contact avec Michèle qui avait accompagné Lilith au spectacle de lanterne magique et qui se chargea de rassurer la sorcière : sa petite fille allait bien. Toute son attention était concentrée sur l'histoire racontée par Robert Louis Stevenson. Le sentiment qui prédominait dans l'orangerie était celui de l'ailleurs.

– Nous allons la voir grandir, acquiesça la sorcière.

Les bernard-l'ermite intrépides s'étaient multipliés et créaient sur la pelouse du domaine un étrange ballet. De l'écume flottait dans le ciel, s'accrochait aux arbres et aux herbes hautes. Un petit paquet se posa sur la bottine de Roberta. Elle en préleva un peu et, téméraire, y goûta.

– Elle est salée.

– Le cyclone nous l'envoie de la lagune.

– Vous pensez qu'il y a du *dream stream* là-dedans ?

Il y goûta, lui aussi. Son visage s'éclaira.

– J'ai une idée. Une fois que Banshee aura conquis le monde, si nous sommes obligés de disparaître, nous monterons un petit commerce de crèmes glacées sur une île pas très loin. Je vois notre guinguette d'ici. « Chez Grégoire et Roberta, les meilleures *ice creams* au *dream stream* des Tonga ! »

– Idiot.

Le professeur d'histoire prit un air offusqué.

– J'étais sérieux.

Il sortit de l'abri du poncho, le reposa sur les épaules de la sorcière, récupéra mugs et sucrier.

– Je vais voir où en est Louis Renard.

Le pirate n'en avait pas cru ses oreilles quand il avait appris qu'Ernest Pichenette était parti pour Alexandria Ultima. Depuis le retour de la petite troupe, il se préparait à rejoindre le journaliste, cyclone ou pas cyclone. Et ce, le soir même. La sorcière redit ce qu'elle pensait de cette entreprise pour le moins hasardeuse.

– Comprenez-le, son trésor est là-haut. Imaginez qu'une autre femme m'ait trouvé avant vous. Comment auriez-vous réagi ? argumenta Rosemonde.

– Je lui aurais arraché le cœur avec une petite cuiller avant de reprendre le vôtre, mon amour.

L'air de satisfaction sauvage affiché par sa compagne fit frissonner Grégoire qui préféra prendre le large. Quant à Roberta, elle se sentait toute ragaillardie. Elle s'imaginait appliquant le supplice sus-décrit à une Carmilla Banshee privée de ses pouvoirs lorsqu'elle vit Martineau, traversant la pelouse, venir à sa rencontre.

Il frôlait les cénobites, le sourire aux lèvres, les cheveux au vent. Roberta se leva. Toujours emmitouflée dans son poncho, elle ressemblait à une idole manitou dans son étoffe cérémonielle. Il s'arrêta devant la véranda. Ses vêtements étaient recouverts d'une fine poussière blanche.

Avec un havresac, il aurait planté un excellent fils prodigue. Mais Clément arrivait de la Lune avec seulement ses rêves et ses souvenirs. « Et peu d'espoir », crut lire Roberta dans ces yeux qui, autrefois, n'étaient pas si durs.

– Je suis content de vous revoir, fit Clément en tendant timidement la main à son ancienne *partner*.

Elle refusa la main mais descendit les trois marches de la véranda pour offrir une joue que le jeune homme s'empressa d'embrasser.

51

Stevenson avait enfilé sa veste de velours bleu. Les hommes étaient en pagne de cérémonie, les femmes en tapa. Avec les fleurs d'hibiscus plantées dans leurs cheveux, elles étaient aussi belles que le jour de leur mariage. Les insulaires avaient déjà eu droit à *La Belle au bois dormant*, au *Chat botté* et au *Petit Poucet*. L'écrivain ouvrit la lanterne magique et s'assura qu'il restait assez d'huile pour alimenter la chandelle pendant qu'O'Talolo sortait les vues du conte suivant.

Assis face au mur blanc, les habitants d'Ulufanua palabraient au sujet de la dernière histoire. Si le Petit Poucet avait semé sur son chemin des piments rouges au lieu de miettes de pain, les oiseaux ne les auraient pas mangés. Et des calebasses ? proposa un autre. Il n'aurait pas eu assez de ses deux poches pour en emporter la quantité suffisante, affirma celui qui jouait le rôle de chef de village. Les hommes se turent. Les femmes gloussèrent en lissant leurs cheveux noirs comme l'ébène.

Robert Louis aimait particulièrement la prochaine histoire. Sa bonne vieille Cummy, sa nounou dévouée, la lui avait raconté maintes fois alors qu'il luttait contre Bloody Jack, l'ensanglanteur de poitrine. De plus, Perrault n'avait pas fui

372

ses responsabilités. L'adorable petite fille se faisait effectivement manger par le loup à la fin. Et les versions apocryphes, la sauvant d'une manière ou d'une autre, ne changeaient rien à l'affaire.

La première plaque de verre fut glissée dans la chambre de fer-blanc. Apparut une vue de village, un jour de marché. Une petite fille blonde marchait gaiement au milieu de la place. Le silence se fit dans la case. Stevenson commença à raconter :

– Il était une fois une petite fille de village, la plus jolie qu'on eût su voir ; sa mère en était folle, et sa grand-mère plus folle encore. Cette bonne femme lui fit faire un petit chaperon rouge, qui lui seyait si bien que partout on l'appelait le Petit Chaperon rouge.

La vue était médiévale, froide et grise, parfaitement exotique pour les habitants d'Ulufanua. Stevenson racontait en samoan. Lilith, qui se trouvait quelque part dans le parterre, bénéficiait d'une traduction simultanée grâce à Michèle Gustavson. La hérissonne lui transmettait le conte par voie télépathique, traduisant les mots en émotions et en sentiments et lui permettant de comprendre le principal. Stevenson changea la plaque.

– Un jour, sa mère ayant préparé et cuit des galettes lui dit : « Va voir comme se porte ta mère-grand, car on m'a dit qu'elle était malade, porte-lui une galette et ce petit pot de beurre. »

Stevenson s'apprêtait à insérer la troisième vue qui montrait la petite fille sortant du village d'un bon pas lorsqu'une clameur poussée par les spectateurs le fit changer d'avis. L'image, sur le mur, s'était animée. Le Petit Chaperon rouge avait ouvert la porte d'elle-même. Elle traversait le village, son panier au bras, suivie par les yeux admiratifs des villageois. Elle était en effet la plus jolie qu'on eût su voir. Le premier étonnement passé, les insulaires observaient la déambulation de l'enfant avec une nouvelle attention. Surtout que le village s'éloignait à l'horizon et que les premiers arbres de la sombre forêt commençaient à apparaître sur les côtés.

Stevenson étudiait l'intérieur de la lanterne magique, n'y voyant que la plaque, statique, qu'il y avait glissée, lorsque des murmures de désapprobation remuèrent l'assistance. Le Petit Chaperon rouge s'était arrêtée. Elle n'irait pas plus loin. Non parce que la peur la retenait (elle lui était totalement étrangère) mais parce que le narrateur tardait à lancer la scène suivante. L'écrivain referma la lanterne magique et annonça :

– Le Petit Chaperon rouge partit aussitôt pour aller chez sa mère-grand qui demeurait dans un autre village.

Le personnage agita ses boucles blondes et reprit sa course joyeuse. Les insulaires dodelinaient de la tête en rythme avec elle. Aucun n'avait peur du loup qui se terre au fond des bois. Et pour cause, ils n'en avaient jamais vu. Stevenson, de son côté, essayait de comprendre comment ses vues avaient pu s'animer seules. Un mouvement, dans le parc, l'intrigua. Il jeta un coup d'œil à l'extérieur et pensa dans un premier temps à de la neige. En fait, c'était l'écume qui tombait du ciel en paquets épais et élastiques.

L'écrivain s'agenouilla, attrapa un peu de matière spongieuse dans le creux de sa main. Il vit dans ce creuset de bulles une image dans laquelle il reconnut une certaine petite fille qui s'apprêtait à faire une mauvaise rencontre.

Rencontre qui venait d'avoir lieu sur le mur, d'après les cris de frayeur poussés par les indigènes. Stevenson retourna derrière sa lanterne et vit un grand loup gris assis devant le Petit Chaperon rouge. Les personnages ne se souciaient plus de savoir si le narrateur s'intéressait ou non à eux. Ils se pliaient au dialogue écrit par Perrault de leur propre chef, sans l'aide de quelque machine que ce soit.

– Après l'image, le son, murmura Stevenson qui, déchargé de ses obligations, eut le geste machinal de planter une cigarette au coin de ses lèvres.

Une découverte, qui lui glaça le sang, l'empêcha d'achever son geste. Le visage du Petit Chaperon rouge s'était modifié. Elle n'était plus blonde mais brune. Et, malgré la différence d'âge, on reconnaissait Lilith telle qu'elle pourrait être à l'âge de cinq ans. Stevenson ne voyait pas la fillette dans la petite foule. Il projeta sa pensée, appelant Michèle au rapport. La hérissonne répondit d'autant plus vite qu'elle se trouvait juste derrière l'écrivain qui l'interrogea et écouta sa réponse.

– Tu t'es fait un copain hérisson ? Je m'en moque ! explosa-t-il. Je te demande où est Lilith dont tu avais la garde !

Si les hérissons savaient rougir, Michèle Gustavson aurait sans doute gagné le concours du Rubicon. Elle lança ses épines mentales dans toutes les directions. Lilith n'était plus dans la case. Elle courut sur le seuil et sonda le parc du domaine. Un écho lointain lui parvint depuis la forêt. Stevenson observa la lisière qui, dans ce demi-jour argenté, n'augurait rien de bon.

Sur le mur, la rencontre entre fille et loup avait pris fin. L'un se dirigeait vers la maison de mère-grand par le chemin le plus court, l'autre par le plus long. Stevenson confia la case à O'Talolo. Il attrapa Michèle et la jeta dans sa veste de velours. Il sortit de la case et traversa le parc en courant.

— Fais que je n'arrive pas trop tard, vieille nounou, implora-t-il en s'enfonçant dans la forêt.

52

Pichenette avait rejoint Martineau et tous deux racontèrent Alexandria Ultima. La ville existait donc bel et bien. Survint le moment inévitable où la vision de Grégoire – enflammé par le témoignage du jeune homme au sujet du registre, des monuments, de tout ce que le cratère Sémiramis promettait en matière de découvertes historiques – et celle du Frère de la lagune – plus impatient que jamais d'arpenter la vallée aux Trésors – se télescopèrent.

Rosemonde prévint le pirate que le cratère faisait d'ores et déjà partie du patrimoine de l'humanité. Louis Renard rétorqua que, sans le quartz, personne n'y serait allé. Faux, s'insurgea Martineau qui y avait posé le pied le premier. Ce fut Claude qui parvint à calmer le jeu, alors que la conversation tournait plutôt au vinaigre.

– Si Alexandria Ultima a un propriétaire, c'est le Club des lunatiques, rappela-t-elle. (Connaissant son frère comme sa poche, elle ajouta, pour calmer toute nouvelle velléité de délire possessif :) Donc le maître de Vaïlima.

Tout d'un coup, Louis Renard ne vit plus d'un si mauvais œil que sa sœur convole avec l'Écossais. Et la tension, comme par magie, retomba. Ils purent deviser des aspects pittoresques de la Lune, du Minotaure, des armées d'automates, de la collection de pierres qui, d'après Martineau, leur permettrait bientôt de bondir d'élévateur en élévateur selon des itinéraires qu'il se proposait d'explorer.

Les conversations s'éteignirent lorsque Roberta se plaça en bout de table, aussi droite que la statue du Commandeur. Le tic-tic syncopé des aiguilles d'Ermentrude dans son fauteuil à côté du poste de TSF constituait l'unique fond sonore.

– Banshee apprendra tôt ou tard l'existence d'Alexandria Ultima, lâcha-t-elle en fixant Martineau. Si nous voulons jouer les touristes sauteurs, il faut avant tout nous débarrasser de cette plaie.

Le nouvel engagement de l'ancien directeur du bureau des Affaires criminelles ne faisait guère de doute à ses yeux. Mais elle voulait en avoir une confirmation orale et publique.

– J'ai vu Archibald Fould en compagnie de Banshee à Delphes, témoigna Clément. Et j'ai un compte personnel à régler avec lui.

– Fould est mort, laissa tomber la Fondatrice sans lever le nez de son tricot.

– Mort ? reprit Martineau. Mais... comment ?

– Boulotté par un caïman dans le delta du fleuve Jaune. Il y a deux jours.

– Vous en êtes sûre ? intervint Roberta.

Ermentrude posa son tricot, croisa ses aiguilles et affirma d'un air las :

– Archibald Fould de Bâle. Groupe sanguin : A positif. Quarante-deux ans. La constellation du Serpentaire imprimée sur la fesse gauche. Est parti accomplir son ultime voyage.

Elle reprit son tricot. Martineau se balança sur sa chaise, les mains au fond des poches.

– La mort de Fould ne change rien pour moi, continua-t-il. Je vous suis.

Louis Renard demanda avec impatience :

– Vous aider, soit. Mais de quelle manière ? Vous êtes minoritaire dans ce Conseil de la Sorcellerie. Les missionnaires sont dans la nature. Wallace aussi...

– Les sanctuaires n'ont pas besoin des gardiens pour exister, glissa Grégoire.

– Oui, très bien. Alors je vous écoute. (Le pirate tendit les jambes et posa ses bottes sur la table.) Si vous avez un plan pour passer à l'abordage, moi aussi je suis prêt à vous suivre.

Un bernard-l'ermite entra dans le salon. Il parcourut cinq mètres, vit les humains qui s'observaient en silence et jugea plus prudent de rebrousser chemin.

– Il y aurait une solution, lâcha enfin le professeur d'histoire.

– Vague et au conditionnel, releva Louis Renard. Nous voilà bien.

Rosemonde fusilla le pirate du regard.

– Il y a une solution, reprit-il. Elle consiste à créer un sanctuaire. Ainsi, nous reviendrions à quatre contre quatre et la donne serait changée.

– Créer un sanctuaire ? fit Martineau. C'est si facile ?

– Oh, bien sûr ! Il suffit de prendre cent kilos de sable, de tourner trois fois sur vous-même avec une marotte dans chaque main et le tour est joué.

Martineau arrêta de se balancer et afficha une mine idiote. Roberta préféra prendre le relais.

– Ce que Grégoire veut dire, c'est que toutes les magies ne sont pas représentées avec les sanctuaires existants.

– La sorcellerie ne se limite certes pas aux sept poches de magie officielles, ponctua le professeur d'histoire.

– Cette Petite Prague, essaya Pichenette. Il n'y aurait pas moyen de se la réapproprier ?

– Sans les monuments qui allaient avec, impossible, répondit Rosemonde. L'âme de la pierre...

Clément, se croyant peut-être revenu dans l'amphithéâtre du Collège des sorcières, leva le doigt pour prendre la parole.

– J'avais lu un article sur les Machinistes dans *La Revue en sorcellerie*. Ils vivent sur une sorte de monstre flottant...

– Le Léviathan, l'éclaira Rosemonde. Ils refuseront de nous suivre.

– Pourquoi ?

– Parce qu'ils ont leurs propres projets et que nous ne les ferons pas changer d'avis en un jour.

– Nous pourrions parler aux voïvodes ? intervint Roberta, se souvenant de sa personnalité d'emprunt lors du raout liedenbourgeois.

– Encore mieux ! s'esclaffa Rosemonde. Vous pensez qu'ils se sont installés dans des nids d'aigles transylvaniens pour prendre part aux affaires de ce monde ?

Le professeur d'histoire alluma une cigarette. Il regarda l'allumette se consumer dans la noix de coco avant d'affirmer :

– Aucun représentant d'une magie existante ne s'impliquera à nos côtés dans des délais aussi brefs. Il nous faut créer un sanctuaire et la forme de sorcellerie qui l'accompagnera.

– Rien que ça, murmura Roberta qui mesurait l'ampleur de la tâche.

Inventer une nouvelle forme de magie, s'en approprier une encore vierge... Cela paraissait tout simplement impossible.

– J'ai trouvé ! s'exclama Martineau, faisant sursauter Ermentrude qui en perdit ses mailles. Alexandria Ultima. Il n'y a personne là-haut. Et vous n'allez pas me dire que cet endroit n'est pas magique ? Hein, Ernest ? Ça pourrait être le sanctuaire de l'histoire ? M. Rosemonde ferait un gardien formidable !

Le visage de Grégoire ne trahit aucune émotion.

– Vous avez toujours été un élève plutôt médiocre, jeta-t-il à la face du jeune homme qui vira cramoisi. Une des dernières fois où nous nous vîmes, vous fûtes incapable de me citer les huit sanctuaires. Et maintenant, vous me proposez d'en fonder un sur la Lune ?

– Ben oui, pourquoi ? Y a un problème ?

Rosemonde se massa les paupières du bout des doigts.

– Le champ d'action du Conseil se limite à la Terre. C'est inscrit dans sa Constitution. Tout ce qui se passe dans l'espace ne le concerne pas.

– Stupide, jugea Ermentrude.

– Peut-être. Mais la mesure a été prise à sa fondation, en 1908, après un certain événement qui est resté dans les annales.

Grégoire attendit la réponse de Clément, dans une position pour le moins délicate. Les Renard, goguenards, observaient l'élève en difficulté.

– Le naufrage du *Titanic* ? proposa-t-il. La guerre de 14-18 ? Non, en 1908, elle n'avait pas commencé... L'exécution de Mata Hari ?

– Laissez cette femme en dehors ! ordonna Pichenette en se levant, prêt à relever l'affront.

Martineau ne savait plus où se mettre. Roberta vint à sa rescousse.

– 30 juin 1908. Vingt mille hectares de taïga, dans la Toungouska, sont soufflés par une formidable explosion dont la cause est restée nébuleuse.

– On a parlé d'un bolide, essaya Louis Renard.

Ermentrude ricana. Rosemonde raconta :

– En fait, les Carnutes ont activé un transmetteur dans un coin de Sibérie, de leur propre chef. Et ils ont ouvert la porte à un grand ancien de Proxima du Centaure...

– D'Aldébaran, rectifia la Fondatrice.

– La situation a été rattrapée *in extremis*. C'est à cette occasion que le Conseil est né, pour éviter ce genre d'initiative malheureuse. (Il se tourna vers Martineau.) Donc, on oublie Alexandria Ultima. Il nous faut un morceau de terre neutre, en devenir, potentiellement chargé de puissance... et de l'imagination.

– Un territoire neutre, murmura Louis Renard.

– De l'imagination, fit Martineau en se grattant le cuir chevelu.

Et tous de se torturer à nouveau les méninges. Roberta en profita pour s'installer à côté d'Ermentrude, en pleine récupération de mailles.

– Il avance bien, votre pull.

– Moui.

– C'est joli, ce motif en chevrons.

– Que voulez-vous savoir ?

La sorcière s'en voulait de revenir à ses petits soucis

personnels alors que le sort du monde se jouerait dans les heures à venir. Mais depuis qu'Ermentrude avait annoncé la mort du municipe, une idée lui trottait dans le crâne.

– Vous voyez les morts lorsqu'ils sont... morts, commença-t-elle.

– Et les vivants lorsqu'ils sont vivants. Jusque-là j'arrive à vous suivre.

Roberta ferma les yeux, manière de prendre de l'élan, et posa la question à laquelle les quatre autres Fondatrices avaient déjà répondu.

– Avez-vous vu mes parents ?

– Morts ou vivants ? demanda Ermentrude avec un air retors.

– Mais c'est bien sûr ! fit Martineau.

Une idée folle venait de lui traverser l'esprit. Il la retourna en tous sens. Le lieu était idéal, vierge, mobile et potentiellement chargé de magie. De quelle force pourrait-il être le sanctuaire ? Clément mit au parfum le professeur d'histoire qui, d'emblée, trouva la proposition excellente.

– Non, répondit enfin la Fondatrice.

– Vous voulez dire qu'ils ne sont pas morts ?

– Je veux dire (Ermentrude ferma les yeux et, cruelle, compta jusqu'à dix) qu'ils sont encore vivants.

– S'ils étaient morts dans cette peinture, vous le sauriez, n'est-ce pas ? insista Roberta qui faisait tout pour cacher ses palpitations.

– J'ai déjà répondu à cette question. Aucun plan de la réalité ne m'échappe. C'est l'intérêt de pouvoir se glisser entre les composants de la matière. (Elle reposa son tricot et continua un ton plus bas :) En revanche, j'ai quelque chose à vous annoncer au sujet de Clément Martineau. Enfin, à propos de sa petite amie, Suzy Boewens.

Roberta écarquilla les yeux.

– Ils sont sortis ensemble ?

Martineau indiquait un endroit sur une carte du Pacifique sud à l'assistance fascinée. Il ressemblait à un enfant venant de découvrir un coffre dans un terrain vague. Roberta ne parvint pas à entendre ce qui se disait. Elle capta juste les mots « sanctuaire », « rêve », « imagination ».

Son esprit, de toute façon, était à Bâle. Ermentrude lui racontait la mort de Suzy Boewens et de quelle manière Clément y avait assisté. Il fallut beaucoup de courage à la sorcière pour revenir près de la table lorsque Grégoire lui annonça qu'ils tenaient leur huitième sanctuaire.

53

Lilith baguenaudait dans le bois de ses rêves. Elle s'arrêtait tous les dix pas pour cueillir pâquerettes, boutons-d'or et campanules, faisant s'envoler les papillons qui les butinaient. Un chaperon rouge était jeté sur ses épaules, un panier glissé à son bras avec dedans la galette et le petit pot de beurre. Elle n'était plus un grand bébé de deux ans mais une vraie petite fille de quatre ans et demi. Elle avait grandi pour se conformer au personnage, atteignant sans s'en rendre compte l'âge où les premiers souvenirs conscients demeurent.

Tout à coup, un grand loup gris sortit du bois et s'assit juste devant elle. Sa langue rouge pendait hors de sa gueule. Ses yeux obliques aux iris jaune-fauve la fixaient sans ciller. Lilith n'était pas inquiète : le loup faisait partie de l'histoire.

– Où vas-tu ? lui demanda la bête.

– Je vais voir ma mère-grand et lui porter une galette avec un petit pot de beurre que ma mère lui envoie.

– Pose ton panier et approche.

Lilith hésita. Le loup ne devait-il pas s'enquérir de l'endroit où se trouvait la maison de sa mère-grand ? Elle posa néanmoins son panier, marcha vers le loup, s'arrêta à trois pas. Il se leva et tourna autour d'elle en haletant.

– Je suis bien aise de pouvoir, enfin, te parler. Nous avions rendez-vous depuis longtemps déjà, tu sais ? À Rome, à Antioche, sur le météore, j'aurais dû te prendre. Mais il semblerait que certaines personnes aient reculé l'échéance.

Le loup s'arrêta, approcha son museau tout près de son visage, le renifla.

– Je vois. Tu as eu droit à un traitement de faveur. Les constellations te protègent. (Il renifla encore.) L'Horloge sur la cuisse, le Sculpteur sur le bras... Ce sont eux qui t'ont permis de grandir, de te forger cette nouvelle enveloppe.

Il passa derrière Lilith et pressa sa truffe contre le bas de son dos. Un frisson parcourut la petite fille.

– Phénix et Caméléon. Ils ne te seront d'aucun secours. (Il s'assit à nouveau devant elle.) On ne t'a donc pas lu l'histoire jusqu'au bout ?

– Si. Mais je ne m'en souviens pas.

– Tu veux que je te dise ce qui se passe ?

Lilith hocha faiblement la tête.

– Je te mange.

Lilith ne s'enfuit pas, même si ses jambes lui commandaient de le faire. Elle répondit calmement :

– Avant, vous devez vous rendre dans la maison par-delà le moulin...

– Chez ta mère-grand, tirer la bobinette, dévorer l'enrhumée, avec ses vêtements me déguiser, t'attendre et te tromper. Je sais, mais je préfère la version courte. (Les yeux du loup s'étrécirent, sa gueule s'auréola de bave.) Ton heure est venue, Lilith Rosemonde.

– Qui es-tu ? demanda l'enfant, sachant cette fois qu'il était trop tard pour s'enfuir.

– Je suis ton dernier baiser. Je suis ta mort.

Le loup banda ses muscles et ouvrit la gueule en grand.

– Pas si vite !

Un homme en veste de velours bleu venait de s'inviter à la fête. Le loup referma la gueule, contourna Lilith et s'approcha en analysant son odeur.

– Je te connais toi aussi, dit-il en fouillant sa mémoire. Robert Louis Stevenson d'Édimbourg. Comment peux-tu être encore en vie ? (Le loup retroussa ses babines.) Une fort bonne journée. Certaines choses vont rentrer dans l'ordre.

– Je ne te laisserai pas faire.

– Je me trompe ou tu es venu les mains vides ?

Le loup dédaigna l'homme en bleu et retourna vers Lilith qui, cette fois, recula. L'écrivain était venu les mains vides, en effet. Mais il avait réfléchi à la question en s'enfonçant dans l'univers onirique. Il attrapa un morceau d'écume à ses pieds et le façonna en forme de Winchester, comme celle qu'il gardait autrefois dans sa retraite de Silverado. L'arme était solide, lourde, dense. Il s'assura qu'elle était chargée. Il épaula et visa la bête.

– Bloody Jack ! appela Stevenson.

Le loup s'arrêta, se retourna, frémit en voyant l'arme dirigée vers lui.

– Tu ne peux pas me tuer. L'histoire ne se termine pas ainsi.

– L'originale, non. Mais ce n'est pas la plus connue.

Le loup fit un bond de côté au moment où le coup de feu claquait.

54

Roberta zigzaguait entre les cénobites. Clément, assis derrière elle, s'accrochait à la selle de la mobylette pour ne pas en être éjecté. Louis Renard suivait sur un engin en tous points semblable.

– Vous pensez que ça va marcher ? cria Martineau.

– Si vous trouvez une pierre de Tasmanie dans cette glyptothèque, nous sommes sauvés ! Mais le temps nous est compté, ne l'oubliez pas !

– Encore faut-il que le colosse fonctionne !

Ils arrivaient au paepae. Roberta se gara, posa l'engin sur sa béquille, laissant le moteur tourner au ralenti de peur qu'il ne cale.

– Je vous ai connu plus optimiste, mon petit Clément. Allons ! Maintenant que vous foncez à travers l'espace comme un météore, impossible n'est pas Martineau.

– On croirait entendre mon père.

– Il faut un minimum d'ambition pour bâtir un empire.

Louis rangea sa mob à côté de celle de Roberta et sauta sur le paepae aménagé en aire d'envol. Avec l'aide d'O'Talolo, la sorcière avait fait retirer le toit de palmes et tapissé de carrés de mousse du Chaudron du Diable alternativement rouges et verts l'ensemble de la plate-forme, ce qui lui donnait l'apparence d'un échiquier multicolore. Clément suivit le Frère de la lagune en ayant l'impression de s'engager sur une piste de danse disco molle.

– Le damier, c'est pour quoi ? s'enquit-il avec suspicion.

– Pour donner à votre départ un air de fête.

Roberta sortit les colliers d'otolithes. Louis scrutait la trouée dans les nuages, assombrie par le crépuscule. Les premières étoiles y étaient apparentes. Il avait l'air un tantinet inquiet.

– N'oubliez pas que le Conseil se tient après-demain, à midi. L'avenir de l'humanité est entre vos mains.

– Allez, donnez-nous les colliers, râla Martineau.

– Bras gauche dressé, index tendu, main droite sur les hanches, jambe dans le prolongement du bras, indiqua-t-elle.

– Hein ? fit Martineau.

Roberta fut obligée de le manipuler comme un pantin pour le plier à la position qu'elle souhaitait lui voir prendre. Louis Renard imita Martineau avec un grand professionnalisme. La sorcière recula pour juger de l'effet.

– Vous êtes parfaits. De vrais graines de stars. Quel aérodynamisme ! Vous serez sur la Lune en moins de temps qu'il ne faudra pour le dire.

– Quand vous nous aurez donné ces satanés colliers, rappela Martineau qui se sentait parfaitement ridicule.

Roberta glissa un collier au cou de chacun. Louis fut le premier à partir, Clément le suivit dans la seconde.

– Nous vous remercions pour votre visite à Ulufanua ! lança Roberta vers le ciel.

Elle redescendit du paepae, remonta sur sa mobylette et la

lança vers la maison de Vaïlima. S'ils parvenaient à réaliser leur plan insensé, Carmilla Banshee allait avoir une mauvaise surprise, jubila intérieurement la sorcière.

Grégoire sortit sur la véranda avec Claude Renard en entendant Roberta revenir. Elle avait fière allure, son poncho claquant au vent, les gaz au maximum, s'envolant à chaque repli du terrain. À environ cent mètres, il la vit piler net, mettre pied à terre et laisser tomber la mobylette sur le côté.

– Que se passe-t-il ? demanda Claude.

Grégoire s'engagea sur la pelouse pour suivre Roberta des yeux. Elle courait vers la lisière de la forêt. Quelqu'un en sortait, un paquet rouge entre les bras.

– C'est Robert Louis, reconnut Claude. On dirait qu'il porte...

– Lilith ! s'écria Grégoire avant de se précipiter vers la forêt.

55

À quelque trois mille cinq cents kilomètres de là et quarante-huit heures plus tard, William Putiphar faisait sa promenade matinale. Le président-directeur général des chantiers navals Putiphar, connus dans le monde entier, était le spécialiste des digues, des pontons et des plates-formes. Les immenses structures flottantes qui naissaient dans les anses de la Tasmanie où il avait élu domicile offraient à ceux qui pouvaient se la payer la possibilité de reconquérir les terres englouties par la Crue. Les côtes de Californie avaient ainsi pu renaître, comme les villes de Dubaï et d'Abou Dhabi, parmi tant d'autres.

Putiphar était un entrepreneur. Et, à force de remporter de multiples combats contre la lagune, il se voyait aussi comme un bienfaiteur de l'humanité.

Pour l'heure, il marchait vers une sorte de tertre dans un coin de son immense propriété. Les indigènes avaient qualifié ce mamelon de sacré et ils s'étaient insurgés lorsqu'il avait voulu y faire bâtir une gloriette. Peste ! La police personnelle de Putiphar s'était chargée de cette canaille. Colline sacrée, aire de danse de la nuit des temps, il n'en avait cure. L'endroit offrait une vue plongeante sur ses chantiers installés à un kilomètre de là. Et il aimait y prendre son petit déjeuner tout en admirant son œuvre.

La table était dressée. Putiphar s'assit sous la gloriette, noua une serviette autour de son cou et fit un trou au sommet de l'œuf cru disposé face à lui. Il en aspira le contenu avant de se servir une tasse de café qu'il sirota l'auriculaire tendu. Le spectacle fabuleux des nuages mauves qui se reflétaient sur la lagune l'indifférait complètement. Ce qui aiguisait ses regards et son appétit se trouvait dans le bassin principal du chantier. Il s'agissait de sa grosse commande actuelle, celle du Club Fortuny de Bâle.

Le radeau titanesque pouvait supporter la charge exigée par le commanditaire et la violence d'un ouragan. Les tests de gîte avaient été concluants. Architectes et décorateurs suivraient et donneraient forme au projet qui, pour l'instant, ne ressemblait pas vraiment à une ville flottante pour milliardaires. Néanmoins, Putiphar était satisfait. Les travaux avaient été menés dans les temps. Le client – en route pour visiter le chantier – serait sûrement content.

Considérant que la journée débutait sous les meilleurs auspices, Lord William allait se payer le luxe de gober un deuxième œuf cru lorsqu'un mouvement, au-dessus de sa tête, attira son attention. Il leva le nez et eut le réflexe heureux de s'écarter et de rouler en bas du tertre comme un tonneau lâché sur une pente prononcée.

Quelque chose de colossal tomba du ciel sur la gloriette et la réduisit à l'état de crêpe. Il s'agissait d'un géant qui mesurait dans les trente mètres de haut et qui était recouvert de plaques de bronze. Il descendit du tertre d'un pas maladroit. Il boitait légèrement. Son pied gauche s'enfonçait plus profondément que son pied droit dans la pelouse entretenue avec soin par les jardiniers. Ce qui ne l'empêcha pas de marcher résolument vers les chantiers situés en contrebas.

William Putiphar vit l'automate monstrueux franchir d'un bond le ravin qu'il avait fait creuser autour de sa propriété et poursuivre sa course de l'autre côté. Le colosse pénétrait dans la zone des chantiers. Les ouvriers s'enfuyaient à son approche. S'il avait décidé de tout détruire à coups de poing, rien n'y personne ne l'en empêcherait.

Le colosse s'arrêta et tourna sa tête grinçante. Il donnait l'impression de chercher quelque chose. Finalement, il s'engagea sur la digue à laquelle la ville flottante était amarrée. Au bout, il sauta dans la lagune, attrapa les chaînes qui reliaient la ville à la terre et les arracha. Il les fit passer sur ses épaules et se mit à marcher vers le large, tirant l'immense plate-forme derrière lui.

Putiphar était un homme de terrain, mais aussi de chiffres. Il blêmit en songeant que la ville Verne avait été assurée contre toutes les catastrophes possibles et imaginables, mais pas contre le vol.

56

On l'avait baptisé Baba Ran Yantra ou l'enfant de l'Instrument abandonné. À l'âge de dix ans – et après avoir lu les récits de Marco Polo qui avait séjourné entre les murs de son caravansérail – il s'était donné comme nom civil Marc-Paul Morelli. Pour les Occidentaux de passage, le gardien du Jantar Mantar se faisait simplement appeler Morel.

Le caravansérail, en temps normal si paisible, résonnait de cris et de cavalcades. L'hydravion de Carmilla Banshee arriverait d'un instant à l'autre. Morel, habitué à des hôtes plus discrets, appréhendait un peu cette rencontre. Mais, en bon arbitre de la Sorcellerie, il n'avait pas reculé devant l'épreuve. De même qu'en véritable homme du monde, il ne laissait rien paraître de son agitation intérieure. Son visage eurasien était l'image de la sérénité. Son costume coupé tibétain, impeccable, lui donnait une allure princière.

– La Pythie est arrivée ? lui demanda celui qui l'accompagnait de salles en cours intérieures depuis le début de la matinée.

Le missionnaire était arrivé en compagnie de deux autres, en Hammer, la veille au soir. Ils avaient emprunté la vieille route chinoise. C'était miracle qu'ils n'aient pas versé dans un précipice. On accédait ici plutôt par les airs ou par le sentier des pèlerins.

– Elle est là, oui, répondit Morel. Son avion s'est posé hier. Avec une centaine d'amazones et un Carnute. J'ai obtenu que les femmes-soldats laissent leurs armes au vestiaire. Cela n'a pas été sans mal, vous pouvez me croire.

– Elle nous a bernés comme les autres, grogna Vandenberghe. J'enrage. Dire que j'ai enseigné à Carmilla les arcanes de la sorcellerie !

Morel se contentait d'écouter, son rôle de gardien du Jantar Mantar – vaste mosaïque de palais, de monastères et d'habitats troglodytes – lui imposant la neutralité. Ils traversaient un salon dans lequel un miroir vénitien n'avait pas été retiré. Morel pensa à la veuve Winchester et admonesta le serviteur qui se trouvait là.

– Mettez ce miroir dans la réserve. Assurez-vous qu'il n'en reste plus un seul dans les lieux de passage.

Ils reprirent leur route et débouchèrent dans une cour de grès rouge. Vandenberghe marchait sur des œufs. Gagner l'arbitre à leur cause était une priorité. Il revint à la discussion qui les avait occupés une partie de la matinée, insistant sur l'horreur originelle dont Banshee s'était rendue coupable.

– Elle a sciemment donné vie à une petite fille condamnée à court terme... en vue de séduire le Diable !

Otto était à court de mots. La situation parlait d'elle-même. En matière d'infamie, la veuve Ching ou le teinturier masqué Hakim de Merv étaient, comparés à elle, des enfants de chœur.

– Garnier vous a drogués. Winchester vous a menti. L'oracle vous a lancés sur une mauvaise piste, résuma Morel.

Il n'empêche. Le Conseil délibérera dans les formes. Le nouvel état des choses qui en résultera sera un juste reflet de la réalité.

– Juste reflet de la réalité ! s'exclama Otto, sortant tout à coup de ses gonds. Vous êtes un gardien, comme Tahuku, ou Wallace. C'est à vous, gardiens, de faire quelque chose !

Morel s'arrêta. Otto, pensant qu'il avait une ouverture, se précipita résolument dans la brèche.

– Banshee est une horde barbare à elle seule. Là où elle passe l'herbe ne repousse plus. Votre merveilleuse vallée ne sera plus que ruines et cendres si vous vous avisez de la contrer lorsqu'elle sera au pouvoir. La Petite Prague a déjà disparu et le Mondorama aussi.

– Il en reste des fragments, tempéra Morel.

– Et Wallace, où est-il ?

– Tahuku le cherche.

– L'homme loup, la veuve, l'oracle, continua Otto sans se démonter. Avez-vous la moindre idée de ce qu'ils ont demandé à Banshee pour lui offrir leur soutien ? Ils n'agissent pas gratuitement, vous pouvez me croire. Ils pourraient vouloir réduire le Conseil à quatre sanctuaires et vous renvoyer à vos abricotiers !

Otto reprit son souffle en se demandant s'il n'était pas allé trop loin. Le gardien réfléchit quelques instants avant de se tourner vers son assistant qui les suivait de loin et attendait, en retrait.

– Où en sommes-nous, côté délégations ?

Peu de groupes non représentés au Conseil avaient fait le déplacement. Mais les satanistes étaient venus en masse. Rémoras. Dagoniens. Disciples d'Haborym. Compagnons

396

d'Azatoth. Amis de la Pistole volante... Ils avaient manqué s'étriper lors de l'attribution des passes. Les badges étaient de différentes couleurs et chaque secte en voulait un rouge.

– Ils se sont calmés. Mais les envoyés du Herz ne cessent de se plaindre. Ils exigent de vous rencontrer avant le Conseil.

– Le Herz ? releva Otto.

– Une colline autrichienne, l'éclaira Morel. Là où, dit-on, la première nuit de Walpurgis eut lieu. Ils veulent voir Banshee invoquer le Diable chez eux. (Ils reprirent leur route, remontant un salon ouvert à tout vent entre deux rangées de globes énormes.) Des guignols ou des fanatiques, voilà ceux que la menace a déplacés. Les non-permanents n'ont qu'un pouvoir consultatif, d'accord. Mais j'aurais aimé que le baron Samedi ou les nécromants fassent acte de présence. Même les vampires étaient les bienvenus. Ils préfèrent rester dans leurs coins et attendre de voir ce que cette journée historique va donner.

– La majorité silencieuse, maugréa Otto.

– Sans notre isolement, sans ce sentiment de confort... (ils pénétrèrent dans une cour de marbre blanc) Banshee serait seule dans son palais du Liedenbourg à se tirer le tarot et à pester contre la terre entière.

Une ombre les recouvrit. Ils eurent le temps de voir la queue de l'hydravion géant passer au-dessus du caravansérail.

– En tout cas, elle est ponctuelle, reconnut Morel en consultant sa montre.

Un Pygmée les rejoignit. Otto supposa qu'il s'agissait de Tahuku. L'animisme était pour lui un terrain en sorcellerie étranger et inquiétant comme les contrées reculées de l'Afrique noire. Le recteur fréquentait davantage les vieux livres, les cabinets poussiéreux et les langues mortes. C'est donc

397

avec un temps de retard qu'il s'inclina devant le gardien. Fort heureusement, Tahuku ne soumettait son existence à aucune étiquette.

– Wallace tout près ! Wallace tout près ! informa-t-il Morel en sautillant d'un pied sur l'autre.

Tahuku fit glisser sa besace de son épaule, en sortit une bourse de cuir et la vida sur le pavement de la cour. Des os s'éparpillèrent. Étaient-ce des clavicules de fées ? se demanda Otto, fasciné. Tahuku les prit dans ses mains rugueuses, les frotta comme pour les chauffer et les jeta. Ils composèrent une figure lisible pour lui seul.

– Par là ! confirma-t-il, un bras tendu. Une journée de marche. Moi pouvoir chercher lui !

– Il nous le faut maintenant, grogna Morel. Mais les étoiles en soient remerciées. S'il n'est qu'à une journée, nous sommes à bonne distance pour l'appeler. Quelle formule aime-t-il utiliser. Bambadabam ?

– Simbadaboum ? essaya Otto.

– Sim Sala bim ! s'écria Tahuku.

Tout à coup, un tourbillon de flocons de neige les enveloppa et se transforma, sous l'effet de la chaleur, en gouttelettes scintillantes. Au centre de la cour, une chauve-souris géante, un chapeau planté de guingois sur le crâne, essayait de se sortir des ailes dans lesquelles elle s'était empêtrée. Wallace apparut, le visage rouge et le regard vacillant.

– Il est complètement gris, constata le gardien.

Otto était partagé entre le soulagement de voir le magicien et l'inquiétude de le découvrir dans cet état.

– Tuahuakuku, bredouilla Wallace. Mon vieux compagnon d'infortune.

Le magicien passa son bras autour de l'épaule du Pygmée, ce qui, malgré la différence de taille, ne lui posait pas trop de problèmes. Wallace continuait à marcher courbé contre cette tempête de neige qui avait failli le rendre fou pendant une semaine entière. Heureusement que sa gourde d'*old whiskey* l'avait soutenu dans l'épreuve. Tahuku donnait des petites tapes sur les joues de son ami prêt à s'endormir debout.

– Vous pensez pouvoir le remettre sur pied rapidement ?

– Moi tout pouvoir, affirma Tahuku en bombant le torse. Moi appliquer célèbre douche écossaise.

Il disparut avec son fardeau dans le caravansérail. Morel refit le nœud de sa robe tibétaine avant d'aller ouvrir une porte, de l'autre côté de la cour. Elle donnait sur un lac aux eaux turquoise. Le *Spruce Goose* achevait de glisser contre un débarcadère, ses ailes immenses recouvrant l'hydravion de la Pythie, amarré de l'autre côté.

– Allez vous assurer que vos amis sont prêts, glissa Morel à Vandenberghe. Rendez-vous à l'orbe.

Le gardien marcha vers le lac pour accueillir les nouveaux arrivants. La réunion ne durerait que le temps pour Banshee d'affirmer sa suprématie, se disait-il, les textes ne prévoyant rien de plus qu'un calcul des voix. Qu'allait-il faire de la sienne ? Même si, à trois contre quatre, elle ne valait rien...

Banshee sortit de l'hydravion, suivie de Gilles Garnier, plus grand d'une tête, et de la veuve Winchester, composé de noirceur qui donnait l'impression de flotter. Le gardien s'arrêta et s'inclina, les mains jointes devant le visage.

– Je vous souhaite la bienvenue dans la vallée Sans Nom. Avez-vous fait un bon voyage ?

– Exécrable. (Banshee jeta des coups d'œil nerveux sur le

399

sanctuaire du calme et de l'éternité.) Tout le monde est là ? (Morel, un peu décontenancé, hocha simplement la tête.) Réunissons ce maudit conseil et finissons-en, ordonna-t-elle. J'aimerais reprendre l'air rapidement.

57

L'observatoire astronomique du Jantar Mantar avait été édifié par Sawai Jain Singh avant la domination anglaise. Il consistait en une dizaine d'instruments de mesure en pierre ou en métal encastrés dans des blocs de maçonnerie et disposés sur une terrasse d'environ un hectare. La volonté du maharadjah astronome en l'édifiant avait été de créer un outil utilisable de jour comme de nuit pour savoir exactement où se trouvaient les astres et la Terre par rapport à eux. Malgré son antiquité, l'observatoire fonctionnait parfaitement.

L'immense cadran solaire était précis à la seconde près. Les cercles pleins, creux, fixes ou articulés renseignaient sur l'altitude des planètes. Des escaliers ne menaient nulle part, comme chez la veuve Winchester, mais plus haut. L'observateur pouvait s'allonger dans des coupes de marbre concaves conçues pour décrypter le ciel. Les roues métalliques donnaient encore latitudes et longitudes célestes, même si des souverains incultes les avaient autrefois utilisées pour y soumettre leurs condamnés au supplice d'Ixion.

Au centre de l'assemblage se trouvait l'orbe, un ajout au site initial. Construction de cinquante mètres de diamètre dont l'armature métallique était à moitié noyée dans la terrasse, elle tournait lentement sur elle-même et révélait les constellations diurnes sous forme de figures accrochées à l'armature. On pénétrait dans l'orbe par l'écliptique, de biais. À l'intérieur, les gradins de marbre pouvaient accueillir une centaine de personnes. En ce jour, un côté de l'hémicycle était plein, l'autre quasi vide.

Au septentrion, sous la figure de l'Hydre et sa gueule dentelée, Banshee, Winchester, la Pythie, Garnier et le Carnute faisaient bloc. Les amis de la Cause sataniste les entouraient, certains arborant des tee-shirts imprimés de têtes de bouc et de figures grimaçantes. Les amazones, faute de place, étaient restées à l'extérieur. En face, les trois missionnaires se serraient les coudes au milieu d'un grand vide. La délégation du Herz s'était installée dans un coin, sous le Dragon. Morel se tenait entre les deux parties, sur le plus haut gradin. Sa montre indiquant midi, il commença d'une voix posée :

– Le Conseil est ouvert. Il sera diffusé sur l'Éther. (Il montra une sorte de micro sur pied planté en bas des gradins.) Ainsi, ceux qui n'ont pas pu se déplacer pourront y prendre part et, éventuellement, se manifester. (Il laissa passer un temps de silence.) Bien. La tenue de cette réunion a été décidée suite à la déclaration faite par Carmilla Banshee, de Bâle, ici présente.

Des wouwouwou amis furent poussés par les satanistes. Banshee fit le V de la victoire. Morel rappela tout le monde à l'ordre.

– À qui je demanderai de nous faire part de son projet.

– Encore ? fit Carmilla, vautrée. Tout était dans mon communiqué.

402

Morel insista.

– Que fait-il ? chuchota Amatas à l'oreille d'Otto.

– Il gagne du temps. Pour permettre à Tahuku et à Wallace de nous rejoindre.

Banshee soupira bruyamment, se leva et récita son petit laïus :

– Moi, Carmilla Banshee, de Bâle, ai créé une nouvelle fédération de la magie noire. Quatre sanctuaires et leurs gardiens m'ont rejointe. Gilles Garnier de Guëll. (L'homme loup se leva, s'inclina, se rassit.) Lady Winchester de Santa Clara. (La veuve toussota mais ne s'exhiba pas.) L'oracle de Delphes. (Qui, les yeux fermés, était aussi immobile qu'une statue.) Et nos amis Carnutes dont un représentant a eu l'extrême amabilité de se déplacer.

Banshee attendait toute la délégation. Les druides auraient à lui donner de sérieuses explications sur cette défausse.

– Mon... Notre projet est d'invoquer le Diable, après-demain soir, à l'occasion de la nuit de Walpurgis. L'invocation aura lieu dans mon palais du Liedenbourg. La fête sera grandiose. Les amis de la Cause sont cordialement invités.

La délégation du Herz grommela. Mais leur grogne fut couverte par les vivats des satanistes. Qui participerait au raout se retrouverait automatiquement membre du gotha de la Nouvelle Sorcellerie.

– L'invocation de puissances tutélaires est interdite par notre règlement depuis la catastrophe de la Toungouska, rappela Morel.

Banshee savait que le gardien lui sortirait la vieille affaire. Aussi s'empressa-t-elle d'ajouter :

– C'est pourquoi je demande un vote des gardiens. (Elle eut

un sourire mauvais, laissa ses yeux de vipère errer sur les missionnaires et le vide qui les entourait.) J'en vois peu en face de moi. Nous n'en aurons pas pour très longtemps.

Otto jugea qu'il était temps d'intervenir.

– Nous avons appris que Stonehenge avait été détruit, lança-t-il d'un ton désinvolte en direction de Morel. Dans ce cas, notre ami Carnute conserve-t-il sa voix ?

– Quoi ? cracha Banshee, les yeux lui sortant de la tête.

Morel demanda au druide qui essayait de cacher son visage sous son capuchon :

– Confirmez-vous cette information ?

– Quelques pierres se sont effondrées sous l'effet d'un tout petit tremblement de terre, répondit-il d'une voix peu assurée. Mais un trilithon est resté debout.

Morel, gêné, répondit à Vandenberghe :

– Nous ne sommes pas dans le cas de la Petite Prague. Si un trilithon est debout, Stonehenge compte encore.

– Et le Mondorama aussi ! claqua une voix tonitruante.

Wallace franchit l'écliptique avec majesté, salua l'assistance et monta sur les gradins à côté des missionnaires qui s'écartèrent comme des soufflets d'accordéon pour le laisser grossir le groupe. Le magicien avait le teint légèrement rosé mais il était parfaitement maître de ses gestes. Il jeta sa cape sur une marche et s'assit dessus, entre Otto et Amatas. Tahuku se glissa entre Amatas et Elzéar.

– Eh bien, si je m'attendais à ça, siffla Banshee en dodelinant de la tête. (Elle se tourna à son tour vers Morel et pointa un doigt accusateur en direction du magicien.) Cet homme ment ! Le Mondorama a coulé.

– Avec votre concours, convint Wallace. Mais une partie dériverait au large du Konarak, n'est-ce pas, cher arbitre ?

– Tout à fait, confirma Morel. Nous sommes dans le même cas que Stonehenge. Le Mondorama compte, lui aussi.

Banshee soufflait des naseaux comme un taureau furieux. La Pythie, sentant que l'avenir était en train de se modifier, ouvrit les yeux et posa sur les forces en présence un regard minéral.

– Procédons au vote, exigea Carmilla. Son issue ne fait aucun doute.

Morel jeta un regard désespéré aux figures étoilées qui les surplombaient. Dans quelques minutes, Banshee aurait les coudées franches pour ouvrir les portes de son choix. Otto avait raison : cette femme était un vortex, un trou noir prêt à dévorer le monde. Pourquoi n'avait-il pas organisé la création d'un huitième sanctuaire dès la disparition de la Petite Prague ? Il avait eu plus d'un an pour le faire. Il ne se le pardonnerait jamais.

– Nous allons voter, lâcha-t-il, les traits creusés. (Il articula lentement.) Que ceux qui sont pour le projet de Carmilla Banshee lèvent la main.

Sans surprise, quatre mains se levèrent à sa droite. Le gardien du Jantar Mantar continua d'une voix rauque :

– Que ceux qui sont contre se prononcent.

Wallace et Tahuku levèrent la main. Un sourire de triomphe illumina les traits de Banshee, qui se modéra à peine lorsque Morel l'arbitre, Morel le neutre, vota lui aussi contre elle. Au pire, elle était majoritaire d'une voix. Elle se levait, pensant en avoir fini, lorsque l'assistant du gardien pénétra dans

405

l'orbe et vint glisser quelques mots à l'oreille de son maître dont les traits, tout à coup, se détendirent.

– Une communication longue portée nous est destinée, annonça-t-il. Allez chercher le transmetteur.

L'homme revint avec un appareil hérissé de tiges métalliques qu'il installa à côté du micro. Un œil vert s'alluma en son centre et Roberta apparut au beau milieu de l'orbe. Elle se tenait debout, les mains sur son giron, et faisait face à Morel. Elle était verte, nauséeuse, zébrée, décalée parfois, mais assez nette pour rester identifiable.

– Je suis Roberta Morgenstern, de Bâle. Je vous prie de m'excuser pour cette intrusion. Je n'arrive pas trop tard ?

Banshee, hors d'elle, hurla :

– Le vote est achevé !

– Je ne l'ai pas décrété, rappela doucement Morel. Je suppose que Mlle Morgenstern a quelque chose d'important à nous dire. Sinon, elle ne se serait pas permis de nous interrompre.

– Oh que oui ! répondit l'intéressée qui, grâce au génie mécanique de Louis Renard et aux pouvoirs d'Ermentrude, pouvait ainsi communiquer avec eux en temps réel. (Gilles Garnier mit la main sur l'épaule de Banshee pour la forcer à se rasseoir.) J'ai la joie de vous annoncer la naissance d'un nouveau sanctuaire.

– Un nouveau sanctuaire ? s'exclama Otto.

– Foutaises ! cracha Banshee.

Les satanistes huèrent. Les missionnaires applaudirent. Un jeu de regards haineux ou triomphants s'instaura entre les gardiens. Morel, une fois de plus, exigea que l'ordre revienne. Il s'adressa à Roberta :

– Je suppose que ce sanctuaire possède un parrain ?

Il y avait beaucoup d'espoir et un peu de frayeur dans sa demande.

– Une marraine. Ermentrude, Fondatrice de l'Éther. Pour vous prouver que je ne raconte pas n'importe quoi, elle va vous en donner une confirmation.

La Pythie, qui voyait les brumes de l'avenir s'effilocher, se raidit mais garda la vision pour elle.

– Qu'est-ce qu'on attend ? s'impatienta Banshee. Vous voyez bien qu'elle bluffe.

La lumière tomba d'un coup comme pour la contredire. Les poitrines se comprimèrent. De sourdes et ancestrales angoisses se réveillèrent en chacun, qu'ils fussent gardiens, sorciers ou simples humains. Le soleil s'éteignit et plongea le Jantar Mantar dans une nuit opaque. Il réapparut au bout de ces quelques secondes de non-vie. Même Banshee soupira. Ce qui ne l'empêcha pas de se lever et d'accuser :

– Un truc de conquistador ! C'est un coup du magicien !

– Aucune éclipse de soleil n'était prévue aujourd'hui, sous notre latitude, ne vous en déplaise, l'assura Morel d'un ton glacial. Maintenant asseyez-vous et taisez-vous ! (Banshee obéit.) À nous, reprit-il en direction de Roberta. Où se situe ce huitième sanctuaire ?

– 163 degrés de longitude est, 34 de latitude sud. C'est au large de l'Australie.

– Qui en est le gardien ?

– Moi-même, pour l'instant.

Banshee ne put s'empêcher de grogner.

– Dans quelle catégorie doit-on le ranger ?

L'organigramme de l'occulte avait été synthétisé par le

407

Conseil sous la forme d'un arbre en sorcellerie avec bourgeons, branches, tronc et racines. Un savant travail de classification avait été établi, allant du général au particulier. En annonçant que le huitième sanctuaire serait rangé en catégorie Z, Roberta ne se mouillait pas tout en rendant son existence valide. La catégorie correspondait à la dénomination « Divers » particulièrement usitée en matière d'étrange.

– Quelle est sa dénomination ?

– Ville Verne, révéla Roberta.

Le nom courut sur les lèvres. Mais le calme revint vite car Morel s'apprêtait à poser à Roberta la question que Banshee redoutait :

– Vous êtes au courant du litige qui nous occupe actuellement, je suppose ?

– Oui.

– Un vote était en cours. Désirez-vous y participer ?

– Objection ! tonna Banshee.

Morel se leva et annonça :

– Une nouvelle interruption et je vous renvoie dans votre oie volante ! Compris ?

Banshee se rassit, matée.

– Je veux participer au vote, confirma Roberta.

– Bien. (Morel se tourna vers les gradins sur sa droite.) Les pour sont-ils toujours valables ?

Les gardiens pro-Banshee confirmèrent leurs votes par des murmures.

– Que les contre, à nouveau, s'expriment.

Tahuku, Wallace, Morel levèrent la main sans hésiter. Roberta les rejoignit.

– Quatre contre quatre, résuma Morel sans parvenir à

masquer sa jubilation intérieure. (Il se tourna vers Banshee.) Deux solutions s'offrent à vous : soit vous abandonnez votre projet et chacun repart de son côté, soit l'affrontement a lieu. La question se réglera alors par la force, au prix de vies qui pourraient être épargnées.

– Un affrontement ? chuchota Elzéar.

– Une bataille, un combat, un corps à corps sauvage et sans merci, l'éclaira Wallace avec un sourire sauvage.

Tous, dans l'orbe, retinrent leur respiration.

– C'est donc ce que vous voulez, la guerre ? Un nain, un amuseur public, un astronome pacifiste et une pauvre petite orpheline, c'est donc tout ce que vous avez à m'offrir ? Soit. L'affrontement aura lieu.

– Nous choisissons l'endroit, vous choisissez la date, lança Garnier.

– Le combat aura lieu dans mon sanctuaire, proposa Roberta.

– Merveilleux ! clama Banshee. Nous le baptiserons avec votre sang. Quant à la date, elle est toute trouvée. (Elle réfléchit au temps qu'il lui faudrait pour atteindre l'endroit indiqué par Roberta et pour organiser une armée avec l'aide des quatre gardiens, tout en tenant compte du décalage horaire.) Après-demain, au crépuscule. Pour Walpurgis. Je n'aurai donc pas la joie d'invoquer le Diable en ma demeure mais celle de lui offrir vos misérables dépouilles en guise de sacrifice. Qui m'aime me suive ! lança-t-elle. Les braves seront récompensés !

Elle se leva, descendit les gradins, traversa l'image de Roberta tel un trait de feu et donna un coup de pied dans l'émetteur qui grésilla avant de s'éteindre. Elle sortit de l'orbe, suivie des gardiens, des satanistes et finalement de la délégation du Herz qui avait pris son parti pour la magie noire.

– D'après vous, quelles sont nos chances de nous en tirer vivants ? demanda Elzéar une fois Banshee et ses ouailles hors de vue.

– Sur le papier, elles sont d'une sur deux, estima Otto avec bienveillance.

– N'oubliez pas que nous partons avec un sérieux handicap, rappela Amatas en bourrant sa pipe de tabac brun.

– Lequel ? s'enquit Otto.

– Nous ne connaissons rien à l'art de la guerre. Eux, si.

58

Après un déjeuner qu'Elzéar jugea frugal, Morel s'entretint avec son assistant qui dirigerait le sanctuaire durant son absence.

– Tu mettras les instruments en berne et tu ne laisseras personne sortir de la maison de retraite.

Puis il étudia le planisphère qui décorait son bureau.

– 163 degrés de longitude est, 34 de latitude sud. Au large de l'Australie, a-t-elle dit.

Son doigt s'arrêta sur une zone de hauts-fonds.

– C'est en plein cœur de l'océan des Merveilles, constata Vandenberghe.

– Après-demain, au crépuscule. Cela nous laisse un peu plus de quarante-huit heures pour atteindre cette ville Verne.

– Faisable par les airs, émit Lusitanus.

– Oui. Mais je ne possède aucun appareil plus léger que l'air.

– Quoi ? s'emporta Wallace. Vous ne pouviez pas le dire plus tôt ?

– Il nous reste toujours le Hammer, proposa Otto.

– Jusqu'où pourrions-nous aller dans le court laps de temps qui nous est imparti ? se demanda Morel. En partant vers

411

l'est, nous aurions à traverser le Khundjerab qui est infesté de brigands. Et la passe de Tartarie est entre leurs mains.

– L'air et la terre nous sont donc interdits, fit Wallace en fouillant dans son haut-de-forme. (Il en sortit un indicateur de la Compagnie des chemins de fer du Bhoutan qui ne l'aida guère.) Je pourrais créer un carton à disparitions géant ? proposa-t-il. Je n'ai absolument aucune idée de la façon dont celui de Robert Houdin a pu fonctionner, mais il m'a tout de même projeté à quelques lieues d'ici. Un second carton nous projetterait peut-être droit sur la ville Verne ? Vous ne croyez pas ?

Il s'agissait bien de croyance car tous le contemplèrent, incrédules. Tahuku se proposa pour lui administrer une nouvelle séance de douche écossaise.

– Il n'y avait aucune coïncidence dans le fait que le carton vous ait jeté sur le sentier des retraités, lâcha Morel d'une voix douce.

– Ah bon ? fit Wallace. Donnez-m'en la raison. Je vous écoute.

Morel hésita à aller plus avant. C'était un des secrets les mieux gardés de cet endroit hors du monde. Il s'excusa mais il ne pouvait, pour l'instant, s'expliquer à ce sujet.

– Plus tard, dit-il en agissant sur le planisphère qui tourna sur lui-même.

– Plus tard, plus tard, marmonna Vandenberghe. Nous ne pouvons attendre ici sans rien faire !

– Nous n'allons pas attendre ici sans rien faire.

Morel sortit de son bureau, leur fit traverser deux salles et descendre un escalier qui s'enfonçait sous le caravansérail. Ils tombèrent sur une première porte métallique qu'il ouvrit de trois tours de clé. Ils continuèrent à la lueur de torches électriques scellées dans la paroi pour atteindre un corridor de section carrée fermé par une deuxième porte. Morel l'ouvrit avec une nouvelle clé et ils se retrouvèrent dans une chambre nue. Un appareil hérissé de manettes, de mollettes et de cadrans cuivrés était encastré dans un mur, à côté d'une troisième porte capitonnée de cuir rouge.

– Où sommes-nous ? s'enquit Vandenberghe.

– Sous le Jantar Mantar.

– Nous nous en doutons, râla Wallace. (Le magicien s'intéressa au panneau de commandes.) Ce truc paraît tout droit sorti de l'imagination d'un écrivain de l'époque victorienne.

Morel confia le trousseau de clés au régisseur et le laissa les enfermer dans la chambre. Elzéar regarda autour de lui avec inquiétude. Otto avait chaussé ses lorgnons pour étudier l'appareil.

– Brunel & Brunel, lut-il sur le cadran principal. Londres.

Morel s'installa en face de la machine et actionna un interrupteur. La lumière des torches faiblit puis regagna en intensité. Un bruit de soufflerie se fit entendre. Il tapa les coordonnées de Roberta sur un clavier mécanique puis tira le levier sur le côté. L'appareil produisit un bruit de bandit manchot et cracha une bande de papier perforé. Morel le déchira pour le consulter. Au terme d'un long silence, il siffla et dit :

– Eh bien, messieurs, la route sera longue. Mais nous y serons dans les temps.

Il y eut un bruit de serrure qui se débloque. La porte s'ouvrit devant Tahuku qui s'amusait à enfoncer ses doigts dans les bourrelets de cuir rouge. Elle révéla un intérieur coquet aux cloisons hémisphériques, meublé de banquettes. Morel

413

pénétra dans le cylindre. Les autres le suivirent avec des mines soupçonneuses. Une fois tout le monde entré dans l'espèce de salon – ils se rendirent vite compte que l'habitacle possédait aussi une salle d'eau, des couchettes, et un espace panoramique à l'avant –, Morel verrouilla la porte et l'endroit vibra légèrement.

Wallace consulta le papier craché par la machine. En fait, il s'agissait d'un itinéraire. Ils passeraient par Mandalay (Birmanie), Malacca (Malaisie), Rantauparapat (Indonésie), Humpty-Doo (comté de Darwin), la dernière station annoncée étant Toowoomba (Australie du Sud).

– Arrivée prévue dans trente-deux heures quarante-cinq minutes. En vous souhaitant un bon voyage, lut-il.

Otto avait posé son sac chargé du livre de Nicolas Flamel et consultait déjà les titres des ouvrages rangés dans la petite bibliothèque de voyage, espérant y trouver Sun Tzu pour combler son ignorance des choses militaires. Elzéar se rongeait l'ongle du pouce. Amatas, une oreille collée à la cloison, écoutait les vibrations qui lui parvenaient de l'autre côté.

– Allez-vous nous dire dans quelle sorte de véhicule nous nous trouvons ? demanda le magicien. S'agirait-il d'un... métropolitain ?

– D'un pneumatique, répondit Morel qui cherchait quelque chose dans un placard en demi-lune. Combien sommes-nous au fait ? Trois missionnaires, compta-t-il. Et trois gardiens.

Il sortit six flûtes du placard et les disposa autour d'une bouteille de champagne. Elzéar écarquilla les yeux en découvrant la date inscrite sur l'étiquette.

– Les rares personnes à connaître son existence l'appellent

414

le tube, continua Morel. (Il retint le bouchon de champagne pour l'empêcher de sauter et remplit les coupes une à une.) Ce réseau daterait de la plus haute Antiquité. Les ingénieurs français et anglais qui l'ont redécouvert à l'époque du colonialisme lui ont offert un confort que vous saurez apprécier le temps de notre voyage.

Ils se retrouvèrent debout, disposés en cercle dans ce salon au plancher frémissant, coupes de champagne à la main.

– Nous prenons un grand risque à nous précipiter ainsi sur le lieu d'un combat féroce. Mais nous agissons en chevaliers. Une cause est à défendre. Nous lui donnerons notre vie, si la situation l'exige.

Elzéar faillit se permettre une objection, mais il se retint. Morel continua :

– J'aimerais porter un toast à celui sans qui tout cela ne serait jamais arrivé. Son nom a été prononcé de nombreuses fois depuis le début de cette histoire et aucun d'entre nous, pourtant, ne l'a vu. Je veux parler du Diable qui, demain, sortira peut-être de son silence.

– Je serais curieux de voir ses cornes, convint Otto qui n'avait pas eu ce privilège.

– Au Diable ! lança Morel.

– Au Diable ! trinquèrent gardiens et missionnaires.

Ils goûtèrent au dom pérignon cuvée 1866 en sachant pertinemment qu'ils buvaient là quelque chose de rare. Malgré cela, Elzéar n'avait toujours pas l'air dans son assiette. Otto, qui le surveillait du coin de l'œil, ne parvenait pas à comprendre pourquoi. Était-il sujet à la claustrophobie ?

– Et, euh... quand partons-nous ? s'inquiéta l'aubergiste.

– Nous avons quitté le Jantar Mantar il y a dix bonnes

minutes, l'informa Morel. Nous courons actuellement sous l'Himalaya. Sauf rupture du conduit, auquel cas nous n'aurions pas le temps de nous dire au revoir, le voyage sera nonstop jusqu'à Mandalay. Nous y dînerons dans un caboulot de ma connaissance.

Comme pour appuyer ses dires, Morel ouvrit la porte qui donnait sur l'espace panoramique, à l'avant. Deux phares s'allumèrent à l'extérieur. Ils virent un conduit cylindrique percé dans la roche dont les veines, avec la vitesse et à perte de vue, composaient un jeu de courbes entremêlées parfaitement hypnotique.

– Et nous courons à bonne vitesse, ma foi, convint le magicien, fasciné par le spectacle.

Tous s'approchèrent et contemplèrent ce tube dont on ne voyait pas le bout. Tous à part Elzéar qui retourna dans le salon, remplit sa coupe et la vida d'un trait. Otto le rejoignit et lui demanda :

– Que se passe-t-il ? Vous êtes tout pâle. (L'aubergiste cacha ses pieds sous la banquette.) D'accord, nous fonçons vers une mort certaine. Mais tout ce que nous avons à faire en attendant est de nous laisser emporter dans les entrailles de la Terre à bord de ce pullman. Nous avons connu des situations autrement plus inconfortables depuis notre départ de Rome.

– Je ne me sentirai plus jamais en sécurité dans quelque souterrain que ce soit, avoua Elzéar. Chaque cave est désormais pour moi synonyme de cauchemar.

– Allons, vous êtes un grand garçon ! Et où allez-vous ranger vos excellentes bouteilles si, par miracle, nous survivons ?

– Loin des taupes, promit l'aubergiste en hochant gravement la tête. Loin des taupes.

59

– Un automate de trente mètres de haut est tombé du ciel,
a descendu cette colline, a arraché les ancres de ma ville et
l'a tirée vers le large comme un vulgaire jouet de bain ?

– Oui, monsieur. C'est ce qui s'est passé. Exactement. Et il
a aplati ma gloriette.

Robert Martineau se trouvait face à William Putiphar, sous
son parapluie, en fait. Car une pluie fine tombait sur la Tasmanie.

L'ingénieur avait déjà livré sa version des faits avec force
détails. Les gardes-côtes s'étaient même lancés à la poursuite
du colosse. Mais un typhon les avait empêchés de continuer
leurs recherches. En fin de compte, l'ouragan s'était fixé à
environ deux cents miles de leur position et il paraissait ne
plus vouloir en bouger.

Soit Robert avait affaire à un fou – mais d'autres témoins
lui avaient confirmé cette version de l'événement, auquel cas
il s'agissait d'un cas de folie collective –, soit les dieux eux-
mêmes avaient décidé de le faire tourner en bourrique. Il n'en
demeurait pas moins qu'on lui avait volé sa ville Verne. Et sa
colère était à la hauteur du larcin : phénoménale.

Il rejoignit le *Tusitala*, déserté par les passagers après la destruction du Mondorama. Dans sa timonerie, le capitaine fumait une pipe en contemplant les rigoles de pluie sur les vitres. Robert lui relata les faits en restant aussi près de la réalité que possible.

– Connaît-on au moins la direction prise par le voleur ? voulut savoir Thomas Van der Dekken.

– Nord-nord-est.

– Droit vers le typhon. (Le Hollandais lâcha deux bouffées de fumée bleue.) Rejoignez votre suite et reposez-vous. Nous reprenons la lagune dans une heure. Je comptais gagner la Nouvelle-Zélande par une route plus directe mais nous ferons un crochet pour tenter de retrouver votre ville.

Robert suivit le conseil du capitaine et s'enferma avec Clémentine. Elle était comme Robert, persuadée que des entités fondamentales leur en voulaient personnellement. La nouvelle du vol de la ville Verne l'avait, elle aussi, mise dans une rage folle. Il y avait un typhon sur leur route ? Ils le traverseraient, prendraient leur ville d'assaut et chasseraient les malfaiteurs qui en avaient indûment pris possession.

Une heure plus tard, le *Tusitala* s'éloignait de la Tasmanie. Encore une heure et Van der Dekken venait chercher les milliardaires. Son danois l'accompagnait. Le chien était excité comme avant une partie de chasse. Le capitaine les mena jusqu'au module d'exploration, dans la soute, simple fût vertical en forme d'obus, tapissé de hublots.

Les Martineau, Socrate et Van der Dekken s'installèrent à l'intérieur. Le *Tusitala* avait stoppé ses machines. Un sas s'ouvrit. Les treuils qui retenaient le *Neptune* au navire le firent lentement s'enfoncer dans l'eau vive. Ils descendirent à vingt mètres de profondeur. Là, Van der Dekken alluma les projec-

418

teurs. Le fond de la lagune apparut, amas de rochers et langues de sable plissé.

– Si notre ami est passé par là, nous allons bientôt le savoir, marmonna Van der Dekken.

Le danois se mit tout à coup à l'arrêt, dans une direction. Sa queue se tendit. Il gronda. Le capitaine consulta la boussole, s'empara d'un cornet et ordonna à la timonerie :

– Corrigez la trajectoire de cinq degrés bâbord. En avant. Dix nœuds.

Les occupants du module sentirent le *Tusitala* tirer le *Neptune* comme une mine sous-marine. Les fonds marins défilèrent lentement sous le hublot, dévoilant une lande morne et inhabitée. Le danois aboya, faisant sursauter Clémentine.

– Vous voyez ce que je vois ? fit le capitaine.

– Des traces de pas géants, reconnut Robert. (Des débris de roche accompagnaient les empreintes profondément creusées dans le sable, surtout à gauche.) Putiphar ne m'a pas raconté de bobards.

Il se redressa et demanda à Van der Dekken :

– Capitaine, accepteriez-vous de suivre ces empreintes jusqu'à l'être malfaisant qui les a produites ? Nous saurons vous rétribuer pour cet acte de bravoure.

Van der Dekken, songeur, caressa sa barbe à l'impériale.

– Ma foi, vous êtes mes derniers passagers. Et ce mystère doit être résolu. Mais si nous continuons dans cette direction, nous courons droit vers le typhon...

– Nous savons cela, le coupa Robert. Nous avons toute confiance en vos qualités et en celles de votre vaisseau.

– Il y a autre chose. Cette zone est baignée par le *dream*

stream, un prolongement de l'océan des Merveilles que je pensais éviter.

– Le Diable lui-même se trouverait sur notre route, je me tiendrais à la proue, prêt à lui tenir tête, annonça Robert dans une étonnante bouffée d'exaltation.

– Dans ce cas... convint le Hollandais avec un sourire.

Il annonça dans le cornet avant de faire remonter le *Neptune* :

– Gardez le cap, monsieur Ying ! Mettez la pleine puissance et faites vos prières.

60

Lorsque l'hydravion de Carmilla Banshee parvint en vue du cyclone, la masse nuageuse dense, sombre, compacte, faillit l'obliger à un brusque demi-tour. Mais sa radio branchée sur l'Éther se mit à crachoter :

– Conservez votre cap, *Spruce Goose*. Nous vous ouvrons un passage dans la tourmente.

Effectivement la muraille s'ouvrit et révéla un corridor tumultueux au bout duquel la lagune miroitait. Banshee pesa sur le volant et l'hydravion s'engouffra dans la passe, l'appareil de la Pythie dans son sillage. Ils débouchèrent dans l'œil du cyclone, vaste cirque d'air pur et dégagé. Le huitième sanctuaire dérivait à la surface de l'eau bleue. Banshee fit tourner l'Hercule-400 au-dessus pour en avoir une vue complète.

– Qu'est-ce que c'est que cette île ? On dirait une araignée à trois pattes.

La ville Verne ressemblait à une étoile de mer mutilée, un long appendice boisé s'enroulant d'un côté, les deux autres étant bordés de plages. Un mont idéal rompait la monotonie de la surface. En fait d'île, il s'agissait plutôt d'une plaque caillouteuse sans autre garniture qu'une forêt et deux routes tracées au cordeau. Des feux étaient allumés à la pointe d'un estuaire. Banshee se cala sur eux. Le bras d'eau avait apparemment été choisi comme piste d'amerrissage.

– Je n'aime pas cela, confia Garnier qui s'accrocha à ses accoudoirs en voyant l'horizon basculer.

Cris et gémissements leur parvinrent depuis la soute pleine à craquer.

– Vous n'aimez pas quoi ?

– Nous sommes dans l'océan des Merveilles.

– Vous avez peur ? Vous ? Je vous bâtirai bientôt la plus belle usine à cauchemars dont on puisse rêver. Vous deviendrez un maître de la peur, mon Gilles.

L'hydravion toucha l'eau, rebondit par deux fois et s'arrêta en fin de course près d'un débarcadère. Un petit homme les y attendait. Banshee sauta de son siège et descendit du poste de pilotage pour gagner la coursive principale.

– Nous sommes arrivés ! informa-t-elle l'étage inférieur.

Elle se fraya un chemin entre les satanistes. La sorcière leur avait fait boire de la liqueur de Circé, recette maison, la présentant comme une sorte de potion magique. Le breuvage avait transformé les satanistes en bêtes de guerre. Ils partiraient au combat avec un grand sens du sacrifice et constitueraient une première ligne d'abrutis aussi ardents qu'efficaces.

Banshee passa dans la queue de l'appareil où régnait une puanteur indescriptible. Les êtres en état plus ou moins avancé de décomposition qui s'y entassaient avaient été embarqués en Chine, sur les bons conseils de Lady Winchester. Ils venaient de Fengdu, la cité des démons de la religion taoïste, noyée par le barrage des Trois-Gorges. Ils constitueraient une deuxième force d'une cruauté sans pareille.

Ils étaient au moins deux cents, zombis et morts-vivants.

Ils n'avaient pas d'armes pour se battre. Pourtant, même les amazones, ces cent guerrières que l'oracle avait amenées de Delphes, les avaient soigneusement évités. Les démons taoïstes avaient d'ailleurs donné la preuve de leur sauvagerie en massacrant la délégation du Herz que la sorcière leur avait offerte en guise d'amuse-gueule durant le voyage.

Les satanistes obéiraient à Garnier, les non-morts à Winchester, les archères de la vieille Lydie à l'oracle. Roberta et ses petits amis n'avaient qu'à bien se tenir.

La soute s'ouvrit sur le débarcadère. Banshee sortit de l'hydravion. Le petit homme s'avança et s'inclina. Il était vêtu d'un costume de soie mauve qui le faisait ressembler à un bonbon acidulé.

– Ernestus Pichenetus, se présenta-t-il. Dame Morgenstern me mande vous chercher.

Banshee, les mains sur les hanches, s'esclaffa.

– Dame Morgenstern, hein ! (Elle s'inclina.) Fort bien, nous vous suivons, bouffon.

– Vous seule, précisa Pichenette en voyant Garnier avancer. Dans cette tente. Là-haut.

Il montrait une sorte de yourte hérissée de gonfalons multicolores. Elle ressemblait au pavillon témoin d'un lotissement destiné à des Huns au cœur de la plaine mongole. Garnier sortit les griffes.

– N'y allez pas, dit-il.

– Détends-toi, mon Gillou. Si la tique m'a tendu un piège, je lui détricote sa structure moléculaire et ensuite je t'appelle à l'aide. (Voyant Garnier toujours tendu, elle interrogea la Pythie qui était sortie de son hydravion.) Vous sentez un quelconque danger ?

L'oracle ferma les yeux. Elle voyait l'avenir, mais à très court terme. Le nœud de la bataille décisive était encore trop proche. Toutefois, elle répondit par la négative. Banshee ne courait aucun risque à rencontrer Morgenstern avant.

– Tu vois ? fit-elle à l'attention de l'homme loup. (Elle fronça les sourcils.) Vous avez perdu le druide ?

– Il se sentait mal, répondit l'oracle. Il a passé son temps aux toilettes depuis le Jantar Mantar.

Banshee haussa les épaules et suivit Pichenetus, laissant Garnier, Winchester et la Pythie sur le débarcadère. Ils montèrent jusqu'à la tente dont le petit homme releva un pan pour la laisser entrer. Banshee en souleva un second et découvrit l'espace circulaire que la gardienne de la ville Verne avait aménagé pour la recevoir.

Roberta était assise en lotus sur un empilement de nattes multicolores. Elle portait son poncho. Une écharpe de gaze incarnat et azur était jetée sur ses épaules. Des bracelets d'argent ornaient ses poignets. Elle était chaussée de mules en duvet de cygne. Des éléments symboliques avaient été disposés sur une console devant elle : ocarina, livre fermé, hérisson – en l'occurrence, Hans-Friedrich qui montra les dents en voyant Banshee – et une plume de casoar que Roberta trouvait simplement jolie. Carmilla applaudit lourdement.

– Alors, là, chapeau, Roberta. Je n'aurai pas fait le voyage pour rien.

Elle se pencha sur la console, évita soigneusement le hérisson, ignora le livre et s'empara de la plume pour se nettoyer les ongles avec la pointe.

– Laissez tomber, Carmilla. Vous courez à votre perte. Si nous ne vous détruisons pas, le Diable s'en chargera.

Banshee finit de se curer les ongles et jeta la plume par-dessus son épaule.

– Sainte Roberta, patronne des causes à jamais perdues, se moqua-t-elle. Ce n'est pas avec de la toile et des bijoux en toc que tu me feras changer d'avis, cocotte.

Morgenstern, contre toute attente, souriait. Ce qui déconte-nança légèrement son adversaire qui lui proposa :

– En revanche, je peux encore te laisser partir. Toi seule. Si tu me livres l'enfant.

Les yeux de Roberta se troublèrent. Banshee crut y lire une mauvaise nouvelle.

– Ne me dis pas qu'elle est morte !

– Elle n'est pas morte.

– Ah, bien, elle est vivante.

– Elle n'est pas vivante non plus.

– Ni morte ni vivante ? Quel tour essaies-tu de me jouer ?

– Tu le sauras assez tôt.

Carmilla marcha sur Roberta. Pichenetus apparut, une main à la ceinture. Morgenstern n'avait pas cillé en voyant le concentré de puissance s'approcher d'elle. Elle se sentait intouchable et parfaitement sereine.

– Au crépuscule, rappela-t-elle. Le combat se déroulera dans une plaine, à un kilomètre d'ici. Ermentrude annoncera le début des combats par trois coups de tonnerre.

Banshee contempla son vis-à-vis roux, déterminé, impla-cable.

– Qu'as-tu pour m'affronter ? aboya-t-elle. Tu sais avec quoi je suis venue ? Vous n'avez aucune chance, toi et tes fidèles serviteurs de la sorcellerie blanche.

– Au crépuscule, dans la plaine, répéta Roberta.

Banshee soupira bruyamment, fit volte-face et se prépara à sortir.

– Au fait, demanda-t-elle en soulevant la tenture, avant que je mette ton sanctuaire à feu et à sang, dis-moi, quelle magie était-il censé représenter ?

À cette question, Roberta pouvait répondre. En fait, elle espérait que Banshee la lui poserait.

– Le rêve et l'imaginaire.

Carmilla eut un mouvement de tête hautain et sortit de la yourte en méditant cette réponse pour le moins énigmatique.

61

Le phare du bout du monde était le seul édifice de la ville Verne à avoir été construit. Et encore, à l'état d'ébauche. Sa structure métallique était apparente. Mais la lanterne et l'ascenseur permettant d'y accéder avaient été achevés. Depuis ce mirador, la vue sur l'île était optimale. Et elle plongeait directement sur la plaine des Tadornes où l'affrontement aurait lieu.

Frédégonde, Vultrogothe et Ragnétrude s'étaient quittées un peu abruptement lorsque le Doc Magoo's était parti à vau-l'eau avec le Mondorama. Et elles s'étaient retrouvées sur ce phare sans se concerter. Elles étaient décidément sur la même longueur d'onde... En attendant le spectacle, elles sacrifiaient au grand déballage de souvenirs qui accompagne généralement les retrouvailles.

– 1er novembre 1755, lança Ragnétrude.

– Dix heures du matin.

– Trois secousses. Quarante mille morts.

– Et l'incendie qui éclate aux trois points de la ville, se rappela Frédégonde comme si elle y était. Lisbonne a brûlé pendant trois jours et trois nuits.

– Je ne m'en souviens pas, mentit Vultrogothe d'une voix flûtée.

– Le vent qui attisa mes flammes n'eut pourtant rien de virtuel, lui fit remarquer sa sœur.

– Ne nous dis pas que tu ne te lâches pas de temps en temps ? Allez ! l'incita Ragnétrude. Parle-nous un peu de ton expérience avec les hommes

La Fondatrice, timide, rougit.

– Eh bien, il y a eu des moments merveilleux... Par exemple, lorsque Roméo envoyait des baisers à sa belle de Vérone, je lui servais de messager.

– Je te parle de chaos, de grand spectacle, de destruction massive, insista Ragnétrude.

Vultrogothe fit la moue. Les ouragans avaient emporté les mortels par millions sans qu'elle le désire vraiment. De toute façon, l'arrivée de l'ascenseur la dispensa de répondre. Chlodoswinde, ses cheveux d'algues remontés en chignon, en sortit. Elle marqua un arrêt en découvrant ses sœurs.

– Tiens, tiens, fit Frédégonde.

– La cadette est de retour sur l'Olympe, grinça Ragnétrude.

L'Air, qui avait toujours entretenu de bonnes relations avec l'Eau, l'embrassa spontanément. La reine du Feu, plus froide, s'agrippa au garde-fou et contempla la plaine. Chlodoswinde se plaça à côté d'elle.

– Il ne s'est encore rien passé ? demanda-t-elle d'un ton détaché.

Frédégonde contempla sa sœur aquatique contre qui elle avait un certain nombre de griefs. Elle jugea toutefois opportun de respecter une sorte de trêve tant que les hommes, en contrebas, s'étriperaient.

– L'armée de Banshee attend sur cette crête. (Elle indiqua des formes confuses qui noircissaient les dunes sur la droite.)

Celle de Morgenstern est en face. (De l'autre côté de la plaine, une poignée de figures immobiles et sagement alignées attendaient.) Pour l'instant, ils se toisent.

Frédégonde s'alluma une cigarette. Ragnétrude lui en piqua une au passage.

– C'est merveilleux, quand on y pense ! s'exclama Vultrogothe.

Elle planait à dix bons centimètres de la plate-forme.

– Quoi donc ? demanda Chlodoswinde en reniflant bruyamment.

– Nous sommes réunies. Toutes les quatre ! (L'évaporée tapa dans ses mains pour exprimer sa joie.) Cela n'est pas arrivé depuis... depuis...

Sa mémoire lui avait toujours fait défaut. Ragnétrude lui disait parfois méchamment qu'elle avait plein d'air dans la tête.

– Bien longtemps, lâcha Ermentrude que personne n'avait entendu venir.

Frédégonde, comme prise en défaut, jeta sa cigarette dans le vide. Ragnétrude continua à fumer la sienne. Chlodoswinde et Vultrogothe s'agrippèrent par la taille. Frédégonde marcha vers l'aînée et la serra contre elle dans une accolade qu'elle s'appliqua à rendre chaleureuse au possible. Ermentrude se laissa faire tout en restant figée. Puis elle s'écarta et la dévisagea, elle et les autres. Frédégonde, n'y tenant plus, s'exclama :

– Pour une surprise ! Tu étais sur terre ? Tu aurais dû nous prévenir !

Toute Fondatrice qu'elle soit, elle mentait vraiment très mal.

– Je vous croyais omnipotentes, lâcha Ermentrude, surprise de ressentir plus d'amusement que de colère.

– Nous ne sommes que des représentations, lâcha Ragnétrude. Des symboles.

– Des symboles tentés de se marier avec d'autres symboles, comme ceux de la Discorde, de la Tromperie et du Pouvoir absolu.

La sentence était destinée à Chlodoswinde dont les yeux d'aigue-marine, un court instant, brillèrent.

– Notre rôle a été clairement défini dès le départ, répondit cette dernière avec hardiesse.

– Nous sommes soumises à Mère Nature, continua Vultrogothe.

– Qui par le jeu des alliances entre les éléments de la Matière... compléta Frédégonde.

– ... Nous a unies et rendues indéfectibles, conclut Ragnétrude en écrasant sa cigarette d'un coup de talon sec et précis.

Les quatre sœurs se prirent par la main et s'inclinèrent devant leur aînée.

– Quel touchant tableau ! Et dire que vous ne pouvez rien faire contre la souffrance des hommes ! Toutes ces catastrophes : ces séismes, ces incendies monstrueux, cette crue... Elles sont dans l'ordre des choses, n'est-ce pas ?

– À qui le dis-tu ! convint Frédégonde, la mine triste.

Chlodoswinde essuya une fausse larme.

– Enfin, on nous comprend, gémit-elle.

– Mais nous aidons un peu l'espèce humaine, se permit d'intervenir Vultrogothe. C'est grâce à nous qu'ils respirent.

– Et qu'ils ne meurent pas de froid, ajouta Frédégonde.

Chlodoswinde hocha vigoureusement la tête pour souligner le bien-fondé de ces judicieuses remarques.

– Donc tout est pour le mieux dans le meilleur des mondes, fit Ermentrude.

– L'équilibre entre destruction et création, reprit la docte Frédégonde. (Un stéthoscope venait d'apparaître autour de son cou.) C'est le sens de notre existence.

– Et vous en êtes où, là ? essaya Ermentrude, faussement décontractée. Tendance destruction ou tendance création ?

– Difficile à dire, essaya Ragnétrude.

– Il faudrait un diagnostic sérieux, émit Frédégonde.

– Pour ma part, je dirais tendance destruction, trancha étourdiment Vultrogothe. Mais l'espèce humaine s'autodétruit elle-même ! Si tu voyais l'état dans lequel ils m'ont mise !

Ragnétrude et Chlodoswinde commencèrent elles aussi à se plaindre. Enfouissements de déchets nucléaires, dégazages sauvages, pollution au mercure, la liste était interminable. Seule Frédégonde, pas vraiment concernée par le problème, conservait un silence prudent. Ermentrude coupa court aux récriminations.

– Nous nous en sortirons toujours. Eux non. Mais là n'est pas le véritable problème.

L'ascenseur, redescendu entre-temps, remontait vers la lanterne. Ermentrude s'approcha de Frédégonde et de Ragnétrude, posa les mains sur leurs épaules. Vultrogothe et Chlodoswinde fermèrent le cercle. Un merveilleux sentiment les parcourut. L'alchimie du tout premier instant était à l'œuvre, ce moment parfait où elles ne formaient qu'une et à partir duquel l'histoire avait commencé. Les différences étaient gommées, les rancœurs de millions d'années oubliées

431

Ermentrude n'avait même plus besoin de parler. Leurs pensées, déjà, s'étaient accordées sur ce problème qu'il allait falloir résoudre.

La cabine d'ascenseur atteignit la lanterne. Ses portes s'ouvrirent. Grégoire Rosemonde en sortit, Lilith dans les bras.

– Vous êtes là, soupira-t-il.

Ermentrude brisa le cercle pour l'accueillir. Vultrogothe, revenant à la réalité, sentit qu'un marteau puissant avait martelé l'air par trois fois.

– Ça a commencé, dit-elle en se tournant vers la plaine.

Ses sœurs la rappelèrent à l'ordre. Elles auraient bientôt besoin d'oxygène. Le docteur Gonde se lavait les mains à un robinet alors que Chlodoswinde et Ragnétrude enfilaient des combinaisons vert clair. Grégoire déposa Lilith inconsciente sur la table d'opération qui venait de surgir du néant. Vultrogothe l'aida à retirer son chaperon rouge.

Les choses s'accélérèrent. Des machines apparurent un peu partout et se mirent à biper. La lanterne bascula pour se transformer en plafonnier. Grégoire fut poussé derrière les portes à battants perdus de la salle tandis que Frédégonde réclamait un champ stérile, dix litres de physio et toute une panoplie d'instruments pour sauver la petite fille de son rendez-vous avec la Mort.

62

– J'ai bien entendu trois coups de tonnerre ? s'assura Banshee.

Elle scrutait la plaine rase mais ne voyait rien d'autre que de maigres bouquets d'ajoncs et d'aubépines. L'espace était plat et vide de toute armée ennemie.

– Ermentrude a donné le signal, mais on dirait qu'ils nous attendent, remarqua la Pythie, fixant les silhouettes à l'horizon.

– Cette plaine... il pourrait s'agir d'un gigantesque sable mouvant, échafauda la sorcière. Voyez-vous quelque chose ?

L'oracle, une fois de plus, interrogea Zeus.

– Je vois votre armée avancer, révéla-t-elle. Avancer sans rencontrer d'obstacle.

– C'est ce que je pensais. Morgenstern s'est payé notre tête. Sanctuaire de l'imagination, tu parles ! Elle pensait peut-être que je ne pourrais pas invoquer le Diable dans l'hémisphère sud. Walpurgis c'est aujourd'hui, ici et maintenant. Je n'ai plus aucune raison d'attendre. Révélez-moi l'arcane.

La Pythie confia à Banshee les mots que les prêtresses d'Héphaïstos se transmettaient de mère en fille pour invoquer le dieu des Enfers. Carmilla les assimila et marcha vers le Carnute qui attendait, plongé dans quelque méditation intérieure. Il lui révéla les sonorités rugueuses de l'appel à Dis, dieu de la Nuit. Elle marcha ensuite sur Winchester qui avait rangé ses morts-vivants chinois sur deux lignes.

Une badine pliée entre les mains, elle passait en revue ses cipayes d'outre-tombe avec un visage de fer, remettant un lambeau de chair en place, forçant ses zombis soldats à retenir leurs globes oculaires dans leurs orbites. Les laisser pendouiller était indigne d'une armée de Sa Majesté. Banshee attendit qu'elle en eût fini avec son inspection. La veuve releva sa voilette et lui adressa un regard satisfait.

– L'arcane... pour invoquer le Diable, rappela Carmilla.

La veuve humecta ses lèvres fripées. Elle se préparait à répondre lorsqu'un démon abandonna sa position réglementaire pour chasser un asticot qui courait sur sa hanche. Winchester tomba sur lui comme une furie et le frappa en l'agonissant d'injures. Une fois le fautif réduit en pièces, elle se replaça devant la sorcière avec ce mouvement flottant qui lui était propre et lui révéla les petits noms du Cornu appris lors de séances d'interrogatoires sur des fantômes qui disaient l'avoir rencontré.

Carmilla laissa la veuve à sa folie et se dirigea vers Garnier qui s'était en partie transformé. Ses mains velues étaient munies de griffes. La fourrure mangeait son visage. Il était plus grand et voûté que d'habitude. Et il était nu. Son sexe, rouge vif, sortit de sa poche lorsque Banshee s'arrêta devant lui. Les satanistes avaient conservé leur enveloppe humaine. Mais leurs yeux, leurs halètements, leurs gestes nerveux et désordonnés disaient clairement qu'à l'intérieur ils n'étaient plus que bêtes affamées.

434

– Je retourne à l'hydravion, invoquer le Maître. Donne-moi les mots.

Contre toute attente, l'homme loup lança vers le ciel une plainte lugubre. Les satanistes l'imitèrent. Il en mordit quelques-uns pour leur faire comprendre qui était le chef de la meute.

– C'est ainsi que je l'appelais. Si tu ne parviens pas à m'imiter, donne simplement mon nom. Nous nous connaissons l'un l'autre.

Plus rien ne la retenait. Les amazones, les morts-vivants et les bêtes humaines attendaient de s'engager dans la plaine. Banshee hésita à prononcer un discours. Si la curée se limitait aux dix péquins qui ne bougeaient toujours pas, sans doute pétrifiés par l'angoisse... Elle préféra confier les opérations à Garnier. Qu'ils écument l'île et fassent ce que bon leur semble des êtres rencontrés. Elle partit seule vers son hydravion en se répétant les mots confiés par ses associés.

– Ils s'ébranlent, annonça Stevenson.

Il passa la longue-vue à Claude Renard qui vit distinctement l'armée dépareillée partir à l'assaut de la plaine. Garnier ouvrait la marche. Trois vagues le suivaient : satanistes, morts-vivants, amazones. La veuve et l'oracle étaient restées à l'arrière. Claude reporta son attention sur le phare. Elle distingua les silhouettes des Fondatrices qui s'affairaient dans la lanterne.

– Vous pensez qu'elles sont toutes là ? demanda-t-elle.

– Je l'espère.

Claude fouilla la plaine et les alentours avec la longue-vue.

– Je ne vois pas Grégoire Rosemonde.

– Il a dû rester avec elles.

– Et Roberta ?

– Espérons qu'elle aura rejoint le colosse.

L'armée de Banshee, qui couvrait presque la largeur de la plaine, approchait de la zone où les livres avaient été disséminés. Stevenson était impatient de voir si leur stratagème allait, oui ou non, fonctionner.

– Sur quoi vont-ils tomber en premier ? demanda Claude.

– Perrault et Homère disposés en quinconce. J'ai mis Rabelais sur les côtés. Ainsi qu'une surprise.

Claude connaissait déjà assez l'écrivain pour savoir que ce ton égrillard cachait une invention de sa part. Elle baissa sa longue-vue et le dévisagea pour l'inciter à parler.

– Un tiré à part, avoua-t-il.

– Une de tes œuvres ?

Il se lissa la moustache, manière de répondre par l'affirmative.

– Ne me dis pas que le Docteur Jekyll...

– Mister Hyde, s'il te plaît, va participer au combat. Si quelqu'un prend la peine de l'ouvrir, bien sûr.

Cette perspective avait l'air d'amuser follement Stevenson. Mais il était vraiment temps de déguerpir. Il considéra une dernière fois les mannequins érigés en bordure de la plaine qui remplaçaient les gardiens des sanctuaires amis et les missionnaires qui ne s'étaient pas présentés au rendez-vous. Puis il prit Claude par la main et la tira au bas du talus où le colosse de bronze les attendait.

– Enfin les voilà ! grogna Louis Renard, à son poste derrière l'œil droit du colosse.

– Roberta n'est pas avec eux, constata Martineau depuis l'œil gauche.

Pichenette, installé derrière, se permit d'intervenir.

– Ah oui. J'ai oublié de vous dire. Lorsque je l'ai quittée, elle allait prendre un bain.

– Un bain ? fit Martineau.

– Un bain de lagune, oui. D'après elle, ça ne pouvait pas attendre.

Grégoire lui en voudrait. Mais elle avait un compte personnel à régler avec Banshee.

Dans ce but, elle s'était façonné un personnage à la hauteur de la situation. En s'imprégnant du décorum de sa yourte barbaresque et en plongeant dans le *dream stream*, courant des possibles. Grégoire, peut-être, ne l'aurait pas reconnue. Car ce ne fut pas Roberta Morgenstern qui se glissa dans la soute du *Spruce Goose* juste avant qu'il ne décolle, mais Roberta la Solitaire, la Vengeresse, l'Indomptable.

Vêtue d'une culotte de peau, d'une gaine BodyPerfect et de jambières de cuir souple, un fouet enroulé à la ceinture, elle avançait aussi silencieuse qu'une araignée, aussi déterminée qu'une panthère. Elle parcourut la moitié de la carlingue et parvint à l'écoutille que Banshee avait laissée entrebâillée. De l'autre côté, Banshee, assise devant une psyché, se faisait belle pour accueillir le Diable.

Ongles carmin. Lèvres violettes. Paupières améthyste. Banshee, en robe lamée noire ouverte jusqu'à mi-cuisses, atteignait des sommets de vulgarité. Roberta la vit se teindre les cheveux en roux Morgenstern d'un claquement de doigts puis s'asperger littéralement d'une solution incolore dont le parfum irrita ses narines aiguisées. Vanille, en tout cas orchidée. Elle attendait que Banshee ait fini de se pomponner. L'invocation se pratiquerait sans doute au grand air et elle s'estimait plus à même d'affronter la sorcière en extérieur.

Carmilla récompensa son attente. Elle se leva, embrassa son image, laissant une trace gluante sur le miroir, et marcha vers le nez de l'appareil. Roberta la suivit à bonne distance. Elle longea une cellule fermée, un carré d'herbes en sorcellerie. Banshee gravit une échelle et disparut dans les hauteurs de l'hydravion.

Roberta l'imita une minute plus tard. Les échelons donnaient sur une écoutille ouverte sur l'air libre. Elle passa une tête prudente. Carmilla se tenait debout à la jonction des ailes. Elle lui tournait le dos et tendait les bras vers le ciel. Le *Spruce Goose* tournait à plus de cinq mille mètres au-dessus de la ville Verne, longeant le cyclone.

Roberta grimpa sur l'aile, se redressa, prit son fouet et le déroula. Elle oublia une dernière fois la Roberta aimante, maternelle, fragile. Elle leva sa lanière et la fit claquer dans le dos de Banshee qui bondit sur le côté en poussant un cri de surprise et de douleur.

63

Les morts-vivants, frustrés par l'absence d'ennemis, s'étaient attaqués aux satanistes par deux fois. Et par deux fois Garnier avait dû intervenir pour faire revenir le calme dans ses rangs. Il aurait préféré voir une armée en face de lui. « Cette plaine vide sent le coup fourré », se disait le lycanthrope lorsqu'il tomba sur le premier livre.

Il était posé par terre, fermé, recouvert d'un papier bleu-gris, de petites dimensions. Garnier ne ressentait que mépris pour les œuvres de l'esprit. Il ramassa tout de même le livre et lut ce qui était écrit sur la couverture.

– *Les Aventures d'Ulysse*. Par Homère.

Un marque-page était inséré dans le livre. Garnier l'ouvrit pour voir ce qu'il indiquait.

« Rien n'est prodigieux comme ce monstre commença-t-il à lire. Il ne ressemble pas aux autres humains qui se nourrissent de froment, mais au pic chevelu d'une haute montagne qui s'élève et domine les autres sommités. »

Garnier arrêta sa lecture. Il referma le livre et voulut le jeter de côté. Il s'immobilisa en voyant qu'une montagne de chair bouchait son horizon là où, dix secondes plus tôt, il n'y avait aucun obstacle. Il reconnut un cyclope.

– Comment se peut-il ? murmura l'homme loup.

La créature mythologique attrapa un sataniste, lui arracha la tête d'un coup de dents et la recracha avant de mastiquer le reste. Autour, le tumulte se généralisait. La plaine, si vide et silencieuse une minute auparavant, grouillait désormais de personnages fantastiques. Trois amazones se battaient contre des nains armés de pioches. Des Orientaux en pantalons bouffants passaient démons et satanistes au fil de leurs cimeterres. Un dragon fondit sur le champ de bataille et l'arrosa de longs traits de feu. Les soldats imbibés de liqueur de Circé, rongés par les flammes, n'en continuèrent pas moins à se battre en poussant des hurlements rageurs.

Les livres, comprit Garnier. Ils gisaient par dizaines sur le sol, ouverts par mégarde ou volontairement. Ils étaient humides... On les avait plongés dans le *dream stream*. Les ouvrir suffisait à donner vie aux créatures qui les habitaient. C'était à une lutte sans merci contre des êtres de papier que Roberta Morgenstern les avait conviés.

Un monumental Gargantua gonfla comme une baudruche au-dessus de la mêlée et attrapa le mort-vivant qui venait malencontreusement de marcher sur un Rabelais. Il le croqua et recracha les morceaux rongés par la vermine avec un air dégoûté. Garnier acheva sa transformation, se mit à quatre pattes et courut sus au vorace légendaire en appelant la meute au carnage.

64

Les deux sorcières tournaient en se faisant face et en conservant leurs distances. Roberta tenait son fouet dans la main droite. Banshee, légèrement recroquevillée, se contentait de fixer son ennemie, un pâle sourire aux lèvres. Le vent tordait les crinières rousses des deux lionnes. Elles ne parlaient pas. Aucune ne sacrifierait au traditionnel échange verbal qui précède le combat.

Carmilla prit à peine son élan pour s'envoler dans les airs et surplomber Roberta qui roula sur le côté. Des arcs électriques frappèrent l'aile de l'hydravion à l'endroit où elle se tenait une seconde auparavant. Le fouet fendit l'air et mordit Carmilla à l'épaule avant qu'elle ne retombe.

Elles se toisèrent à nouveau, toujours séparées par une trentaine de mètres. Elles avaient juste interverti leurs positions. Carmilla contempla la plaie sur son épaule et plaqua la main dessus pour la refermer. Roberta en profita pour passer à l'attaque.

L'extrémité de son fouet s'enroula autour du bras gauche de Banshee, créant un trait d'union entre les deux femmes. Carmilla ne tira ni ne cria. Une nuée d'escarboucles parcourut la lanière de cuir et frappa Roberta qui fut projetée en arrière par le choc électrique.

L'hydravion, dont le mouvement tournoyant s'était élargi, atteignit la limite du cyclone. Sa carcasse se mit à trembler lorsqu'il s'enfonça dans les nuages qui filaient plus vite qu'eux. L'humidité recouvrit l'aile d'une chape luisante et lui donna l'apparence d'un miroir. Banshee n'en avait cure. Le fouet toujours accroché à son bras, elle le levait bien haut dans le ciel d'orage pour le faire retomber sur sa rivale. Son expression était pure jouissance.

Les événements alors s'accélérèrent.

L'extrémité de la lanière se trouva happée par une hélice, dans le dos de Banshee. Son expression sardonique se figea en rictus d'horreur lorsqu'elle se sentit propulsée vers le gigantesque hachoir circulaire. Roberta intervint sans se poser de questions. Elle jeta les bras en avant et effectua un *immobilis in mobile* impeccable en direction de l'hélice. Grégoire lui avait appris le sort sur Ulufanua. Les pales de dura-mold s'immobilisèrent alors qu'elles s'apprêtaient à décapiter la sorcière.

Roberta se releva et s'approcha de Banshee prudemment. Le fouet qui s'était enroulé autour de l'axe de l'hélice interdisait le moindre geste à son ennemie de toujours. Et sa vie était désormais entre les mains de la petite étudiante de troisième année. Carmilla ricana en se rendant compte de l'ironie de sa situation. Roberta, impassible, l'observait.

– Qu'est-ce que tu attends ? Lève ton sort. Un quart de tour d'hélice et hop, plus de Banshee.

Roberta la solitaire n'était pas seulement une guerrière. Elle était aussi une justicière. Elle pesait mentalement l'âme de Banshee dans la balance de la Sorcellerie. Ses crimes étaient nombreux et difficilement pardonnables. Mais une exécution pure et simple pouvait-elle être envisagée ?

Quant à Carmilla, elle attendait l'occasion, le moment où la guerrière redeviendrait sorcière, l'instant d'inattention qui lui permettrait de sortir de cette situation délicate. L'hélice se trouvait à quelques centimètres de son cou. Le fouet emprisonnait son bras gauche. Malgré cela, elle savait n'avoir besoin que d'une toute petite fraction de seconde pour reprendre l'avantage.

« Elle n'est peut-être pas fondamentalement mauvaise, songeait Roberta. Des forces plus puissantes que tout ce que nous pourrions imaginer n'ont-elles pu la manipuler ? »

– J'ai tué tes parents ! rappela Banshee. Et tu n'as rien pu faire pour les sauver.

L'enveloppe que Roberta s'était façonnée tomba à ses pieds comme un déguisement de carnaval. La sorcière de Bâle était de retour et elle ne ressentait plus aucune compassion. Rien qu'une haine féroce réclamant un châtiment.

C'était tout ce que Banshee voulait.

Elle bondit hors du piège alors que l'hélice reprenait son mouvement tournoyant. Le temps que Roberta se rende compte de ce qui arrivait, une nasse électrique l'avait attrapée par les reins et soulevée de l'aile pour la faire violemment retomber plus loin. Roberta se jeta à temps sur le côté pour éviter un nouvel éclair. Elle se releva et courut sur la carlingue, vers la queue. Banshee la suivait sans se presser, s'amusant à faire tomber la foudre ici ou là, sans s'appliquer à viser vraiment. Son adversaire, diminuée, ne se précipitait-elle pas dans une impasse ?

Roberta effectua un bond de dix mètres pour se réceptionner

sur l'empennage arrière du *Spruce Goose* qui fendait toujours les nuages. Elle se rapprocha du vide. Banshee ne prit pas la peine de la rejoindre. Elle savait qu'un seul de ses éclairs projetterait sa consœur au pays des mauvais souvenirs.

– Tu es une idiote ! aboya-t-elle dans sa direction. Mais tu n'es pas dénuée d'une certaine bravoure. Dans un autre monde, nos arbres auraient pu se rejoindre ! Quel couple nous aurions alors pu former !

Par quel excès de sentimentalisme était-elle en train de pécher ? se demanda tout à coup Carmilla en contemplant ses pieds. Elle releva les yeux sur l'empennage. Il était vide. Morgenstern avait disparu.

– Envolée, constata-t-elle, vexée.

Wallace lui avait déjà fait le coup sur le Mondorama et elle n'avait pas apprécié. Le ciel bouché ne lui permettait pas de voir où Morgenstern était tombée. Elle revint sur ses pas en bougonnant tout en faisant virer l'hydravion pour lui faire rejoindre l'œil du cyclone. Il perça la muraille de nuages alors qu'elle revenait à la jonction des ailes.

Carmilla chassa ce combat avorté de ses pensées. Elle se concentra, tendit les bras vers le ciel de crépuscule et appela, avec toute sa force, le Maître des Ténèbres. Elle l'appela avec les noms livrés par les gardiens. Elle le convia à la rejoindre pour une nouvelle noce barbare.

Elle tremblait de tous ses membres. L'excitation la possédait. Elle ne se doutait pas que les mots interdits déverrouilleraient une telle énergie érotique. Elle reprit tout à coup ses esprits, essuya la pellicule de sueur qui recouvrait son visage, passa la langue sur ses lèvres gonflées. L'univers s'était-il

assombri ? Ou voyait-elle moins clair ? Elle sentit une présence, derrière elle. Il avait répondu à son appel.

— C'est Vous ? demanda-t-elle, n'osant se retourner.

— C'est Moi, lui fut-il répondu.

Carmilla sentit son sang refluer vers ses pieds lorsqu'elle
reconnut la voix du professeur d'histoire.

65

Le ciel s'obscurcit. Martineau était le seul sorcier présent dans la tête du colosse. Mais les autres ressentirent la même chose. *Il* était là. Par prudence, personne ne prononça son nom. Et les affaires de l'Enfer ne concernaient pour l'instant que de loin celles de la Terre.

Contre toute attente, l'armée de Carmilla reprenait le dessus. Les amazones montraient leurs talents d'archères. Chaque trait faisait mouche. Les ogres de Perrault étaient submergés face aux êtres avides de sang qui les dévoraient vivants. Les zombis avaient eu raison de Gargantua en se laissant avaler par le glouton et en le massacrant de l'intérieur, ne laissant de lui qu'une carcasse éventrée.

– Nous perdons du terrain, constata Martineau à la longue-vue.

Robert Louis Stevenson trouva Mister Hyde dans son oculaire. Sa créature était sauvage, telle qu'il l'avait inventée. Elle se battait à un contre dix et cela lui mit du baume au cœur. Mais il ravala son orgueil d'écrivain en le voyant redevenir Docteur Jekyll et être, sur-le-champ, réduit à l'état de bouillie infâme par ses assaillants.

– J'aurais dû concentrer le produit, râla-t-il en refermant sa lunette.

446

Louis Renard contemplait la cohue à l'œil nu, ce qui lui permettait d'en avoir une vue d'ensemble.

– Leurs rangs ont pourtant été décimés, dit-il. Et ils n'ont plus d'unité.

En effet, les satanistes n'étaient plus qu'une vingtaine. Au moins trois quarts des morts-vivants chinois avaient été réduits à l'état d'escarres et de lambeaux de chair inoffensifs. Le problème principal restait la soldatesque de l'oracle. Quelques-unes, des haches à la main, s'étaient mises à tailler dans le vif. Et le sang qui les recouvrait n'était pas le leur.

– Tous les livres n'ont pas été ouverts, fit remarquer Claude Renard.

– Ils se sont arrêtés trop tôt, dit Stevenson. Bien avant les Chrétien de Troyes. Les placer en première ligne aurait été plus judicieux.

– C'est donc à nous d'appeler la cavalerie à la rescousse, comprit Martineau en soupirant.

Il se laissa glisser le long de la colonne vertébrale du colosse de Rhodes, puis jusqu'au talon de sa jambe gauche. Là, il ouvrit la trappe, donna ses ordres à Talos qui les avait accompagnés depuis la Lune et remonta prestement trente mètres plus haut.

– Vous saurez le piloter ? demanda-t-il à Louis Renard.

Le pirate était assis devant le tableau de bord qui commandait l'automate géant.

– Ne vous inquiétez pas.

– Bon, approchez-vous au plus près et... advienne que pourra.

Martineau se hissa par une trappe dans la partie supérieure de la boîte crânienne du colosse, sorte de grenier de métal. Il

447

y avait entreposé ce qu'il avait pu, matériel dépareillé pas vraiment testé. Il n'avait pris ni Excalibur ni l'égide, ce qu'il regretta, mais une simple cuirasse qu'il enfila en se contorsionnant, les ailes de Dédale, le carquois et l'arc de Cupidon. Il avait toujours son six coups avec une seule balle. « À utiliser en dernier recours », se dit-il en ouvrant une nouvelle trappe pour grimper sur la tête du géant de bronze.

Le colosse marchait vers le champ de bataille, bien plus impressionnant depuis ce nouveau point de vue. Son mouvement claudicant forçait Martineau à rester vigilant pendant qu'il effectuait les dernières vérifications. Il déploya les ailes auxquelles ses bras étaient attachés, les fit battre plusieurs fois, apprécia leur légèreté.

– Ça va aller, mon petit Clément, essaya-t-il de se rassurer.

Une flèche fut tirée dans sa direction et ricocha sur le crâne du colosse. Clément se jeta dans le vide et plongea droit vers la zone relativement calme où se trouvaient les contes de l'*Historium* de Grégoire Rosemonde qui n'avaient pas été ouverts. Les assaillants défilèrent vingt mètres sous lui, puis la plaine parsemée de cadavres. Les Chrétien de Troyes étaient alignés juste dans son axe, sur une ligne aussi droite qu'une piste d'atterrissage.

Clément bascula en avant, prit de la vitesse et passa en rasemottes au-dessus des livres, créant un effet de souffle qui les ouvrit un à un. Dix, vingt, trente chevaliers en armure se matérialisèrent sur la plaine, certains avec palefreniers et monture.

Quelle magie les avait arrachés à leurs quêtes respectives, ils l'apprendraient plus tard. Mais à la vue des êtres diaboliques qui bataillaient au loin, ils se dirent que les envoyer *ad patres* participerait forcément d'une mission divine.

Les chevaliers éperonnèrent leurs chevaux, brandirent leurs épées et foncèrent sur les zombis, les fanatiques et les amazones. Martineau vira pour faire demi-tour. Il se préparait à effectuer un second passage sur une ligne de contes oubliés lorsqu'une flèche brisa une de ses ailes et le jeta, en vrille, vers le sol.

À cent mètres de là, la chef des amazones baissa lentement son arc. Elle l'avait reconnu lorsqu'il l'avait survolée. Elle poussa un cri de victoire et s'élança vers le point où l'homme oiseau, qui lui avait fait faux bond à Delphes, allait toucher terre.

666

Grégoire Rosemonde marchait sur l'aile du *Spruce Goose*, une main dans une poche, une cigarette allumée au coin des lèvres. Le filtre de sa cigarette était frappé d'un masque satanique, comme celui récupéré par le major Gruber à Tenochtitlán qui avait servi à créer Lilith.

« Notre professeur d'histoire ne peut être le Diable, se disait Carmilla. Il me joue un tour à sa façon. » Elle prit le parti de ne pas afficher son trouble et continua son invocation :

– Ô grand Belzébuth, Lucifer, Satan...

Il l'arrêta d'un geste. Carmilla, coupée dans son élan, obtempéra. Il avait l'air de vouloir éternuer.

– Qu'est-ce que... Ce parfum...

Avait-elle trop forcé sur l'*Orchidia carmilla* ? Le quadruple éternuement du Diable se répercuta dans le cirque nuageux en un formidable grondement de tonnerre. Il sortit un mouchoir pour essuyer les larmes qui coulaient de ses yeux rougis.

– Je suis allergique aux orchidées. Alors n'avancez pas ou je vous transforme en kebab.

Il se moucha en produisant un bruit de trompette.

Grégoire Rosemonde, le Grégoire Rosemonde du Collège des sorcières, celui dont elle avait suivi les cours durant des

années, le compagnon de Roberta Morgenstern était effectivement le Diable, comprit Carmilla Banshee, atterrée. Mais une
partie de son esprit refusait de se soumettre à la réalité. Se
trouver ainsi sur le fil du rasoir l'incita à rester fidèle au
scénario original et à livrer sa profession de foi, envers et
contre tout.

– Nous avons besoin de Vous. Ces temps propices au chaos
le sont aussi au retour de Votre Grandeur. Prenez-moi pour
épouse. En dot, je vous livrerai le monde.

Grégoire plia et rangea précautionneusement son mouchoir dans une poche de la pelisse de renard noir qu'il s'était
promis de porter pour l'occasion. Carmilla attendait son ver-
dict, tête basse. Avant de se présenter, il ne ressentait que de
la haine pour celle qui leur avait causé tant d'ennuis. Mais la
voir ainsi, soumise, réveillait des souvenirs d'allégeances qui
n'étaient pas forcément désagréables... « De l'histoire ancienne », se rappela-t-il en triturant son paquet de cigarettes.

– Je suis désolé.

Banshee releva la tête.

– Comment cela, vous êtes désolé ?

Il se gratta la nuque d'un air gêné.

– Vous auriez formulé votre demande deux ou trois cents
ans plus tôt, je ne dis pas. Mais là, je ne peux rien faire pour
vous.

L'échafaudage sur lequel elle avait fondé son existence, son
ambition, ses rêves, ne pouvait s'écrouler ainsi comme un
château de cartes !

– Mais... Enfin... Je vous offre l'Armageddon sur un plateau
d'argent ?

– Il serait d'or que je le refuserais.

– Je... Je vous aime ? Je ferais n'importe quoi pour vous plaire.

Le Diable eut tout à coup envie de serrer cette brebis errante dans ses bras... et de la broyer. Mais il s'en abstint. L'odeur de son parfum était décidément trop forte. À la place, il matérialisa un trône baroque et s'y assit. Carmilla, reconnaissant dans cet attribut de corne noire un objet de sa liturgie, s'enhardit pour tenter de remettre les choses au clair. Elle affirma, péremptoire :

– Peu me chaut, commença-t-elle dans un style désuet imposé par les circonstances, que vous vous soyez mêlé aux hommes. Vous ne pouvez abandonner la magie noire, ceux qui, comme moi ou Gilles Garnier, vous ont servi et vous servent encore. Vous avez des devoirs envers nous.

– J'ai jeté aux orties mon enveloppe divine.

– Je ne comprends pas.

À force d'insister, Carmilla était sur le point de lui faire perdre patience.

– Bien sûr que vous ne comprenez pas. Vous avez grandi avec une vision déformée de ma personne. Mais désormais, je vis le jour et je dors la nuit. C'est comme ça.

« Je me suis trompé d'interlocuteur », pensa Banshee. Il avait forcément été remplacé au panthéon des puissances tutélaires. Le monde sans ténèbres était inconcevable. Alors qui invoquer ? Vers quelle autre entité se tourner ?

– Vers aucune, trancha le Diable en interceptant ses pensées. La place est vacante depuis mon départ. Et elle le restera.

Carmilla ne l'écoutait plus que d'une oreille distraite, élaborant une nouvelle stratégie.

– Banshee ! appela le Diable.

Il avait fait se dresser les cheveux de Carmilla sur sa tête. Elle le fixa, pâle de fureur.

– Si vous ne faites pas le poids, je saurai bien trouver... quelqu'un d'autre.

Elle fit mine de reculer. Le Diable la cerna d'une couronne de flammes et se leva pour marcher vers elle.

– Vous n'êtes plus rien, continua-t-elle. Sinon, vous auriez sauvé Lilith

Le visage de Grégoire se modifia à peine. Mais elle connaissait cette expression. C'était celle du professeur d'histoire lorsqu'il terrifiait ses élèves en leur posant une question piège. Carmilla comprit qu'elle venait de signer son arrêt de mort.

– Lilith vivra, assura-t-il.

Banshee ricana. Elle n'avait plus aucun sens de la mesure.

– Lilith vivra peut-être. Mais pour votre petite Roberta, je crains que ce ne soit trop tard.

Une griffe la saisit à la gorge et serra, l'étranglant lentement.

– Morgen... stern est morte, articula la sorcière d'une voix rauque, sentant ses yeux lui sortir de la tête. Elle a eu l'orgueil de vouloir... se mesurer à moi. Vous pouvez faire une... croix sur votre... étoile du... matin.

Le Diable fouilla l'esprit de Banshee. Il vit le combat et sa fin avec la disparition de sa compagne. Il lâcha la sorcière qui tomba à genoux en se tenant le cou, toussant et crachant. Il marcha vers le bout de l'aile et scruta la ville Verne. Comment savoir si Banshee ne venait pas de tout inventer ? Les choses réelles et rêvées étaient tellement proches dans l'esprit humain. Mais si cette furie disait vrai...

La haine incendia sa poitrine. Il y eut un vrouf dans son dos. Lorsqu'il se retourna, l'audacieuse Carmilla Banshee avait été transformée en carcasse fumante. Il la fit se relever d'un geste autoritaire. La combustion instantanée aurait dû la tuer. Mais il avait décidé de la maintenir en vie, le temps de lui faire comprendre le sort qui lui était réservé.

– Tu vois ce silure en bas ?

Les yeux aux paupières brûlées de Banshee se posèrent sur un point de la lagune d'où venait d'émerger une sorte de kraken. Le silure géant tendait sa tête monstrueuse vers l'hydravion qui, à cette altitude, ne courait aucun risque.

– Tu ne le reconnais pas, j'imagine ?

Carmilla ne demandait qu'une chose : que cesse cette intolérable souffrance. Néanmoins, elle se força à contempler la face de la bête monstrueuse. On aurait dit que le silure souriait. Et ce sourire contraint, jaune, un peu torve, lui rappelait effectivement quelque chose.

– Tu brûles, plaisanta le Diable.

« Hector ? » pensa la sorcière.

– Eh oui. Hector Barnabite, l'ex-gardien du sanctuaire de la Petite Prague. Il n'est pas mort noyé comme tu l'as cru. Sans doute un silure d'une taille raisonnable l'a gobé après le raz-de-marée et la science alchimique d'Hector lui a permis de l'assimiler. Il ne t'a pas oubliée, Carmilla. Il est impatient de te revoir.

Le Diable poussa Banshee dans le vide. Elle tomba droit dans la gueule du silure en laissant dans le ciel une guirlande de fragments noirs comme les pétales de son orchidée. Le monstre referma sa gueule et plongea aussitôt dans les abîmes.

– Joyeux Walpurgis, lança le Diable en essuyant la suie humaine au bout de ses doigts.

Il rejoignit la jonction des ailes, descendit dans l'hydravion par l'écoutille et se dirigea droit vers la cellule où il trouva le nounours agonisant. Il le détacha de ses liens et avança vers la soute qui s'ouvrit à son approche. Il continua à marcher dans le vide tandis que l'hydravion géant, privé de la magie qui le maintenait en vol, s'abîmait dans la lagune. Il posa le pied dans un coin discret de la ville Verne, le nounours coincé sous un bras.

« Avant toute chose, retrouver Roberta, se dit-il, les lèvres serrées. Et m'assurer qu'elle va bien. Ou je ne réponds plus de rien. »

67

Martineau avait enfin réussi à retirer ses ailes. Il avait reconnu la chef des amazones. Elle était trop proche pour qu'il songe à s'enfuir. Il sortit son six coups et ordonna :

– Pas un geste ! Les mains en l'air !

L'amazone n'écouta pas la sommation absurde. Le jeune homme fit feu sans prendre réellement le temps de viser. Sa balle se perdit trois pouces trop haut. Il rengaina son six coups en pestant et commença à reculer, tentant de conserver une distance acceptable entre lui et sa poursuivante.

– C'est ridicule. Je ne vous veux aucun mal. Tout est fini maintenant.

– Pour vous, oui.

Elle sortit son couteau dont la lame réclamait la gorge de ce jouvenceau depuis Delphes.

– Vous ne pensez donc qu'à vous battre ? dit-il. Il y a des choses plus intéressantes dans la vie. Enfin, je vous préviens. Si vous me faites le moindre mal, la gardienne de la ville Verne vous fera passer un sale quart d'heure.

– Ton agonie sera ma récompense.

Soudain, Clément pensa au carquois. Il se dépêcha d'engager une flèche dans l'arc et de la lancer au jugé. Elle était rose fuchsia et elle suivit la même route que le précédent projectile de métal. L'amazone la regarda passer au-dessus de sa tête.

– Piètre tireur, archer minable, scanda-t-elle avant de plonger sur Clément.

Elle le jeta contre le sol et le tint par les joues, un genou enfoncé dans le ventre, la lame contre la gorge.

– Murckchumlgnuf, fit-il.

Ce que Martineau espérait se produisit. La flèche de Cupidon revint vers la guerrière et la frappa dans le dos, à l'emplacement du cœur, dans une explosion colorée. L'amazone redressa la tête et lâcha le couteau. Du rose apparut sur son visage d'ordinaire si pâle. Ses yeux se posèrent sur le jeune homme. Elle lui plaqua les mains sur les oreilles et l'embrassa avec fougue.

Le colosse s'immobilisa à dix mètres de l'endroit où la Pythie et Sarah Winchester se tenaient. Elles n'avaient pas pris part au combat et n'avaient pas échangé un mot durant le carnage. L'oracle avait vu la voie réelle de l'avenir dès le premier livre ouvert par Garnier mais il était déjà trop tard. Le combat était engagé et Banshee partie invoquer le Diable.

Une porte s'ouvrit dans la cheville gauche du colosse. Un homme mince, aux cheveux ondulés et à la fine moustache en sortit, suivi par une jeune femme habillée à la mode corsaire. Ils avancèrent côte à côte jusqu'aux gardiennes à qui ils se présentèrent. Winchester replia son ombrelle de cuir noir et souleva sa voilette pour détailler ce Robert Louis Stevenson. S'il s'agissait bien de lui, il aurait dû hanter depuis des lustres sa maison de Santa Clara.

457

– Nous sommes venus recevoir votre reddition, annonça l'écrivain.

Cela avait été dit sans suffisance. Et pour cause. La situation parlait d'elle-même. L'hydravion géant s'était écrasé dans la lagune. Les soldats du roi Arthur avaient taillé en pièces les derniers morts-vivants, traitant le surnaturel avant toute chose, puis les amazones. Restaient une poignée de sataniques apeurés prêts à déposer les armes. Ils avaient été possédés mais ils n'étaient pas stupides. Quant à l'homme loup...

Un rugissement leur parvint depuis la plaine. Ils virent Talos brandir la dépouille de Garnier au-dessus de sa tête et la briser en deux comme un fagot de bois sec.

La veuve produisit un horrible bruit de mastication. L'oracle ne broncha pas.

– Il semblerait que la situation soit revenue à votre avantage, convint Sarah Winchester.

– Elle l'a toujours été, rectifia l'écrivain.

– Qu'attendez-vous de nous, monsieur l'émissaire ?

La veuve était dans ses petits souliers. Si l'arbitre du Jantar Mantar apparaissait, il pouvait tout exiger des perdants. Jusqu'à la remise des clés de leurs sanctuaires et leur bannissement de la Sorcellerie.

– Rentrez dans vos tanières. Sans faire de vagues. On vous rappellera.

Sur ce, Stevenson tourna le dos à la veuve et retourna dans le colosse. La femme pirate l'imita. La veuve attendit quelques instants avant de glisser à l'oreille de l'oracle :

– Si ce non-sorcier croit pouvoir nous donner des ordres.

– C'est sûr, il ne sait pas à qui il parle, renchérit la Pythie

458

qui pourtant n'avait qu'une hâte : se terrer au fond de son temple et oublier cet épisode peu glorieux.

Le bras du colosse se tendit et il pointa un index gros comme le gourdin d'Hercule vers les gardiennes alors qu'une voix d'airain amplifiée par des haut-parleurs faisait rugir sa poitrine de bronze.

– Maintenant !

Ni la Pythie ni la veuve ne pratiquaient le marathon. Et, sans doute, leur performance ne serait pas gravée dans les annales des compétitions sportives. Mais leur départ fut un modèle du genre.

La nuit était tombée lorsque Grégoire retrouva la plaine des Tadornes. Il s'était guidé à la lueur du brasier dressé par les chevaliers de la Table ronde pour faire disparaître les cadavres. Les flammes qui léchaient les étoiles étaient dignes d'une nuit de Walpurgis. Les personnages de fiction nettoyaient le champ de bataille. Grégoire se baissa pour ramasser un des contes de son *Historium*. C'était *Le Petit Chaperon rouge* qui était resté fermé. Il l'essuya et l'empocha sans prendre le risque de l'ouvrir.

– Enfin de retour ! Et après la bataille ! On peut savoir où vous étiez ?

Roberta venait de se planter devant Grégoire. Le professeur d'histoire ressentit un immense soulagement en la voyant. Mais il n'en laissa rien paraître.

– Eh bien ? s'impatienta Roberta qui attendait une explication.

– J'ose espérer que vous n'avez pas risqué votre vie durant mon absence ? s'inquiéta-t-il, en proie au doute.

Roberta la solitaire avait conservé de son personnage un certain aplomb qu'elle mit à profit pour répondre :

– Je me suis contentée de rendre visite à Carmilla dans son palace volant et de l'affronter en combat singulier et sans pitié, vous pouvez me croire. Pour sauver ma peau, je n'ai eu d'autre choix que de sauter dans le vide.

– Imprudente ! Je le savais ! s'exclama Rosemonde en serrant les poings de colère.

Il fouilla l'esprit de Roberta, chose qu'il s'était juré de ne jamais faire. Il vit le combat en accéléré, la chute dans le vide, le dragon qui avait intercepté la sorcière pour la déposer, saine et sauve, sur le sol de la ville Verne. Il arrêta son introspection lorsqu'elle lui demanda l'air innocent :

– Ah bon ? Carmilla vous en a parlé ?

Grégoire rougit et répondit, le regard fuyant :

– Comment aurais-je pu la voir ? Et son appareil s'est écrasé dans la lagune, non ?

– Bien sûr. Vous n'aviez rien à faire là-haut. C'était idiot de ma part.

Roberta se colla tout à coup contre la poitrine de Grégoire qui, de surprise, écarta les bras.

– C'est bon de vous revoir parmi nous, cow-boy.

– Et... Euh... Comment va Lilith ?

Une mobylette pétarada dans le lointain. Elle venait du phare dont le faisceau balayait le ciel de nuit.

– Nous allons bientôt le savoir, fit Roberta en glissant sa main dans celle de Grégoire.

Ils ne la virent que lorsque Ermentrude pénétra dans le cercle de lumière du brasier. Lilith était hilare. Elle sauta de la selle et courut vers eux en criant :

460

– Papa ! Maman !

Les effusions furent brèves et intenses. Les trois Gustavson avaient bondi des sacoches de la mobylette pour faire eux aussi la fête à la petite fille.

– L'opération chirurgicale fut une première, les éclaira Ermentrude. Je ne rentrerai pas dans les détails, mais nous avons arrangé ses problèmes moléculaires. Mais elle a gardé l'âge du Petit Chaperon rouge. Et elle a la forme.

– Oh ! Il faut que je vous embrasse ! s'exclama Roberta.

Elle colla deux gros baisers sur les joues d'Ermentrude.

– Hum... Bon... Allez, ça va. N'en parlons plus, grommela la Fondatrice.

Lilith arrêta de faire le lapin bondissant en repérant la peluche sous le bras de Grégoire.

– Mon nounours, fit-elle en essayant de l'attraper.

Grégoire et Roberta s'agenouillèrent pour lui expliquer gentiment :

– Il est un peu... cassé.

– Mais tonton Plenck va le réparer. Il est très fort pour réparer les animaux.

– Plenck, releva Grégoire. Vous avez eu de ses nouvelles ?

– Je ne vous ai pas dit ! (Roberta se redressa.) Il a contacté Louis Renard, dans le colosse.

– *Via* l'Éther, glissa Ermentrude.

– Il est en Norvège, à Øksfjordøkelen.

– Où ça ?

Roberta laissa tomber ses épaules de dépit. Grégoire serait toujours à la traîne pour tout ce qui était prêt-à-porter.

– Chez BodyPerfect, voyons. C'était ça, sa destination secrète.

– Mais... Qu'est-ce qu'il fait chez BodyPerfect ?

– Mystère et boule de gomme. Aladin est parti nous le chercher.

– Aladin ?

Roberta soupira. Son homme avait attrapé un rhume de cerveau là-haut ou quoi ?

– Aladin. *Mille et Une Nuits*. Tapis volant.

Elle venait à peine de prononcer le mot magique qu'une bourrasque souffla au milieu du petit groupe. Plenck sauta du tapis et tituba jusqu'à Roberta, lui tombant presque dans les bras.

– Ouf ! Je n'arrive pas trop tard, j'espère ?

Il tenait un paquet qu'il ouvrit, dévoilant une gaine taille fillette.

– Voici la dernière création des ateliers BodyPerfect ! clama-t-il. La magie au service de la science ! Avec ça, plus de dissociation moléculaire ! Lilith va enfin s'incarner comme toute petite fille de son...

Il vit alors le Petit Chaperon rouge aux yeux noirs qui se cachait derrière sa mère.

– ... âge.

– Elle est sauvée, lui glissa Roberta. Mais je te remercie pour ton aide.

Les Fondatrices les rejoignirent. Frédégonde marchait en tête, les mains dans le dos. Chlodoswinde, Ragnétrude et Vultrogothe la suivaient. Elle s'arrêta devant Plenck, prit la gaine et en testa l'élasticité, la faisant passer de la taille fillette à un modèle plus adulte.

– J'ai bien entendu ? Ce truc permet de s'incarner ? (Plenck hocha la tête.) Vous permettez ?

– Je vous en prie.

Il aida la Fondatrice à y faire tenir ses formes amples. La gaine correctement lacée, Frédégonde fit onduler son torse comme une salamandre.

– Génial ! fit-elle. Wouahhh ! Trop top !

– À mon tour ! aboya Ragnétrude.

– Attends un peu. Oh, c'est bon.

– Moi aussi, je veux sentir mon corps ! râla Chlodoswinde en arrachant la gaine au torse de sa sœur.

– Enfin, mesdames, un peu de dignité ! essaya Plenck.

Grégoire et Roberta s'écartèrent du petit groupe vociférant.

– On dirait que les choses rentrent dans l'ordre, constata Roberta.

Le colosse venait de s'arrêter près du feu de Walpurgis. Il tendit les mains par-dessus les flammes comme pour s'y réchauffer. Grégoire et Roberta virent Clément Martineau tituber entre ses jambes. Une femme était accrochée à son cou et l'embrassait au risque de l'étouffer.

– C'est une amazone ? reconnut la sorcière.

M. Rosemonde s'alluma une cigarette dont il avait envie depuis longtemps et laissa tomber :

– Ce traître sera jugé pour intelligence avec l'ennemi.

Roberta prit ses distances et le toisa, les sourcils froncés.

– Vous fumez beaucoup ces temps-ci, non ?

– Des réclamations ?

– Vous ne fumerez pas en présence de Lilith. Et désormais, je vous interdis de retourner le cœur de toute autre que moi.

Roberta s'éloigna avant que Grégoire ait pu soulever la moindre objection. Elle se jeta dans la rixe entre Fondatrices, parvint à les calmer et aida Vultrogothe à adapter la gaine à

463

ses côtes flottantes. Plenck, se voyant déchargé d'une tâche qui le dépassait complètement, rejoignit le professeur d'histoire.

– Otto, Amatas et Elzéar ne sont pas avec vous ?

– Apparemment non, répondit Grégoire, bougon.

Le légiste était tout guilleret. À cause du voyage en tapis volant, sans doute.

– J'étais sûr que vous étiez ici avant de le savoir.

– Ici, sur la ville Verne ?

– Au cœur de ce typhon. (Grégoire haussa les épaules pour signifier qu'il ne comprenait pas.) Vous ne saviez pas que les météorologistes lui avaient donné le nom de Roberta ?

– Je ne le savais pas, avoua le professeur d'histoire. Mais on peut dire qu'ils ont été inspirés.

Il balança son mégot sur le côté sans prendre, pour une fois, la peine de l'émietter.

68

Ils ne virent ni l'hydravion de la Pythie qui s'était envolé pour les Amériques, ni le sous-marin de Louis Renard, ni le colosse de Rhodes. La baie aux requins était vide lorsque le *Tusitala* y accosta. Robert Martineau supputa rapidement que quelque chose clochait. Une tente sauvage avait été dressée sur son île. Elle était vide. Mais les traces, à l'extérieur, attestaient d'une présence humaine récente.

– Peut-être sont-ils encore sur place, glissa-t-il à son épouse. Nous ferions mieux d'appeler Putiphar à la rescousse.

Ils n'avaient pas traversé ce cyclone pour reculer maintenant. Clémentine s'engagea sur la route qui menait au phare, son gros homme trottinant à côté, tout essoufflé. Elle braquait une lampe devant elle. Van der Dekken suivait de loin, en compagnie de Socrate.

Le capitaine était intrigué par cette île qui, effectivement, flottait. La ville Verne correspondait à la définition d'un navire, sans voile ni moteur, certes. Mais elle lui permettait de contourner la vieille malédiction qui, depuis tant d'années, gouvernait son existence et l'empêchait de mettre pied sur la terre ferme. Cette sensation oubliée rendait d'ailleurs sa démarche un peu ivre.

Clémentine et Robert parvinrent au bord de la plaine des Tadornes où ils comptaient faire construire le village de vacances du Club Fortuny. Elle avait été dévastée. Il y avait des traces et des débris disséminés un peu partout et même une énorme montagne de braises.

– Des squatteurs ! tonna-t-elle. Des squatteurs ont laissé leurs ordures sur notre belle ville Verne !

– Calme-toi, mon canari d'amour.

– Calme-toi ! Calme-toi ! Tu en as de bonnes, Robert Martineau !

Clémentine se saisit de ce qu'elle n'identifia pas, dans un premier temps, comme un reste de mort-vivant. En l'occurrence, il s'agissait d'un poignet équipé d'une main à deux doigts.

– Regarde-moi ce désordre ! Ce sont les gitans ! Oui... Les gitans sont derrière tout cela, c'est évident !

Les doigts se plièrent pour lui attraper le nez. Clémentine lâcha le moignon, sa lampe et s'enfuit en hurlant.

– Mon pinson ! gémit Robert en récupérant la lampe pour essayer de la suivre.

Sa course erratique amena la pauvre femme jusqu'à une sorte de terrier. Ce qu'elle reconnut à la lueur des étoiles comme étant un renard en sortit, s'assit devant elle, et lui demanda poliment :

– Puis-je vous aider, gente dame ?

Clémentine hurla de plus belle et repartit dans l'autre sens. Elle buta contre une figure accroupie et s'étala de tout son long par terre. L'obstacle se releva, tel un spectre. Il s'agissait du Carnute qui avait connu un sort funeste. Le roi des taupes l'avait attaqué au plus fort des combats, l'aveuglant de deux

466

coups de griffes. Ses orbites étaient remplies d'une matière informe. Il crut sa dernière heure venue lorsque Clémentine poussa à nouveau un pur cri de panique. Ils s'éloignèrent l'un de l'autre en courant.

Robert, qui suivait sa femme au bruit, changea de direction à nouveau.

– Ma caille en sucre ! l'appela-t-il.

Elle gravit l'éminence qui donnait sur le bois du Jacamar. Sur la crête, toute tremblante, elle tenta de reprendre ses esprits. Sa vue était brouillée. Elle ne voyait que du vert devant elle. Elle se frotta les yeux et leva lentement le nez.

– Un dradra, un dradra, un dradra, dit-elle avant de tomber dans les pommes.

Lorsque Robert parvint enfin à la rejoindre, le dragon s'était volatilisé.

– Mon colibri, mon goéland, dit-il en lui donnant des tapounettes sur les joues.

Un joli tapis persan avait été déroulé non loin. Robert Martineau ne se posa pas la question de savoir qui avait pu le laisser là. Il y porta sa femme pour lui octroyer le minimum de confort auquel elle avait droit après toutes ces émotions.

Quant à Van der Dekken, il avait pris une autre route, évitant la plaine et explorant la lisière du bois, attiré par des bruits d'activité humaine et des lumières. Des torches plantées dans la forêt révélaient des silhouettes aussi indécises que celles d'un théâtre d'ombres. Cette île était tout sauf déserte. Un homme en pourpoint bleu clair s'approcha et salua le nouveau venu.

– Érasme Spikher, des contes d'Hoffmann, se présenta-t-il.

Il était accompagné d'un autre, d'aussi belle prestance, aux collants d'une fantastique couleur pistache. Chacun portait une lanterne vénitienne.

– Pierre Schlemihl, des mêmes contes. Je suis l'Homme sans ombre.

Il suffit d'un coup d'œil au capitaine pour s'en assurer.

– Et moi, l'Homme sans reflet, ajouta son ami. Pour en avoir la preuve il vous faudra attendre un miroir. À qui avons-nous l'honneur ?

– Thomas Van der Dekken.

– Oh, oh ! Le Hollandais volant.

– Figure prestigieuse s'il en fut.

– Soyez le bienvenu à bord, ami condamné à errer sur les étendues liquides.

– À moins que vous ne soyez un homonyme.

– C'est bien mon nom et il n'y en a qu'un.

Des cris détournèrent leur attention.

– Au voleur ! Au voleur !

Un Oriental dévalait le flanc de la butte qui donnait sur la plaine. L'Homme sans ombre et celui sans reflet, amis de la cause dépossédée, l'arrêtèrent en chemin.

– Que t'a-t-on volé ? Dis-nous, compagnon d'infortune.

– Mon tapis. Je l'avais laissé sécher là-haut. Je suis sûr qu'Ali Baba a fait le coup. Attendez que je le retrouve, celui-là !

Aladin partit à la recherche du prince des voleurs alors que deux perles orientales approchaient en jouant avec leurs voiles.

– Permettez que je vous présente, commença Spikher en effleurant la main de la première. Mlle Shéhérazade...

– Et sa sœur, Dinazarde, continua Schelmihl.

468

Van der Dekken eut une dernière pensée pour les époux Martineau qui, espéra-t-il, parviendraient à convaincre le tapis volant de les ramener à Bâle. Une beauté orientale à chaque bras, il suivit les compères hoffmanniens vers une taverne de leur connaissance où l'on pouvait, d'après eux, boire de l'ambroisie jusqu'au bout de la nuit.

69

Enfants, gitans, gens de sorcellerie et visiteurs de passage fêtaient ce mois de mai qui resterait dans les mémoires comme celui du renouveau. Des tables avaient été dressées un peu partout dans le Vieux Paris. À l'une d'elles, Amatas Lusitanus fumait sa pipe avec entrain. Otto sirotait une sangria et Elzéar, sa Leila sur les genoux, était l'image même du bonheur conjugal.

– Le tube a bifurqué sans prévenir après Malacca, reprit le recteur. Nous aurions dû continuer vers l'Indonésie. Au lieu de quoi, nous nous retrouvâmes dans une impasse.

– Vous parlez d'impasse, je dirais plutôt paradis ! s'exclama Amatas.

– Comment s'appelle cette île déjà ? interrogea Roberta.

– Kho Phi Phi Le, répondit Otto. Un terminus. Impossible de rebrousser chemin. Alors nous y bivouaquâmes.

– Et nous pagayâmes sur un lagon aux eaux de cristal, rappela Amatas.

– En mangeant des nids d'hirondelles, soupira Elzéar. Une brise sucrée pour le palais. Comme toi, ma belle, ajouta-t-il en embrassant la gitane.

Roberta sourit en constatant que ce voyage autour du monde en avait décoincé plus d'un.

– Nous eûmes préféré être à vos côtés, se hâta de rappeler le recteur. Mais le temps de repartir, la date fatidique était passée.

Roberta posa une main sur l'avant-bras d'Otto Vandenberghe. Lui et ses amis étaient tout excusés. Grégoire, le visage pensif, dessinait des diagrammes sur un carnet à spirale. La sorcière le regarda avec insistance.

– Je réfléchis à Alexandria Ultima, s'excusa-t-il. J'ai hâte de creuser plus profondément son histoire et celle de Martineau. Le premier et le dernier... (Il sentait son cerveau chauffer.) Si Héron d'Alexandrie est le fondateur de sa lignée...

– Vous bouillonnez, mon cœur. (Elle lui remplit un verre d'eau qu'il avala cul sec.) Et c'est jour chômé.

– Vous avez raison.

Lilith approcha, le temps de pomper un peu de jus de raisin dans son verre dont l'aubergiste avait la garde exclusive. Robe de printemps et sandalettes étaient de rigueur. Elle tenait son nounours serré contre elle. La peluche était comme neuve.

– Wallace va nous faire un pestacle ! leur annonça-t-elle avant de repartir de l'autre côté de la place, là où une estrade avait été dressée.

– Elle est mignonne comme tout, jugea Elzéar qui posa sa grosse paluche sur le ventre de Leila.

Grégoire avait rangé son carnet à spirale et entrepris de créer des petits animaux fantastiques avec des allumettes pour essayer de se détendre. Mais Roberta avait beau dire, les sujets sérieux occupaient encore les esprits. Car la Sorcellerie, à cause ou grâce à Banshee, était désormais en pleine mutation.

– Quelles sont les nouvelles des gardiens ? voulut-elle savoir.

Plenck, toujours affecté à l'écoute de l'Éther, se chargea de leur faire un topo aussi rapide que précis.

– Les Carnutes continuent à réparer leur sanctuaire, sous le contrôle du Conseil. L'oracle est retourné à Delphes. Winchester n'est pas sortie de sa maison depuis un mois. Quant au sanctuaire de Guëll, on dit qu'une femme chat a pris la succession de l'homme loup. Morel devrait bientôt la recevoir.

– L'organisation des sanctuaires va être complètement à revoir, reprit Otto. Nous en avons fini avec les symboles. Ce 8 était un beau chiffre. Mais il ne nous a apporté que des ennuis.

Pour la peine, il attrapa un bretzel confectionné par Elzéar et le priva d'un coup de dents d'une de ses boucles fondamentales.

– Le livre de Nicolas Flamel a retrouvé sa température d'origine ? demanda Grégoire.

– Par Nostradamus, oui ! fit le recteur. Et je n'ai pas été fâché de le reposer sur son lutrin, vous pouvez me croire. Quant à l'élu, nous verrons bien s'il se présente un jour.

– Au fait, je ne vous ai pas dit ? Lilith a trouvé un nom pour son ours.

– Formidable ! Quel est-il ?

– Didi.

– Comme c'est mignon !

– C'est un diminutif pour Diabolo, se hâta-t-il de les rassurer.

C'était au tour de Roberta d'être ailleurs. Elle chercha

472

Clément des yeux mais ne le trouva pas. Elle se leva et s'enfonça dans la foule colorée pour partir à sa recherche. Elle traversa une sarabande sans s'en rendre compte. Elle pensait à ses parents et au fragment de la *Vierge au chancelier Rolin* que Wallace lui avait confié. Elle avait évidemment essayé de s'immerger dans la peinture. Sans y parvenir. Le morceau qui avait échappé à la destruction était grand comme une main d'enfant et bien trop lacunaire pour permettre l'immersion. Roberta le conservait pieusement dans un écrin, sur sa table de nuit.

Le grand Wallace se produisait en spectacle sur l'estrade. La chef des amazones l'assistait, gainée de cuir. Il avait suffi au magicien d'un tour de passe-passe hypnotique pour lui faire opérer un transfert de la personnalité de Martineau à la sienne. L'Écossais et la Lydienne vivaient désormais le parfait amour. Comme Stevenson et Claude Renard qui s'étaient esquivés depuis bientôt une heure.

Wallace venait de demander à son assistante de se glisser dans une armoire qu'il allait bientôt transpercer d'épées longues comme le bras. L'amazone s'y laissa enfermer avec de la reconnaissance plein les yeux. Roberta ne voulait pas voir cela.

Elle faisait demi-tour lorsqu'elle surprit un échange entre les Gustavson. Ils pouvaient être n'importe où dans le Vieux Paris, mais leurs ondes mentales étaient incroyablement claires et précises. Hans-Friedrich et sa femme réprimandaient leur fille Michèle qui avait ramené une connaissance d'Ulufanua.

« Un hérisson des îles, passe encore ! pensait Hans-Friedrich. Mais ce n'est pas un Gustavson !

« Il n'est pas comme nous, renchérit sa femme.

« Justement, c'est ce qui fait tout son charme », le défendit Michèle qui, de toute évidence, se rapprocha de son compagnon pour faire comprendre à ses parents que Gustavson ou pas Gustavson, celui-là était le hérisson de sa vie et qu'il n'y avait pas à y revenir.

« Soyez ouverts et tolérants, mes amis, conseilla Roberta en espérant qu'elle les entende. Voyez à quelle personne hors normes j'ai attaché mes pas. »

Elle ne sut pas si son message avait été reçu. En tout cas, la discorde n'était plus de mise chez les hérissons. On se reniflait même la truffe avec une certaine émotion. Roberta se demanda si le fruit de l'union entre Michèle et le nouveau venu serait doué pour la télépathie ou non.

C'est alors qu'elle vit Martineau, assis seul à une table. Les yeux du jeune homme étaient apparemment dirigés vers le spectacle de magie. Mais Roberta aurait parié ses points de réduction BodyPerfect qu'il ne le voyait pas. Elle s'assit de l'autre côté de la table et tambourina dessus le rythme de la cucaracha pour attirer son attention.

– Ah, Roberta, fit-il avec ce sourire triste qui lui était devenu familier. Je suis content de vous voir.

La sorcière se demanda quelle était la meilleure marche à suivre. Parler de Suzy ? Elle ne s'en sentait pas encore le courage.

– Venez nous rejoindre, proposa-t-elle.

– Pourquoi ?

– Parce que je me méfie des sorciers solitaires.

Le jeune homme la suivit sans broncher. Roberta prit son

bras et le serra fort. Elle l'aurait bien pincé pour rappeler à Clément qu'il était encore vivant.

À la fin du spectacle de magie, Lilith partit explorer seule le Vieux Paris. Une maison, dans un recoin, l'attirait particulièrement. Elle présentait un toit pointu, des colombages sculptés de gargouilles et des images insérées dans sa façade. La petite fille avait entendu le recteur l'appeler le Grand Pignon. Elle en poussa la porte que personne n'avait pris la peine de fermer et se glissa telle une souris à l'intérieur.

La salle voûtée était immense, sombre et sûrement remplie de bêtes terrifiantes. De la lumière tombait d'un escalier en colimaçon. Lilith s'accrocha à la rampe et entreprit de le gravir. Il était raide pour ses jambes de petite fille. Elle aboutit dans un couloir qui courait sur toute la largeur de la maison jusqu'à un rideau aux reflets argentés.

Le bruit sur la place s'amplifia. Des vivats et le timbre d'une grosse cloche couvraient la musique. Lilith s'approcha d'une des fenêtres et se hissa sur la pointe des pieds pour voir ce qui se passait. Le verre déformé lui donna une vision tout en courbes d'un bourdon qui laissait tomber des œufs rouges sur la fête du Vieux Paris. Amatas, debout sur une table, essayait de l'attraper.

Cette vision lui en rappela une autre, à la fois proche et lointaine. Des poneys et des pétales blancs y étaient associés...

Lilith haussa les épaules et trottina jusqu'au rideau qu'elle écarta pour découvrir une pièce grande comme un placard à balais. Un gros livre était posé sur un lutrin. La lumière tamisée tombait de culs-de-bouteille. Elle tira une chaise rangée contre un mur et grimpa dessus pour se mettre au niveau du trésor. Il était énorme, en métal doré, avec des charnières rouges.

Lilith posa la main gauche sur le livre de Nicolas Flamel et l'ouvrit.

www.wiz.fr

Logo wiz : Cédric Gatillon
Pictos : Marc Moreno

Composition Nord Compo
Impression BCI en avril 2004
Éditions Albin Michel
22, rue Huyghens, 75014 Paris
N° d'édition : 13009. – N° d'impression : 041683/4.
Dépôt légal : mai 2004.
ISBN 2-226-15017-X
Loi n° 49-956 du 16 juillet 1949 sur les publications destinées à la jeunesse.
Imprimé en France.